大英博物馆

讲故事的中世纪神话艺术

Dragons Heroes Myths & Magic

[英]钱特里 · 韦斯特维尔 著
（Chantry Westwell）

徐栩 译

浙江人民出版社

First published in 2021 by
The British Library
96 Euston Road
London NW1 2DB

图书在版编目（CIP）数据

大英博物馆 ：讲故事的中世纪神话艺术 / （英）钱特里·韦斯特维尔著 ；徐栩译. -- 杭州 ：浙江人民出版社，2025. 4. -- ISBN 978-7-213-11759-6

Ⅰ. I106.7

中国国家版本馆CIP数据核字第2024A6K601号

大英博物馆：讲故事的中世纪神话艺术
DAYING BOWUGUAN: JIANGGUSHI DE ZHONGSHIJI SHENHUA YISHU
［英］钱特里·韦斯特维尔 著　　徐 栩 译

出版发行：浙江人民出版社（杭州市环城北路177号　邮编 310006）
　　　　　市场部电话：（0571）85061682　85176516
责任编辑：方　程
策划编辑：孙汉果
营销编辑：杨　悦
责任校对：姚建国
责任印务：幸天骄
封面设计：琥珀视觉
电脑制版：北京之江文化传媒有限公司
印　　刷：浙江新华数码印务有限公司
开　　本：710毫米×1000毫米　1/16　　印　　张：27.5
字　　数：354千字　　插　　页：4
版　　次：2025年4月第1版　　印　　次：2025年4月第1次印刷
书　　号：ISBN 978-7-213-11759-6
定　　价：198.00元

目　录

致　谢　/　01

引　言　/　05

编年史表　/　13

第一章　英雄人物

1. 华威的盖伊：典型的英格兰式英雄　/　003

2. 安条克的圣玛格丽特：恶魔与巨龙　/　015

3. 赫丘利：从半神到星宿　/　025

4. 亚马孙的女王们：希波吕忒、彭忒西勒亚、塔勒斯里斯　/　035

5. 亚瑟王与卡梅洛特圣城奇迹　/　043

6. 克里斯蒂娜·德·皮桑：女性主义城邦的奠基人　/　053

7. 朱迪斯：虔诚美人还是致命红颜？　/　061

第二章　史诗战役

1. 特洛伊战争：人与神的战争　/　071

2. 大卫王、战士与音乐家　/　081

3. 查理大帝的战争：龙塞沃、菲耶布拉斯以及阿斯普蒙之战　/　091

4. 短鼻公爵威廉·奥兰治 / 101
5. 十字军东征：跨洋的战争事迹 / 111
6. 末日审判与《启示录》中的战争 / 119

第三章 奇事与神迹

1. 高文爵士与绿骑士 / 131
2.《佩塞弗雷传奇》或《英格兰古代编年史》 / 141
3. 天鹅骑士罗恩格林 / 151
4. 梅卢珊：鱼尾仙女和贵族祖先 / 161
5. 三个活人与三个死人 / 171

第四章 恶棍、罪案与谋杀

1. 美狄亚：女巫、情人和杀手 / 183
2. 乌格利诺和但丁的地狱中被诅咒的人 / 193
3. 罗马七贤（或女人的阴谋诡计） / 201
4. 罗马、耶路撒冷和君士坦丁堡的家族传奇 / 209
5. 不列颠的凶残创始者：阿尔比娜、大巨人和布鲁图斯 / 217

第五章 征途和旅程

1. 亚历山大大帝：世界之王 / 231
2.《奥德赛》：漫长的归途 / 243

3. 加拉哈德爵士与探寻圣杯之旅 / 253
4. 圣布兰登之旅：一次往返天堂的旅程 / 263
5. 约翰 · 曼德维尔爵士：一个空谈探险家？ / 273

第六章 动物寓言

1. 列那狐：超凡的骗子 / 283
2. 龙与圣乔治 / 293
3. 狮子：皇室与耶稣复活的象征 / 303
4.《启示录》中的野兽，黑暗势力 / 311
5. 大象：移动的中世纪堡垒 / 321
6. 独角兽：强大而纯洁的生物 / 331

第七章 爱情故事

1. 神圣爱情：但丁与碧翠丝 / 343
2. 狄多：迦太基女王和罗马缔造者埃涅阿斯 / 351
3. 特里斯坦与伊索德：危险的爱情药水 / 361
4. 特洛伊的不幸恋人：特罗勒斯与克丽西德 / 371
5.《玫瑰传奇》：爱情寓言 / 381
6. 典雅爱情：桂妮薇儿与兰斯洛特 / 391

术语表 / 401
延伸阅读 / 409

致谢

非常感谢约翰·李（John Lee），他以自己诚挚的热情和独到的眼光协助我构想了这部作品的框架。同时，我也非常感谢我的编辑——艾莉森·莫斯（Alison Moss），是她自始至终跟进了我的这部作品，感谢她面对新人作者时的耐心。我还想感谢凯瑟琳·道尔（Kathleen Doyle），感谢她的鼓励以及颇为明智的建议。此外，我还要感谢卡伦·科伯恩（Calum Cockburn）和萨莉·尼科尔斯（Sally Nicholls）提供的图片、乔治娜·休伊特（Georgina Hewitt）迷人的设计以及凯伦·林佩尔–赫兹（Karen Limper-Herz）关于早期印刷文本的专业知识支持。最后，我要感谢所有大英博物馆的同事们提供的建议和帮助。我的创作离不开家人和朋友的帮助和支持，我要特别感谢安娜、托马斯、亚瑟·韦斯特维尔（Arthur Westwell）、艾拉·格里菲斯（Ella Griffiths）、伊丽莎白·赫里尔（Elizabeth Hurrell）、克里斯汀·考德里（Christine Cowdray）以及英伽·帕克（Inga Parker），他们仔细审读了本书的所有章节并提供了不少有用的建议。当然，这本书的创作少不了我的丈夫斯蒂芬对我一如既往的支持。

在某种意义上，是古往今来的创作者和学者使得这本书的出版成为可能。在每一章以及延伸阅读部分，我特别注明了那些为我挑选的传奇故事做出贡献的人，无论他们是创作了这些故事，或者是誊写抄本、为之配置插图，还是编注了新的版本或者贡献了新的研究成果。在古代的学者中，有一人值得我特别提及：哈利·李·道格拉斯·沃德（Harry

Lee Douglas Ward，1825—1906）。他是 1849 至 1905 年大英博物馆手抄本馆藏员助理。那时候的大英图书馆还是大英博物馆的阅览室，直到 1973 年大英图书馆才正式成为独立机构。他的三卷本著作《大英博物馆馆藏手抄本罗曼史类目录》（简称“《罗曼史类目录》”，创作于 1883 至 1910 年）是中世纪传奇编目和研究领域中的里程碑之作。基于沃德广博的学识以及严谨的考据，依据起源地、语言以及创作时间，这些中世纪传奇由此被分门别类，书上甚至详细地标注了每个故事乃至故事系列的衍生和改编版本。沃德不仅将这些文本归类，还将其中的章节逐一标注出来，使人们能更方便地了解这些中世纪传奇以及它们的“有形载体”，也就是这些手抄本。这为日后人们研究乃至再次编录这些罗曼史手抄本提供了宝贵的参考。此书不仅对大英图书馆而言是非常宝贵的，它还有着更广阔的价值与意义。据说，沃德本就是一位慷慨的学者，他还有惊人的记忆力。他最早研究的是北欧传奇，随后延展到中世纪罗曼史文学，最终集大成于《罗曼史类目录》。实际上，该书的第三卷是在他死后根据他的笔记整理而成的。可以说，这本书是我研究时的首要参考资料，它不仅是我研究的启蒙之作，同时也为本书的创作提供了大致的框架。

钱特里·韦斯特维尔

（Chantry Westwell）

Vox ecclie ad cri-
stum. Judica
michi quem
diligit anima mea.
ubi pascas ubi cubes
in meridie: ne uagari
incipiam post greges
sodalium tuoz. Vox
xpi ad ecclam. Si ig-
noras te o pulchra in-
ter mulieres egredere
et abi post gregem: et
pasce hedes tuos iuxta

引 言

在中世纪的某手抄本上，有一页装饰着这样一幅插画：一个戴着头罩的女子拿着一本打开的书，她很可能就是这本书的主人。女子的衣服与一个巫师般人物的兜帽融为一体，而巫师目光锐利。他被拉长的胡子以及他的袍子则顺着书页的文字边框向下延展，最终演变成一处奇幻的场景：在一条小狗和一只兔子的注视之下，一对情侣正拥抱着。男人戴着像皇冠一样的物件——他可能是一个王子，而女人也有着华贵的头饰。但是，我们并不能确定女人是在抗拒还是迎合男人的拥抱。那么是否有这样一种可能：这位戴头罩的女子读的不是一本祈祷书，而是一本关于爱情的故事书。如果是这样，那是否意味着那个胡子被拉长的人物代表着这个故事的作者？无论是故事的作者还是读者，他们似乎都向下凝视着故事的发生：仿佛他们试图通过想象，让人物变得更加生动真实。以上这些被画在《雅歌》（一首《圣经·旧约》里的爱情诗）边上的图画，都来自一本被归类为“每日礼赞”的中世纪祈祷书。那个姓名我们已无从知晓的艺术家在装点这部手抄本时融合了人物、空间、装饰性元素以及诗意，使得这一整页羊皮纸俨然成了故事本身，而欣赏这幅插画，对读者来说着实是一种享受。

中世纪手抄本往往指的是那些手写而成的书（手抄书的英文 Manuscript 来源于拉丁文 Manus 和 Scripta，前者意为“手”，后者意

◂ 带有装饰边框的《圣经·雅歌》诗篇。出自祈祷书《马斯特里赫特的时辰书》（列日城，14 世纪早期）斯托手抄本 17，第 29 页背面

为“被书写”）。这些书通常是用羊皮纸制成的，其中有装饰和绘画的又被称为彩饰手抄本，上面的图片则被称为微型画或彩饰。从 8 世纪到 16 世纪，那些如传奇一般以彩饰手抄本的形式幸存下来的编年史和宗教文献，可以说是当时最为精致的艺术形式，足以与任何挂在艺术展览馆的画作相媲美。出人意料的是，在经历长达数百年的社会变革、宗教动荡以及纷繁战火之后，这些作品在大多数情况下依旧能被完好地保存在书页之间。

我时常惊艳于那些蕴藏着故事力的艺术作品。第一次去伦敦逛泰特美术馆时，我就被一幅《拉斐尔前派》作品所描绘的中世纪传奇场景的画面深深吸引。如今，我十分荣幸，得以在大英图书馆编录法国传奇和编年史相关的彩饰手抄本。

在本书中，我将与读者分享一系列令人难忘的中世纪流行故事，与此同时，本书也将附上这段时期（约 9 个世纪）的艺术家最为出众且最具原创性的彩饰作品。

书写故事

文学是中世纪最为不朽的丰碑。

——克里斯托弗·德·哈梅尔

有史以来，神话和故事一直是人类生活经验中不可或缺的一部分。讲故事可以说是人类的本能：世界上任何一个人类社会都有故事。从极寒的冰岛到炎热的非洲，那些具有普遍性主题的故事，比如勇士冒险、悲情恋人、令人恐惧的怪物，被一代代说书人和吟游诗人演绎并传递下去。分散的社会往往会在神话和故事中融入他们身边的人物和地域环境，在试图用神话和故事解释他们所处的环境以及周遭世界的同时，他们也为自身的文化和文明创造了属于他们自己的过去。历史上首个通过文字流传下来的著名故事是《吉尔伽美什史诗》，它的历史可以被追溯到公元前21世纪，位于今伊拉克境内的尼尼微城。更晚一些的作品则包括《希伯来圣经》中的犹太人历史以及古希腊时代的《荷马史诗》——它们大多著于约公元前8世纪。通过这些故事，人们用文字丰富了他们的历史文本，为“书面文学创作”这一世界性的传统做出了贡献。

在中世纪的欧洲，旅居的说书人（诸如法国的吟游诗人、普罗旺斯地区的行吟者、德国的抒情歌者）用方言为听众演绎关于爱情和战争的诗歌，从而铸就了本土口语文学的传统。在这些地区，标准的书面用语是拉丁文，但这门语言通常只被人们用来记录与《圣经》有关的文献以及经典的传奇。它往往只被社会上占少数的精英群体所使用，而且这些人大多是识字的神职人员。不过值得一提的是，在9世纪，阿尔弗雷德大帝统治英格兰时期，当地开始兴起一种文学传统——人们开始用古英语创作故事。当时最著名的就是盎格鲁-撒克逊的史诗巨著——《贝奥武甫》（*Beowulf*），但很快，这种传统在1066年挪威人入侵英格兰后就衰亡了。

▼ 出自《阿方索诗篇》的页下边装饰框（伦敦，约1300年），大英图书馆馆藏手抄本24686，第18页正面

12 世纪，一种新的书面文学传统在欧洲一些方言地区诞生了，特别是法语地区和其他拉丁衍生语地区。这些地区的语言通常会被称为罗曼语（由此，寓言故事有时也会被称为“罗曼史”[①]）。从现存的文献证据来看，一部分早期法语文学作品实际上创作于英格兰国王亨利一世的法语宫廷[②]。对此，可能的解释是，先前使用古英语创作的文化传统为宫廷口语文学书面化提供了范例。这些文学尝试逐渐从罗曼语区向德国以及欧洲的其他地区蔓延，以至于那些远至印度和中东的古老传奇也被人们改编，与那些新创作的故事一同被记录下来。围绕着像查理大帝、亚瑟王以及亚历山大大帝这些知名历史人物，创作者们将与这些名人相关的本土人物形象也填充进来，进一步丰富了那些结构复杂的长篇史诗。由此，但丁的《神曲》、乔叟的《坎特伯雷故事集》以及其他当时新创作的杰作很快成为手抄本乃至印刷品中的“畅销书”，而这些作品也进一步丰富和凝练了本土语言。

彩绘故事

百闻不如一见。

——中国谚语

每当打开那些巨大、笨重的手抄本，翻动镌刻着华丽文字的羊皮纸卷书页时，我们很有可能会突然看到一幅小巧精美的画作，它往往有着鲜艳、丰富的颜色，通常也泛着金光。无论是魔幻还是神秘，充满

① 英文“Romances”在中文语境下常会被译为“浪漫故事”或“浪漫史”，为突出其语言与罗马（Rome）教廷的标准书面文字拉丁文的相关性，故采用音译，即“罗曼史”。——译者注

② 早期英国贵族都以说法语为荣，在宫廷里通常也用法语交流。——译者注

魅力或是阴森诡异，这些手抄本彩绘为我们了解中世纪打开了一扇窗，它们向我们揭示了在特定文化和艺术语境下，人们是如何理解和欣赏故事的。

中世纪的故事往往内涵丰富，我们可以对其有不同层次的解读。我们不仅可以结合“原始”文本去展开讨论，还可以加入对文本的续作者、改编者、誊写者以及配图者的讨论作为补充。特别是配图者，因为他们为文本提供了图像，不仅对文本做了重要的补充说明，且同样以独特的方式具象化了故事本身，由此为我们解读文本提供了更丰富的线索，因为艺术家在绘图时，其想象的人物、场景从时间和空间维度上，毕竟都与艺术家本人乃至后世欣赏者的生活相去甚远。与此同时，这些艺术家也构想出了独特的技术来描摹故事剧集：他们有时候用的是一系列画面，有时候则将故事的所有内容都囊括在一张画中。从宏观角度来说，图画将连续的文本进行了有效的分割，因此当我们阅读一些具有重复性的故事剧集，甚至是一些嵌套的漩涡故事时，这些图画显得异常重要。

对于类似《玫瑰传奇》这样知名的罗曼史，艺术家往往会将故事中的一些关键瞬间描绘成图像，并使得这些图像被复制到一本又一本的手抄本中继而流传下去。当然，这些画面呈现了艺术家对故事中人物与事件的看法，以及当时的服装传统和建筑风格，而这些往往会随着时间推移发生改变。此外，每一本有彩饰的手稿都是别致的，它们往往以其丰富性和多样的绘饰为读者带来新鲜愉快的阅读体验。

当然，不是所有的罗曼史手抄本都有彩绘，有一部分也是小开本、低成本的作品。但是像编年史集、有关《圣经》或者经典的史诗、讽喻诗歌抑或是描摹圣徒故事的作品，往往是为国王、王后、贵族乃至后来富有的镇民等赞助者所编撰绘制的。这些人一般都有足够多的财富和闲暇时间，让他们可以非常投入地了解过去的历史，尽情地享受这些有关史诗战争、浪漫爱情以及异域的故事和彩绘。到了 14 世纪，甚至有专业的抄写员和彩绘师专门按订单需求生产巨大且昂贵的手抄本，其中一些手抄本上基本每一页都有微型画，而这些作品通常被用来公共展出，或是让小团体组织的人们一边看着图像一边朗诵。手抄本中的文本和图像组合在一起，可以凝聚成精巧的整体，能为读者和听众带来愉悦感受。

▲ 两本《玫瑰传奇》手抄本都有纳西索斯在喷泉边爱上了自己倒影的描绘。
左图（1330 年，巴黎）皇家手抄本 19 B XIII，第 14 页背面；
右图（1500 年，布鲁日）哈利手抄本 4425，第 20 页正面

作者说明

顺着每个故事的梗概，我已然探索了它们的起源，同样也揭示了中世纪艺术家在解释文本时的诸多方式。那些如今不是那么有名的中世纪传奇，像《佩塞弗雷传奇》（*Perceforest*）和《罗马七贤》，里面的剧情同样会在更知名的故事，如亚瑟王系列传奇里有所呈现。由此，这些作品根据其主题自然就会被归类成为英雄人物，史诗战役，奇事与神迹，恶棍、罪案与谋杀，征程与旅途，动物寓言以及爱情故事。

我想要说明的是，本书并非旨在使用文学与文化术语时面面俱到。与此同时，本书聚焦于大英图书馆馆藏的西方彩饰手抄本，这使得本书对部分内容必然会有所疏漏，包括《贝奥武甫》和《坎特伯雷故事集》，因为这两套手抄本的彩绘图像我无从获取。我偶尔也会使用早期印刷出版物的彩绘图像，因为其图像风格与手抄本上的微型画颇为相似。我希望，这种选择能够促使读者自己在互联网中探索大英图书馆的馆藏手抄本，如网站“数字化手抄本”（Digitised Manuscripts），或者“彩饰手抄本目录”（Catalogue of Illuminated Manuscripts）。这两个地方提供的彩饰手抄本资料，要比本书中提到的所有作品还要多得多。对于那些对中世纪时期和手抄本研究不甚熟悉的读者，我在书中也补充了重要事件的编年表，以及书中使用的相关名词的解释。

▲ 闲时消遣——喝葡萄酒、阅读书籍以及演奏乐器。出自《太阳的光辉》（*Splendor Soils*, 16 世纪，德国）哈利手抄本 3469，第 28 页正面

编年史表

这份编年史表不仅罗列了历史人物（包括一些君王的关键人生节点），也标注了书中提及的重大历史事件。添加这份编年史表是为了帮助读者更好地了解手抄本以及书中故事背后的历史背景，同时可避免在正文中插入信息影响叙事的流畅性。除特别标注外，人名前边的时间表示的是该人物的生卒年（r. 表示在位时间；d. 表示死亡时间；fl. 表示活跃时间；c. 表示大约的时间）。

公元前（BC）

r.c.1010—970	大卫，以色列王
d.759	狄多，迦太基女王
r.605—562	尼布甲尼撒二世，巴比伦国王
c.518—438	品达，希腊诗人
c.496—406	索福克勒斯，希腊悲剧作家
c.484—425	希罗多德
r.359—336	腓力二世，马其顿国王
r.376—323	亚历山大大帝，马其顿国王
d.c.315	波鲁斯，印度国王
r.360—342	奈克塔内布，埃及法老

100—44	尤利乌斯·恺撒
70—19	维吉尔，罗马诗人
r.51—30	克利奥帕特拉
r. 27—公元 14	奥古斯都·恺撒，罗马皇帝
b.12	本丢·彼拉多，罗马犹太行省总督

公元（AD）

d.c.17	奥维德，罗马诗人
r.c.26—36	本丢·彼拉多，罗马犹太行省总督
46—c.120	普鲁塔克，希腊历史学家
d.79	老普林尼，罗马作家
c.100—170	托勒密，数学家
r.284—305	戴克里先，罗马皇帝
r.306—312	马克森提乌斯，罗马皇帝
c.405	杰罗姆完成《圣经》的翻译工作
410	罗马遭到维斯哥特人的洗劫
597	圣奥古斯特前往不列颠布教
545—597	弗蕾德贡德，法兰克人的女王
c.673—735	尊者比德
r.768—814	查理大帝，法兰克国王，罗马皇帝
778	龙塞沃战役
r.813—840	虔诚者路易，法兰克国王
r.871—899	阿尔弗雷德大帝，威塞克斯国王

1060—1100	布永的戈弗雷，耶路撒冷的十字军之王
1066	黑斯廷斯战役
r.1066—1087	威廉一世（征服者），英格兰国王
1096—1099	第一次十字军东征，穆斯林控制的耶路撒冷被十字军占领
1099—1187	耶路撒冷的十字军王国
r.1100—1135	亨利一世，英格兰国王
1105—1161	梅丽桑德，十字军国家耶路撒冷王国女王
r.1137—1180	路易七世，法兰西国王
r.1174—1193	萨拉丁，叙利亚和埃及的苏丹
1145—1149	第二次十字军东征
r.1154—1189	亨利二世，英格兰国王
r.1180—1223	腓力二世奥古斯都，法兰西国王
1190—1192	第三次十字军东征
1192—1291	阿克里的十字军王国
r.1189—1199	理查一世（狮心王），英格兰国王
1202—1204	第四次十字军东征，占领君士坦丁堡
r.1216—1272	亨利三世，英格兰国王
r.1226—1270	路易九世（圣路易斯），法兰西国王
1265—1321	但丁·阿利吉耶里
r.1272—1307	爱德华一世，英格兰国王
r.1307—1327	爱德华二世，英格兰国王
r.1309—1343	安茹的罗伯特，那不勒斯国王
r.1327—1377	爱德华三世，英格兰国王
1337	英法百年战争开始

1340—1416	让·贝里公爵
c.1343—1400	杰弗里·乔叟
r.1363—1404	无畏者菲利普，勃艮第公爵
r.1364—c.1380	查理五世，法兰西国王
1364—c.1430	克里斯蒂娜·德·皮桑
r.1377—1399	理查二世，英格兰国王
r.1380—1422	查理六世，法兰西国王
r.1413—1422	亨利五世，法兰西国王
1415	阿金库尔战役
r.1419—1467	好人菲利普，勃艮第公爵
r.1422—1461, 1470—1471	亨利六世，英格兰国王
1453	英法百年战争结束
1453	君士坦丁堡被土耳其人占领
1455—1487	玫瑰战争
r.1461—1483	路易十一，法兰西国王
r.1461—1470, 1471—1483	爱德华四世，英格兰国王
r.1467—1477	无畏者查理，勃艮第公爵
r.1474—1504	费迪南德与伊萨贝拉，卡斯蒂利亚的统治者
r.1515—1547	方济一世，法兰西国王
r.1509—1547	亨利八世，英格兰国王
r.1553—1558	玛丽一世，英格兰女王
r.1558—1603	伊丽莎白一世，英格兰女王
1564—1613	威廉·莎士比亚
1594—1612	亨利·弗雷德里克，威尔士王子，英格兰

	詹姆斯一世之子
r. 1643—1715	路易十四，法兰西国王
r. 1660—1685	查理二世，英格兰国王
r. 1689—1694	英格兰的威廉三世和玛丽二世
r. 1727—1760	乔治二世，英格兰国王

Cy commence la ije. partie de ce liure
laquelle parle comment la cite des dames

第一章

英雄人物

克里斯蒂娜・德・皮桑（Christine de Pisan）和一群女士
在正直女士的带领下进入妇女城。
出自《女王之书・妇女城》哈利手抄本 443，第 323 页正面

Cy commence le livre de Guy de Warwik.

Au temps du roy Athelstam prince de noble memoire, regnant en souveraineté ou royaume d'Engleterre, après l'an de l'incarnacion nostre seigneur Jhesucrist ixc et xviii, estoit ledit royaume d'Engleterre sur tous autres royaumes renommé fontaine et mirouer de toute proesse et chevalerie par la bonté des vaillans et preux qui y habitoient, dont renommee pour lors couroit par tout le monde. Et tant que non seulement en son temps mais de par avant au temps du regne du tresbon roy Artus ne se tenoit nulluy des foraines contrees a droit chevalier s'il n'avoit esté oudit pays d'Engleterre soy esprouver et acointer avecques les chevaliers y estans. Et quant la raison en soit evidente, ne me semble grant merveille que leauté et proesse y deust pour lors plus estre que en aucune autre region pour plusieurs causes. Et premierement comme ce soit la terre de dessoubz le ciel qui plus a esté tousjours d'anciennete renommee estre plaine de grans et merveilleuses aventures, dont et pour laquelle cause en aucun temps selon les hystoires anciennes souloit estre appellee des estrangiers la terre adventureuse. Autre raison les gens naissans en icelle terre communement de croissance grans et fors et puissans de membres assez plus que autres terres voisines et plus peuent souffrir et endurer. Si leur gouvernance estoit aucune raisonable desirans et enclins naturellement au fait des armes comme l'experience en soit clere a dire que non seulement les nobles mais generalement toutes les communes sont gens de grant fait de grant deffense et de hardie entreprise. Bien est aprouvé par les victoires que de longue main et en plusieurs places ont obtenues en plusieurs batailles diverses contre leurs ennemis et a poi de nombre comme par croniques royales des royaumes de France, d'Espaigne, d'Escosse et de plusieurs autres pais et regions a plain en puet estre sceu la verité. Mesmement encore autre raison ya. C'est que es temps passez et nommeement au temps d'icellui roy Athelstam estoit aussi commune guerre ou pays d'Engleterre laquelle s'appelloit guerre des barons et estoit assez courtoise. Car qui prins ou rencontré estoit en estour ou rencontre eschappoit a assez pou de rençon. Et se faisoit que chascun avoit plus de vouloir a soy aventurer pour acquerir honneur. Et ainsi pour les raisons dessusdictes estoient icelles gens et devoient estre par raison mieulx introduis et apprins de guerre que ceulx des autres regions qui de ce ne se entremettoient fors que pou. Et une autre tres especiale raison qui fait bien a ramentevoir et estre mis en memoire. C'est que des onques et sur moult d'autres pays Dieu a voulu faire mettre de belles et bonnes vertus es dames d'icelle contree passant beaulté gracieuseté, beau maintien, honneur et courtoisie que pour acquerir leur grace chascun a esté du temps passé desirant de soy travailler en honneur et de passer en proesse ses ancesseurs. Et avoir leur noble acointance. Et les dames de tel et si honnourable condicion que leurs amours ne voulloyent ottroyer a nulluy fors a chevalier. Et qui fut tel et si renommé de proesse et bonnes meurs que pour la cause de ses bienffais nulluy ne peut parler de leur acointance fors que en bien et de celle grace et honneur tant habondance a la contree selon la mienne oppinion. Les dames en sont et seront perpetuellement a remercier a remercier honnourer et priser par dessus toutes autres dames d'autres regions. Combien que je le die sans entendre nulle desprisier, mais seulement pour ce que tout cuer de franche condicion est tenus a toutes vertus loer et essaucer en icelle beneuree continuance les vueille Dieu parmaintenir de mieulx en mieulx pour augmentacion et exemple de tous les nobles cuers presens et avenir.

En icelle honnourable saison et regne du dit roy Athelstam estoit ou royaume d'Engleterre ung tresnoble et puissant conte nommé Roalt, lequel avoit la seignourie de la conté de Warrewik et des contez de Oxenford et de Buckingham et plusieurs autres seignouries. Grant et puissant homme estoit entre tous les plus grans du royaume et moult se contenoit richement et en moult bel estat de gens et de mesnies et de tous autres appareilz. Sur tous autres de pris amoit et essaucoit le nom de chevalerie et trop se delitoit a veoir et honnourer tous bons chevaliers, et moult leur estoit secourable comme cil qui avoit esté et estoit encores tres bon chevalier de sa main. De tous enfans icellui conte fors une seulle fille nommee Clarfelice, mais de beauté sens et gracieuseté elle passoit toutes les damoyselles de son aage que l'en savoit en nulle part. Et tant couroit d'elle grant renommee que on la tenoit a la plus belle damoyselle du monde. Et pour sa beauté et doulce maniere estoit moult desiree de plusieurs grans seigneurs. Et moult en avoit son pere grans prieres et requestes et souvent l'en touchoit. Mais elle comme pucelle de jeune aage n'entendoit fors que pou a telle affaire de toutes bonnes meurs estoit plaine. Et de sciences a toutes dames convenables bien ensceignee. Et combien que aucuns aucteurs se soyent au devant de ses beautez moult merveillez a ses grans beautez descripre neantmoins et pour abreviacion m'en passe fors a tant que selon ce que j'ay

1. 华威的盖伊：典型的英格兰式英雄

当你经历过大小战役，
在比武中赢得盛名，
曾擒获过骑士，
也曾攻陷过高塔和城堡，
关于你无比英勇的表现和盛名的传说
也已传遍大地乃至整个国度，
在那个时候你才能寻求我的青睐！

《华威的盖伊》（*Gui de Warewic*），
阿尔弗雷德·埃韦特（Alfred Ewert）编校

在“九贤人”的殿堂中，有一位中世纪的超级英雄，如今差不多被世人遗忘的英格兰骑士和隐士，有时候位居九贤中的第三名，与亚瑟王和查理大帝比肩齐名。他就是华威的盖伊，一开始他只是一个身份卑微的见习骑士和斟酒侍从，后来富甲一方且位高权重，最终却抛弃了一切并将自己的余生奉献给了上帝。虽说盖伊这个人物显得有些神秘，酷似

◀图 1–1–1　华威的盖伊作为一位侍臣和朝圣者，与什鲁斯伯里伯爵约翰·塔尔博特（John Talbot）以及他的妻子（华威第十三代公爵之女）玛格丽特·比彻姆（Margaret Beauchamp）并肩同行。出自《塔尔博特·什鲁斯伯里之书》（*Talbot Shrewsbury Book*，鲁昂，约 1445 年）皇家手抄本 15 E VI，第 227 正面

罗宾汉，却很有可能是一位真实的历史人物。关于他的传说基本上发生在华威及其周边。盖伊拥有极具魅力的骑士风度，而且颇为虔诚，这让他受到了当时的华威贵族——比彻姆家族的推崇，并被尊为他们最崇敬的先人。他带领国王埃塞尔斯坦统治下的盎格鲁-撒克逊人抗击丹麦人的入侵，而那些战役使他成为中世纪颇负盛名的英格兰英雄之一。一直以来，他都颇受民众爱戴，也是抒情诗和历史剧的主角，特别是在华威郡，持续到20世纪早期。

故事的一开始，年轻的盖伊——沃林福德的管家西沃德（Siward）之子，因成为华威伯爵罗尔哈特（Rohalt）的侍从骑士，得到了有关骑士的训练。据称，大自然母亲费尽千辛万苦才创造出了那么完美的生灵，盖伊不仅英俊，而且还勇敢善良。他不仅熟练掌握剑术和长枪的使用技巧，而且还有着娴熟的骑术。他在被封爵之前，邂逅并爱上了美丽的公爵之女菲丽斯（Felice），菲丽斯却因为他卑微的出身而拒绝了他。随之而来的是盖伊无尽的伤感，无数次的昏厥，乃至疯狂到要寻求自我了断，直到菲丽斯心生怜悯，并承诺只要他成为一名真正的骑士，以勇气和征服赢得盛名，她就会接受他的求爱。盖伊在他的导师黑拉尔特（Heralt）的陪伴下，第一次在鲁昂参加了骑士比武。他大获全胜，由此赢得了德国皇帝之女——布兰彻弗洛尔（Blancheflour）在赛前许诺的奖品（白色的矛隼和马匹）。从那时起，他就开始不断在骑士比武中获胜，他的骑士事迹遍布法兰西、日耳曼和意大利，他为公平和正义而战，赢得了盛名，同时也遇到了他忠实的朋友——沃尔姆斯的特里。在听闻君士坦丁堡的皇帝正在遭受萨拉森人的围攻之后，他立即启程前去营救，很快就解决了埃米尔和土耳其国王，并最终将苏丹斩首。在东方的旅行过程中，他遇到了一只正在被凶猛的巨龙追逐的狮子，他再一次拔出佩剑，斩下了巨龙的头颅。从此，这头狮子成了他忠实的追随者，一直陪伴他左右，就连睡觉的时候也躺在他脚边。但是这头狮子后来被邪恶的管家莫加多尔所害，因为国王对这位英格兰骑士的青睐让他颇为嫉妒。

盖伊和狮子这一章，几乎以漫画的形式被画在《泰茅斯祈祷书》的页下空白处，那些动感十足的图画被一页页地描绘在纸上，并冠以《华威的盖伊》的标题（见图 1–1–2 至图 1–1–6）。这本华丽的祈祷书满是描绘传奇的精致装饰和图画，通常被认为是专为伦敦的皇家公主或女王定制的，可能就是爱德华二世的配偶——来自法兰西的伊莎贝拉（Isabella of France），又或者是她的女儿埃莉诺（Eleanor）。她每日用法语祷告，就连书页上关于和平的祈祷也是如此，不过这本书的主人可能会因为书页下的图画想起狮子与巨龙所象征的善与恶的斗争。盖伊为正义而战，斩杀了巨龙，赢得了狮子的忠心。

图 1–1–2

图 1–1–3

图 1–1–2、图 1–1–3　盖伊骑着他的白马，看见巨龙正在攻击狮子

图 1-1-4

图 1-1-5

图 1-1-4、图 1-1-5　狮子目睹盖伊杀死巨龙

经历了七年的在外冒险之后，盖伊决定回到英格兰去见他的家人和心爱的菲丽斯。在含泪告别他最好的朋友特里之后，盖伊旅行至约克郡并来到埃塞尔斯坦国王的宫廷，他在那里与国王待了一段时间，显然他并不急着回到华威郡去见他的亲人们。在斩杀了另一条在诺森伯兰郡为祸一方的巨龙之后，他终于启程回家了。他与菲丽斯重逢之后，向她许诺将永远伴她左右。不过令人意外的是，在婚礼的五十天后，盖伊就决定离开他的新婚妻子，纵使妻子已然怀孕。他毅然开始了第二次冒险，不过这一次他是为了上帝的荣耀，作为一名前往圣地朝圣的骑士出发的。他隐姓埋名，与故友特里再次同行。他们在东方的探险包括发掘一个藏有宝藏的洞穴，坐船四处漂流直至登陆，回到自己的床上后倒头就睡。

图 1–1–6　狮子跟随着盖伊离开

图 1–1–2 至图 1–1–6 来自《华威的盖伊与狮子》的故事。出自《泰茅斯祈祷书》（伦敦，14 世纪中期）耶茨 · 汤普森手抄本 13，第 12 背面至第 14 页背面

回到英格兰后，他击败了怪物般的巨人科尔布隆（Colebrond），并消灭了丹麦来的入侵者。埃塞尔斯坦国王想要将王国的一半分给他，他拒绝国王的好意，反而选择去当一个乞食的隐士（见图 1–1–7），去他妻子的宫廷拜访。那时菲丽斯正好生了一个儿子，取名为莱因布劳恩（Reinbrun），并从此将她的一生奉献给了宗教事业。菲丽斯没有认出盖伊，盖伊也从此隐居森林，不久之后就去世了。不过，在他咽下最后一口气时，他和妻子还是见了一面。之后，菲丽斯也很快去世了，被葬在盖伊的身边。而莱因布劳恩还是小男孩的时候就被萨拉森人掳走了，后被黑拉尔特解救。在经历了与父亲如出一辙的诸多冒险之后，他回到了故乡，继承了他在华威郡的合法遗产。

图 1-1-7　埃塞尔斯坦跪在华威的盖伊面前。出自《朗托夫特的英格兰编年史》（*Langtoft's Chronicle of English History*，英格兰，约 1307—1327 年）皇家手抄本 20 A II，第 4 页背面

图 1-1-8

图 1-1-9

◀ 盖伊杀死了邓色母牛（the Dun Cow，图 1–1–8），并用长矛挑着牛头献给一位地主和他的夫人（图 1–1–9）。出自《史密斯菲尔德教令》（*The Smithfield Decretals*，伦敦，约 1340 年）皇家手抄本 10 E IV，第 294 页背面至第 295 正面

《盖伊与邓色[1]母牛》是盖伊传奇中颇为出彩的篇章，时至今日仍是华威郡民俗的一部分，如今，一些地名化用了整个故事，比如邓彻奇（Dunchurch）。此外，当地的一些酒馆也是如此，甚至还有一首祝酒歌叫作《邓色母牛》。约翰·舒利（John Shurley）出版于 1681 年的《威名史，或华威伯爵盖伊一生的故事》（*Renowned History, or the life and death of Guy Earl of Warwick*）中记载道，盖伊“在邓斯莫尔（Dunsmore）的荒原上杀死了一头怪物般的母牛，不过最后盖伊与野兽同归于尽了。据说，这头母牛有 6 码[2]长，4 码宽”。虽说这个故事只在后来的版本中以书面形式流传下来，比如被舒利记载在书中，但是它同样以图画的形式被描绘在《史密斯菲尔德教令》的页脚上，而《史密斯菲尔德教令》是一本关于法律的书，它由 14 世纪的伦敦艺术家绘制而成（见图 1–1–8 与图 1–1–9）。

关于这个传说的早期文本材料可以追溯到公元 1215 年的一首法语诗，与诸如《特里斯坦》（*Tristan*）和《号角罗曼史》（*the Romance of Horn*）等作品有不少共同点。它被认为是盎格鲁–诺曼罗曼史系列较晚期的作品之一，而这一系列诗歌的故事创作于诺曼征服后的英格兰，所以往往用法语方言写就。这一体裁的作品最初出现在 12 世纪中叶，亨利二世与阿基坦的埃莉诺的宫廷之中。大约 100 年后，其英语译作才出现，也是在皮埃尔·德·朗托夫特（Pierre de Langtoft）的《英格兰编年史》（*Chronique d'Angleterre*）中，华威的盖伊首次以历史人物的身份与亚瑟王以及埃塞尔斯坦出现在一起。自此，盖伊也在一系列

① 英文中 Dun 意为棕色，这里采用音译作“邓色”。——译者注

② 1 码约等于 0.91 米。——译者注

历史著作中成了英格兰抗击丹麦人的救星。当然，也有一部分原因是华威的比彻姆伯爵们日益增长的影响力，毕竟他们希望塑造他的威名。最初知道盖伊这个名字的华威伯爵显然拥有一份相关的罗曼史抄本，而他在公元 1305 年将其捐献给了伯得斯利修道院（Bordesley Abbey）。此后，理查德·比彻姆（Richard Beauchamp，逝世于 1439 年）根据他那些模范先辈的故事塑造了盖伊的生平，不仅筹建了一个礼拜堂，而且还用盖伊崖（Guy's Cliffe）的岩石为其塑像。据传，盖伊正是在那个悬崖边建立了自己的隐居之所，由此可以俯瞰整条阿文河（the River Avon）。理查德的女儿玛格丽特以及她的丈夫一起委托定制了那本华丽的《塔尔博特·什鲁斯伯里之书》，并将其呈给了安茹的玛格丽特（Margaret of Anjou），即亨利六世未来的妻子。它包含了以法语散文记载的传奇并搭配了图 1–1–1 展示的微型画。在玫瑰战争时期，盖伊崖礼拜堂的圣歌牧师约翰·劳斯（John Rous）制作了一卷纹章编年史，以此来纪念华威城的名流们。他将菲丽斯和华威的盖伊也囊括其中，包括他们的纹章（见图 1–1–10）。

盖伊的传奇历经诸个世纪，在罗曼史、编年史书乃至民谣中反复流传。它一方面蕴含了罗曼史常见的主题，比如与怪物的战斗以及历史情节嫁接；另一方面，它片段化的呈现本身同样意味着它可以被改编，反映当时的社会和政治价值取向。虽说有不少人将其当作一个骑士归隐的宗教故事，但是它实际上质疑了中世纪的骑士理想，并指出了其内在的暴力以及追逐荣耀的本质并不能与遵从超凡脱俗的基督教价值观相提并论，而这一点以及它丰富的主人公形象给予了该传奇永恒的价值。

图 1-1-10　菲丽斯接受了盖伊的戒指；华威的盖伊身穿锁子甲，手持战斧和盾牌，一只狮子张牙舞爪扒着他的盾牌，与此同时，他脚踩着三个被击败的敌人以及一条巨龙。出自《劳斯卷轴》（？华威，约 1483 年）大英图书馆馆藏手抄本 48976，图 3

2. 安条克的圣玛格丽特：恶魔与巨龙

主啊，你为我们带来了
被赐福的贞女
玛格丽特，她顺着殉教者的棕榈
通往天堂。
请赐福于我们，
跟随她的脚步，
我们能有幸投入您的怀抱。

圣玛格丽特盛宴上的一段祷告，载于《黑斯廷斯祈祷书》

据说圣玛格丽特出生于安条克，那是戴克里先（Diocletian）当政、罗马帝国迫害基督徒的时期，而她是一位异教神父——狄奥多西（Theodosius）的女儿。母亲去世后，年轻的玛格丽特被委托给一位护士照顾，而那位护士正是一名基督徒，因此玛格丽特在很小的时候就皈依了基督教，并许下终身守贞的誓言。就在她十五岁那年的某一天，玛格丽特正在野外照看自己的羊群，罗马的地方官奥利布里乌斯（Olibrius）正骑着马在路上准备去找基督徒们的麻烦（见图 1-2-3）。在看到她的一刹那，他一下子被欲望操控，毕竟她“如珍珠一般可

◀ 图 1-2-1　玛格丽特在龙身上现身，并用长矛将其刺死。出自一本祈祷书（英格兰，14 世纪晚期）大英图书馆馆藏手抄本 71118，leaf B

人”。奥利布里乌斯随即派人将她抓来，根据她的社会地位，他想让她做自己的妻子或者妾室。当他审问她时，玛格丽特声称自己出身高贵，是一位基督徒，而且不会放弃自己的信仰而下嫁给他。奥利布里乌斯随即将她扔进监狱，并威胁她说：若是不改变主意，就会被碎尸万段。玛格丽特回应说：自己最真挚的希望就是为基督而死。因此，她被扔在架子上被人用棍棒捶打，施刑者们还用特制的梳子耙她的身躯，直到她皮开肉绽，露出白骨，而且伤口的血流也宛如泉涌。施刑者试图说服她放弃信仰，以免于更残酷的刑罚，她反驳道：“滚开，恶魔的参谋们！对我肉体的酷刑正是对我灵魂的救赎。”

这个地方官回到行刑处查看情况时，也被她身上那些严重的伤口吓得不禁用袍子挡住了自己的脸。她随后被人从架子上卸下并扔回了牢里，整个牢笼随即亮起神圣的光辉。在她开始祈祷时，恶魔撒旦幻化成一头丑恶的巨龙，出现在她的牢笼中并猛地扑向她，一口将其吞食。但她手中的十字架开始不断变大，最终撑破了巨龙的肚子，玛格丽特得以完好无损地现身出来。恶魔不甘心，重新变回原形。但这次，玛格丽特将其打倒在地，并用脚死死地踩着他的脖子，喊道：“匍匐在此，你这傲慢的恶魔，就屈服在一个女子的脚下吧。”（见图 1–2–2）恶魔由此哀嚎起来：“啊，我再也不敢了。倘若是一个年轻男子打倒我，我倒也不至于那么在意，可我偏偏被一个柔弱的女子击败！更何况，你的父母还都是我的朋友。”他随即承认，诱骗那些有德之人的原因是他怀着恶意想要让他们误入歧途。最终，玛格丽特轻蔑地打发了他。

次日，年轻的玛格丽特被带到了一位法官和聚集的群众面前，但是她依旧拒绝信奉异教，因而再次遭到酷刑折磨（见图 1–2–4）。她被绑起来扔进了一个水缸中，但就在那一刻，突然发生了地震，一只鸽子从天而降，将一顶金色王冠戴在了她的头上。见此情景，有五千名群众当场就皈依了基督教，但是他们也很快被奥利布里乌斯下令斩首。因为害怕更多的人会转信基督，奥利布里乌斯当即决定玛格丽特也应当斩

图 1–2–2 玛格丽特从巨龙体内现身，并用九尾鞭攻击恶魔（左下方），以及凯瑟琳和被天使砸碎成两半的轮子（右下方）。出自《胡思诗篇》（林肯，13 世纪晚期）大英图书馆馆藏手抄本 38116，第 13 页正面

首。因此，玛格丽特祈祷着，为迫害她的人得到饶恕，为那些罪人得到宽宥，为怀孕妇女得到特殊的关照（见图 1–2–5），她走向了行刑者。刽子手心怀恐惧，颤栗着砍下了她的脑袋，但是很快也被善良之力一击

毙命。玛格丽特被天使赐予了象征胜利的棕榈叶冠，此后她的墓旁还出现过不少神迹。

以上关于玛格丽特一生的故事，源于一本名为《金色传奇》（*Legenda Aurea*）的中世纪的圣人故事集，它基本上遵循着殉教贞女〔诸如朱丽安娜（Juliana）和凯瑟琳（Katherine）的经典叙事模式〕：女子的贞洁面临着强权男性的威胁，但她义无反顾地选择对抗酷刑，而不是放弃信仰，在无数次神奇地从磨难中幸存下来之后，最终被枭首。但是，纵使以圣人的生平来评判，玛格丽特在牢笼里遇见巨龙的场景也着实是有些离奇。《金色传奇》的编者雅各布斯·德·沃拉金（Jacobus de Voragine）虽然在他的集子中加入了许多千奇百怪的传说，但依旧对玛格丽特遇见巨龙这一章节评价道："这很有可能是杜撰的，不必信以为真（apocryphum et frivolum reputatur）。"圣玛格丽特这个人物的真实性其实一直以来都被教会权威们质疑，特别是关于她最早的文字记载源于公元 8 世纪，而在此之前没有更早的关于她的民俗传统记载。矛盾的是，正是关于圣玛格丽特生平中颇为夸张的这一段经历，使她成了整个中世纪都颇受欢迎的圣人之一。而且圣玛格丽特还很受女性的尊崇，她那极具辨识度的形象——从巨龙肚子现身（或站在其上）也已然成为中世纪艺术作品（如英格兰教堂中无数的壁画以及那些祈祷书上的彩绘）中的常客。

在一系列中世纪圣人中，人们相信在危难时刻寻求圣玛格丽特的解救往往最为有用。而她经常也被描绘在圣母玛利亚、圣凯瑟琳以及其他重要的女圣徒旁边。此外，她的生平故事除了被人们用拉丁语记录下来之外，还以不同的方言（包括古英语和中古英语）版本流传下来。而且在 11 世纪晚期，人们还在威斯敏斯特建造了圣玛格丽特教堂来纪念她的光荣牺牲。一部可能为英格兰的两位女王〔伊莎贝拉（亨利二世的妻子）与玛丽一世〕所有的，有着精致绘饰的诗篇集上，描绘着对圣人的祷词，在这些圣人之中就有圣玛格丽特，而文字旁还有充满细节的微型画。这本手抄本上最值得称道的特征便是在赞美诗文字下面有着一系列的、整整有 464 幅描绘不同主题的精美彩绘图。一系列讲述圣玛格丽特生平的片段被生动且详尽地描绘在连续 14 页的文本框下方（见图 1-2-3 至图 1-2-5）。

图 1-2-3　奥利布里乌斯对圣玛格丽特说话

图 1-2-4　圣玛格丽特遭受鞭打和剐皮割肉的折磨

图 1–2–5　女人们看着圣玛格丽特祈祷，她的行刑者则在嘲弄她

图 1–2–3 至图 1–2–5 出自《玛丽女王圣咏诗集》（伦敦，约 1315 年）皇家手抄本 2B VII，第 307 页背面，第 308 页背面，第 312 页背面

玛格丽特与分娩、生育以及母性的关联可能源于她临死前的祈祷，那时她为怀孕的女子以及她们的孩子寻求了上帝的帮助，也有可能是因为她毫发无损地从巨龙肚子里生还。在产妇和婴儿的死亡率都极高的中世纪，妇女们对于生孩子这件事大多心怀畏惧。许多以文字形式记载并流传下来的祷词和护身符文均证明，许多女性都指望着靠这些东西来帮助她们渡过这道难关。女性所拥有的祈祷书、诗篇（圣诗集）以及其他私人的宗教作品，通常都收录了对圣玛格丽特的祈祷文。而且在这些书中，有些图像似乎还被磨损得特别厉害。在一本名为《圣玛格丽特的生平与受难》（*Life and Passion of St Margaret*）的意大利手抄本中的一页上，有不少污痕和渍点（见图 1–2–6），这或许意味着它被人摸过，甚至有可能被放在临产孕妇的肚子上当作吉祥物或者护身符。在画面

上方是一句祷词的开头："Exi infans, Christus te vocat."（意为"出来吧，孩子，耶稣在召唤你"。）

玛格丽特这个名字在中世纪也颇受欢迎，至少对那些有历史记载的皇家或者贵族女性来说是如此。在中世纪作品的艺术画作和陵墓雕像中，圣玛格丽特似乎会为她的同名者向上帝说情，而那些与她同名的人也会将她视为特别的守护神和庇佑者。在图 1–2–7 中，英国国王亨利六世的妻子、安茹的玛格丽特王后正被她的守护圣人圣玛格丽特介绍给上帝，而此时的上帝戴着皇冠，扶着在十字架上受难的耶稣。这幅图画取自从女王生平中摘取出来的"皇室族谱"中的最后一页，在上面我们还可以看到玛格丽特王后跪在丈夫（也就是英国国王），以及英格兰的守

图 1–2–6　女人躺在帘屏围着的床上，而她身边的产婆正抱着一个裹着的婴儿。
出自《圣玛格丽特的生平和受难》（意大利北部，14 世纪）
埃杰顿手抄本 877，第 12 页正面

图 1-2-7　在圣乔治和圣玛格丽特的陪伴下，亨利六世与玛格丽特女王跪在耶稣和上帝面前。出自《英格兰国王历代史与皇家族谱》（英格兰，约 1450 年）
哈利手抄本 318，第 8 页背面

护神圣乔治身边。两位圣人都统御着巨龙，而巨龙鲜红的舌头正好呼应着圣乔治旗帜上的十字和耶稣流的血。这张图清晰地展示了这对王室夫妇与天堂要员关系密切。显然，他们的守护神都在为他们向上帝和耶稣说情。圣人对凶恶巨龙的控制，似乎也反映了光明力量对邪恶力量压倒性的克制，这或许可以被视作对这对权贵以及他们守护神的敌人的含蓄威胁。

Cuius tantillum me claudit ymago sigillum
Me sic premisit sua q gerendi remisit · Obsequio uem cui certare pleni
Sunt me tam diues q paup 7 undique ciues
In studijs pergam tecum donec sua uerga
Monstra foras dira quor uulgus caset ira
Et rancore truci quia sunt contraria luci
Fac cito Rex dicte ne preueniat tua nocte
Hostis puersus qui semp ymagine insus
Fallaci tela componit me quore uela
Ut cordis cellas turbet faciatq procellas ·
Sub iunone feri dicor creuisse nouerca
In uirtute proba domui nequissima monstra
Antheum libica prostraui solus arena
Arpias modica ui de tellure fugaui
Cacum cecaui latronem rupe gigantem
Ydram mactaui dubio pereunte ueneno
Busiridemq dedi comedendum prsus equabi
Qui meruit cedi poliphemum falce secaui
Lumina conuulsi centum custodis 7 argi
Et quia ui fulsi centauros debilitaui
Aurea diripui uigilanti poma draconi
Aprum cum uolij silua pendente recidi
Pellem decepsi nemeo nempe leoni
Amnis acheloi demisi rupibus ora
Vellera detraxi de colchis aurea dudum
Cursu deuici ceruam · colubros puer infans
In cunis straui celos humerisq leuaui
Cerberus ex triplici p me fuit ipse catena
Tractus iteta solo ceruix sua trina potenter
Fac et idem uerte rex nunc oclosq Roberte
Non minor ipse gigas es tu si ducere bigas
De trasalpinis ul uis reuocare ruinis
Quas hui mecum uirtutes sunt mo tecum
Accedas queso Romam que corpore leso
Litibus icta gemit semp na commoda demit
Seua nimis rabies odior siue furor
Mente potes Romam si uis ubiq iuuare
Ipsa canem series tria quem fert multa probor
Natum suscepit de quo catulos generauit
Etiam concepit peiores iamq pariunt
Illis officium nocuum uiresq nocendi
Querit iudicium sua pessima nota regendi :-

Cerne meam clauam cum qua
mala monstra necaui
Exterrens prauam
rabiem qua stant
truce praui ·

Herculis
ista uago
fluctu non
certat ymago
Set decet ut bel
lum fiat cuiusq
macellum ·

3. 赫丘利：从半神到星宿

他的肉身活在人群之中，
他的灵魂却寄宿在
太阳、月亮以及
与群星同在的
隐匿之处。
他是知识的化身。
他让海怪在深渊中颤栗，
他推翻邪恶的暴君，
羞辱傲慢的狂徒，
拥护卑微的弱者；
而他唯一的财富就是美德。
就是他，用他的木棍统御着
全世界的国度……

拉乌尔·勒夫（Raoul Lefèvre），《特洛伊历史汇编》（*Le Recueil des histoires de Troyes*），马尔科·埃希巴赫（Marc Aeschbach）编校

◀ 图 1–3–1　赫丘利身披狮皮、手持权杖的经典造型。出自《皇家花园》（*Regia Carmina*）。此书曾被献给那不勒斯国王——安茹的罗伯特，书中所有手抄本的宗教和神话人物均由艺术家帕奇诺·迪·布纳吉达创作。（Pacino di Buonaguida，托斯卡纳，约 1335 年）皇家手抄本 6E IX，第 12 页正面

图 1-3-2　小赫丘利还在婴儿床上时就掐死两条大蛇。出自《特洛伊历史汇编》（布鲁日，约 1480 年）皇家手抄本 17 E II 第 114 正面

图 1-3-3　赫丘利挟着狮皮，手持木棍，正与一条大蛇对抗，这象征着他的星宿。出自托勒密《天文学大成》（*Almagest*，伦敦，1490 年）阿伦德尔手抄本 66，第 34 页背面

全能的赫丘利以其无畏和超人的力量著称，他的威名甚至在他出生之前就被树立。为了得到“一位强大到足以保护天神和人类免于灭顶之灾的子嗣”〔赫西俄德（Hesiod），格雷夫斯翻译〕，众神之王朱庇特谨慎地挑选了美丽的阿尔克墨涅（Alcmene）作为他在凡间的伴侣；同时，他熄灭了太阳神赫利俄斯（Helios）的火焰，并命令月神放缓她在天空的夜巡，来延长在一起的夜晚。结果生下了一个英勇无敌且仿佛有着无尽欲望的半神，他将注定成为夜空的星宿。事实上，赫丘利不仅被天文学家托勒密列为四十八个星宿之一，而且在现代人所观测到的八十八个星宿中，他所代表的星宿还是第五大星宿（见图 1-3-3）。

毫不意外，基于赫丘利的家世，他在婴儿时期就表现得十分异于常人，他一生所经历的无数次旷世冒险从他在婴儿床上时就开始了。朱庇特那善妒的妻子朱诺十分痛恨这个孩子，但是她被她丈夫骗去喂了赫丘利一次奶，从此赫丘利便有了不朽之身。当时还是婴儿的赫丘利吸奶的力气大到朱诺直接将他扔了出去，而她的乳汁则洒在了夜空中，化作了银河。当他才六个月大时，朱诺在一天晚上派了两条大蛇去他的育婴室谋害他，但是赫丘利一手一条，轻松地掐死了它们，随即高兴地又跳又笑（见图 1-3-2）。当然，如果赫丘利不能学着掌控如此神力，他就会变得很危险。作为底比斯城的年轻男孩，赫丘利接受文学、音乐等科目的教育；又因为日后需要参军，他也要学习格斗技巧。有一次，他在讨论音乐理论时与老师发生了争吵，赫丘利直接拿起里尔琴猛砸，将那位老师一击毙命。在十八岁时，他杀死了人生中的第一头狮子。

汇编并重述赫丘利的诸多传奇经历都是一个赫丘利式（几乎不可能完成）的任务，所以笔者也无意那么做。但是基于那些伟大古典学者诸如罗伯特·格雷夫斯（Robert Graves）的著作，我们可以将其事迹作一个简短的总结：

图 1-3-4 忒修斯和赫丘利击败亚马孙的女王希波吕忒和墨拉尼珀。
出自《古代史》（*Histoire Ancienne*，阿克里，耶路撒冷拉丁王国，1275—1291 年）
大英图书馆馆藏手抄本 15268，第 103 页正面

- 完成了举世闻名的“十二场试炼”，据传是阿尔戈斯国王——欧律斯透斯安排给他做的十二件不可能完成之事：其中包括刺杀尼米亚巨狮（甚至有可能是三只狮子，见图 1–3–7），与河神阿刻罗俄斯大战，闯入凶狠巨蛇守护的赫斯珀里得斯果园中盗走金苹果，从冥府带回地狱三头犬。
- 杀死了超过六十个有名有姓的人物，包括巨人革律翁（当时最强大的人），卡库斯（有三个头还会喷火的牧羊人），亚马孙女王墨拉尼珀和她的姐妹（见图 1–3–4），和他自己的妻子——墨伽拉以及他的六个孩子和他们的表亲（有的说是因为女神赫拉驱使他发疯）。
- 屠杀大量厄耳癸诺斯的将领和无数的利古里亚人，杀死布西里斯的所有神侍，拉俄墨冬的所有儿子，欧律提翁的所有兄弟，涅琉斯的所有儿子，克罗诺斯以及他的大部分子民等。
- 征服几乎所有人，从德比瑞肯人、密细亚人、弗里吉亚人到比提尼亚人和色雷斯人。
- 斩杀了几头狮子（见图 1–3–7）、许多斯廷法洛斯湖怪鸟、一条九头蛇、双头狗欧特鲁斯、巨鹰佩里克吕墨诺斯、巨龙拉冬以及巨人安泰俄斯。
- 引诱了将近七十五个女人，包括格劳茜娅（Glaucia）、河神斯卡曼德的女儿、吕底亚女王翁法勒。而且他一晚上就引诱了国王狄斯比斯（Thespias）的四十九个女儿。
- 和他的妻子黛安妮拉生了将近七十个儿子，包括拉丁努斯（Latinus，拉丁人的始祖），安条克（未来提尔的阿波罗尼俄斯的邪恶岳父），以及一个女儿玛卡利亚（Macaria）。
- 创立了奥林匹克竞技。

纵观赫丘利的爱情经历，还算令他满意的恐怕还是他邂逅了两个门

图 1-3-5 黛安妮拉（Deianira）被涅索斯掳走，赫丘利则在后穷追不舍。《教士与贵妇》（*Des Cleres et nobles femmes*，法国，约 1410 年）皇家手抄本 20 C V，第 37 页正面

图 1-3-6 赫丘利与伊俄勒的女伴们一起绕线圈。《教士与贵妇》（鲁昂，约 1440 年）皇家手抄本 16 G V，第 124 页背面

当户对的女人，一位是天神之女，一位是公主。在完成了十二场试炼之后，他回到了家乡。在其中一个故事版本中，他将三十三岁的妻子墨伽拉给了他的侄子，并开始寻找更年轻和更幸运的女人来替代她。

在做了吕底亚女王翁法勒一年的奴隶之后，赫丘利拐走了狄俄尼索斯的女儿黛安妮拉，并娶其为妻。在某一天，半人马涅索斯掳走了黛安妮拉，赫丘利一箭射伤了他。涅索斯在垂死之际，命令黛安妮拉收集他的血，并与毒药（在其他版本中是橄榄油）混合。他解释说，如果将这混合物涂在她丈夫的衬衫上，她将永远不用再抱怨丈夫的不忠。这一故事被描绘在一本法语手抄本上（见图 1-3-5），被薄伽丘收录在一套著名的历史神话代表人物合集〔书名为《名女传》（*De mulieribus claris*）〕中。

和往常一样，赫丘利很快便抛弃了黛安妮拉并重启了他的冒险，开始引诱其他女人，包括国王欧律托斯之女——伊俄勒。而伊俄勒和他十分相配，而且据奥维德（Ovid）所述，她还用魔法完全征服了这个强壮的战士，让他穿成女人的样子做女工（见图 1–3–6），而她自己则穿着他的狮皮，拿着他的木棍。黛安妮拉难以忍受这些，所以她决定使用涅索斯给她的所谓的爱情魔药。她让一个信使将这件涂了毒药的衬衫送给赫丘利。他刚穿上，这件衣服便一下子烧灼并腐蚀他的血肉。赫丘利吼叫着撕碎身边的树木后，一把将信使扔到了埃维厄海里。赫丘利意识到自己可能难逃此劫，便指示他的同伴建了一个火葬台。他将狮皮铺在台上，木棒当作枕头，自己躺在上边。当火焰开始舔舐他的身躯时，雷电从天而降将其吞噬，他随即被朱庇特带到了天庭，成了门童，也负责在晚宴时侍奉。而黛安妮拉则懊悔不已，最终自寻短见。

赫丘利是希腊神赫拉克勒斯的罗马版本，而关于赫拉克勒斯的英雄形象则可以被追溯到新石器时代的印欧大陆的宗教崇拜时期；其主要事迹实际上是巴比伦的《吉尔伽美什史诗》的变体，类似的故事在早期的凯尔特人神话中同样存在。在艺术和伟大作家——从阿波罗多罗斯（Apollodorus）和品达（Pindar）到李维（Livy），维吉尔（Virgil）和奥维德——的作品中，描绘他的笔墨往往要比其他经典神话中的神或英雄的多得多。在希腊和罗马世界中，无数角色和冒险事迹都融合在他身上。确实，西塞罗（Cicero）相信历史上应该有六个不同的人都用了这个名字。他传奇般的神力通常被用来抵御邪恶，所以在现代人日常生活中，“赫丘利见证（By Hercules）”（赫拉克勒斯的希腊语为 Herakleis，拉丁语为 Mehercules）甚至成了一句常见的感叹语。对于罗马的帝王将相们来说，赫丘利象征着神权与帝制的关

▶ 图 1–3–7　赫丘利正在完成他的第一场试炼——斩杀尼米亚巨狮。出自《特洛伊历史汇编》（布鲁日，约 1480 年）皇家手抄本 17 E II，第 148 页正面

Comme doncques
la vieille Juno
par sa mau
uaise emue se
donna a ymaginer et son
gier comment elle pourroit
faire mourir hercules nou
uelles vindrent en certe que
en la forest de Nemee estoy
ent plusieurs lyons. Et q̃
entre les autres vng en y
auoit grant de seize paul
mes plus que les autres
qui destruisoit et gastoit
le pays. Celle Juno enuoya
querir hercules et soubz

联。亚历山大大帝就特别推崇这个观点（他将赫丘利认作先祖），此后这也成为查理大帝和他的继任者们遵循的惯例。在1600年，阿维尼翁（Avignon）的民众为未来的法国国王亨利四世冠以“高卢的赫丘利（Hercule Gaulois）”的头衔，由此建立起了一套家族谱系，将纳瓦拉家族（House of Navarre）的起源追溯到了赫丘利之子——希斯帕鲁斯（Hispalus）身上。

然而，在中世纪晚期之前，赫丘利的冒险中并没有那个时期的罗曼史。在圣莫尔的伯努瓦（Benoît de Sainte-Maure）所著的《特洛伊罗曼史》（*Roman de Troie*）中，赫丘利出现在早期的中世纪特洛伊传奇中，他不仅加入了伊阿宋和阿尔戈英雄们的冒险，还参与了第一次特洛伊城的毁灭。此外，他还成了世界编年史中的角色，并与诸多神话英雄一起出现在了中世纪汇编的文本中：从早期的百科全书、塞维尔的伊西多尔（Isidore of Seville）的《词源学》（*Etymologiae*），到《诘本奥维德》（*Ovide moralisé*）——根据奥维德《变形记》改编的法语版本（其中强调了基督教的道德观）。

直到14世纪中期，在勃艮第公爵的宫廷里，一位名为拉乌尔·勒夫的教士汇编了《特洛伊历史汇编》，讲述了特洛伊城的三次毁灭，其中两次是赫丘利的杰作。而赫丘利的诸多冒险包含着艰难的挑战，显然不比他在尼米亚丛林挑战三只狮子容易。一本在勃艮第宫廷流传多年的、亨利四世于布鲁日定制的故事集抄本上，彩绘图周围的装饰边框中还加入了英格兰的皇家徽章。在那本手抄本中，赫丘利穿着中世纪的盔甲，还披着他那极具个人鲜明特征的狮皮（见图1-3-7）。

Et bien sachiez que tant estoi
ent esbahys cil q̇ fuioient: ⁊ tant
en augri del occire cil q̇ les chassoi
ent: q̄ agrāt poine durent estre
les portes closes. Le roi agame
non fist atraire lost deuant la uil
le. ⁊ tote la nuit deuant les por
tes ⁊ entor les murs se tindrent
⁊ eschargaitierent. ⁊ dedens troi
es ot grāt doulor. Le roi priant
plora son fiz paris. ⁊ aussi fist
la royne eccuba. Mes sur tos les
autres en demena si grāt duel he
laine: q̄ le roi priant ⁊ tos les au
tres mlt́ bon gre li sorent. ⁊ q̄ le
roi dist q̄ ia pis ne li feroit q̄ se el
le fust sa preupre fille. Dont fist
le roi priant mlt́ richement ense
uelir paris. ⁊ doner sepulture o
ses autres freres. Coment la
royne pantisselee uint au se
cors de troies.

Quant uint a la matine: aga
menon ordena ses batailles
⁊ amonesta de bien faire. Mais
li troyen nen issurent mie. Ainz se
tint quoi le roi priant porce q̇l a
uoit oyes nouelles q̄ la royne pan
tisselee le uenoit secore a tote ii
che cheualerie de pucelle armees
portant prous ⁊ hardies. Ceste
nouelle resbaudi ⁊ rassegura tuit
cil de troies. ⁊ si dut elle bien faire.
Car la royne estoit mlt́ uaillāt
⁊ puissant. ⁊ plaine de tres grāt
proece. Ceste royne pantisselee
ot oyes nouelles el regne dimazo
ne: del grāt orgueill de grece q̇ a
uoit troies assise. ⁊ si auoit oy
parler dector ⁊ de sa grāt proece. si
se pensa q̄lle le uendroit ueoir:
por sa grāt poissance conoistre. ⁊ si
esgarderoit sa cheualerie. ⁊ par
auenture por estre contre les grex

4. 亚马孙的女王们：希波吕忒、彭忒西勒亚、塔勒斯里斯

彭忒西勒亚处在狂怒之中，
她带领着挥舞新月盾牌连排战士，
在成千上百的亚马孙人中闪耀，
在她裸露的胸脯之下绑着一条金腰带。
作为战士们的女王，她毫不惧战，
她是敢于和男人厮杀的少女。

维吉尔《埃涅阿斯纪》（*Aeneid*），查尔斯·贝内特（Charles Bennet）编校，C. 戴–路易斯（C. Day-Lewis）翻译

亚马孙人是一个传奇的种群，她们全是女战士，并凭借着美貌、无情残暴以及运动员般的力量闻名于世。她们是战神阿瑞斯（Ares）的女儿，一直远离男性生活，只有等到必须繁衍后代时，她们才会与男性接触；对出生的男婴，她们会将其致残、杀死，或者交给他们的父亲。据说，她们的称呼（Amazon）源于希腊文 a（意为无）和 mazon（意为

◀ 图 1–4–1　一队亚马孙骑兵来到特洛伊城下解救特洛伊人。出自《古代史》（阿克里，耶路撒冷拉丁王国，1291—1297 年）大英图书馆馆藏手抄本 15268，第 122 页正面

乳房），因为年轻的亚马孙女战士会切掉右乳，由此将力量转移到右臂上，让她们的射箭精准度更高。

据早期希腊史料记载，古代的亚马孙人应该生活在黑海附近的区域。雄辩家利西亚斯（Lysias）宣称她们生活在铁尔莫东河（The River Thermodon）旁，而且她们是那里唯一使用特制武器且骑马战斗的部族。希罗多德称她们为“男人杀手”，并说她们统御着斯基泰男性，利用他们生育孩子。现今，考古学家已经在地中海东部——从乌克兰到利比亚——发现了几处与女战士社会相关的墓葬区，但是他们并没有得出任何与所记载史料的关系。

亚马孙女战士在古典文化中的形象往往让人印象深刻，颇易唤起大众情感，所以也常常出现在诸多艺术和文学作品中。她们对战过三个著名的神话人物——赫丘利、忒修斯和阿喀琉斯，还和传奇战士亚历山大大帝在巴比伦会过面。在经典的文本包括特洛伊史诗《埃提俄庇斯》（*Aethiopis*）、罗马神话的源头——维吉尔的《埃涅阿斯纪》中，她们的人物故事被代代相传，变成了流行的中世纪神话和历史。此后，她们常被用来质问和批评当今女性在社会中的地位的问题。

彭忒西勒亚可以说是最著名的亚马孙女王，她是一位有着惊人格斗技巧的女性，也是战斧的发明者，她在战场能和男人抗衡。在特洛伊战争时期，彭忒西勒亚是亚马孙族人的首领，也是希波吕忒、安提俄珀、墨拉尼珀等人的姐妹，她带领着亚马孙军队前往特洛伊对战雅典军队，为赫克托耳（Hector）报仇。她义无反顾地冲锋陷阵，杀死大量敌军，直到那台“战争机器”——阿喀琉斯将她刺死。在她垂死之际，阿喀琉斯取走了她的头盔，看见了她美丽的脸庞，阿喀琉斯立马爱上了她（见图 1–4–2）。

作为战士的彭忒西勒亚声名极盛。据说在 1147 年，当来自阿基坦的年轻的埃莉诺陪她的丈夫路易七世一起参加十字军东征前往圣地时，她就打扮成亚马孙女王的样子。她可能是受到了手抄本所描述内容的启

图 1–4–2　在特洛伊城外，阿喀琉斯握着垂死的彭忒西勒亚的手。出自圣莫尔的伯努瓦的《特洛伊罗曼史》（法兰西北部，14 世纪早期）哈利手抄本 4482，第 151 页正面

发，作为一位独立的女性，她在那些令人胆寒的女战士身上找到了自己。在一本中世纪的古代历史和传奇汇编作品《从远古到恺撒的历史》（*Histoire ancienne jusqu'à César*）的描绘中，亚马孙人通常是特洛伊人的救星，而特洛伊人往往被法国十字军认作自己的祖先（见图 1–4–1）。因此，她们往往会被描绘成为基督教事业奋斗的同盟，纵使这与

她们的异教徒背景相矛盾。在 1400 年前后，由克里斯蒂娜·德·皮桑为法国宫廷写的一段关于彭忒西勒亚的故事，则聚焦于彭忒西勒亚的美貌以及她对特洛伊王子赫克托耳的爱。她被描绘成一位有着飘逸金发和王冠的中世纪法兰西公主，而不是一位凶恶且令人畏惧的战士（见图 1-4-3）。

图 1-4-3　女王彭忒西勒亚与她的亚马孙人大军在森林中与赫克托会面。出自克里斯蒂娜·德·皮桑的《女王之书·奥西娅的信》（巴黎，约 1412 年）哈利手抄本 4431，第 103 页背面

图 1–4–4　一张文本页脚的图画：忒修斯与赫丘利同两个亚马孙人打斗；一个亚马孙人向希腊人献上橄榄枝。出自《古代史》（那不勒斯，1325—1350 年）皇家手抄本 20 D I，第 25 页正面

同样，亚马孙人也再一次出现在了“赫丘利的十二场试炼”的神话中。其中一项被交代给他的试炼是从亚马孙女王希波吕忒手中盗取阿瑞斯的金色腰带。不过在不同的版本中，事情有所不同，当赫丘利带着忒修斯以及其他伙伴将船停靠在铁尔莫东河时，女王希波吕忒拜访了他，并着迷于他肌肉发达的身躯，便想将金腰带献给他，作为定情信物。但是，好事的女神赫拉散布谣言说亚马孙人设置了陷阱准备谋害他，因此赫丘利很快就杀死了希波吕忒，并抢走了她的腰带和武器，继而还屠杀了部落的许多领袖（见图 1–4–4）。而在其他版本的故事中，是忒修斯俘虏了希波吕忒，并将她的腰带献给了赫丘利；作为回报，赫丘利将女王的姐妹安提俄珀作为奴隶赏赐给忒修斯。忒修斯最后爱上了安提俄珀，并将她带回了希腊。在那里，他们举行了童话般的婚礼并有了一个儿子——希波吕托斯〔Hippolytus，在拉辛（Racine）的经典悲剧《费德拉》（*Phèdre*）中，他成了继母难以抑制的爱欲对象〕。此后，亚马孙人为了解救他们的女王包围了雅典城，而安提俄珀在随后的战斗中不幸被杀，她至死都站在希腊人这一方，与她的丈夫并肩作战。最后，亚

马孙人就地埋葬了她，并回到他们遥远的故乡继而为她哀悼。

在意大利制作的一本《古代史》手抄本的微型画中，亚马孙人和赫丘利相遇的背景被转制成了中世纪宫廷（见图 1–4–4）。两位女战士被描绘成穿着盔甲的骑士（位于图的左侧），只有通过长发，我们才能将她们与赫丘利、忒修斯区别开来。在他们的右侧，亚马孙人的使节正献上一段橄榄枝作为和平的象征，同时她也穿得像一个中世纪少女，披着长袍，戴着头纱。

亚历山大大帝，那个有着诸多已脱离真实历史成就的传奇冒险和征程的英雄人物，据说在临死前曾于巴比伦见过塔勒斯里斯。有三大关于亚历山大的重要希腊历史书表明，当亚历山大驻扎在里海旁的赫卡尼亚（Hercania）时，亚马孙女王拜访了亚历山大，并请他与自己发生关系由此孕育一个超级女英雄，毕竟她将是最勇敢的男人和最勇敢的女人的结晶。他们一起度过了十三天，但是塔勒斯里斯在孩子出生前就死了。有消息称，这个故事是基于公元前 329 年发生的真实故事创作的，在巴克特里亚，一位游牧民族的战士公主被她的父亲献给了亚历山大。

在中世纪文献记载中，亚历山大穿越了整个印度，遭遇了不少神迹以及从未见过的奇怪生物，并继而去征服神话中的城市巴比伦（见第五章第一节）。巴比伦城的一个当地人告诉了他关于亚马孙人的事，说她们的领地就在附近。亚历山大随即就要求她们臣服于自己。

女王塔勒斯里斯先前已经做了一个预言般的梦，因此她派遣她的两名女仆——弗劳瑞斯（Florés）以及比奥提（Biauté）带着礼物和归降文书来面见大帝，而大帝身边有两个侍卫，他们各自对这两位女仆一见钟情。令人意外的是，这两对情人最终成婚的消息并没有让塔勒斯里斯感到高兴，但是她依旧愿意臣服于亚历山大，承诺将自己的属地并入亚历山大的帝国版图，并在帝国与敌国开战时提供军队。不过，她警告亚历山大说，她的人民一直以来都远离男人，而且在战场上打败女人并没有什么荣耀可言。在一个亚历山大传奇的中世纪版本中（见图 1–4–

5），亚马孙人被描绘成骑士精神的化身，例如恭谦（Cortoisie）、高尚（Prouesse）以及英勇非凡（De Grans Valors）——而这些词通常被用来形容男性。在这里，她们与亚历山大的关系更像封建制度下贵族与统治者之间的关系，这与早期神话中的野蛮女战士形象形成了鲜明的对比。

图 1–4–5 亚历山大与亚马孙人相见。出自《亚历山大大帝生平史》（*Le Livre et le vraye hystoire du bon roy Alixandre*，巴黎，约 1420 年）皇家手抄本 20 B XX，第 47 页背面

de tens kamaalot la feste si grant. et si merueilleuse que ce estoit une merueille del ueoir. li rois artus meesmes porta corone celui ior. si noblement. et si richement. et si haltement auironez de si grāt homes que tuit tenoient de lui terre. que nuls nel uoit que bien ne die. que uoirement est cist seignors de touz les rois teriens. a tel haltesce. a tel gloyre. a tel pris. a tel honor porte la corone dor en sa teste com il auoit este coronez. Vit li rois oir messe en la mestre eglyse de kamaalot. qui a celui tens estoit apelee le glyse de saint esterne. et quant il a messe oie. il sen retorne tout maintenant en son pales. et sassiet a la taible. se auenture auint adonc en son hostel [illegible] ou ele i auint a si halte feste. com ele estoit. ge ne uos encontrerens. Car ge men uoil retorner sor un grant conte.

Or dit li contes que apres mangier a celui ior estoient les dames. et les damoiseles as loges. ces loges estoient de fust. et estoiet droitement faites sor la riuere de lombre. entrels estoit la reine de scoce tant bele riens de toutes choses com ge uos ai la deuise. por auoit de chrs. entrels auoient un harpeor qui lor harpoit un chant. que un chrs de norgales auoit fait. tout nouelement. la damoisele qui orgayne estoit apelee disoit le chant. et cil harpoit. et la ou ele se deduiet en tel maniere com ge uos i cont. atant ez uos leanz uenir missire yuayn qui amenoit auec soi le chr de loenoys. quant les dames uirent venir missire yuayn. qui a

5. 亚瑟王与卡梅洛特圣城奇迹

英格兰在那时享有
极高的声誉，并拥有
超越其他王国的财富，
丰富服饰和成熟文明……
所以那里的淑女是圣洁且
更具女人味的，同时，
那里的骑士为了博取她们的爱，
举止也更富教养。

蒙茅斯的乔弗里（Geoffrey of Monmouth），《不列颠诸王史》（*Historia regum Britanniae*），尼尔·莱特（Neil Wright）编校、翻译

想象一个闪着光芒的宫廷里，在美貌且富有教养的侍女注视下，穿着闪亮盔甲且彬彬有礼的骑士们参加盛大的比武，并骑马加入荣耀的征程。这就是我们想象中的卡梅洛特，而在它中央的是亚瑟王——最为尊贵之人、一个最富同情心且最为慷慨的领导者，他至死都在为不可能实现的理想社会而奋斗。

◀ 图 1–5–1　亚瑟与他的宫廷。出自亚瑟传奇的一部前传《基隆骑士》（那不勒斯，约 1360 年）大英图书馆馆藏手抄本 1228，第 221 页背面

图 1-5-2　当亚瑟拔石中剑时，他得到了一位主教的赐福。波隆的罗伯特（Robert de Boron）《梅林生平》（*Livre de Merlin*，阿拉斯，1310 页）大英图书馆馆藏手抄本 38117，第 73 页背面

相比于现实中人类的骄傲、欲望和嫉妒等缺陷，正是这种不可思议的勇气、惊为天人的美貌以及自我牺牲精神，为中世纪以来每一个时代的故事讲述者提供了丰富的灵感。英国早期历史和民间传说的结合，再加上充满诱惑性的问题——这个象征性的英雄是否真的存在，以及他是否有一天会回来重新领导他的人民，一直以来这些都是这个经久不衰之神秘故事的一部分。

亚瑟王传奇似乎是起源于后罗马统治时期英国的历史事件。我们都知道，罗马帝国在公元前 4 世纪分崩离析时，罗马军队从不列颠岛撤离，这使得不列颠面对大规模从欧洲大陆过来的日耳曼侵略者毫无招架之力。而布立吞人（一般指不列颠人）因为不能有效地抵御入侵，被迫退到不列颠的北部和西部。不过有历史证实，大约在公元 5 世纪，这些侵略者被打退了，因此也有过一段短暂的和平和繁荣时期。布立吞人英勇抗击入侵的记忆，可以说是亚瑟王以及圆桌骑士这一广为流传的文学经典的源头，虽说民间有很多种说法，但历史上并没有哪位统治者可以被确定为亚瑟王的原型。

中世纪的亚瑟王罗曼史可以说是有着诸多线索的宏大著作。这里，笔者将梳理出其主要情节的梗概，其实我们对大多数情节都非常熟悉。亚瑟是不列颠国王乌瑟·潘德拉贡（Uther Pendragon）和康沃尔的伊格莱恩（Igraine）在经历了一场超自然的结合后生下的孩子。而主导这场联姻的梅林则让亚瑟从小远离宫廷，让他自以为是一个小男爵—— 埃克托爵士（Sir Ector）的儿子，直到老国王死去。此后，一块巨大的石头出现在伦敦的教堂墓园里，石中还插着一把剑。剑上有一行字：拔出石中剑的人，就是全英格兰真正的国王。因此，国家举行了一场盛大的比试，所有庄园贵族都想来试试自己的实力，试图拔出石中剑，但是没人成功。直至亚瑟在某一天路过墓园，无意间拔出了这把剑。即使他那时候才 15 岁，其依旧被宣告为不列颠的国王（见图 1–5–2）。

年轻的国王在梅林的指导下学习帝王之术，并被湖中女神赠予了湖中剑（Excalibur）。后来，他在英格兰乃至国外都打赢了不少战役，不仅斩杀了圣米歇尔山的巨人，还打败了罗马的皇帝——卢修斯。此后，他娶了桂妮薇儿，并在卡梅洛特建立了自己的宫廷，最受人尊敬的骑士包括加文、兰斯洛特、特里斯坦等都不远千里来到这里，以平等的身份加入了这里的圆桌会议。他们不仅参与比武，也会去解救受困的少女（见图 1–5–3）。他们的最终任务是找到并带回圣杯——那盛放着耶稣之血的珍贵杯子。最终，心地最为纯洁的骑士加拉哈特爵士（Sir Galahad）完成了这项任务。

图 1-5-3　亚瑟以及他的同伴骑马从卡梅洛特出发。出自法语散文《兰斯洛特与圣杯》（Lancelot-Grail，圣奥梅尔或图尔奈，1316 年）大英图书馆馆藏手抄本 10293，第 35 页正面

此后，由于兰斯洛特与桂妮薇儿之间产生逾矩的情愫纠葛，圆桌骑士们开始有了分歧，最终导致了亚瑟所建立的理想社会的崩塌。莫德雷德是亚瑟与他同母异父的姐姐摩高斯（Morgause）乱伦生下来的孩子；后来，他变成了叛徒，与亚瑟的军队在索尔兹伯里平原展开决战，而亚瑟在这场战役中身负重伤。受伤的亚瑟被三位身穿黑衣的女士带上了一艘驳船，前往一座名为阿瓦隆的神秘岛屿。据说在那里，亚瑟的伤会痊愈。因此，在未来的某一天，亚瑟会重回故土。

这些关于亚瑟生平的总结其实出自一位英国爵士——托马斯·马洛里（Thomas Malory）之手。他用现有的英文和法文的文本资料编校，甚至改写了整个故事。他将自认为多余且重复的内容去除，并将颇具重复性的章节汇编成了线性叙述的故事。他用中古英语撰写的《亚瑟王之死》（*Le Morte d'Arthur*）完成于玫瑰战争时期的 1470 年，据说当时的他正因对兰开斯特支持者犯下一系列罪行而入狱。直到这个故事被收入一系列中世纪拉丁文编年史后，亚瑟王故事才开始在英吉利海峡两岸的诺曼人中广为流传。这些作品中最值得关注的是读者众多的《不列颠诸王史》，这本书由蒙茅斯的乔弗里所著，而他本人生于威尔士的边界地带，正好是英格兰、诺曼以及威尔士文化区的交界处。在拉丁文史书选段中，作者开篇便描绘了亚瑟辉煌的宫殿。乔弗里自称若弗鲁瓦·阿图尔（Galfridus Artur），在书中将拉丁以及其他拉丁语系区的故事与威尔士传奇融合，并添加了一些他原创的细节，最终将亚瑟描绘成一个在 12 世纪早期颇具国际性的英雄人物形象。他声称，自己的故事是基于一本由牛津的会吏长沃尔特借给他的用英语写就的古书，但从未有人找到过这本书。

在诸多拉丁编年史中，包括欧文（954—988 年）统治下的《威尔士年鉴》（*Annales Cambrie*）中，亚瑟王被描绘成一个基督徒战士，甚至在上战场时他都带着圣玛丽的画像（见图 1-5-4）。但在诸如《库尔威奇与奥尔温》（*Culhwich ac Olwen*）之类的早期威尔士本地传说中，亚瑟王则被描绘成一个传奇性的猎户，是库尔威奇的表亲，在超自然的世界里与怪物和女巫搏斗。在书中，他和伙伴还猎捕过具有魔力的野猪——珀康·特华德（Porcum Troit），并从爱尔兰一直追到岛的尽头，最终将野猪赶下了悬崖。在捕猎过程中，亚瑟王的大狗——卡巴尔还在一处名为卡巴尔·卡恩的地方的一块石头上踩出了一个脚印。而那块石头往往会在一堆石头的最上边，就仿佛它被人移动过一样。这个传说来源于与威尔士边境地区地名相关的“传奇故事”，这些故事属于公元 830 年左右写就的《布立吞史》（*History of the Britons*）。出现在地名故事、圣人传说，乃至早期威尔士诗歌中的亚瑟王形象，暗示着历史上存在着与这个人物有关的大量口述文学。也正如此，随着这些传奇的改编，凯尔特神话中存在于异世界的魔法锅、巨人以及传奇人物的故事，最终以新的方式流传下来。

Ray arthour

France
Albanie
Hirland
Denmark
Germein
Portingale
Armori
Angeon
Island
Almain
Galis
Gres
Aragon
Espaine
Mede
Libye
Egipte
Babiloine

◀ 图 1–5–4　亚瑟王手持长矛和装饰着圣母以及圣子的盾牌，站在已知世界的国王王冠之上。出自一本历史文献合集（N. 英格兰，1307—1327 年）皇家手抄本 A II，第 4 页正面

在 12 世纪晚期，一位来自泽西的教士用了诗歌编年体的形式写了一部不列颠史，史书从其传说中的缔造者——布鲁图斯开始，他在书中重新编写且修饰了有关亚瑟王的故事〔这也就是后来的《不列颠罗曼史》（*Roman de Brut*）〕。他阐述了圆桌会议的理念，并将亚瑟王描绘成一个国际化的政治家和公正的统治者。然而在一本 14 世纪的英文《不列颠罗曼史》手抄本中（见图 1–5–5），亚瑟王主要以一个战士般的君王形象出现在战场上。

后来，一位生活在不列颠的法国贵妇——玛丽·德·法兰西（Marie de France）继而将亚瑟王的事迹从历史语境转移到了更类似文学罗曼史的语境之下，再基于布列塔尼的一些传说，创作出一系列长诗，即后来的《布列塔尼籁诗》（*Lais*）。事实上，吟游诗人克雷蒂安·德·特鲁瓦（Chrétien de Troyes）才是那个通过为宫廷演奏，真正将亚瑟王塑造成骑士文学新体裁中英雄人物的首创者。他不仅详细介绍了兰斯洛特与圣杯，还创造了一个完整的亚瑟王世界（见第五章第三节和第七章第六节），这成了之后亚瑟王的故事在诸多欧洲语言文化中演变发展的基础。而这些关于亚瑟王以及他宫廷的所有故事最终都被汇总起来，改编成一本具有里程碑式意义的法文散文作品《兰斯洛特与圣杯》。亚瑟王的故事已然成了一种文学现象，在 13 世纪到 15 世纪被将近八十本手抄本刊载并流传下来。其中收藏在大英博物馆的一本有三大卷，七百页，且几乎每页都带着彩绘图，从题词上来看可以精准地追溯到 1316 年。图画中这些充满戏剧性的场景，呈现在有着金色背景和粉、蓝、白边框描绘的小方块中，精巧地描绘着故事叙述中的细节（见图 1–5–3、图 1–5–6）。每一张画上都配有红色文字作为标题来解释所描绘的场景，而且因为画作中的诸多元素有时候也会从边框延伸到标题中，所

以那些标题必然也是创作了这些画的艺术家添加的。就在描绘终局之战的那幅图画之前，亚瑟被描绘成不平稳地坐在命运之轮之上的样子。命运之轮是一个非常流行的中世纪象征，它暗示着变化无常的命运，意指世界万物都屈从于转动命运之轮的女神的兴致。尊贵的亚瑟王注定要走向没落，正如其他人一样，无论他多么伟大。

亚瑟王与亚历山大大帝、查理大帝一起位列“九贤”，可以说是西方历史上的伟人之一。英格兰的金雀花王朝和都铎王朝则都宣称是他的后代，据称爱德华三世还在温彻斯特举办过卡梅洛特式的比武；如今的大会堂还陈列着他那个时代的圆桌复制品。

图 1-5-5　亚瑟王在索尔兹伯里平原大战中身受重伤。出自维斯《不列颠罗曼史》（英格兰，1325—1350 年）埃格顿手抄本 3028，第 53 页正面

图 1-5-6　亚瑟在命运之轮上。出自《兰斯洛特与圣杯》（圣奥梅尔或图尔奈，1316 年）
大英图书馆馆藏手抄本 10294，第 89 页正面

Ci commence le livre de la Cite des Dames du quel le premier chapitre parle pour quoy et par quel mouvement le dit livre fu fait. .J.

Selon la maniere que iay en usa
ige et a quoy est dispose le
exercite de ma vie cest assa
voir en la frequentacion de
estude de lettres un iour co
me ie feusse seant en ma celle avironnee de
plusieurs volumes de diverses matieres mo
entendement a celle heure auques travail
le de recueillir la pesanteur des sentences
de divers aucteurs par moy longue piece
estudiez drecay mon visage en sus du livre
deliberant pour celle foiz laissier en paix cho
ses soubtilles et mesbatre et regarder au
cune ioyeusete des diz des poetes et come
adonc en celle entente ie cerchasse entour
moy daucun petit livret entre mains me
vint daventure un livre estrange no mie
de mes volumes qui avec autres livres mavoit
este baillie si comme en garde adont ouvert cel
lui le vy en lintitulacion que il se clamoit ma
theolus. Lors en soubz riant pour ce que onc
ques ne lavoye veu et maintes fois oy di
re avoye que entre les autres livres cellui
parloit a la reverence des femmes me pen
say quen maniere de solas le visiteroye mais
regarde ne loz moult lonc espace quant ie
fus appellee de la bonne mere qui porta po
prendre la reffection du souper dont leure
estoit ia venue par quoy preposant le veoir
lendemain le laissay a celle heure. Le matin
ensuivant rassise en mon estude si que iay
de coustume noubliay pas mettre a effect
le vouloir qui mestoit venu de visiter cellui
livre de matheole adont pris a lire et proceder

6. 克里斯蒂娜·德·皮桑：女性主义城邦的奠基人

有着至高道德的男女，
往往有着崇高的社会地位；
人的尊贵或低贱与否，
往往不取决于性别限制的身体，
而是取决于他们是否
拥有善良的品行。

克里斯蒂娜·德·皮桑，《妇女城》，E.J. 理查兹（E.J.Richards）编校

皮桑是 15 世纪早期查理六世统治下的法兰西宫廷诗人和作家，同样也是中世纪最为高产的女性作家。她创作的主题广泛，从爱情与道德到军事策略都有涉猎，由此也为其赢得了可观的收入和知名度，这对当时的女性来说着实是一项不小的成就。在《妇女城》中，她为女性辩护，因为在中世纪文学例如当时广为流传的《玫瑰传奇》中，女人往往被描绘成像伊娃这样的勾引者，又或者是反复无常的欲望对象（见第六章第五节）。她旗帜鲜明地反对《玫瑰传奇》中固有的厌女色彩，由此

◀ 图 1–6–1　克里斯蒂娜·德·皮桑与美德女神们——正直、理智和正义的化身一同在书房，并与她们共建妇女之城。出自《女王之书》（巴黎，约 1412 年）哈利手抄本 4431，第 290 页正面

引发了法国宫廷的一场文学辩论，在辩论中，皮桑通过列出那些受人尊崇的女性在内的诸多方式来证明自己的观点。

《妇女城》开篇描绘着这样一幅场景，克里斯蒂娜正在书房工作，她打开一本名曰《懊丧》（*Lamentations*）的关于婚姻的书，在书中，作者宣称是女人让男人的生活悲惨而痛苦。幸好三位美德女神——理智、正直和正义，在一道光闪过后出现在她面前，让她免于沉浸在愤怒和羞愧的情绪中难以自拔（见图 1–6–1）。美德女神们鼓励她建设一座妇女之城，然后将古往今来最受人崇敬的女性们置入其中，以此来抵御男人们无情的指责，并时刻向大众昭示女性所取得的成就。

理智女神指导克里斯蒂娜用她的笔来构筑这座城池的地基和城墙，她们讨论着过去那些担任伟大领袖职责的女性，紧接着又开始讨论塑造着观念和文化的女性知识分子。随后，正直女神则帮助克里斯蒂娜用文字制成的灰浆来稳固城池的建筑；她们讨论着那些拥有灵视、可以预测未来的女子以及那些在爱情中保持忠贞的女子。最后，公平女神降临，给了这座城池最后的润色。她分享了那些有勇气为信仰和贞洁牺牲的女性的故事。她还带来了圣母玛利亚来统御这座城市——即这本书的隐喻，毕竟这本书就像是妇女之城一样，里面充满了知名的女性。

在寓言式框架下，这本书也囊括了每位女性简短的生平介绍，而入选的女性都凭借着她们的才智、领导力或共情力为世界做出了积极的贡献。从 13 世纪法兰西的摄政王卡斯蒂利亚的布朗歇（Blanche of Castile），到女神密涅瓦（Minerva）和抹大拉的玛丽亚（Mary Magdalene），历史上的女性往往与神话中的女神形象有关联。这些简介的主要来源是一本拉丁语的知名女性生平汇编——《名女传》，由乔万尼·薄伽丘所著（见图 1–6–5），不过克里斯蒂娜·德·皮桑根据自己的目的节选、编辑了书中的案例，并用这些案例来彰显她们积极的女性特征。

图 1–6–2　弗雷德贡德向军队展示她襁褓中的孩子。出自《妇女城》的一本佛拉芒语译本（*De Stede Der Vrouwen*，布鲁日，1475 页）大英图书馆馆藏手抄本 20698，第 63 页正面

图 1–6–3　弗雷德贡德监督着那些异教徒被处以火刑。出自《法兰西大编年史》（*Grandes Chroniques de France*，巴黎，约 1415 年）斯隆手抄本 2433，卷 1，第 44 页背面

在书的开篇，理智女神就介绍了弗雷德贡德——法兰西人的寡妇，法兰克国王希尔佩里克一世（King Chilperic）的妻子，弗雷德贡德在她丈夫死后成了她儿子洛萨（Lothar）的摄政王。通过理智女神，克里斯蒂娜将弗雷德贡德描绘成一位老练的军事战略家——她带着襁褓中的孩子走上战场来以此激励军队（见图 1–6–2）。她曾有一次让她的战士们用树枝给他们的马作伪装，并将铃铛绑住，以至于让敌军误以为他们只是在吃草的动物，也正因如此，弗雷德贡德的军队才得以潜入敌营。

但是历史并不总是青睐她。当代编年史学家和主教格雷戈里将她描绘成历史上颇为嗜血的女王之一，说她残暴地处置了她丈夫的诸多家族成员以及妃子，并许可了对异教徒实施火刑（见图 1–6–3）。传言弗雷德贡德因为自己继子的未婚妻和未婚妻的母亲对她有过“不可饶恕的评价”，就对她们施加酷刑，而且她显然还频繁地对她自己的女儿施暴。虽说她是一个虔诚的基督徒，并给教会捐献了巨额的财富，但是她残暴的名声被永远地留在了后世诸如《法兰西大编年史》的史书中。不过，这些记述均基于诸如格雷戈里这样的男性记录流传下来的文本，而他们很可能对一位强大

图 1-6-4　萨福和缪斯女神们站在特尔斐神谕旁的山泉水边。出自《妇女城》大英图书馆馆藏手抄本 20698，第 73 页正面

的女性怀有偏见，而这正是克里斯蒂娜在她书中试图重塑女性形象时，所要面对的厌女典型。

紧接着，理智女神开始介绍萨福（Sappho），作为诗人和学者，她在希腊人中有颇高的声望，以至于他们为她塑了一座雕像，并将她尊崇为那个时代的知识领袖之一。作为公元前 7 世纪的一个莱斯博斯岛人（Lesbian，即莱斯博斯岛的原住民，同时也有女同性恋的意思），萨福据说创作了超过一万句抒情诗，包括对男性和女性的爱情诗，并创造了一种被后世称为萨福式韵律的独特乐韵。但是她的作品不仅极少留存于世，而且还远不如她“放荡”的名声更为人所知，而那些轶事都源于像奥维德这样的男性作者写的传记，而且奥维德还在书中声称萨福被其中一位情人冷漠地拒绝后跳下了悬崖。关于她的传说有许多，有人说她是一个妓女，有人说她结婚了并有了一个孩子，还有人说她创办了一所女子学校，并为对爱神阿芙洛狄忒的狂热信仰而奉献了一生。上述的最后一种说法被描绘在薄伽丘一部作品的法文译本中（见图 1-6-5）。很有可能是早期教会权威因为排斥她异教徒式的放纵情欲，而销毁了她的诗歌作品。但是在克里斯蒂娜的书中，她却盛赞了萨福无可比拟的美貌、创造力以及在文学和自然科学领域的博学。

那灰色调的弗雷德贡德（见图 1–6–2）以及萨福站在特尔斐山泉旁的图片（见图 1–6–4）来自仅存的《妇女城》佛拉芒语译本。大约在这本书写成后的 70 年，布鲁日的贵族后代扬·德·巴恩斯特（Jan de Baenst）命人着手翻译这本著作。可惜的是，德·巴恩斯特之后在勃艮第宫廷失宠，而他随之而来的财务问题也成为这些参与绘制原创图饰的佛拉芒艺术家们没能将其完成的原因。文本开头一系列克里斯蒂娜以及女神建造城市的微型画后，描绘着那些展现自我才能和品质的模范女性。

图 1–6–5　萨福向女人们阅读或讲解她的诗歌。出自《教士与贵妇》，薄伽丘所著《名女传》的法国译本（卢恩，约 1440 年）皇家手抄本 16 GV，第 57 页正面

在正直女神所描绘的那些展现指挥才能的女性中，也包括女预言家们，她们是来自神话的充满智慧的女性先知，擅长用自己的天赋来指导人们作决定（见图 1–6–6）。其中那个库迈亚的女预言家是人类通往阴间的向导，为人类提供连接现世和来生的桥梁。她活了有千年之久，但是因为衰老，身体不断缩小，最终小到可以住在一个瓶子里。厄立特里亚的女预言家则通常在伊奥尼亚传达阿波罗的神谕，而且在基督教中经常被描绘成预言耶稣和奥古斯都大帝诞生的那个预言家。她的神谕通常以藏头诗的形式呈现——往往以一种固有的格式写在橡树叶子上，而每个词的首字母往往又会组成一个新的单词。女

图 1–6–6　在《妇女城》的第二部分开头，正直女神带领着克里斯蒂娜以及一群淑女，可能是锡伯族人，进入妇女城。出自《女王之书》，哈利手抄本 4431，第 323 页正面

预言家们出现在克里斯蒂娜的多部作品中，她们代表着那些隐藏的女性智慧，她们甚至还预言了克里斯蒂娜未来将成为一位知名的作家。

正义女神所介绍的其中一位女性是来自亚历山大港的圣凯瑟琳，她是第一位殉教贞女—— 一位敢于直面不公的受男性迫害者，坚守“上帝神圣律令”的贞洁的女性圣徒（见图 1–6–7）。在关于她的传说中，凯瑟琳是罗马帝国治下埃及的一位富有的女继承人，据说她通过雄辩让五十位异教哲学家皈依了基督教。纵使遭受马克森提乌斯—— 一位烧死了她所有信徒（包括他自己的妻子）的罗马皇帝——的迫害并被关入监狱，圣凯瑟琳依旧坚守自己的信念和贞洁。天使们让她得以免除轮盘上的酷刑，而在马克森提乌斯最终将其斩首之后，天使们又将她的遗体带到了西奈山安葬。她的智慧以及面对死亡时的勇气足以让她与许多女圣人一样成为妇女城的合格居民。

克里斯蒂娜·德·皮桑自己是一位意大利教授的女儿，这位教授后来成了法兰西宫廷的私诊医师和占星师，他对学习的热情感染了他的女儿。她没有接受过正式的学院教育，但是她阅读广泛，作为一位中世纪的女子，她出人意料地颇有教养。在 25 岁成了寡妇之后，她转而开始通过写作来养活自己和孩子，并由此赢得了包括王后——来自巴伐利亚的伊萨博（Isabeau of Bavaria）在内的法兰西宫廷的一些权贵的赞助。后来，皮桑还向王后呈献了一本她创作的作品合集抄本。这本手抄本装帧华丽而精美，也就是如今我们口中的《女王之书》，其中就包含了《妇女城》。巧妙的是，在这部作品中，伊萨博也被列为了“负有盛名的英勇淑女”之一。《女王之书》囊括了她一生所画的以第一人称视角呈现的场景以及自己的微缩画。由此可以看出，她是一位精明的专家，她试图通过监督这些作品的誊写和配图制作来管理自身形象和文本质量。

▶ 图 1–6–7　亚历山大港的圣凯瑟琳，与带尖矛的转轮和长剑——令她殉难的刑具；她被描绘成一位正在读书的中世纪贵妇。出自《杜努瓦时祷书》（*Dunois Hours*，巴黎，1440 年）叶茨·汤普森手抄本 3，第 281 页背面

De sancte katherine . a

Virgo sancta ka
therina grecie gemma
urbe alexandrina
costi regis erat filia . V.

Quant vint au
quart jour apres
Olofernes fist un
grant convive
aux haultz barons du royaume
dassyrie qui avec lui estoyent
Toute jour beurent a grant
plente et mengerent. et deme
nerent moult grant joye et
grant leesse. Quant vint a
la vespree et ilz furent separ
tis et allez vers leurs tentes

Olofernes qui moult estoit
hastie et eschauffe du vin quil
avoit beu dist a ung sien cham
bellain qui eunucus estoit ap
pelle des son enfance. quil
parlast a celle femme ebrieue
Et lenhorte dit il a ce que de
son bon gre viengne a moy
pour faire ma voulente.
Cellui vint a judich et lui
dist. Elle lui respondit et dit
quelle estoit toute preste de

7. 朱迪斯：虔诚美人还是致命红颜？

她从袋子里抓出了他的头，
并举着它给他们看。
“这是亚述人军队统帅
赫诺芬尼的头颅；
他在那帐篷中醉倒，
主借用女人的手
将其斩杀！”

天主教核定英译本《圣经》，朱迪斯 13

犹太女英雄朱迪斯是一位虔诚且美丽的寡妇，为了拯救她的同胞，她不得不化身狡诈的杀手。在《圣经》中，以女性名字命名的经书仅有四本，而其中一本就是关于朱迪斯的。她的故事，也就是“朱迪斯之书”，开始于赫诺芬尼（Holofernes）。赫诺芬尼是亚述人军队的统帅，他带领着大批武装力量讨伐以色列以及尼布甲尼撒所统治的西部帝

◀ 图 1–7–1　朱迪斯将赫诺芬尼的头放入侍女拿着的袋子里；背景是太阳升起时，她们回到了伯图里亚。出自《历史三部曲》〔又称《阿维斯内斯的鲍德温编年史》（*Histoire tripartite or Chronicle of Baldwin of Avesnes*），布鲁日，约 1475 年〕皇家手抄本 18 EV，第 137 页背面

国的其他地区。因为伯图里亚城阻挡了他们前往耶路撒冷的道路，所以他们包围了这座城市。经过了三十四天的围城之后，城里的民众几乎要被渴死。地方官们于是决定，他们会给上帝五天时间来解救他们，再晚他们就会放弃犹太教的信念选择投降。一位名叫朱迪斯的寡妇此时站了出来，她召集了地方官们，试图劝说他们不要投降，而是应该相信上帝会履行庇佑他们的承诺。这些地方官们没有理会她的话，因此她决定独自行动。

图 1–7–2　朱迪斯谋杀赫诺芬尼。出自《旧约》，从《创世记》到《路得记》（雷根斯堡，1465 年）埃格顿手抄本 1895，第 143 页正面

年轻的寡妇用衣服装扮自己，祈祷着用恰当的话来迷惑她的敌人，以此“来引诱那些可能看到她的男人们的目光”。那天晚上，她和自己的侍女出发前往亚述人军队大营，在那里，她被人带去会见赫诺芬尼。她声称，自己之所以背叛她的人民是为了保护城里某些人的性命。赫

诺芬尼被她的美貌和机敏的谈吐所折服，决定邀请她去自己的帐中参加晚宴，并试图诱奸她。朱迪斯却给他灌酒，以至于他喝的量远超平常，在傍晚时分就醉倒在了床上。在请求上帝赐予自己力量之后，朱迪斯拿起了赫诺芬尼的剑并朝他的脖子上砍了两次，最终将其斩首。她的侍女此时正等在门外，将血淋淋的头放入袋子之后，她们回到了伯图里亚，并将这一切公之于众，城中民众欢呼雀跃。次日，以色列人就轻松击败了群龙无首的亚述大军，士兵们最终在混乱中逃跑了。此后，朱迪斯还带领了一支胜利游行队伍前往耶路撒冷，并将一切归功于上帝。庆祝完毕之后，她便回到了家乡。后来虽然有很多人向她求婚，但是她依旧选择为丈夫守贞，直到 105 岁去世。据说在她有生之年以及死后的很长一段时间里，没有人再敢袭击以色列。

图 1–7–3 “谦虚的胜利”正刺中处于中间的“骄傲”，被雅亿和朱迪斯在两侧护拥。出自希尔绍的康拉德，《处女榜样》（*Speculum virginum*，德国，约 1150 年）阿伦德手抄本 44，第 34 页背面

然而，在朱迪斯的故事里有不少时代错置且描述不准确的地方，这使得它很难符合犹太历史中确知的描述。比如，尼布甲尼撒是巴比伦的国王而不是亚述人的国王，而且也没有历史证据能证明存在一个名为伯图里亚的城市〔城市的名字可能带有隐喻：伯图-尔（Beth-el）在希伯来语中意为上帝之所〕。而且，《朱迪斯之书》虽然在天主教和东正教《圣经》中都有，但是它并没有被犹太人或者新教徒视作经典。朱迪斯的贞洁和虔诚，与她引诱他人和使用暴力的行为之间，存在着极大的张力，而后来的神学家和艺术家对此作了诸多截然不同的诠释。

朱迪斯在中世纪是一个颇受欢迎的人物。关于她的古英语诗，可以追溯到公元1000年前后。这些诗歌将故事基督教化，并通过改编使其与盎格鲁-撒克逊文化相契合。朱迪斯这个人物被神化为“圣女”（Halige Meowle）以及“闪耀精灵”（Aelfscinu，字面意思为精灵般闪耀，可能意味着“放光的”或“不可捉摸的”），赫诺芬尼则邪恶且罪孽深重，注定是要下地狱的。这首诗仅存一册，与英雄史诗《贝奥武甫》一起被保存在诺威尔手稿（Nowell Codex）中流传下来，作为考顿藏品中的珍宝之一被藏于大英图书馆。在几乎相同的时间，古英语学者埃尔弗里克（Ælfric）也就《朱迪斯之书》开展了布教，并以此来鼓励他的同胞抵挡维京入侵者。

朱迪斯在丈夫死后保持单身，也是其美德的表现，非常契合被圣母玛利亚人格化的中世纪理想的女性气质。在《处女榜样》这本针对那些进入修道院成为耶稣的处女的女性的作品中，朱迪斯被描绘成 “对主敬畏”的女性。在来自德国南部的一本手抄本中，有一张关于她的早期图画，画作将她描绘成一位手持象征虔诚的棕榈叶，宛如雕塑般的女战士，高踞在赫诺芬尼的身体之上（见图1-7-3）。她和另一位用帐篷立桩杀了邪恶的迦南将军的犹太女英雄雅亿站在谦逊（Humility）——被具象化为一位女性——的两边，而谦逊正刺向象征着骄傲（Pride）的男性士兵。

大量的中世纪作品，无论是宗教的还是世俗的，收录了朱迪斯的微型画，画作要么描绘她刺杀的行动，要么描绘她刺杀行动的不久后，有时将她与其他《圣经》中的人物作比较。直至 15 世纪早期，她都一直被描绘成谦逊且贞洁的传统女性的道德榜样，在作品中，她通常如寡妇般穿着简单，以沉着冷静的风度作为上帝单纯的助手和侍女，出现在其他暴力场景中。一部由劳伦特修士（Friar Laurent）——法兰西国王腓力二世儿子们的导师，创作的关于辨别善恶是非的教育性作品中，同样有一些插图描绘了《旧约》和《新约》中的场景。在淫欲与贞洁这一节中，一张约瑟引诱波提乏妻子的图画与朱迪斯刺杀赫诺芬尼的图画被并列放在了一起，作为两种品质各自的案例（见图 1-7-4）。在如克里斯蒂娜・德・皮桑德的《妇女城》中，朱迪斯代表着女性的美德（见第一章第六节），而在乔叟的《坎特伯雷寓言集》中，她同样作为一个强力的女性出现过几次，并为故事中的人物提供了一些不错的建议。

图 1-7-4 约瑟站在波提乏妻子的床边以及朱迪斯刺杀赫诺芬尼，代表着淫欲和贞洁。出自《国王洞察》（*La Somme Le Roi*，巴黎，1325—1350 年），皇家手抄本 19 CII，第 85 页背面

朱迪斯和赫诺芬尼的图画在《圣经》相关的手抄本中更容易找到。从 14 世纪开始，配有插图的方言版《圣经》开始流行，而朱迪斯的

故事因带有悬疑和暴力的元素，不仅有着勇于抗争的女主角，还有着丰富的道德诠释空间，自然是常常在配图中出现。在中世纪晚期以及文艺复兴早期，包含着《圣经》故事以及古代编年史的昂贵手抄本被批量制作出来（见图 1–7–1），它们都是如巴黎或布鲁日这样中心城市专业工坊的誊写师和彩绘师的作品。在其中，《圣经历史》（*Bible historiale*）—— 一本带有评注和绘图的编年史版本式的《圣经》，在皇家和贵族收藏者中颇受欢迎。在当时，朱迪斯的形象也受人文主义思潮以及新的心理学研究方案的影响，从衣着朴素的寡妇渐渐变成了一个优雅、自信的女性，甚至在其他一些案例中以充满攻击性的、颇具男性气质的形象出现（见图 1–7–2）。朱迪斯在文艺作品中的形象，从佛罗伦萨的多那太罗的雕塑到米开朗琪罗、阿尔泰米西娅·真蒂莱斯基（Artemisia Gentileschi）、克林姆的画作，一贯地折射出时人对女性气质、暴力乃至压迫抗争的看法。

英格兰国王爱德华四世曾在 15 世纪 70 年代从布鲁日获取了一系列昂贵的书卷（如今大部分都在大英博物馆），其中两本中的朱迪斯之书中包含着大幅高质量的微型图（见图 1–7–1 和图 1–7–5）。其中一本《圣经历史》被誉为有史以来最华丽的法语版本《圣经》，其中在“朱迪斯之书”这章就有两大幅带有装饰性边框的微型画。在图 1–7–5 中，赫诺芬尼被斩断脖子以及鲜血从血管中喷涌而出等血腥场面，女主人公坚毅的表情以及女仆惊慌的姿态，与人物华丽的装饰以及驻扎在平和的田野上赫诺芬尼军队五彩帐篷的背景形成鲜明的对比。在这幅画的背景中，刺杀后的场景也被描绘了出来：朱迪斯和女仆二人攀上原野返回了伯图里亚城。朱迪斯用赫诺芬尼的剑挑着他的头颅像旗帜一样高高举起，宛若进行着一场节日游行。这种在一张图画中叙述两个或更多事件的技法，被中世纪的彩绘师用于给他们的读者提供近乎电影般的阅读体验。

▶ 图 1–7–5　朱迪斯举着赫诺芬尼的头颅，并将其带回了城镇。画上有爱德华四世的皇家纹章。出自爱德华四世的《圣经历史》（布鲁日，约 1475 年）皇家手抄本 15 D I，第 66 页背面

Ceste hystoire
de iudich trãs
lata saint Ihe
rosme de caldieu
en latin A la requeste et
priere des saintes vierges
eustociu̅ et paule Quat
carus fut mort arphaxat
le roy des medians auoit
subiuiz moult de gens a
son empire Si fist vne
tresforte cite et puissante
de grans pierres quarrees
Laquelle il appella exba
tams Et en fist les murs
de lxx. coutees de hault
Et auoient despesseur
xxx. coutees Et lors
se commanca fort a glori
fier en son pouoir Et en
la gloire de ses grans ostz
Et de ses chariotz
Apres aduint que le roy
nabugodonosor roy des

Coment les gentz qe esteyent de denz la Citee de Jerl'm ne voleyent ren
dre la Citee a dauid · e dauid p force les combati e mayna la Citee.

Coment les philistiens qant il oyerent q̄ dauid regna sure Isr'l vindrent
en la vale de Raphaun · e dauid les assaylle e venqist la bataille ·

第二章

史诗战役

大卫围攻耶路撒冷（上图），
大卫的军队与腓力斯人交战（下图）。
出自《玛丽女王圣咏诗集》中的《旧约》系列图像。
皇家手抄本 2 B VII，第 56 页。

Comme en premier livre ay parle du commencement de troye, et daucuns des anciens fais des troyens pour la matiere que jay entreprise ordonneement conduire, me convient en cest second livre de la creacion de troye faire mencion, et de la mortelle haine que eurent les troyens a les grecz fu. Car ainsi comme entendre pourrez, si cruellement leur tindrent devenement que fina

Si vouldray remonstrer la punicion que dieu pour celui fait avoit trestous depuis envoye. Et aussi comme des troyens furent depuis plusieurs regnes peuplez et habitez et come tens sans vraye congnoissance avoir de dieu plusieurs tres conquesterent. Car pour celui temps ne estoit la sainte foy encores en lumiere ne de long temps apres jusques au benoist advenement de Jhesucrist. Pour laquelle chose tout le monde estoit en tenebres et aveuglé des obscurtez denfer. Car tout ainsi que dieu par son

1. 特洛伊战争：人与神的战争

庆祝荣耀，并崇尚胜利。

圣莫尔的伯努瓦，《特洛伊罗曼史》，利奥波德·康斯坦丁编辑

“驯马师”赫克托耳，“疾步者”阿喀琉斯，“心善者”帕特洛克罗斯，他们都是希腊和特洛伊军队中的英雄。他们是英勇的战士，是有着力量和弱点的凡人，而他们的命运最终掌握在残忍且任性的神明手中。特洛伊围城战作为特洛伊战争传奇组诗的一部分，其最后几天激烈的战争场面被希腊长诗《伊利亚特》以生动的细节描绘了出来。这一组诗往往被比作波澜壮阔且精彩纷呈的连续剧。事件涵盖了从世界上最美的女人海伦被掳；希腊人攻城；以天神降雷为背景的二十场血腥战役；当时最著名的军事诡计——特洛伊木马；以及最终奥德修斯充满冒险的奇幻归乡之旅。史诗中的事件或许取材于公元前 1250 年的真实历史事件，但是这些历史事件被吟游诗人和说书人接连不断地润饰和改编，并被人们认为在 5 世纪之后第一次以希腊文字记录了下来。在两部诗作——《伊利亚特》和《奥德赛》中，不同的故事线索，包括口语叙述

◀ 图 2–1–1　帕里斯带着海伦于特洛伊城外面见他的父亲——国王普里阿摩斯。出自《布克夏迪埃编年史》（*Chronique de la Bouquechardière*，鲁恩，法国，15 世纪）哈利手抄本 4376，第 90 页

中的重复内容，被编织成了连贯且篇幅较长的史诗形式。

这些诗往往被归功于荷马，但是人们无从得知它们是如何被创作的。至于这些诗作是否由同一位诗人所写，学者们也意见不一。特洛伊传奇的其他部分，往往在其他零星的诗歌和佚名作者的叙述中保存了下来，由此为我们所知。伊利亚特的故事开始于驻扎在特洛伊城外的希腊军队（他们航行至特洛伊只为解救被特洛伊王子帕里斯掳走的来自斯巴达的海伦）。在长达九年的战斗中，希腊人并没有得到命运的青睐，他们一直无法突破特洛伊的城墙，因此心灰意冷准备撤军。但是，伊塔卡的国王奥德修斯则鼓励大军孤注一掷，再打一场决定性的终局战役。然而这场战役中，他们的超级英雄阿喀琉斯却缺席了，他与希腊联军统帅阿伽门农为一个被俘虏的特洛伊女人——布里赛伊斯发生争执，气愤地离开了。这场战役激烈地进行了数天，女神们也参与其中，宙斯的妻子赫拉坚决要看到特洛伊城被摧毁，而阿芙洛狄忒则站在特洛伊人这边。英雄们之间也展开决斗，包括帕里斯同阿伽门农，普里阿摩斯之子赫克托耳同希腊英雄埃阿斯，双方都试图以此来赢得战争。一开始，特洛伊人受到命运的青睐，虽然双方都损失惨重，但希腊人遭遇了无数次的战败。特洛伊人追击希腊人到岸边，并试图烧毁他们的船只，却被埃阿斯用铁钩击退。阿伽门农准备带着他的军队回乡，可是这一次他被阿喀琉斯的朋友帕特罗克洛斯再次激起斗志。希腊人后来成功拆散了特洛伊人和他们的盟友，最后还穿过防御土墙追击他们。然而在战斗中，帕特罗克洛斯被赫克托耳杀死。最终，悲痛不已的阿喀琉斯为了替兄弟报仇而回到战场，杀死了强大的赫克托耳（见图 2–1–2），并怨恨地用马车拖着他的尸体绕着特洛伊城墙转。《伊利亚特》的结局是阿喀琉斯心软了，应赫克托耳悲痛的父亲——国王普里阿摩斯的请求，归还了赫克托耳的尸体，让特洛伊人得以将其安葬。

顺着《伊利亚特》结尾的故事，阿喀琉斯最后在神庙祷告时被奸诈的帕里斯袭击身亡，而帕里斯自己则死于第二十次战役中。因为看不到

图 2-1-2　赫克托耳与阿喀琉斯之间的战斗，与此同时女士们在城中观战。出自《古代史》（那不勒斯，1325—1350 年）皇家手抄本 20 D I，第 106 页

和解和获胜的希望，希腊人（在“狡猾”的奥德修斯的倡议下）最终决定用诡计，他们建造了一只架在车轮上的巨大木马，并让精锐士兵藏身其中，将其留在了特洛伊城门外（见图 2-1-3）。特洛伊人中了计，他们将木马带进特洛伊城并期望将其作为祭品献给雅典娜。夜幕降临后，希腊士兵们从木马里面出来，打开了城门城外的希腊军队进来，并疯狂地展开破坏：他们大量屠杀特洛伊的城民，并将整座城付之一炬。希腊人最终带上海伦坐船离开，但是天神们不高兴自己在特洛伊的神庙被希腊军队摧毁，便驱使风暴将他们的船队打散。在《奥德赛》中，奥德修斯因为被吹得偏离了航线，因而展开了一段回归他位于伊塔卡岛的家乡的冒险。

后来为中世纪读者描绘的这些特洛伊传奇的版本，大部分来自 2 世纪拜庇乌斯·伊塔里库斯（Baebius Italicus）根据荷马的《伊利亚特》改编的拉丁文精简版，也可能来源于戴厄斯·佛里癸俄斯（Dares Phrygius）或其他历史见证者的记录翻译而成的拉丁文散文诗。大英图书馆藏有十六本佛里癸俄斯版本的拉丁文手抄本，由此可见其在中世纪的流行程度。有关特洛伊的历史被记入世界编年史中，如法国的《从远古到恺撒的历史》，而这本世界历史著作从创世开始叙述，并将《圣经》中相关的故事与带有古代传奇性质的历史融合在了一起。本土语言版本的诗篇译作也纷纷被创作出来，如圣莫尔的伯努瓦用法语所作的《特洛伊罗曼史》。大量现存的手抄本可以证实这部中世纪杰作自 12 世纪以来广受欢迎。后来，李德戈特在亨利五世的委托下创作了英文版的“特洛伊传奇”；乔叟的《特罗勒斯与克丽西德》（*Troilus and Criseyde*，见第七章第四节）则基于一个终将成为悲剧的爱情故事——特洛伊王子特罗勒斯爱上了预言家卡尔克斯的女儿，卡尔克斯却叛逃到希腊人一边。

中世纪手稿中有关特洛伊战争的那些壮丽的图画，大多以中世纪城墙为背景，描绘了全副盛装的骑士，在本节展示的诸多中世纪作品中便

图 2-1-3 特洛伊木马

图 2-1-4 被风暴吹倒的希腊军营帐

图 2-1-3 和图 2-1-4 出自李德戈特的《特洛伊纪事》（*Troy Book*，伦敦，15 世纪）皇家手抄本 18 D II，第 75 正面，第 82 页背面（两张图中都有一只小狗）

▶ 图 2-1-5 希腊人进攻特洛伊。出自《古代史》（巴黎，15 世纪早期）斯托手抄本 54，第 83 页

可以看到不少这样的例子。中世纪的创作者们把过去的世界描绘得和他们当时的世界没什么不同，因此战斗场面类似中世纪的骑士比武场面，有白色的亭子，骑士们携着矛和带有盾徽的盾牌，而皇室的成员们则在阳台上观看（见图 2–1–2、图 2–1–5 和图 2–1–7）。

图 2–1–6　普里阿摩斯派遣帕里斯去希腊（左），诱拐海伦（中），攻打特洛伊（右）。出自《法兰西大编年史》（巴黎，14 世纪）皇家手抄本 16 G VI，第 4 页背面

baut de bourgoigne.
Le .c.xxi. parle de la cause de la bataille
que li roys fist contre le roy alaric.
Le .c.xxii. comment li roys ocist le roy
alaric par son cors et comment sa gent
fu vaincue.
Le .c.xxiii. comment li roys fu apeles
Le .c.xxiiii. comment li roys ...
de kanacaire le duc de cambray et .i.
sien frere et si estoient ses cousins.
Le .c.xxv. parle dauannes ... q
en temps avindrent. et de la mort au
fort roy clodouee.
Ci commence le premier chapitre.

Quatre cens et quatre
ans avant que la ci
te de rome fust fondee
regnoit priant en
troie la grant. il en
voia paris lainsne
de ses filz en grece pour ravir eleine la
fame au roy menelaus pour soi vengier
dune honte que li grec li avoient ia
dis fete. Li gregois qui moult furent
courrouce de ceste chose semurent et
vindrent assegier troie. A ce siege q
.x. ans dura furent ocis tuit li fil le roi
priant. il et la royne ecuba sa fame.
la cite fu arse et destruite. les barons

des princes de la cite qui sespandirent
en diverses parties du monde pour quer
re nouvelles habitacions. Comme hele
nus. eneas. et anthenor. et maint au
tre. Cil helenus fu li vns des filz au roy
priant. si ert poetes et bons clers. mil et
CC. emmena avecques li des essillies de
troie. en grece sen ala ou royaume pi
drase. et de li issi puis grant ligne. Ene
as qui refu .i. des plus grans princes de
troie se mist en mer a tout .iij. mile et
quatre cens troiens. en cartage arriua
apres granz perilz et granz tormens q
il ot soufferts en la mer. avec dido la ro
yne de la cite demoura une piece du tens

特洛伊战争的故事后来被纳入法兰西的编年史中，这本史书也就是人们熟知的《法兰西大编年史》。而这部为法兰西国王撰写的传记作品本身就是为了强化他们在 14 世纪统治的历史合法性，书的开篇就将皇室的血脉追溯到特洛伊皇族赫克托耳的儿子弗朗辛身上。弗朗辛是特洛伊城被摧毁后颠沛流离的幸存者之一，而此书认定他的后代创立了法兰西，就像传说特洛伊的布鲁图斯（特洛伊英雄，埃涅阿斯的后代）建立了不列颠一样。在图 2–1–6 所呈现的手抄本是国王约翰定制的，它是 14 世纪最奢侈的法兰西手抄本之一，里面附有 418 幅插图。在分为三部分的特洛伊传奇图像中，帕里斯出现在他父亲的面前，穿着非常朴素的淡丁香色束腰外衣；对比来看，他在下一个场景中诱拐海伦时，穿着更为明亮耀眼的衣着装饰，脚上还穿着潮流且带栅格图案的鞋子。而在战争画面中，特洛伊国王普里阿摩斯则戴着有弧顶的王冠，使人联想到查理大帝和受人尊敬的西方君王。这幅图片与另一部较晚编成的法国编年史——《布克夏迪埃编年史》中的插图（见图 2–1–1）形成鲜明的对比。《布克夏迪埃编年史》是由诺曼骑士——让·德·库尔西（Jean de Courcy）在 1415 年的阿金库尔战役（the Battle of Agincourt）后编撰的。在那幅图中，普里阿摩斯和特洛伊城的人们都穿着珠宝装饰的长袍，戴着东方人偏好的头饰，而海伦和帕里斯则穿着更像是 15 世纪宫廷风格的精致服饰。

阿喀琉斯和赫克托耳交战的彩色线描图（见图 2–1–2）与两页全景式的希腊舰队，以及特洛伊城墙之外的战争场面（见图 2–1–7），都出自一份意大利的手抄本——《古代史》。这部作品很有可能是在那不勒斯为来自安茹的国王罗伯特的一位后代所定制的，当时这位法国君王开明的宫廷赞助了一些最精良的作者和包括乔托（Giotto）在内的彩绘师。整幅画作像饰带一般，从女人们的祈祷，到人们在阳台上聚集，再到士兵们骑马出战，特洛伊的城市全景被切分成了几个区域，每个区域展示了不同的居民活动。

图 2-1-7　希腊舰队以及特洛伊城外的战役。出自《古代史》（那不勒斯，1325—1350年）皇家手抄本 20 D I，第 66—67 页背面

DOminus illuminatio mea & sa-
lus mea: quem timebo:
Dominus protector vitæ meæ a quo

2. 大卫王、战士与音乐家

大卫对腓力斯丁人说："你带着剑、枪和盾牌攻击我，但我是以以色列军队之主耶和华的名义来面对你，因为你曾公然向他挑战。今日耶和华必将你交到我手中，我会惩治你，并取下你的头颅。"

英王钦定版《圣经》，1 撒母耳 17

《圣经》中最有名的故事之一是伯利恒的牧童杀死巨人歌利亚，并被任命为以色列的国王，之后统一了这个民族。作为一个颇有天赋的音乐家、征服者以及上帝强大的仆人，大卫可以说是君王的典范。比如，同样是音乐爱好者的亨利八世把自己当作命中注定的统治者，就和《旧约》里的国王如出一辙。因此，在其统治末期的一本为他定制的诗篇中，他被当作大卫画了下来（见图 2-2-1 和图 2-2-2）。出自他手的笔记显示他曾用此书祈祷，认同大卫的精神抗争。

大卫出身卑微，被先知撒母耳奉上帝之命带到以色列国王扫罗的宫廷中，他在那里展现出聪明的才干，并弹奏竖琴以抚慰困扰国王的恶灵。一场与以色列的宿敌——腓力斯丁人的战斗即将来临，然而敌军阵

◀ 图 2-2-1　大卫（以亨利八世的模样绘制）与歌利亚

营中有一个新的威胁，让扫罗的军队感到恐惧——歌利亚，一个可怕的人物，身高约十英尺，从头到脚都穿着青铜盔甲，手持一根有铁尖的巨大长矛。只有大卫迈步向前直面歌利亚，高喊着他根本不害怕对方，因为上帝与他同在，而且他也曾经为保护羊群徒手杀死过熊和狮子。此时他迅速上前，将一块石头放入投石器中，然后一击命中巨人的额头，随即抢过巨人的剑砍下了其头颅。腓力斯丁人见状纷纷开始转头逃跑，被以色列人乘胜追击，大卫则带着歌利亚的头颅凯旋。不久之后，扫罗便任命大卫为军队的统帅。

尽管大卫娶了扫罗的女儿米迦尔，而且也与扫罗的儿子约拿单成了亲密的朋友，但当撒母耳宣布他将成为未来的国王时，扫罗十分嫉妒，因此密谋要杀害他。大卫不得不逃亡，长期如亡命徒似的活在他同胞的敌人中。紧接着，在决定性的基利波山战役中，以色列人（因为没有大卫和他们在一起）惨遭腓力斯丁人的屠戮；扫罗的所有儿子都战死沙场，他自己也在绝望中拔剑自行了断。没过多久，大卫就成了犹大国王。他登基后便立

图 2-2-2　被画成了大卫的亨利八世，音乐家

图 2-2-1 和图 2-2-2 出自《亨利八世的诗篇》（伦敦，1540—1541 年）皇家手抄本 2 A XVI，第 30 页正面、第 63 页背面

即出兵，想从迦南人手中夺回耶路撒冷：在围城期间，他可能利用了一处含水层，让他的士兵偷偷潜入城墙之下，并成功突袭了敌军。他乘胜将约柜带到了耶路撒冷，并将其设为首都，即“大卫城”。在约旦河对岸的一系列军事行动中，他打败了摩押人、大马士革的亚兰人、琐巴的叙利亚国王以及死海附近的以东人。《旧约》记载了他对诸多民族的令人印象深刻的胜利，包括基述人、基色人和亚玛力人，以及他最终击垮腓力斯丁人的故事（见第二章开篇的彩绘）。根据《圣经》记载，在他的统治下，经过诸多几乎不间断的战争之后，以色列成了当时世界上最强大的国家。

图 2–2–3　在他的屋顶上，大卫观看裸体的拔示巴沐浴。出自《博恩诗篇和时祷书》（伦敦，14 世纪）埃杰顿手抄本 3277，第 53 页正面

大卫有很多妻子，其中最臭名昭著的是他的最后一位妻子，美丽的拔示巴。有一天他看到她在洗澡，便开始追求她（见图 2–2–3）。拔示巴是大卫忠诚的将领之一乌利亚的妻子。为了将她占为己有，大卫便在一次战斗中将她的丈夫置于军队的最前线，知道他一定会战死沙场。上帝因大卫这个卑鄙的行为惩罚了他，因此他与儿子们惨遭厄运。他的

图 2-2-4　大卫接受撒母耳的任命（扫罗的名字“Saul”被误写在上面，后来“ul”被抹去了）

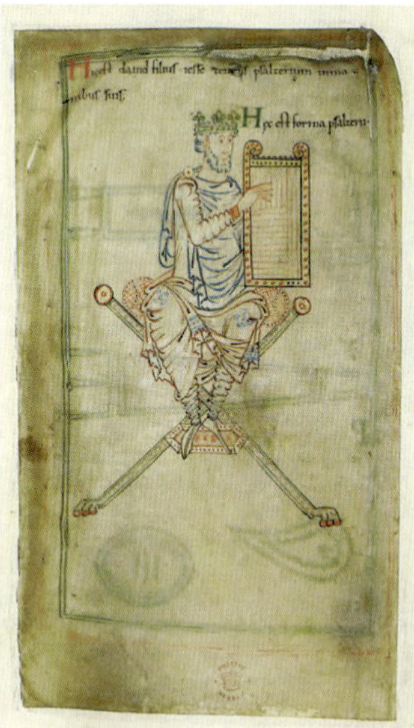

图 2-2-5　大卫演奏索尔特里琴

三儿子押沙龙谋杀了他的长子暗嫩，然后组织起叛军对抗他的父亲，最终在惨烈的战斗中身亡。大卫因此留下了一句著名的哀叹：“押沙龙，我的儿，我的儿。”最后，他与拔示巴所生的儿子所罗门成了最为明智的国王，并建造了著名的耶路撒冷圣殿，也由此建立了一个国祚悠长的王朝。

在中世纪，大卫被认为是《诗篇》的作者，而《诗篇》正是基督教信仰中的核心文本。按照教会日历，教士修女们需要每天待在修士院、修女院，而世俗的信徒们则在私人场所，用私人的诗篇抄本和祈祷书（见图 2-2-1 至图 2-2-7）朗诵或吟唱。大卫的故事为我们提供了探究部分最早存世的手抄本彩绘的机会，因为《诗篇》是最早一批被配以彩绘的书籍，而且里面通常会有从大卫生平中截取的片段。其中一部是非常早期的英语手抄本，被称为《维斯帕先诗篇》，它是从 8 世纪神奇幸存下来的文物，也是已知的最古老且带有插图的盎格鲁-撒克逊诗篇（见图 2-2-6）。它最初被设计为一本歌集，包含赞美诗、雅歌、诗篇，以及几段早期音乐标记。也许正因为

图 2-2-4 和图 2-2-5 出自《提庇留诗篇》（温彻斯特，1050—1200 年）科顿手抄本提庇留 C VI，第 9 页背面与第 17 页背面

如此，这部手稿中有一张描绘大卫的全页彩绘，彩绘师用金箔以及其他色彩绘制出他在一众音乐家的簇拥下弹奏竖琴的场景。在对页上，诗篇 26 的开头，“Dominus”（意为上帝）中的“D”字母包裹着一幅大卫和他的挚友约拿单的小画像。另一个先例是，手抄本的拉丁文本上面用古英语作了注释，这是 1066 年诺曼征服之前英格兰的本土语言。同样，这也是目前幸存最早的《圣经》英译内容。例如，在第四行，拉丁文“SUPER ME”的上方，作者用英文字符写着古英语“ofer me”（意为“在我之上”）。

最早的诗篇手稿是由修道院抄写员抄写并绘制的，他们花费了许多时间来制作这些稀有且珍贵的书籍，主要供修士院、修道院以及大教堂使用。坎特伯雷和温彻斯特是两个最重要的手抄本制作中心。坎特伯雷是英国基督教的发源地，《维斯帕先诗篇》就是在那里制作的。而温彻斯特则是早期大教堂以及盎格鲁 – 撒克逊王室墓园的所在地。有一本在诺曼征服发生时期于温彻斯特誊写的诗篇手抄本，其包含了 24 张描绘大卫和基督生平的全页彩色线描图，被认为是这一时期英国彩绘的最佳例证（见图 2–2–4 和图 2–2–5）。这些插图包括作为牧羊人的大卫从狮子的口中拯救他的羊群的形象和大卫杀死歌利亚并斩下其头颅的场景，以及撒母耳为大卫任命的画面（见图 2–2–4）。在《诗篇》的末尾，有四页彩色乐器图，每张图上面都有拉丁文的解释说明，其中一幅描绘着大卫正在弹奏一种弦乐器，即所谓的索尔特里琴（见图 2–2–5）。上述两部诗篇的手抄本均由 18 世纪的名人罗伯特·科顿爵士（Sir Robert Cotton）收藏，他那令人动容的藏品包括许多早期的英语手抄本，后来这些都被藏于大英博物馆。这些手稿以它们所在的科顿私人图书馆中的书架来命名，就被放在罗马皇帝维斯帕先和提庇留的半身像下方。不幸的是，该图书馆于 1731 年发生火灾，导致一些手抄本的边缘被烧焦，其中就包括《提庇留诗篇》（见图 2–2–4 和图 2–2–5）。

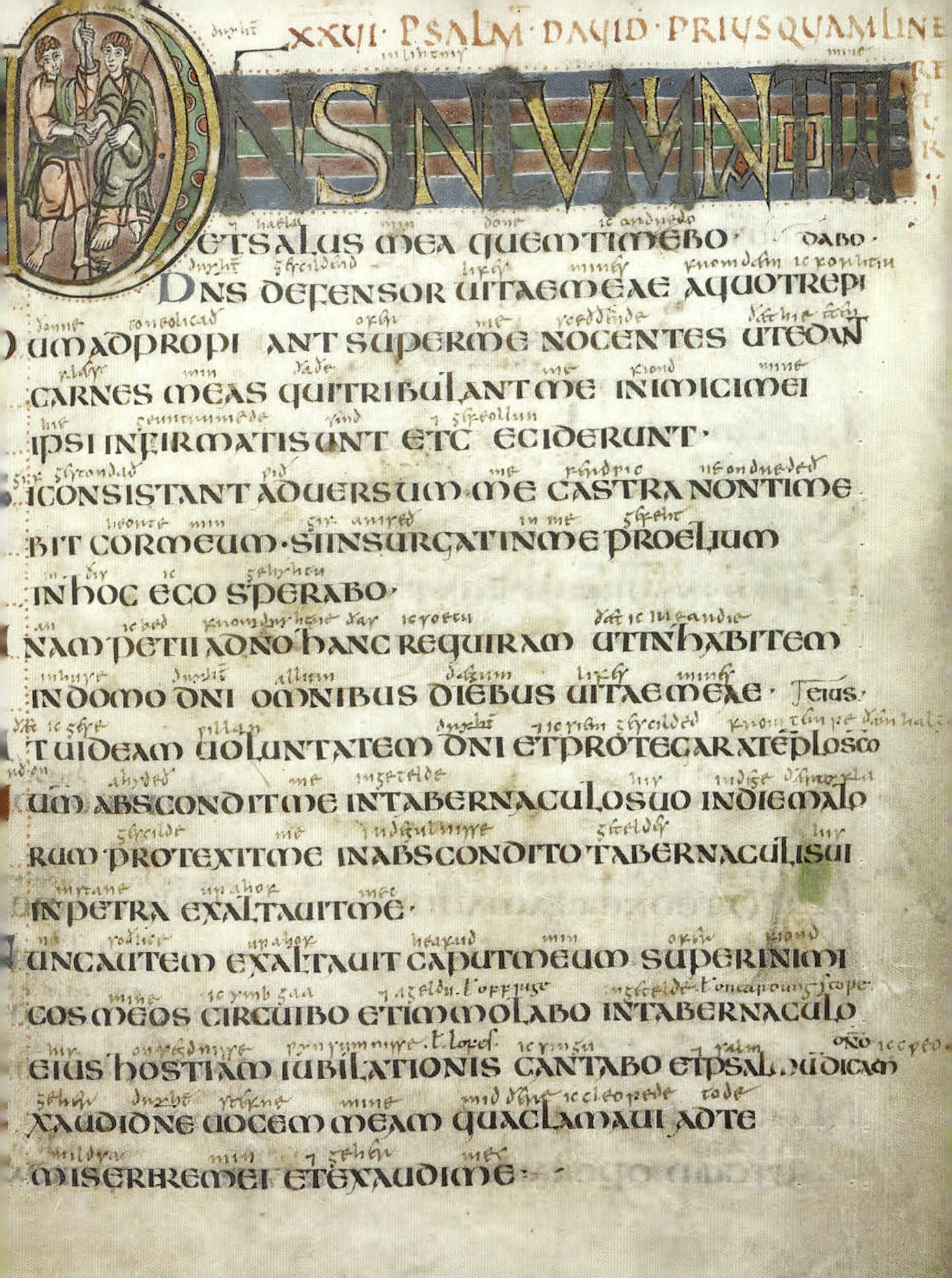

图 2-2-6　大卫王和音乐家，周围是附带着螺旋纹饰和交织纹饰的拱形边框。边框处四个圆形图案中还有鹰和狗（左侧）；大卫和约拿单（右上方）出现在《维斯帕先诗篇》（？坎特伯雷，8 世纪中期）中，科顿手抄本维斯帕西安手抄本，AI，第 30 页背面至 31 页正面

中世纪的诗篇手抄本通常会在一百五十篇诗篇之间设置重要的彩绘。随着时间的推移，在第一篇诗篇的开头字母（“有福的人……”的拉丁文“Beatus vir...”中的“B”）往往被配以精美的装饰，一般含有大卫的彩绘，通常是他弹奏竖琴的模样或者耶西之树的形象，这成了人们制作诗篇手抄本的传统。尽管《诗篇》属于《旧约》的一部分，但从 11 世纪开始，将关于基督生平的图像与大卫的图像一同作为插图放入其中就成了惯例。而耶西之树则描绘了两者之间的联系，因为它是描绘着耶稣自大卫的父亲耶西开始的家族图谱。图 2-2-7 刊于一部来自英格兰北部的诗篇手抄本，其用一整页描绘了一个有着精美图饰的字母“B”。耶西躺在睡梦中，身上长出一棵树，树上依次排列着弹奏竖琴的大卫、大卫的儿子所罗门、圣母玛丽亚和圣婴耶稣、庄严神圣的基督，而在他上方还画有一只鸽子。大卫正举着弹弓，试图越过玛丽亚怀抱着还是婴孩的耶稣小画像，瞄准巨人歌利亚。在正中央的大卫形象两侧，是骑士比武场景的画面。这幅华丽的彩绘采用了螺旋纹饰以及混合式的奇异艺术表达形式，底部则是用金色大写字母写的诗篇开头。

大卫作为上帝忠诚仆从的传奇声誉，他在乌利亚之死后的忏悔，以及他所建立的伟大国家，使得他成为信奉基督教的君王中的卓越典范。作为基督的先祖以及无论在战争时期还是在和平时期都非常成功的统治者，人们在整个中世纪手抄本中都可以经常看到他的画像。本节展示的诗篇集手抄本时间跨度达八百年，从阿尔弗雷德大帝时代之前的修道士誊写的早期经书开始——当时修道院之外的人几乎都是文盲，到亨利八世统治结束时已然被委任给专业人士制作的艺术品。尽管后者仍被少数特权阶层用于日常的祈祷，但是当印刷版本更容易、更便宜地为亨利的子民们大量生产出来后，这些手抄本也就很快成为罕见的珍宝。

▶ 图 2-2-7 “B”（eatus）在诗篇 1 开头和一棵耶西之树。出自休斯诗篇集（林肯，13 世纪晚期）大英图书馆馆藏 38116，第 14 页背面

EATUS UIR Q NON ABIIT

Ci fenist le premier chapitre du secont livre des faiz karlemaine le grant despaigne. et commence le secont. Qui parole de la bataille de roncevaus. Comment les sarrasins sen fuirent. et comment rollanz les siui pour savoir quel part il tournoient. Et puis comment il sona son olifant pour ses compaignons rassambler qui pour la paour des sarrasins se tapissoient par le bois. Comment il ocist le roi marsile. Et puis comment il fendi le perron quant il cuida despecier sespee. Et puis comment il sona derechief lolifant que klm. oi de .viii. milles loing.

Quant la bataille fu faite: et les sarrasins se furent retrais aussi comme .ii. milles: Rollant aloit tout seul parmi le champ pour enquerre quel part il estoient tornez. Ainsi comme il estoit encores en long deuls: il trouva un sarrasin aussi noir comme arrement qui las estoit de combatre et sestoit reposez ou bois. Tout vif le prist et le lia forment a un arbre a .iiii. fors hars torses. A tant le laissa et monta seur une haute montaigne pour savoir quel part les sarrasins estoient alez. Lors les choisi auques loing de lui et vit que il estoient moult grant multitude. Lors descendi de la montaigne et ala apres euls parmi la valee de roncevauls par mi celle meismes voie que klm. et ses oz aloient qui ia avoient passe les pors. Lors sona son cor dolifant que il portoit adez par coustume en bataille pour aucuns des xpiens rapeler se aucuns en fussent demourez. A la voiz du cor vindrent a lui entour .c. xpiens qui par le bois sestoient repost. Avecques soi les mena. et retourna au sarrasin quil avoit lie a larbre. Quant il lout deslie: il leva durandal lespee toute nue seur lui: et le menaca que il li coperoit la teste se il naloit avecques lui et se il ne li monstroit le roi marsile. quar rollanz ne le cognoissoit encore mie. et se il voloit ce faire il le lairoit aler tout vif. Li sarrasins ala avecques li: et li monstra marsile de loing entre les compaignies des sarrasins a un cheval rouge et a un escu roont. A tant le laissa rollant aler. si comme il li avoit promis. Lors se feri entre les sarrasins il et tuit cil qui avecques lui estoient hardiz et courageuz de bataille. seurs et aournez de la vertu de nostre seigneur. Un sarrasin choisi qui plus estoit granz que nul des autres.

3. 查理大帝的战争：龙塞沃、菲耶布拉斯以及阿斯普蒙之战

王已然下令，
号角也被吹响。
法兰西人下马准备武装，
他们穿上战甲，
戴上头盔，手持镀金宝剑。

《罗兰之歌》（*Chanson de Roland*），约瑟夫·贝迪尔编辑

查理大帝以其卓越的军功闻名。在公元800年圣诞节那天被教皇加冕为大帝之前，他已建立了一个统一的基督教帝国，从罗马到英吉利海峡，从萨克森到巴塞罗那。在他去世后，他便成为与他征战有关的英雄传说集中的一个核心人物，其中最著名且影响最久远的篇章便是关于一场惨败的故事，即《罗兰之歌》。

《罗兰之歌》的历史背景是查理大帝在778年对西班牙发动早期战役，他率领军队占领了潘普洛纳，并包围了萨拉戈萨。回程时他们要穿

◀ 图2–3–1　该图描绘了罗兰和他的同伴在龙塞沃与摩尔人作战的场景。出自《法兰西大编年史》16 G VI，第178页背面

过比利牛斯山，当法兰克军队路过龙塞沃的高山口时，遭遇了巴斯克游击队的伏击。根据查理大帝的传记作者艾因哈德（Einhard）所记，包括指挥官罗兰在内的大军后卫队被切断，并"被屠杀到最后一个人"。

这场战役是查理大帝生平唯一一次惨败，在第一次十字军东征之后，它在传统的口头表演中被浪漫化，演化成了基督徒抵抗穆斯林的英勇表现。故事中的罗兰作为富有骑士精神的英雄为大众所知，他是查理大帝最勇敢、最优秀的十二骑士之一，而故事也介绍了他的宿敌——反派加内隆。由于嫉妒罗兰，加内隆与萨拉森人密谋，他先是透露大军计划穿越山区的路线，并说服查理曼在先锋队列行军，使得后卫军队完全暴露。在那一整夜，罗兰和他的朋友奥利维尔面对数量占据绝对优势的攻击者，不断为士兵们鼓舞士气，直到奥利维尔被杀死，军中也仅剩几个人能站起来。这时，罗兰俘虏了一名萨拉森人，迫使他透露他们的首领马西利乌斯的身份和位置，并将马西利乌斯杀死。经过长时间的拖延，他最终吹响了他的号角"奥利凡特"以呼唤援助，但这一努力导致他的头颅崩裂而倒地。查理大帝从山谷深处听到了消息，他挥军折返后发现罗兰已经死亡，而且他的后卫精锐部队均被屠杀，他为此悲痛不已（见图 2-3-2）。在查理大帝率大军追击萨拉森人穿越西班牙时，太阳三天都没有落下，查理大帝最终在萨拉戈萨附近击败了敌军。陨落的英雄们被视为烈士，他们的遗体被带到法国的圣地埋葬，而加内隆因其反叛行为被处决。

有关罗兰的英勇传说被流传下来，他的形象在德语版的《罗兰之歌》和《疯狂的奥兰多》（*Orlando Furioso*）等作品中被重新塑造。《疯狂的奥兰多》是一部主题丰富的意大利史诗，其中讲述了罗兰因为坠入爱河而陷入狂暴状态，这促使他的好友阿斯托尔福乘着一头骏鹰前往埃塞俄比亚，并乘坐以利亚的火焰车驰骋到月球去寻找解药以恢复他的理智。

历史上的查理大帝是一位尚武的国王，他在 46 年的统治期间，年年率军队征战，先是征服了伦巴第人，随后发起了对撒克逊人长达十年的战争，迫使他们皈依基督教，并将其领土并入他不断扩张的帝国。他还征服了匈牙利的阿瓦尔人，在越过比利牛斯山的另一侧进行突袭时，击败了西班牙北部的萨拉森人。他不仅是一个杰出的军事战略家和后勤专家，还是一位出色的外交家，与其他国家（包括苏格兰在内）的统治者建立联盟，并与君士坦丁堡的几位皇帝保持着良好关系。除了统一和扩展基督教的西部势力之外，他还在亚琛建立了一座宫廷，而这则成了当时学术与文化中心，在保留着古典学术的同时也改革了帝国内的宗教实践和教育。

图 2-3-2　罗兰之死，身旁是他的佩剑——杜兰达尔。出自《法兰西大编年史》（法兰西，约 1340 年），皇家手抄本 16 G VI，第 179 页背面

在与查理大帝几乎同时代的传记作者艾因哈德创作的早期传记中，包含了一些关于查理大帝的个人细节。在书中，艾因哈德将其描绘为一位高大威猛的人物，身高超过六英尺，对敌人既残忍又暴力，让臣民既敬畏又尊重。后来有一版为他的曾孙胖王查理所写的关于查理大帝事迹的版本，进一步帮助他树立了作为传奇英雄的声誉，并将他赞颂为信仰的捍卫者。在中世纪，他被列为九贤之一，与恺撒和亚瑟王并列为过去堪为后世楷模的英雄之一。一系列被创作出来用作吟诵表演的法语“武功歌”①，更丰富了查理大帝及其骑士们的英雄事迹（也可以参见第二章第四节）。其中，《罗马的毁灭》和《菲拉布拉斯之歌》讲述了查理大帝如何从萨拉森人手中夺回受难圣物，并将其捐赠给巴黎市郊的圣丹尼斯王家修道院的故事。

这一系列故事发生在龙塞沃战役之前，当时萨拉森人的埃米尔巴兰洗劫了罗马，他们带着圣彼得珍贵的圣物箱（包括荆冠、耶稣受难时的钉子和涂在他身上的膏油）回到了西班牙。查理大帝和他的军队追赶而来，随即与之展开了一系列战斗。埃米尔的儿子菲拉布拉斯是一位 15 英尺高的巨人，他要求与基督教的骑士单挑，而勇敢的奥利维尔接受了挑战并战胜了他，最后还使他皈依了基督教（见图 2–3–3）。但就在这时，一群萨拉森人赶来解救他，这也导致奥利维尔和他的圣骑士同伴们被埃米尔俘虏。然而，当时菲拉布拉斯的妹妹弗洛里帕丝已经爱上了吉·德·布尔戈涅（另一位与查理大帝同辈的人），并帮助他们逃脱。与此同时，查理大帝也率军赶来解救被俘虏的骑士，他们继而展开了一系列的战斗。巴兰被打败并被俘，但他依旧不肯皈依基督教，宁死也不愿放弃他的伊斯兰教信仰。在他死后，西班牙被吉和菲拉布拉斯两人分治，而弗洛里帕丝受洗成为基督徒，查理大帝则将圣物带到法兰西并在

---

① 武功歌（Chansons de Geste）：11 世纪至 14 世纪流行于法国的一种数千行乃至数万行的长篇故事诗，通常用十音节诗句写成。以颂扬封建统治阶级的武功勋业为主要题材，故称“武功歌”。——编者注

图 2–3–3　菲拉布拉斯与奥利维尔比武。出自《菲拉布拉斯之歌》（英格兰，1325—1350 年），埃格顿手抄本 3028，第 87 页正面

圣丹尼斯展出（见图 2–3–4）。

虽然今天很少有人知道，但是菲拉布拉斯在中世纪可能比罗兰更受欢迎，因为如今还有众多的副本被保存下来，并且是在描述查理大帝冒险的歌谣中第一部被印刷出来的作品。它被改编成奥克语、荷兰语和中古英语〔其名为《费鲁姆布拉斯爵士》（*Sir Ferumbras*）〕，塞万提斯将其他作为自己小说中的古怪主角——堂吉诃德的最爱，而堂吉诃德正是由于读了太多骑士罗曼史而失去了理智！

歌集中的另一首《阿斯普蒙之歌》（*Chanson d'Aspremont*）中所描绘查理大帝的战役，并没有真正的历史依据，尽管它大体上是基于查理大帝统治时期对抗意大利南部入侵者的战役改编的〔阿斯普罗蒙特之战（Battle of Aspromonte）——至少在意大利是那么说的，实际上发生在 1862 年，是解放者加里波第被击败并遭俘虏的一场战役〕。一本用盎格鲁 – 诺曼法语于英格兰中部（可能是赫特福德郡）誊写并配以插图的手抄本，则用细致的钢笔线条描绘了故事中的事件，而这个故事也就是后来的《年少罗兰》（*Enfances Roland*），讲述了罗兰年轻时期的英勇事迹。虽然这些穿戴着锁子甲的人物是风格化的，但混乱和疯狂的战斗场面仍然被含有些许色彩的线描图精巧地呈现了出来（见图 2–3–5 和图 2–3–6）。

这场战斗的起因是查理大帝在亚琛举办圣灵降临节时，被穆斯林国王阿格朗特派来的使者的打断，阿格朗特向他宣告自己已经占领了卡拉布里亚。查理大帝立马召集法兰西各地的封臣即刻带兵出征，而罗兰和他的三个年轻伙伴由于太年轻而被关在了朗恩城里，无法参加战斗。但这些年轻人逃脱并加入了查理大帝的部队，朝意大利进军，向南来到阿斯普罗蒙特山上，与阿格朗特的军队相遇。在一次小规模战斗中，年轻的罗兰和他的朋友们仅用从厨房拿来的短棍解救了查理大帝的一些年长的骑士，并用战场上倒下士兵的武器换下了这些短棍。阿格朗特的儿子艾蒙特在一处泉水边毫无戒备地喝水时，查理大帝突然出现，并富有骑士精神地让他穿上甲胄，然后再开始与之交战。年轻的艾蒙特占了上风，而查理大帝失去了他的魔法保护头盔，但就在这时，罗兰赶到，杀死了艾蒙特，并夺得了他的宝剑“杜兰达尔”（见图 2–3–5）以及他的号角“奥利凡特”（二者都出现在《罗兰之歌》中）。罗兰因此被封为骑士，并参加了最后的战斗，在这场战役中，大主教图尔潘手持“真十字架”（见图 2–3–6）。最终，阿格朗特被杀，他的遗孀及其女伴们受洗皈依了基督教，查理大帝则凯旋。对在圣地对抗穆斯林军队时遭受严重挫败的十字军骑士们来说，这确实是一个鼓舞人心的故事。

► 图 2–3–4　这幅图展示了查理大帝和菲拉布拉斯在《菲拉布拉斯之歌》中与圣物同时出现。出自《塔尔伯特 · 什鲁斯伯里之书》（鲁昂，约 1445 年），皇家手抄本 15 E VI，第 70 页正面

Seigneurs or faites paix, s'il vous
plaist escoutez. Chançon fiere et
horrible, iamais meilleur n'orrez.
Ce n'est mie mençonge, ainçois est
veritez. En tesmoing en tiernay evesq-
et abbez. Clers prestres et moines
evesques ordonnez. A saint Denis
en France fut le rolle trouvez.
Plus de cent cinquante ans y a esté celez.
Or en orrés le voir, s'entendre le voulez.
Si com K. le roy qui tant est redoubtez
Reconquist la couronne dont Dieu fut couronnez
Et les saintismes clous et le suaire honnourez
Et les autres reliques dont il y eust assez.
A saint Denis fut tout le tresor apportez;
Au perron au Lendit fut partis et donnez.
Pour ce y est encores le Lendit appellez.
Iamais devoit temps estre ne nul tiers donnez.
Ainsi l'establi K. le fort roy couronnez.
Mais puis a convoitise touz ces bans ordonnez.
Moult par est puis le siecle empiré et muez.
Et encor sera pires et plus a crueltez.
Le pere et mauvais le filz est pire assez.
De tout en tout est moult le siecle empirez.
Qu'il n'y a un tout seul tant soit bien esprouvez
Qui tiengne loyaulment ne foy ne veritez.
N'en diray ore plus tout laisse a avant alez.
Charles eust ces barons et semons et mandez
De toutes ses terres ou avoit poestez.
Il n'estoit son hom liges qui tenist heritez
Tant lui donnast du sien qui feust o lui menez.
One n'en y eust un seul ne feust bien souldoiez.
Moult fut grant li empires quant les eust aioustez.
Tant lui donnast du sien que furent a gré.
Tant les a l'empereres et conduis et menez.
Desoubz Mormionde a fait tendre ses trefz.
Olivier le gentil le preux si alosez
Adonc fist l'avantgarde a .vii.c adoubez.
Le val imer passa tout contreval les prez.
Moult fut grant li eschec qui la fut conquestez.
Les payens qui y furent bien furent nombrez
A bien cinquante mille a l'issue d'un guez
Pour calengier les terres et les grans heritez.
François tindrent les lances sur leurs escus bouclez.
Grant meschief y souffrit nostre riche barnez.
Olivier le gentil y fut le iour navrez.
Desconfis fussent, c'est pure veritez,
Mais K. l'empereur o ses riches barnez
Les secourust tresbien par grande poestez.
Les payens s'en tournerent, les frans abandonnez.
Charles s'en retourna aux tentes et aux trefz.
Celle nuit fut Rolant laidement ramponez.
Landemain au matin quant le iour fu levez
Lui a chanté sa messe son chappelain fourrez.

Apres fut le menger richement adoubez.
Les nappes furent mises quant il fut commandez.
Moult par fut grant la court, je vous di de veritez.
Entour lui eust maint duc maint prince honnourez.
Moult par fut grant la court quant le roy deust laver.
Mais ains qu'il preinne l'eaue n'y ara que veer.
One en roy de sa terre n'eust plus que effraver.
Quer vint sarrazin vint en lauffarde monter.
Iamais de plus riche homme n'orrés iamais parler.
En toute paiennime ne pourroit l'en trouver
Ne en crestienté tant comme elle peut durer.
Il est roy d'Alixandre et s'il avoit a garder.
Sieme estoit Babilonne iusqu'a la rouge mer.
Et de Cordes de Palerme se fait sire clamer.
Et si voult dessoubz Romme par force dominer
Et touz ceulx de la terre a sa verge tourner.
Mais ceulx dedens ne vouldrent souffrir ne graanter.
Pour ce la fist destruire et saint Pere gaster.
Et aux saints arcevesques il fist les chiefz couper
Et moynes et nonains honnir et vergonder.
Onques en la cité ne laissa que preer.
Emporta la couronne qui tant fait a loer
Dequoy l'en fist Ihesus en la croix couronner
Et les saintismes suaires dont vous m'orrés parler,
Les clous dont les Iuifz le firent encloer.
Et des autres reliques en fist maintes porter.
Si a la croix la croix en garde ou Dieu lessa pener
Son corps en grant ahan pour son pueple sauver.
Et tient Iherusalem qui tant fait a loer
Et garde le sepulcre ou Dieu voult reposer.
S'il creust en Dieu moult feist a redoubter.
Le nom au sarrazin vous say ie bien nommer:
Fierabras d'Alixandre se faisoit appeller.
Moult fut le sarrazin fier et mautalentis.
La grant merveille est bien armez et fournis.
Onques si fier payen ne fu ne mort ne vis.
Moult mainte grant effroy soubz lui li arrabis.
Deux lieues ont erre environ le pais.
Pour François encontrer c'estoit a bandon mis.
Quant n'en print nulz trouver si fut au cuer marris.
Il s'arresta soubz un arbre fueillis
Sur Salance sa pure et sur le fau motis
Et regarde sur destre dessoubz le pin antis
Et voit le tref K. le roy de saint Denis
Et l'esgle d'or qui luist plus que iour esclandis.
Les loges et de trefz voit touz les prezantis.
Quant le payen le vit moult en fut esmarris.
Mahomet en iura et ses sainctes vertus
Iamais ne retourna si ara estour mis.
A haulte voix s'escrie au roy de saint Denis
Envoie moy soustier mauvais couart faillis
Des .x. hommes de France ceulx qui mieulx sont a pris
Roullant et Olivier si y viengne tenis
Et le Dannois Ogier qui tant par est hardis.

图 2-3-5　在查理大帝的注视下，罗兰劈开了艾蒙特的头颅，并夺走了他的剑——“杜兰达尔”

图 2-3-6　查理大帝与阿格朗特军队最后的决战

图 2-3-5 和图 2-3-6 出自《阿斯普蒙之歌》（英格兰赫特福德郡，约 1245 年）兰斯唐手抄本 782，第 12 卷，第 27 页

查理大帝因其在中世纪的卓越军功和强大的领导力而备受尊重，在欧洲文化中，他依然保持着高大的父辈形象：欧盟每年都会授予一位杰出政治家以查理大帝命名的奖项，鼓励他为欧盟做出的贡献。《罗兰之歌》据说是由骑士泰勒费尔在黑斯廷斯战役中为面对英国人的诺曼军队唱出的，现在被认为是法兰西人的民族史诗。比利牛斯山脉的龙塞沃峡谷甚至在 1934 年建立了一座纪念这场著名战役的纪念碑。

e coi gnt brue
aude
uoit baite
nt pesce
s arreste
gez este
ie ne ple
ient demore
z pene
a destine
n recouure
ie
- uoillant
ot li mescant
puissant
seiornant
lant
agrant
so uiuant
t abrubant
rrant
rgnant
s cheuauchant
oie z obatant
piant
escriant
e passant

Q uil est boisiez de trestouz ses subgis
Q̃ pour dieu· q̇ fu en la crois mis
L i soit Guill'· a ce besoing amis
O u le royaume· ne tendra ia ses fis
A insaut q̃re autre terre: Coment
L oys fu coronez p Guill'· a ais:

G uill'· fu tous drois en son estant
Il iure dieu le pere tout poissant
Q'l ne lauoit p nule riens uiuant
Q ueoir ne uoist klm le grant
I l saparelle· auec lui maint sergant
Q ui de la ler estoient desirant
A dieu commandent hmengt la uoillant
D e leur iornees ne v vrai contant
D esci a ais ne seiournent arestant
L a ont trouue Guielin z bertant

4. 短鼻公爵威廉·奥兰治

巴隆大人，看在上帝的面子请倾听
这个故事，你不会再听到更好的了。
它关于威廉，那个短鼻的伯爵，
女子所生的有史以来最伟大的男人。

《维维安的誓言》（*Le Covenans Vivien*），是诗集《奥兰治的吉约姆》（*Guillaume d'Orange*）中的一卷，H.L.D. 沃德（H.L.D. Ward）编校

《奥兰治的吉约姆》是中世纪最长的法国史诗，总共有近十万行，围绕着“奥兰治的吉约姆”〔英文中则被称为“奥兰治的威廉”，又被称为“短鼻”（Cortnez）〕的辉煌壮举和圣洁之死展开。当然，读者不应该把他与 17 世纪的荷兰王子，后成为英格兰国王的威廉三世混淆。威廉的传说何时开始在法国传播尚未可知，但到了 11 世纪，这个颇具传奇色彩的人物已经成为武功歌（字面意思就是事迹之歌）中的一位受欢迎的英雄。这些歌曲是用法语创作的，取材于查理大帝及其后继者，以及历史上其他杰出人物的英勇事迹。在抵御南方摩尔人入侵和法兰克帝国内部领土之争的历史背景下，历史人物的事迹往往会被美化加

图 2–4–1 《路易的加冕礼》（*Le Couronnement de Louis*）。出自《奥兰治的吉约姆》一卷局部（法国，14 世纪早期）皇家手抄本 20 D XI，第 103 页背面

工，人们也会杜撰他们身世。而香颂（法语中的“chansons”，直译为“歌谣”的意思）本身遵循着一种固定的诗歌风格，其中包含诸如“现在请听呐”（法语为“or entendez”）之类的重复短语，往往有一定长度，但会被分为两部分的句子组成，并通过韵律或类韵连接起来，组成不规则的诗节（法语为“laisse”）。它们本身就适合面向观众大声朗诵，在被以文字的形式记录下来之前，它们可能已经通过口头传播并流传了数百年。

图 2–4–2　艾梅里被查理大帝授予纳博讷作为封地。出自《纳博讷的艾梅里》（法国北部，约 1250 年）哈利手抄本 1321，第 38 页背面

▶ 图 2–4–3　与人马搏斗，艾梅里之死（Mort d’Aymeri）。出自《奥兰治的吉约姆》（法国，14 世纪早期）皇家手抄本 20 D XI，第 247 页背面

ertis
floris
hardis
chis
e cõmarchis
hetis
as · ay.
tis
erius
a amis
& p̃ dis
guerpis
sous peussis
nz · ou · vi.
e leur filz
afoiblis
r de p̃is
nz · & · x.
ymis
nte p̃is
padis
e p̃ dis
gentis
pais
terpris
loeys
enis

Seignor oez q̃ chancon demande
Soiez ẽ pes & si moez enten
Dune aventure · q̃ si ne fu sa p̃
Ouent les gestes uiuent a declin
Les anciennes dont len souloit p̃ler
Cest deymri · de nerbone le ber
& de son fil le cheuas aymer
& de Guill' · le marchis au court nes
De · kaln · le fort roi couronne
Qui a ses filz dona ses heritez
A loeys · & a Lohier lainsne
Loh · en est en alemaigne alez
& loeys est en france remez

诗集《奥兰治的吉约姆》中的虚构英雄原形可能是真实的历史人物吉约姆·德·盖隆（Guillaume de Gellone，约 755—约 812 年）。吉约姆是查理大帝及其儿子路易的智囊，他颇为忠诚也颇受君王们的信任（不过，法国学者约瑟夫·贝迪耶尔认为有十六位历史名人都可能是这个传奇故事的原型）。吉约姆生于法国北部，8 世纪 90 年代作为图卢兹的伯爵，代表后来的路易一世（绰号“虔诚者”）统治阿基坦地区，因为当时的路易一世还未成年。他有着杰出的军事成就，曾保护法兰西南部领土不受西班牙的侵略，保卫过纳博讷城，帮助攻占巴塞罗那并且平定过加斯科涅人的叛乱。到了 804 年，他不再参与征战，转而在靠近蒙彼利埃的地方创建了圣吉尔海姆沙漠修道院，并在那里度过了晚年。

诗集中有二十四首诗歌，其中七首描绘的是主角的事迹，其余讲述的是他的祖先和亲戚故事。这些人物因家族纽带以及他们对君主和基督教信仰的忠诚而关系紧密。他们一起打了无数场战役，而且经常帮助彼此死里逃生，但是吉约姆作为最杰出的指挥官和家族无可争议的领袖，在这些人中脱颖而出。在这卷诗集较前期的香颂中，有一首描绘了吉约姆的父亲——纳博讷的艾梅里的出身与早年生活。在经历了龙塞沃的惨败（见第二章第三节）且带着查理大帝的军队踏上归程之后，艾梅里独自接受了皇帝的挑战，试图重新征服有二万名土耳其人防守的纳博讷。得胜后，皇帝便将这块地授予他作为封地（见图 2-4-2）。他追求伦巴第的公主艾门加德并最终赢得了她的青睐，两人生育了七个儿子和五个女儿。此后他的儿子们，包括吉约姆，纷纷被派往萨拉森人的领土去寻求财富、掠夺土地，而艾梅里则展开了自己的冒险。从始至终，他都得到了富有勇气的艾门加德深情的爱护与支持，可是在最后一次战斗中，艾梅里为了从被称为“射手”的人马大军中拯救一万四千名少女而身负致命重伤时，艾门加德因过度悲伤而不幸去世（见图 2-4-3）。

在一系列关于吉约姆祖先的诗歌之后，是这位年轻英雄的壮举——

《吉约姆的少年时代》（*Enfances Guillaume*，又称《威廉的少年时代》），这被描述为留存至今的最为原始和血腥的武功歌之一。故事开头，为了能让儿子们在查理大帝的宫廷上被授予骑士身份，艾梅里带着较年长的四个儿子从法国南部的纳博讷前往巴黎。在途中，吉约姆他们遇到了萨拉森军队，并英勇地与之交战，他也由此赢得了一匹名为“波杉”的强壮骏马。与此同时，他还获得了美丽的摩尔公主奥拉布尔的青睐。但是，她之前已被许配给了萨拉森人的国王蒂博，蒂博因而将吉约姆视为死敌，他们注定要在未来多次交手。蒂博随即率军去围攻纳博讷，艾门加德没有丈夫艾梅里和年长的孩子们的保护，不得不独自带领民众保卫城市。艾梅里和儿子们在巴黎设宴庆祝时，突然得知纳博讷即将沦陷，于是立马率领一支庞大的军队向南奔袭。大军抵达之后，吉约姆他们很快就打败了萨拉森人，并重创了蒂博。不过，蒂博撤退时还是带走了奥拉布尔；此后他们虽然结婚了，但她通过一系列幻象迷惑了蒂博，也因此守住了自己的贞洁。

由此，吉约姆需要履行两个重要的承诺：一是他向查理大帝承诺过的，要保护年轻的路易王子；二是战胜蒂博并夺回奥拉布尔，让其成为自己的妻子。在接下来的香颂中，两个故事并行展开。在《路易的加冕礼》中，吉约姆前往巴黎，从宫中叛徒手中解救年轻的路易，为他加冕，继而又前往罗马帮助教皇对抗他的敌人（见图 2–4–1）。但是，路易在阿基坦王国内为功臣分配封地时，他对吉约姆有些不公，以至于吉约姆被迫要从萨拉森人手中夺回他自己在尼姆和奥兰治的领地。为了达成目的，他毫不介意使用伪装和计谋：在《尼姆的车队》（*Le Charroi de Nimes*）中，他伪装成一名商人，带着一批盐桶潜入城市，他的士兵就藏在桶里（见图 2–4–4）。他继而攻占了奥兰治，并在城墙内的一座华丽宫殿中找到了王后奥拉布尔。奥拉布尔最终嫁给了他，并皈依了基督教，还改名为吉波珂（Guiborc）。

图 2-4-4　吉约姆看着士兵人藏在木桶中。出自《尼姆的车队》，《奥兰治的吉约姆》（法国，14 世纪早期）皇家手抄本 20 D XI，第 116 页

奥拉布尔原本的丈夫蒂博因失去妻子和国土而异常愤怒，故而和吉约姆展开了长达数十年的战争。在阿尔尚之战中，吉约姆和他的侄子维维安一起面对蒂博的军队。在战场上，尽管吉约姆试图营救维维安，

但是维维安发誓面对异教徒时永远不会逃跑（见图 2-4-5），最终被围攻而死。因失去了自己疼爱的侄子，吉约姆备受打击，最终决定放弃一切，到修道院隐居，但吉波珂坚持让他报仇，甚至她自己也组织军队来支持他。此外，新王路易也勉强给予了吉约姆支持，让巨人雷努瓦（Rainouart）来帮忙。这个极其强壮但笨拙的萨拉森囚徒先前被迫在王室膳房中担任助手，但是他经常制造混乱；有一次，一个厨师意外点着了雷努瓦的胡须，雷努瓦为了报复直接将他扔进煮有沸水的大锅里。后来，大家发现这个巨人其实是吉波珂失散多年的兄弟，他也因此在战场上站在了吉约姆这一边，用一棵松树当作棍子，杀死了数百人，最终使得基督教的军队获得了胜利。

图 2-4-5　维维安与他的伙伴被授予宝剑并起誓，《维维安的誓言》

图 2-4-6　修道院迎接吉约姆，《修士吉约姆》

图 2-4-5 和图 2-4-6 出自《奥兰治的吉约姆》系列故事（法兰西，14 世纪早期）皇家 20D XI. 第 134 页反面，第 194 页正面

此后，吉约姆和他挚爱的妻子吉波珂过了许多年平静的生活。在吉波珂去世后，他决意在修道院隐居（见图 2-4-6），但他发现院里的修

士们恶毒且虚伪，于是选择退隐到沙漠之中，并那里建了一处隐居之所。然而上天对他的考验并没有结束：一开始，他被盗贼抓住，并被关入满是毒蛇的监狱；接下来，他不得不击退一个食人的巨人；最后，他被留下过了七年的平静生活，但是身边只有面包和水。在吉约姆经历磨难时，路易拒绝给予他的帮助；可当国王遇到麻烦时，吉约姆会积极响应他的号召。他给自己设定的最后任务是在他的隐修所附近的急流上修建一座桥。但是每晚当他休息时，他这一天的工作都会遭到破坏。于是他有一天故意没睡，由此抓住了在夜里搞破坏的魔鬼。吉约姆把他扔进水里，制造出了一个漩涡。在完成最后一项任务后，吉约姆便去世了。

吉约姆在 1066 年被封为圣人，圣吉尔海姆沙漠修道院由此也成为前往圣地亚哥 – 德孔波斯特拉的朝圣者热门的途经站点。修道院虽然在法国大革命期间被废弃，但后来大规模重建了一次。它的回廊被拆卸、漂洋过海并在纽约大都会回廊博物馆组装呈展，人们因而可以在那里看到它们。

一本插图版《奥兰治的吉约姆》篇章中的诗歌合集（皇家手抄本 20 D XI）曾于 1666 年出现在英格兰国王的皇家图书馆中，它被列在了为查尔斯二世制作的早期藏书目录中。查尔斯二世是一位狂热的收藏家和书籍爱好者，在英国复辟后，他为皇家图书馆收集了数百本新书和手抄本，尽管这部手抄本可能在他执政之前就已经在馆中了。也许是新教君王威廉和玛丽在宫殿书架上发现了它，并读到了同名英雄的传奇故事——当然，如果他们懂古法语的话！

本书中展现的是目前保存最完整的《奥兰治的吉约姆》手抄本，该本中包含了十八首香颂，每首开头都有一个小型微缩画（如图 2–4–1 和图 2–4–4）。其中只有七个场景是描绘关于吉约姆本人的事迹的，有几个敌人的脸部图画都已经被磨损了，这可能由某个狂热崇拜吉约姆的藏家所为。手抄本中的图画采用几何图案为背景，这通常被称为“菱形花纹（diaper pattern）”，表明该手抄本是在巴黎或法国北部的作坊制作的。这本作品先前所有者的线索只有于 15 世纪刻在背面的两个人名，一个似乎为 G. 达雷尔（G. Darel）的法国人名，另一个则为 G. 皮克林（G. Pekeryng）的英国人名。1757 年，乔治二世将属于英国国王和王后的大量手抄本藏品（包括这一本）赠予了国家，由此构成了大英图书馆的皇家藏品区。

muner linge · que il seroit plus agreable a
dieu · et sacrefice recevable devant li · Se les
devens dit empiere et resgne tous rendies
a sa foy et a sa verite · que se tous sousmetiez
tant & plus de sarrazinie a sa seignourie · Ci
est complet le premier livre avec ces · viij
parties · et comence le second qui sera fe
ni avec · iiij · parties de soy ·

Puis que dieu aidant nous avon
despesche le premier livre lequel
en sanguinant · lost de nostre seig
neur est sanablement demene
par les terres des loians crestiens
et des mescreans · Je me transporte briement
a despeschier le second livre le quel si comme je dis
desus et promis · sera conclue en iiij · parties
demourantes par les queles il sera ensengne
coment · lost de nostre seigneur doit transporte

5. 十字军东征：跨洋的战争事迹

因此，耶路撒冷国王
派出他的战斗队伍，
率先穿过那些狭窄的
果园小路。军队几乎
无法前进，路途上困难重重，
一方面是因为被狭窄的道路所限制，
此外还会被那些
隐藏在灌木丛中的敌军伏击。
而且，军队有时不得不与突然出现
并占据迂回路径的敌人交战。

泰尔的威廉《海外的历史事迹》（*Historia Rerum in Partibus Transmarins Gestarum*），E.A. 巴布考克、A.C. 科瑞译

1095 年至 1272 年，一批批规模巨大的十字远征军漂洋过海，穿过巴勒斯坦的荒凉村野，响应他们宗教领袖的呼声，试图从土耳其人手中

◀ 图 2–5–1　一支法国十字远征军乘船抵达圣地，并驶向位于此处的一座堡垒。出自《前往圣地的路线指南》（*Directions for the Journey to the Holy Land*，巴黎，约 1340 年）皇家手抄本 19 D I，第 187 正面

重新夺回神圣的基督教胜地。远征的后勤部署非常夸张——他们带着数量庞大的随从和行李，包括家人、仆人、马匹和役畜。他们精美的服装和盔甲、书籍和武器也同样被装在船上，并在抵达后被卸下，与军队一同穿越中东荆石遍布的沙漠。来自欧洲西部的成千上万的男人、女人和儿童都参与了这些大规模的军事行动——甚至还有一支由一万名儿童组成的儿童十字军。可想而知，这支军队以覆灭告终。尽管如此，他们成功地夺回了耶路撒冷并占领了这片土地一段时间，建立了四个十字军国度，并为信徒们打通了朝圣的路线。在旅途中，他们第一次接触到中东民族和文化。不难理解，关于这些经历的故事很大程度上影响着中世纪人们的想象与艺术创作，从萨拉丁到狮心王理查等这些著名的英雄人物也由此成为德国民歌和法国武功歌的主角。

第一次十字军东征时期被认为是基督教英杰辈出的时代，这些英杰中就包括布永的戈弗雷（Godfrey de Bouillon），他因率军夺回安条克和耶路撒冷，并建立耶路撒冷十字军王国而在欧洲享有盛名。这些事迹和其他与十字军东征相关的事件，在用古法语写就的十字军英雄诗集中得到了咏叹和赞美〔包括《天鹅骑士之歌》（*La Chanson du Chevalier au Cygne*），其甚至为布永的家族捏造了一个神话中的先祖，见第三章第三节〕。戈弗雷通常与亚瑟和查理大帝一起被列为历史上最受钦佩的三位基督教英雄，而他们又和另外六位知名的历史人物并列为“九贤人”。他和他的继任者在耶路撒冷建立的华丽宫廷为一百多年的文化交流提供了良好的氛围和环境，东西方的时尚、艺术和建筑风格在这里交融。1131 年至 1153 年，这片土地由十字军国王鲍德温二世和亚美尼亚公主莫菲娅之女——梅丽桑德女王（Queen Melisende）统治，起初是她与丈夫安茹的富尔克共同统治，后来她成为她儿子的摄政王。她是书籍爱好者也是艺术家的赞助人，一些由她王国里的作坊制作的配置了精致彩绘的手抄本流传了下来，有些甚至被认为是她的私人藏品。其中一本小而华丽的《梅丽桑德圣咏诗集》（*Melisende Psalter*）可能是她的丈夫送给她的礼物。它的封面由两块象牙板组成，上面的雕刻精美，并嵌有宝石，书脊上还包裹着丝绸。书的背面雕刻着一位统治者穿着拜占庭帝王的长袍布施行善的诸多场景（见图 2-5-2）。这本书的内部包含着丰富多彩的描金画作，描绘了《圣经 · 新约》中的场景，但是其绘制风格又融合了伊斯兰和拜占庭艺术中的元素。

图 2-5-2　象牙所制书面的细节图，展示了一位国王布施行善的场景。出自《梅丽桑德圣咏诗集》（耶路撒冷，1131—1143 年）艾格尔顿手抄本 1139，底封装订

图 2-5-3　富尔克和梅丽桑德的婚礼。出自《海外史》（*Histoire d'Outremer*，布鲁日，约 1480 年）皇家手抄本 15 E I，第 224 页背面

来自布鲁日的一位艺术家则通过想象描绘了梅丽桑德与富尔克宫廷中的奢华场景——国王和王后穿着华丽的金袍，而主教则主持着仪式（见图 2-5-3）。这幅画作出现在《海外史》中，这是一部由提尔的大主教威廉（William, Archbishop of Tyre，逝于 1186 年）撰写的十字军东征编年史。他出生于耶路撒冷的一个十字军家庭，并在欧洲接受教

育。他的著作是这一时期的重要信息来源，虽然他在书中加入了一些明显是传说故事的史料，包括那些证明上帝站在十字军这边的显圣奇迹。这部作品最初是用拉丁语写的，后来被翻译成法语，取名为《海外史》。同时，许多配置彩绘图像的副本也被制作出来专供欧洲贵族赞助人，如英格兰国王爱德华四世——在15世纪，他热衷于收藏有配图的编年史以及其他历史著作（见图2-5-4）。

图2-5-4　十字军在遭受希腊火攻击时，通过真十字架的神迹改变了风向，由此得救。出自《海外史》（布鲁日，约1480年）皇家手抄本15 E I，第266页正面

十字军国家建立后就不断遭受侵扰，有一次安条克城被围，人们甚至丧失了希望，一位名叫彼得·巴塞洛缪的修士（Peter Bartholemew）在幻想中看见了圣安德鲁。圣人告诉他，当基督被钉在十字架上时，用来刺穿他身体的圣枪被埋在这座城市的圣彼得教堂里。圣枪被发现之后，它便激发了十字军克服敌军的勇气。在另一次涉及圣物显圣拯救十字军的事迹中，十字军被土耳其人所用的希腊火所困。而当纳撒勒的大主教罗伯特（Archbishop Robert）带着真十字架走入战场向上帝祈祷时，他神奇地改变了风向，并将火焰吹向土耳其人，十字军因此获得了拯救。在图 2-5-4 中，上帝被描绘成天空中被圆形光环环绕的模糊身影，在这样背景下，大主教跪在地上，手持一面画有红十字的白底旗帜（看起来像圣乔治十字）。显然，艺术家是借此来指代真十字架。十字军在险峻环境中聚拢在一起，而他们的敌人则透过火焰凶恶地注视着他们。

对于留在圣地的数量较少的十字军来说，保卫这些领土几乎是一项不可能完成的任务，尤其是他们还要面对伟大的穆斯林军将领努尔丁、扎恩吉和萨拉丁。十字军因而被迫逐渐放弃他们所占领的领土。在 1187 年的哈丁角之战中，埃及和叙利亚的苏丹萨拉丁率军队击败了十字军，俘虏了耶路撒冷国王——吕西尼昂的盖伊（Guy de Lusignan），并抢走了基督徒们再次带入战场的珍贵圣物——真十字架。很快，萨拉丁夺回了耶路撒冷，而这引发了敌对的国王——英格兰的理查一世以及法兰西的腓力二世奥古斯都领导的第三次十字军东征。尽管萨拉丁是一个可怕的对手，但他善待敌军俘虏（见图 2-5-5），因而也在欧洲赢得了宽容、智慧和慷慨的美誉。德国诗人瓦尔特·冯·德·福格尔魏德（Walther von der Vogelweide）写下了赞美他事迹的诗句。此外，他还被阿拉伯诗人乌萨马·伊本·穆奇德（Usamah ibn Munqidh）所赞颂，他曾与之并肩作战。穆奇德后来写了一部自传，描述了他所遇到的法兰克人，并谈论了他们的服装和习惯；同时也写到当他们的妻子被提及时，他们竟没有什么妒忌心。

英格兰国王理查一世领导十字军军队对抗伟大的萨拉丁（有人说这两位勇敢的领袖可能在战场上相遇过），因在战斗中彰显的骑士精神和勇气而获得了“狮心王”的绰号。他夺回了阿克里，被证明是一位精明的将军和军事策略家。据一部法国编年史记载，也正是在那里，萨拉丁被迫归还了真十字架并释放了所有的俘虏。但理查一世未能实现他的终极目标——夺回圣城。

众所周知，这位英格兰国王在返回英格兰的途中被奥地利公爵利奥波德俘虏，并被囚禁在杜伦斯坦堡。这一事件记录在中古英语罗曼史《征服者理查德王》（*Kyng Rychard the Conqueroure*）中，并被作者加以渲染。在书中，他被残忍的德国国王莫达尔德囚禁在一间有狮子的牢房里。然而，国王的女儿玛杰丽爱上了他，理查一世因而得以向她借到了一条围巾。他将围巾缠在手上，将手插进狮子的嘴里，扯出了它的心脏（“狮心王”称号由此而来）。另一个传说讲述了来自理查一世宫廷的吟游诗人布隆德尔·德·内勒（Blondel de Nesle），他在整个欧洲漫游以期找到主人，同时他还唱着他们在快乐时光里一起创作的歌曲。当他在杜伦斯坦堡外唱这首歌时，他听到国王的声音从上面的窗户传来。于是，布隆德尔将关于理查一世下落的消息带回英格兰，并筹集了赎金将其解救。

在一系列描绘英格兰国王的图像中，每位国王旁都会有诗歌对他们加以描述，理查一世被绘成一个长着胡须、思考中挂着些许微笑的英俊人物（见图 2–5–6）。他手持剑和权杖，身穿饰有英格兰狮子的外袍。他手中的牌匾将其概括为“无畏之人”。

十字军东征失败的部分原因是各国之间的敌视与纠纷，尤其是西方和拜占庭之间，他们对东征的态度以及宗教仪式各有不同，导致冲突不断。然而，在他们的旅程中，许多不同的民族得以接触，新的思想由此得以传播，新的东西方贸易和文化交流路线也由此得以开启。

图 2–5–5　萨拉丁的士兵押着基督徒俘虏和牲畜，背景是一座燃烧的城市。出自提尔的威廉所著《海外史》（法国北部 / 英格兰，1232—1261 年）耶茨 · 汤普森手抄本 12，第 161 页正面

图 2–5–6　理查德狮心王。出自托马斯 · 霍姆爵士（Sir Thomas Holme）所著《纹章书》（*Book of Arms*，描绘包括狮心王理查直至亨利六世的军事纹章名册。伦敦，约 1450 年），哈利手抄本 4205，第 3 页背面

Equant liu dragouns veit qil est abatuz en terre, si guerri la femme qe enfanta le madle. & a la femme sount donez deus eles pur voler en desert en son lieu ou ele est nurie, par un temps & deus temps & demi tps. E le serpent envoia de sa bouche apres la femme une ewe ausi come un flum pur lui trere par le flum. Et la terre aida a la femme & overist sa bouche & englotist le flum qe liu dragouns envoia de sa bouche. Et liu dragon se corucea vers la femme & s'en ala combatre as autres de son linage qe gardent le comandemenz dieu. & ont le testmoigne ihu. la gu(er)ele de la mer.

Ceo qe liu dragouns guerroit la femme apres ceo qil est getez en terre, signifie qe tut soit liu diables une foiz desconfitz il ne

6. 末日审判与《启示录》中的战争

战争在天堂打响：米迦勒与他的天使正与龙相战；龙与他的天使们都奋力斗争，但是无人胜出；由此，天堂再也无他们的位置。

英王钦定版《圣经》，《启示录》12

当天使军团与可怕的怪物交战，毁灭、暴力和复仇以令人惊恐的强度相继而来，由此释放出宇宙级的破坏力；星星自天空坠落，河流干涸，太阳熄灭。《圣经》的最后一卷《启示录》生动地演绎了末日审判的可怕景象。一系列战斗在末日审判的最终战役中达到高潮，正义和邪恶的力量再次展开了决战，众王之王战胜了他的敌人。在审判日之后，恶人们被投入火湖之中，而大地则被上帝的荣耀所洗礼。

设想世界末日一直是人类文化中持久的关注点，也许在中世纪更为突出，因为人们的生命短暂，所以他们对堕入永恒地狱的恐惧是非常真实的。教堂墙壁上对末日审判鲜活的描绘以及配有彩绘的《启示录》手抄本对每个人来说都是一种警醒，它们提示人们要过虔诚且道德的生

◀ 图 2–6–1 圣人与其虔诚的信徒与七头龙的战斗（《启示录》12:17）。出自《玛丽女王启示录》（*Queen Mary Apocalypse*，伦敦或东英吉利，14 世纪早期）皇家手抄本 19 B XV，第 22 页背面

活，为可能突遭厄运失去生命做好准备。

《西洛斯启示录》（*Silos Apocalypse*）是一部西班牙手抄本，其用双页展开呈现的图画为我们展示《启示录》中的恐怖、戏剧冲突以及丰富的象征符号（见图 2–6–2）。一整章经文被压缩成一幅华丽的图像，在其中，一只七头的迷幻摩龙（代表七宗罪）出现在天空中，用尾巴抽打星星，将它们拍落到地面，还袭击了一位“身披太阳，脚踏月亮，头戴十二颗星星所制王冠”的女人（《启示录》12:1）。为了进一步演绎这美丽而又神秘的场景，艺术家为这位女性绘制了一身醒目的服饰以及一副闪耀光辉的盾牌。她生下了一个奇迹般的孩子——也就是未来的万民之王，就在龙即将吞噬她的儿子的时候，他被上帝带到了星光闪耀的天堂（右上方）。

在一瞬间，米迦勒和他的天使们赶到，用他们壮丽的翅膀扑向对手，并将矛刺进敌人扭动的脖子和身体中以保卫那位女人。战争在天堂爆发，龙（也就是撒旦）最终被打败并和他的追随者一起被打落到了人间。在那里，他依旧追赶那位女人，但她已经乘着鹰的翅膀飞到了沙漠中；他喷出洪水试图淹死她，但大地裂开口子吞噬了洪水（左下角）。在图片的右下角，一个有着明亮眼睛的黑色恶徒象征着邪恶的存在，他企图抓住那些堕落天使，而后者则在掉入深坑时失去了翅膀。天堂、地狱与人间三界通过不同颜色的背景和几何图案被划分开来。这种动态的二维构图、鲜艳的色彩和引人注目的几何图案，反映了伊斯兰以及北非基督教双重艺术风格。

这部手抄本大约在 1100 年制作于圣多明戈·德·西洛斯修道院，当时西班牙的大部分地区都处于穆斯林的统治之下。这是名叫穆尼奥（Munio）和多明尼科（Dominico）的两位修士的作品，他们在书中详细阐述了自己的生平以及制作这部手抄本的方法。他们抱怨说“写作会使人失去视力……并导致全身疼痛”，还警告读者要小心对待这本书，不要用手指触摸那些字，因为“就像冰雹摧毁田地一样，无知的读者会

图 2-6-2 《西洛斯启示录》中，那位身披太阳的女人面对着被大天使米迦勒和他的天使们攻击的巨龙。在右上方，她的儿子站在上帝的宝座前。出自《西洛斯启示录》（西班牙北部西洛斯，约 1100 年）大英图书馆馆藏手抄本 11695，第 147 页背面至第 148 页正面

毁掉文本”。他们提到的文本正是一篇关于《启示录》的注释，大约可以追溯到 780 年左右，由一位名叫贝阿图斯·德·利埃巴纳（Beatus de Liébana）的修士所作，他相信世界将在 800 年结束。

《圣经》中的《启示之书》（*Book of Revelation*，通常译为《启示录》）也称为《末世录》（*Apocalypse*），是圣约翰对自身目睹的灵视的记录。其中频繁出现诸如“展现”和“我看到……”等字眼，赋予了这部作品强烈的视觉质感，使其非常适合艺术加工和解读。《启示录》的文本充斥着符号和象征，使得其让人难以理解，其中较著名的一个意象是启示录四骑士。第一个异象，约翰看到“像人子一样”的人坐在

图 2-6-3　天堂的军队与七头龙战斗，大地被火焰和地震所吞噬，人们则躲在城中避难。出自《启示录》19:19–20 手抄本（诺曼底，约 1325 年）大英图书馆馆藏手抄本 17333，第 42 页背面

宝座上，手持一本封有七个印章的书，无法打开。在他旁边，基督是一只有着七只角和七只眼睛的羔羊，它逐个打开印章。伴随着一声雷鸣响起，启示便由此开启。紧接着是一系列令人敬畏的异象，四骑士随着前四个印章的打开而一个接一个地出现。

在一部德语的手抄本彩绘中，四骑士虽然被描绘在同一页上（见图 2-6-4），但是他们彼此显然没有任何关联。在这里，他们是象征性的人物，身上描绘着暗示其含义的特征。白马骑士首先骑出，征服大地；他身穿中世纪国王的服饰，手持弓箭，黑色的弓箭大得像现代的矛枪。在红马上的第二位骑士将他的剑高举过头，向后转身，仿佛在向他身后的

图 2-6-4　四骑士和一个燃烧着火焰的地狱之口，其中还收纳着一个人的灵魂。出自一本德语的《启示录》6:1–8（德国埃尔福特，约 1360 年）大英图书馆馆藏手抄本 15243，第 12 页正面

军队发出冲锋的信号。在《圣经》中，他有能力破坏大地上的和平，并让人们互相对立，无论他走到哪里都会播下冲突与混乱的种子。第三位骑士是黑马上的法官，代表着严酷的《旧约》律法（其中描绘人物轮廓的蓝色或许是用来指代黑色的）。他左手拿着一把天平，这直接基于文本的描绘（《启示录》6:5），右手则做出了一个“扫过”的手势，表示他正在做出判决。

最令人不寒而栗的是第四个人物，他名曰“死亡”，骑在一匹苍白的马上（虽然这里的艺术家偏离了文本，画了一头戴着王冠、有翅膀的狮子）。狮子和骑士从地狱的火焰中出现，得意扬扬地嘴角上扬，试图杀死人间四分之一的民众。骑士面容骇人，像是骷髅一般，一手持着一把漆黑的剑，而另一只手则举着一个像魔鬼一般有着翅膀的小生物，它朝空气中喷出一团能致人染病的棕色烟雾。接下来是其余印章的破封，带来地震和火灾，七个天使随即吹响他们的号角，每一个号角都会引发一场灾难，无论是冰雹、瘟疫还是蝗灾（见第六章第四节）。接下来是图 2-6-2 中关于七头龙的异象。因为未能淹死那位女子，他转而向她的后代，即基督的信徒们（见图 2-6-1 和图 2-6-3）开战。战争由此爆发了，尽管信徒们动用了各种武器，但七头龙依旧在另一只七头野兽的帮助下获胜了。

天使们带来了更多的灾难：野兽的追随者们饱受疮疖折磨，海水变成了血水，太阳炙烤着大地，连幼发拉底河都干涸了。末日决战的准备已然完成：天堂之门洞开，主骑着白马现世，他的双眼宛若火焰，嘴中还含着一把剑。一位天使站在太阳之上，召唤所有的鸟儿聚集在一起，叼食君王与独裁寡头们的血肉。在这个异象中，太阳象征着真正的基督，鸟儿代表着圣徒和信众，天使则代表传道者（见图 2-6-5）。在最后的战斗中，邪恶势力被击败，新的耶路撒冷从天而降。

自查理大帝时期起，带有彩绘的《启示录》便作为单独的书籍得以保存下来，并流行于中世纪。这些手抄本大多都是从 1250 年左右开始

图 2-6-5　这幅画描绘了一位天使站在太阳上召唤着鸟群；圣约翰则在左侧观看。出自一本用拉丁文和盎格鲁 – 诺曼法语写就的《启示录》19:17–19（英格兰，14 世纪早期）皇家手抄本 2 D XIII，第 46 页正面

在英格兰和法国北部制作，并专供贵族赞助人的，而这些人往往也藏有彩绘版的罗曼史手抄本。在后期制作的手抄本中，文本通常会被分成小节，每个小节都配有一幅图以及拉丁语或法语的评论（大多数情况下）。圣约翰经常出现，回应他所观察到的场景：在一幅刊于英格兰手抄本的微缩画中，他用双手捂住耳朵，以抵御那些啄食受害者血肉的鸟儿的叫声（见图 2-6-5）。《启示录》中结合着的象征、几何以及戏剧性的内容描绘，可以说一直启发着古往今来的艺术家们。丢勒

（Dürer）、耶罗尼米斯·博斯（Hieronymus Bosch）、威廉·布莱克（William Blake）和约瑟夫·马洛德·威廉·透纳（J.M.W. Turner）等知名艺术家的作品便是历代艺术家孜孜不倦地试图用视觉呈现或解读《启示录》内容的明证。同样从《启示录》中得到过启发还有灾难电影，从 1921 年的《启示录四骑士》（*Four Horsemen of the Apocalypse*）到 2004 年的《后天》（*The Day after Tomorrow*），都旨在通过瘟疫、外星人入侵或核战争等可能致使世界末日到来的画面来吓唬观众。“启示”（原文“Apocalypse”在希腊语中有“揭示”的意思，通常会被直接译为“启示录”或“征兆”）是《启示录》的第一个词，如今它已经成为足以毁灭地球的灾难性事件的代名词。

第三章

奇事与神迹

梅林向乌瑟·潘德拉贡国王（King Uther Pendragon）预言关于亚瑟的事情，
王后伊格琳（Queen Igraine）则在一座塔楼上看着他们。
出自《朗托夫特编年史》（*Langtoft's Chronicle*）皇家手抄本 20 A II，第 3 页背面

1. 高文爵士与绿骑士

他所有的服装都是纯正的翠绿色，
无论是腰带上的饰带，还是
在他华丽装饰上镶满的明亮宝石。
他和他的鞍具都装饰着丝绸面料，
即使只描绘出其一半的华丽也是件难事。
上面还有鸟儿和蝴蝶等刺绣，
全部都是明亮欢快的翠绿色，
中间还点缀着金饰。

《高文爵士与绿骑士》（*Sir Gawain and the Green Knight*），
J.R.R. 托尔金（J.R.R. Tolkien）编校及翻译

亚瑟王时代的不列颠是一个神奇的地方，满是像巫师梅林和湖中仙女这样的奇妙人物，还有脱俗的少女以及超凡的骑士。即便那里的居民已经习惯了诸多神奇人物，但在新年现身卡梅洛特的绿骑士仍然被视为"令人诧异的奇人（a mervayl among þo menne）"。这些神奇的事件发生在圣诞季的宫廷中，那是一段为期两周的时光，人们在一起享受游

◀ 图 3-1-1　高文、亚瑟王和桂妮薇儿在桌前；高文站在绿骑士面前，绿骑士拿着自己被砍下的头。出自《高文爵士与绿骑士》（英格兰中西部，14 世纪晚期）科顿手抄本 Nero A X/2（Nero 为科顿自己设置的编号），第 94 页背面

戏、盛宴、赠礼、欢乐和舞蹈。在大厅里，亚瑟和桂妮薇儿坐在装饰有华丽布料的桌旁，接受着基督教世界中著名骑士和美丽淑女们的侍候。伴随着喇叭的吹响，盛宴的第一道菜被呈上供他们享用。靠近亚瑟的是圆桌骑士中最勇敢的一位——他的侄子高文，亚瑟同母异父的姐姐摩高斯与奥克尼国王洛特的孩子。

图 3-1-2　亚瑟和桂妮薇儿在卡梅洛特举行宴会。出自《兰斯洛特》（*Lancelot du Lac*，普莱西城堡中的微缩画，肯特郡，约 1375 年）皇家手抄本 20 D IV，第 1 页

亚瑟习惯于在得到新的关于挑战、奇妙冒险或骑士壮举的消息之前不动他的食物。这一年，他的愿望以一种其未曾预料到的方式得以实现。一位身材魁梧的骑士骑着马冲进了大厅，可谓古往今来最高大的人类，他穿着丝绸戴着珠宝，一手拿着斧头，一手拿着冬青树枝。让所有人感到惊讶的是，他身上的一切，包括他的马、他那华丽的长发和胡须，都像草一样翠绿。他高傲地凝视着那些目瞪口呆的朝臣，向国王提出了一个圣诞“游戏”——即互相用斧头劈砍对方。尽管亚瑟渴望亲自接受挑战，但高文挺身而出。他接过这把最终会被授予比赛胜者的斧头，一举斩下了这位闯入者的头颅。朝臣们将头颅在地上踢来踢去，但无头的身体却将头颅拾了起来，自称是绿色礼拜堂的骑士，随即骑着马离开了，并指示高文在一年零一天后到礼拜堂找他接受回击。

对于高文来说，四季飞逝，很快就到了他该赴约的时候，于是他不情愿地穿戴好盔甲出发了。他的装备，包括他的盾牌，上面都刻有五角星，这是骑士精神和基督教美德的象征。他虽然心中充满不安，但还是踏上了旅程，前往绿骑士所在的地方，接受命运的安排。他在威勒尔的荒野中漫步前行，打败了巨龙、沃德沃斯（即长毛野人）、黑熊以及食人魔，但差点被英国冬日极寒的冷雨所击垮。最后在平安夜，他的祷告得到了回应，他得以进入伯蒂拉克领主（Lord Bertilak）的城堡寻求庇护，他还发现伯蒂拉克的妻子比桂妮薇儿还要美丽。城堡的主人也想与他来一场交换游戏，这次是交换他们将在三天后得到的所有东西。接下来的三天里，伯蒂拉克出去打猎，高文则躺在床上，试图阻挡女主人攻势越来越猛烈的诱惑（见图 3–1–3）。她不会离开他，直到他应允了她的吻。当她的丈夫晚上回来时，他便将这些消息告诉男主人，以此换取伯蒂拉克的猎物。但在第三天，这位女士给了他一条绿色的腰带，说是可以保护佩戴者免受伤害，希望这能使他免于绿骑士的斧击，但高文没有将此事告诉这位友好和好客的领主，反而将腰带藏了起来。

图 3-1-3　伯蒂拉克的夫人在高文的卧室。出自《高文爵士与绿骑士》科顿手抄本 Nero A X/2，第 129 页正面

▶ 图 3-1-4　长毛野人（沃德沃斯）。出自《泰茅斯时祷书》（英格兰，14 世纪中期）叶茨·汤姆森手抄本 13，第 60 页背面

labia mea aperies
Et os meum annunciabit
laudem tuam
Deus in adiutorium
meum intende
Domine ad adiuuandum
me festina.
Gloria patri ⁊ filio ⁊ spũi sc̃o
Sicut erat in principio ⁊ nūc
⁊ semper ⁊ in secula seculorum
Amen. Alleluya. Inuitator'.
Aue maria gr̃a plena dñs tecū.
Uenite exultemus dño
Iubilemus deo salutari

自此，高文再次出发，戴上腰带去绿色礼拜堂迎战神秘的绿骑士。高文在对方的三次斧攻中只受了点轻伤。然而，他被告知绿骑士和先前的伯蒂拉克（非常神奇地）是同一个人。事后他才知道，亚瑟的同胞姐姐，即高文的姨妈摩根·勒·菲（Morgan le Faye）用魔法改变了绿骑士的外貌，并派他去了宫廷。高文虽然逃脱了死亡，但他背离了自己的骑士理想——甘于懦弱并欺骗他人。他戴着绿色腰带回到卡梅洛特，而这正标志着他未能通过真正的考验，这个考验实际上是和当时的城堡主人交换所得，而不是（最初他以为的）斩首比赛。但是在卡梅洛特，他的同伴们看到他还活着，都很高兴，很快所有人都戴上了绿色的腰带以示团结。因此，尽管忠诚、真理、谦卑、荣誉和礼节等罗曼史中常见的主题得到了展现，情节却戏剧性地超出了读者们的预期。在最后，高文作为一名伟大骑士的身份和地位甚至受到了质疑。

虽然《高文爵士与绿骑士》被认为是中古英语中颇为优雅、风格独特的浪漫诗之一，但是它的手抄本仅存一部，根据其词汇和拼写方式来判断，该手抄本应该来自理查德二世统治时期的柴郡或斯塔福德郡地区。手抄本不厚，其中还囊括了被认为是同一作者所作的其他三首诗歌，以及十二幅简单而富有感染力的整页彩绘，绘制风格也非常独特（见图 3–1–1 和图 3–1–3）。故事中的超自然元素（巨大的绿色男子在被斩首后依旧活着、高文遭遇的生物以及魔法腰带）与当时贵族文化相似的真实生活情境（打猎与宴会、宫廷游戏以及阅读法国浪漫小说）相互交织，欧洲中部地区的人文风物在生动的现实主义描绘中得以展现。

长毛野人（沃德沃斯），就像高文在威勒尔的荒野上遇到的那个一样，在英国的民俗故事中非常常见，并且中世纪手抄本的边角处也经常会出现它们的图片（见图 3–1–4）。同时，那些从嘴里长出枝叶的人物被称为绿人（见图 3–1–5），它们常常与春季时节的复生关联在一起，就像故事中的绿骑士一样。它们也经常出现在英国教堂和大教堂的木雕中，甚至在伊斯坦布尔的一幅晚期罗马镶嵌画中，人们也发现过一

图 3-1-5　一个绿色人物口中长出枝叶。出自一本祈祷书（诺里奇，约 1323 年），
斯托手抄本 12，第 16 页背面

个类似的形象。

高文作为家喻户晓的人物，在亚瑟王的传说中扮演着重要角色。在早期版本包括威尔士语作品《马比诺吉昂》（*Mabinogion*）中，他是国王的侄子，也是其重视的捍卫者。在克雷蒂安·德·特鲁瓦所作的《尤文》《帕西法尔》（*Perceval*），以及后来的法语版本中，他都被描绘成一个骄傲而世俗的骑士，致力于竞技比赛和骑士冒险。尽管他心地纯良，但他无法放弃暴力以及世俗成就带来的声望，因此在寻找圣杯的任务中遭遇了失败（见图 3-1-6）。

图 3-1-6　这幅画描绘了骑士高文、尤文和加拉哈德正在骑士冒险的路上。他们来到一座城堡的门前，城堡里面都是少女。出自《圣杯探寻》（*La Queste del Saint Graal*），是《兰斯洛特与圣杯》诗集中的一部分（圣奥梅尔或图尔奈，1315 年）大英图书馆馆藏手抄本 10294，第 10 页背面

高文忠于他的国王和其他骑士，拒绝参与莫德雷德（Mordred）和阿格拉温（Agravain）试图揭露兰斯洛特和桂妮薇儿通奸行为的阴谋，因为这会影响亚瑟王在圆桌会议上倡导和谐的愿景（见第一章第五节和第七章第六节）。然而，在一次营救桂妮薇儿免于火刑的战斗中，兰斯洛特却无意中杀死了高文的两个挚爱的兄弟。高文发誓要报仇，并让亚瑟卷入与他之前最青睐的骑士之间的战争。这些行为最终导致了卡梅洛特的衰落，而高文最终也死于兰斯洛特之手。他的遗愿是写信，祈求宽恕他的固执，请求兰斯洛特在最后一场与邪恶的篡位者莫德雷德的战斗中拯救亚瑟王。高文既勇敢又具备人性的弱点，这是使他成为进入绿骑士的奇异世界并活着回来的理想角色，不过他的声誉难免会受到影响。

Comment le cheualier dore
trouua dauenture la cham
briere de la pucelle neronnes -
Comment il se mist au chemin
Comment il occist le roy fagnus
et son compaignon Comment

2.《佩塞弗雷传奇》或《英格兰古代编年史》

“万岁，佩塞弗雷国王，他穿过并净化了这片森林的邪恶之路！”城堡的人们如此说着。然后，塔楼的女主人以他的名义举行了盛大的庆祝活动，并如此说道：“妇人和少女们，让我们为这位骑士而庆祝，记住他就是达南特早就预言过将成为国王的佩塞弗雷！”

《佩塞弗雷传奇》，奈杰尔·布莱恩特（Nigel Bryant）译（经过改编）

亚历山大大帝时期，迷人的不列颠岛是一个拥有奇妙美景和神迹的地方，这里不仅有悬崖峭壁、贵族卫队的神殿，还有鱼骑士岛和三河交汇的河道。它由布鲁图斯的后代统治，而布鲁图斯原本是特洛伊人，到了不列颠之后建立了新的王朝。然而，在软弱的国王皮尔的统治下，整个国度一度势力衰微，甚至几乎要被历史遗忘。但是帮手很快就到了：亚历山大大帝的船队在前往印度的途中遭遇暴风雨，他和他的伙伴们由此登陆了不列颠的海岸。这位伟大的征服者将他从东方带来的亲信——贝蒂斯（Betis）和加迪弗（Gadifer）兄弟俩扶持为英格兰和苏格兰的国王，并举行了奢华的加冕仪式，其中包括了魔法王冠、音乐、

◀ 图 3-2-1　镀金骑士与多彩野兽。出自《佩塞弗雷传奇》第三卷（布鲁日，15 世纪晚期）皇家手抄本 19 E II，第 166 页正面

舞蹈以及有史以来第一次骑士比武。但黑暗化身为巫师达南特及其家族，侵占了这片美丽的英格兰森林，并在此为非作歹，包括虐待妇女。贝蒂斯率先与他们展开对抗，因战胜暗黑法术以及邪恶巫师而解放了森林，最终他获得了“佩塞弗雷”的称号。

图 3-2-2　一场骑士比武正在进行，女士们在一旁观看。出自《佩塞弗雷传奇》第三卷（15 世纪晚期，布鲁日）皇家手抄本 19 E II，第 305 页正面

图 3-2-3　特罗勒斯·德·罗亚维尔（Troylus de Royalville）被给予了一种魔药。出自《佩塞弗雷传奇》第三卷，皇家手抄本 19 E II，第 276 页反面

佩塞弗雷和加迪弗两兄弟由此踏上了恢复不列颠的自由和正义的征程，在英格兰和苏格兰当地骑士的帮助下，他们与各种邪恶势力进行了斗争，并经历了各种挫折。得知亚历山大去世的消息时，佩塞弗雷一度陷入了深深的沮丧。加迪弗在狩猎一只巨大的野猪时受了重伤，王国因而受到了影响。佩塞弗雷则显得更为强大，一座神奇的塔楼奇迹般地出现在他的城堡里，而他则试图在神奇塔楼里的弗朗克宫殿（Franc Palais）内建立一个骑士团。弗朗克宫殿注定成为三百名最优秀、最勇敢的骑士会面的地方。在隐士达单农（Dardanon）的影响下，佩塞弗雷归依了新的一神教，尽管像爱恶作剧的泽菲尔（Zephir）这样的本土精灵仍在魔法世界当道。然而，骑士团的美好愿景是非常脆弱的：佩塞弗雷的儿子受到了一位罗马女子的魔法影响。因为她的谋逆，朱利斯·恺撒得以入侵不列颠，并消灭了佩塞弗雷和他的军队。后来，加迪弗的孙子乌索尔（Ourseau）和他的妻子——仙后（The Fair Queen），策划了暗杀恺撒的行动并最终为佩塞弗雷报仇。加迪弗的另一个孙子盖勒弗（Gallafur）则迎娶了亚历山大大帝的孙女，并由此建立了一个新的王朝。盖勒弗将邪恶势力驱逐出了不列颠，并重建了骑士团，此外他还将魔法剑插在一块石头上。之后，不列颠再次遭到入侵，这一次入侵的是一支来自特洛伊的军队，他们颠覆了当地政权并蹂躏了不列颠的人民，使不列颠开始了一段权力真空期，而亚瑟王注定要在拔出石中剑后成为领袖。

神秘而富有戏剧性的法国传奇《佩塞弗雷传奇》是亚瑟王时代不列颠的前史，为梅林和兰斯洛特等人物提供了身份背景，并使其与亚历山大大帝的传说串联了起来（见第五章第一节）。这部作品以蒙茅斯的乔弗里所著《不列颠诸王史》的节选为开头，涉及广阔的历史资料和神话传说，

▶ 图 3-2-4　勃艮第公爵善良的菲利普（Philip the Good）接受了由大卫·奥贝尔特（David Aubert）进献的一本书，该书在序言处还向公爵致意。出自《佩塞弗雷传奇》第一卷（布鲁日，15 世纪晚期）皇家手抄本 15 E V，第 3 页正面

Cy commence le prologue des premieres croniques de la grant bretaigne
que nous appellons a present angleterre.

Les fais des an
ciens doit on vou
lentiers lire oyr
et tres diligamment
retenir. Car ilz
peuent moult valoir et donner
bon exemple aux nobles de coeur
et hardis en armes. Pour mons
trer fourme et maniere de eulx

gouverner en entretenant les
termes de noblesse et parfaitte
chevalerie. Et comment jadiz
en leur vivant ilz ficherent les
bournes pour seignier la haulte
et droitte voye donneur ou ilz
veillerent tant songneusement
que la memoire en demeure
vive et en signant clarte elle

从描绘不列颠国王布鲁图斯到皮尔的历史，一直延续到亚利马太的约瑟的到来，而他所带着的圣杯则会成为亚瑟王传说中那征程所搜寻的宝物（见第五章第三节）。这部书有六卷，每卷都像一本厚重的小说，其中颇具趣味性地结合了爱情、恐怖元素以及魔幻的战斗场面。史诗般的战斗场面和抒情诗与动漫式的画面片段交替出现。一代代的国王、骑士和女士参与了一系列疯狂的冒险，包括涉水穿越具有魔力的河流、生下手持十字弩的神奇婴儿以及与一只多彩野兽战斗（见图 3-2-1）。

虽然这部作品中有许多早期罗曼史中常见的元素，但它的情节架构得非常完美，而且有独特之处。例如，相比于中世纪的罗曼史，魔法在这部作品中发挥着更重要的作用，而女性的影响则成了关键，因为她们以更直接的方式激发了骑士行为。除非受到对女性的爱情的启发，否则没有人能成为完美的骑士。虽然不可能涵盖作品中诸多情节以及其丰富性，但我们可以看一个例子——《睡美人》童话的早期版本，它涵盖了书中较为重要的一些主题。特罗勒斯·德·罗亚维尔是苏格兰国王加迪弗宫廷中的一名年轻骑士。当他接受六名骑士的挑战时，他发现“没有情人的骑士永远无法打败恋爱中的骑士”。特罗勒斯轻松地击败了其中五个，轮到第六个骑士时，虽然这个骑士很年轻且这是他的第一次比武，但他是为了自己所爱慕的少女而战的，由此得以轻松地击败了特罗勒斯。接着，特罗勒斯爱上了美丽的泽兰丁（Zellandine），泽兰丁是泽兰地领主神秘的女儿。然而这对情侣却被分开了，后来特罗勒斯听说泽兰丁在纺织时陷入了沉睡，无法醒来。他因此穿越海洋前往泽兰地拯救她，但发现她的父亲将她锁在了一座高塔里。特罗勒斯非常沮丧，继而接受了一位女子的魔药，这位女子暗地里希望泽兰丁嫁给她自己的儿子（见图 3-2-3）。之后，他陷入了邪恶的魔咒中，一度迷失了自我，并迷糊地四处游荡，直到被爱神维纳斯解救。维纳斯帮他恢复了意识，并协助他进入了塔楼。在那里，特罗勒斯按照维纳斯的指示，将泽兰丁搂进怀里。她终于醒来，并爱上了特罗勒斯，跟他逃到苏格兰，逃离了她的父亲以及包办婚姻。他们的儿子——本尼克（Benuic），则注定成为一位伟大的领袖、“不列颠的荣耀”以及兰斯洛特的先祖（见第七章第六节）。

《佩塞弗雷传奇》的原始文本于 1328 年爱德华三世国王和海诺公主菲利帕结婚后不久创作的，可能是在低地国家，旨在强调两个王室之间的联姻。在该书的第二章中有一个结构复杂的故事，讲述了海诺的威

图 3-2-5　亚历山大和他的军队抵达不列颠。出自《非常优美、令人愉悦和甜蜜的故事：伟大、胜利和卓越的国王佩塞弗雷，大不列颠的缔造者，弗朗克宫和至高神庙的建立者等》第一卷（巴黎，N. 库斯托为加略·杜·普蕾印制，1528 年）

廉如何在“伯蒂默”修道院的一个秘密橱柜里找到了一本由希腊语翻译成拉丁语的编年史书，以及一顶王冠，之后他将那本书翻译成了法语。这部书目前仅存四本手抄本，均出自15世纪中后期，其中一部是基于14世纪40年代的原始文本修订的版本。这部书的某一版是由图书管理员大卫·奥贝尔特（David Aubert）制作献给好人菲利普——勃艮第公爵的。大英图书馆内那三卷大型手稿是基于奥贝尔特作品的部分内容制作而成的手抄本，由布鲁日的一名专业艺术家和他的助手配置精美的插图。每一卷差不多和小手提箱大小相似，而且这还只是故事的前半部分！开篇页（见图3-2-4）展示了奥贝尔特向赞助人呈现他的作品，那人可能就是公爵，他在王座上被朝臣围着，而他们的发型和服饰可追溯到15世纪末。前景中蜷缩着的狗代表忠诚，书页边框上则装饰着栩栩如生的花卉和昆虫。

《佩塞弗雷传奇》的第一版印刷本于1528年在巴黎制作完成，是一套装帧精美的图书，其中包含精巧细致的木刻图像以及清晰的边框和首字母，并留有一个空间供书的所有者植入他们的纹章（见图3-2-5）。由于图书制作工程艰巨，这部书在历史上就一直缺乏新的版本和译本，因而仅存16世纪的版本，这才使其鲜为人知。不过，如今有新的法语版本快要完成了，尼格尔·布莱恩特（Nigel Bryant）已出版了800页的简编英文译本；这些古老的不列颠神话故事更易于英语读者所理解了。

o religiosis.
q̄m greci
n uocant.
ut̄e dict'
z plumis
nitit cig
lō enim
igni aut̄e
ellatus eo
ulcedine
ibȝ fundit

Olor.

ter eum canere dicunt. q̄d collū longum
& necesse est eluctantē uocē p longum ⁊
uarias reddere modulationes. Ferunt
eis partibȝ p̄canentibȝ cytharedis. olores plu
n apteq; ad modū concinere. Olor autem
nā greci cignus dicunt. Naute ū sibi huc
facere dicunt sic emilianus ait. Cignus
p letissimus ales. hunc optant naute q̄
ndis. Moralr. Olor niueus in plumis de
simulationis. quo caro nig̃ tegit̃. q̄ peccatū
one tegitur. Cignus dū in flumine natat

3. 天鹅骑士罗恩格林

当他看着游在宽阔的河流中的天鹅，
泪水流过他的脸颊，
那些天鹅曾经是他的兄弟和可爱的妹妹；
他向它们投掷面包，它们便游向他。

《天鹅骑士之歌》（*La Chanson du Chevalier au Cygne*），由 C. 希波编辑

在希腊神话的莱达与天鹅的传说中，宙斯化身成一只天鹅去诱惑莱达，后来生下希腊美女海伦。在芬兰的《卡勒瓦拉》（*Kalevala*）中，主人公试图杀死生活在地府图奥内拉的神秘黑天鹅时不幸淹死了。在早期的俄罗斯和德国民间故事中，一位公主被邪恶的巫师变成了一只天鹅。后来，这个故事被柴可夫斯基改编成芭蕾舞剧《天鹅湖》（*Swan Lake*）。这个优雅而迷人的生物是忠诚和创造力的象征，长期以来一直与魔法和王室有着紧密的联系。在将天鹅传说元素与十字军传说相结合的一系列奇妙故事中，王室子女被变成天鹅，其中一只成长为"天鹅骑士"罗恩格林—— 一个试图拯救少女的英雄，他乘坐着一艘被天鹅拉

◀ 图 3–3–1 《天鹅》（拉丁文为 *Olor*）。出自一部中世纪的动物寓言集（英国，13 世纪早期）哈利手抄本 4751 卷，第 41 页反面

Cy commence l'ystoire du chevalier au Signe.

Or escoutez seigneurs por Dieu l'esperitable
Que Ihesus vous gart sse de Sathan au dyable
Telz y a qui nous chantent de la Ronde
table. Des manteaulx autfoles de samin
et de sable. Mais je ne vous diray ne mencoigne ne flable
Quer il est en ystoire c'est chose veritable
En escript le fist mettre la bonne dame ozable
La chancon a este longuement reponue
Aussi com l'oiselet qui est mis en mue
Mais or veult nostre sire qu'elle soit espandue
Et par les preudommes soit oye et sceue
Du chevalier au signe avez chancon eue
Mais n'a si viel homme ne femme si chanue
Qui nulles ait oy la premiere venue
Mais je la vous diray se Dieu me donne veue
L'istoire en fut trouvee en une isle de mer
Par son droit nom l'oy Lillefort appeller
En cel isle manoit ung roy riche et fier
Qui avoit o soy mere et femme a son per
La dame n'avoit oncques en mal d'enfanter
Quer Dieu ne lui vouloit filz ne fille donner
Ce n'est pas par hayne mais por eulz esprouver
Maint grant ennuy a len souvent por mespser
Si com eust puis la dame coe orres parler
Ung jour furent li sire et la dame au vent eler
Montez en une tour pour leur corps deporter
Esgarderent aval si virent aler
Une povre meschine et deux enfans porter
Quant le sire la vit si commence a penser
Des deux yeulx de son chief commenca a plourer
Certes fait il ma dame poy nous povons amer
Oncques Dieu ne nous voult filz ne fille donner
Or voy une meschine querant va son disner
Qui en porte deux beaulx Dieu en doit aorer
Ilz sont eulx deulx juneaulx de saichez sans doubter
Sire ce dist la dame vous parlez de neant
Que femme avoir peust ensemble deux enfant
Sa deux hommes ne s'est livree charnellement
Vint en puet elle avoir pour voir le vous creant
Mais la plus n'en ara a ung entendrement
Quant le roy l'entendi s'en eust marrement
Certes fait il ma dame vous parlez folement
Dieu a de tout povair fol est qui ne le sent
Par leur parler a len maint grant ennuy souvent
Si comme eust puis la dame oncq's n'oystes si grant
Ainsi comme orres ains le soleil couchant
Le vespre s'approucha le jour va declinant
Par le plaisir de Dieu le pere tout puissant
Engendra le seigneur en la dame vaillant
VII enfans celle nuit en ung entendrement
Pour ce ne doit nul dire folie a escient
Or dira bien la dame son fol parler devant
Moult demainent grant joye jusqu'a l'adjournement

Le sire se leva atout bon escient
Au moustier s'en alerent tous deux joieusement
Et oyrent la messe a l'ostel saint Vincent
Chascun deux y offry aniel d'or ou d'argent
Apres messe s'en vindrent dame Dieu reclamant
Mainte aumosne donnerent le jour a povre gent
Des or mais vous diron de la dame en avant
Qui porta ses enfans jusque a l'enfantement
La dame a les enfans porte tant com el doit
Tant qu'elle vint au terme que delivrer devoit
Au naistre des enfans nulle femme n'avoit
Fors une vieille dame qui en Dieu pou croit
Mere estoit au sr la royne fort havoit
Amasser avoir tout son penser estoit
La dame se delivre a paine et a destroit
Un enfant a pres l'autre si com Dieu le vouloit
Si com l'un enfant a pres l'autre naissoit
Au col une chaenne d'fin argent avoit
Les enfans furent nez bel et gent et a droit
Les six en furent filz une fille y avoit
La vieille se pourpense que meuldre en feroit
Le ennemy la semont qui ouvrer la faisoit
Tel chose a pensee dont moult bien lui devroit
Vergoigne honte et ennuy se destinee estoit
Iheucrist lui rendra sa deserte et son droit
Les enfans furent nez comme vois devisant
Tous sept l'un a pres l'autre a Dieu commandant
La vieille a appellee sa dame maintenant
Dame ce dist la dame pour le corps saint Vincent
Or vous souviengne ore du fol dessement
Quant vous jurastes Dieu le pere tout puissant
Que femme ne povait avoir plus d'un enffant
S'a deux hommes n'estoit livree charnelement
Or puet dire mon filz par vostre ensement
Qu'avez sept hommes avez qui en vint tenant
Dame sainte Marie dist la dame en plourant
Ne me souffrez a tort a mener laidement
Rien ne vous vault dist la vieille maintenant
En la sale s'en va appella ung servent
Si a nom Marques se l'istoire ne ment
Preudomme est et loyal et en Dieu bien creant
Homme fut a la vieille qui le va losengant
Amis ce dist la vieille je vous ay moult ame
Riche homme vous ay fait et d'avoir a planté
Oncques ne vous tolli ung denier monnoye
Bien devez pour moy faire toute ma voulente
Dame fait il pour Dieu ja ne soit destourne
Que je pour vous ne face quanque vendra a gre
Ja ne vous en croyre fait la vieille parde
Devant que le m'aves fiance et jure
Et Marques lui fiance voulentiers et de gre
Mais s'il eust sceu de vray qu'elle avoit en pense
Ne s'en fiancast mie pour l'or d'une cite
Et la vieille lui a son affaire compte.

着的船上，前往未知的地方。他是一个几乎万能的传奇人物，甚至被改编进了不同的故事集中，成为德国版亚瑟王传说中的一个角色，即诗歌《帕西法尔》中圣杯骑士帕西法尔的儿子。同时，他在法国的版本中化身埃利亚斯（Elias），成为两个强大王朝神话中的先祖——十字军骑士中的布永家族与克莱夫斯家族，两者都认为他们家族有精灵的血统。

天鹅骑士埃利亚斯，是岛堡国王奥里安（Orian）的妻子贝娅特丽克丝（Beatrix）生下的七个孩子（六个儿子和一个女儿）中的一个。国王不在时（见图 3-3-2），一位仙女给每个婴儿都戴上了魔法金链，但邪恶的王母马塔布鲁恩（Matabrune）因为嫉妒贝娅特丽克丝，下令让仆人淹死所有孩子。当儿子回来时，马塔布鲁恩便送给了他七只小狗，声称他的妻子不忠，他们的孩子因此被诅咒了。幸运的是，仆人没有淹死这些孩子，而是把孩子们留在了森林里。在那里，他们得到了一位隐士救助，并在他的抚养下长大。这还是让马塔布鲁恩发现了，她指使邪恶的同伙马尔卡尔（Malquarres）偷走了孩子们的金链，除了埃利亚斯的那一条，因为埃利亚斯逃脱了。而没有了金链的孩子都变成了天鹅。埃利亚斯花了很多年时间获得骑士头衔后，四处找寻他的兄弟姐妹，最终在他父亲城堡附近的一个池塘里找到了他们，他还发现奥里安正准备下令以不忠的罪名将他们的母亲处以火刑。埃利亚斯打败了邪恶的马尔卡尔，揭露了他的背叛，并及时救出了母亲。金链也还给了天鹅们，他们就此恢复了人形，一家人由此欢乐地团聚在一起。但其中一个王子的金链已被熔化，他只能永远是天鹅了。

在故事的后半部分，埃利亚斯与他的天鹅兄弟一起展开冒险，而

◀ 图 3-3-2 左图是一位佩着天鹅盾牌的天鹅骑士，他的船由一只戴着金冠项链的天鹅拉着；右图是天鹅骑士的母亲——女王贝娅特丽克丝，她刚刚生下了七个孩子，正在看护照顾。出自《塔尔伯特·什鲁斯伯里之书》中的《天鹅骑士之歌》（鲁恩，约 1445 年）皇家手抄本 15 E VI，第 273 页正面

他的天鹅兄弟则拉着他的船，因此埃利亚斯被称为“天鹅骑士”（见图 3–3–2 和图 3–3–4）。在法国十字军传说中，他拯救并娶了布永的女公爵，但结婚的条件是她永远不能问他的名字。之后，她生下了一个女儿依丹（Ydain），因而不得不询问埃利亚斯的姓名，使得埃利亚斯被迫离开她。他便与天鹅兄弟重聚，回到了岛堡。在那里，埃利亚斯被加冕为国王，在统治多年后选择归隐，最终进入修道院。与此同时，一群布永的家臣前往圣地朝圣，他们在回家的路上被萨拉森人俘虏，而且船遭遇风暴而偏离航向，于是他们在岛堡登陆。埃利亚斯见到他们非常高兴，请求他们在他去世前把他的妻子和女儿带来见他最后一面。最后一家人终于团聚，他们的女儿依丹也嫁给了一个历史人物——布洛涅伯爵尤斯塔斯（Eustace）。《耶路撒冷之歌》（*Chanson de Jerusalem*）延续了天鹅骑士的传奇，讲述了尤斯塔斯和依丹之子——布永的戈弗雷（Godfrey de Bouillon）的壮举。戈弗雷参加了第一次十字军东征，并带领军队攻破了耶路撒冷，成为耶路撒冷的第一个基督教国王。通过这种方式，故事中的情节被整合到了法国十字军浪漫故事集中（见第二章第五节）。

一本与英法王室都有关联且质量卓绝的手抄本中，也囊括了一个天鹅骑士法语版《天鹅骑士之歌》的故事，以及许多骑士罗曼史和武功歌，每个作品都配有美丽的彩绘。这套装饰精美的书册如今被称为《塔尔伯特·什鲁斯伯里之书》，尺寸相当于一个容积相对大的公文包，总共有 440 页，是一部包含了十五篇法语作品的独特合集。书中的天鹅骑士的故事开始时，一幅微缩画描绘了埃利亚斯生活中的两个场景（见图 3–3–2）。在其中一个场景，他穿着全副盔甲站在一艘帆船上，手持

▶ 图 3–3–3　上方的画面是什鲁斯伯里伯爵在英格兰纹章和英格兰、法国、圣乔治和安茹旗帜飘扬的背景下，向安茹的玛格丽特呈献这本书；下方的页面装饰有什鲁斯伯里伯爵和沃里克伯爵的纹章以及一束雏菊或“玛格丽特花”，意指安茹的玛格丽特。出自《塔尔伯特·什鲁斯伯里之书》皇家手抄本 15 E VI，第 2 页背面

Princesse tresexcellente,
Ce livre cy vous presente
De Schrosbery le conte,
Ouquel livre a maint beau conte
Des preux, qui par grant labeur
Souffrirent acquerir honneur
En France, en Angleterre,
Et en autre mainte terre,
Esperant qua vostre loisir
Vous vueillez prendre plaisir
En passant temps pour y lire
Pour oster ennuy qui nuire
Peult a toute creature.
Un livre a une figure
Genealogie nommee
Par la quelle est tres bien prouvee
Certe demonstrant a plain
Que le roy nostre souverain
De vostre affie que Dieu gart.
Est venu de si noble part.
Comme du bon roy saint Louys.
Si estes vous certain en suis.
Par celle hystoire veoir pourrez:
De quel et quantiesme degre:
Le roy nostre dit souverain
Est descendu il est certain
Est en huitiesme degre.
Laisse vous recevoir en gre.
Ce livre sans retart avoir
Sinon sans plus au bon vouloir
Du conte vostre humble servant.
Que ne say homme vivant.
Qui en vouldroit le livre meilleur.
Et plus riche pour son honneur

Il la fait faire ainsi que entens.
Affin que vous y passez temps.
Et lors que parlerez angloys
Que vous noubliez le françoys
Et que vous voyez les hystoires.
Qui bien sont dignes de memoire
Pour les tres haultes entreprinses
Qui ou dit livre sont comprinses
Ouquel a volumes plusieurs
Faisans mencion des treuveurs
Des plus saiges des plus vaillans
Qui ayent este puis mil ans.
Et plus dont il fait bon ouyr:
Pour chevalerie esjouyr:
Et esmouvoir a tout bien faire
Dont leffect fault bien retraire
Et dire quant il vous plaira.
Car tout ou bon vous semblera
Et que le dessus dit supplie
Devant a la vierge marie.
Quelle vers Dieu ainsi pourchas
Que le roy et vous ayez grace.
De longuement et bien regner
Ensemble en paix bien gouverner
Voz regnes a lonneur et a loue
De luy et tousjours ait victoire
Le roy sur tous ses ennemis.
Amer luy plaise voz amis.
Et vous veuille lignee donner
Qui apres vous puisse regner
En paix et en tranquilite
Ainsi soit il par charite.
Et vous ottroie Dieu le filz:
Et en la fin son paradis. Amen

Mon seul desir:-
Au Roy et vous:-
Et humblement:-
Jusqua mourir:-
Ce sçavent tous:-
Mon seul desir:
Au Roy et vous

一面印有天鹅的盾牌。他低头看着一只优雅的天鹅，它戴着金冠项链，漂浮在银色的河流上，身后风车和星空则衬托出周围的宁静。旁边的是埃利亚斯和他的兄弟姐妹的出生画面，画面描绘的场景是在宫殿里的一个豪华房间内，房间里有着彩色缎帘和镶嵌着金色装饰的翡翠绿色地毯。七个几乎相似的婴儿，用不同颜色的布料交替包裹着，躺在一个大的柳条婴儿床里，上面似乎还刻着十字架。他们被一个保姆照看着，而他们的母亲向他们伸出双臂。她的床边是一把圆形的椅子，可能是画家想描绘的一把分娩椅。

我们可以看到这本书最初被封装好的样子，因为它在图 3–3–3 中被呈现给后来的英格兰女王、安茹的玛格丽特，她握着未婚夫亨利六世的手（见图 3–3–3）。这是由什鲁斯伯里伯爵约翰·塔尔博特（他穿着带有嘉德勋章纹饰的长袍，跪在地上）送给她的礼物，当时他陪同玛格丽特前往英格兰，并可能在她于 1445 年 3 月抵达鲁昂（这本书的制作地点）时将其赠送给她，作为她的婚礼和加冕的献礼。在对应的另一页上，有一幅满是法国和英国皇室象征的家谱图（未在书中显示），展示了亨利因他的父母都是路易九世（“圣·路易斯”）的后代，因而拥有继承法国王位的权利。将《天鹅骑士之歌》收入其后续的故事中可能是一个巧妙的安排，提醒人们天鹅骑士与塔尔伯特妻子的家族，波尚家族以及华威伯爵通过布永家族亲属建立起来的关系。因此，这本书是君王合法通知、骑士精神和法国与英格兰之间团结的伟大象征，尽管当时这两个国家正卷入漫长且极具破坏性的百年战争。

▶ 图 3–3–4　骑士与天鹅。出自《冒险骑士埃利亚斯与天鹅骑士》（*Den Ridder van avontueren Helias den Ridder met de Swaen ghenoemt*，安特卫普，高德盖夫·维赫斯特，1684 年）

The Knight of the Swanne.

¶ Here beginneth the History of ye noble Helyas knyght of the Swanne, newly translated out of Frensche in to Englysche at thinstygacion of the Puyssaunt & Illustryous Prynce Lorde Edwarde Duke of Buckyngham.

北欧版本的“天鹅骑士”故事则出现在了由沃尔夫拉姆·冯·埃申巴赫（Wolfram von Eschenbach）创作的诗歌之中，不过只涉及天鹅骑士在布拉班特成年后的冒险；该文本中又提到了一位历史人物，这次则是撒克逊人的国王——捕鸟者亨利（Henry the Fowler）。每本印刷出来带有木刻版画的这一版本的传奇故事，大多是在日耳曼和尼德兰制作完成的（见图 3-3-4）。传说作为宫廷的成员，布拉班特公爵死后并没有继承人。他的女儿艾尔莎孤苦无助，祈求帮助，圣杯王国蒙扎尔瓦特的钟声由此响起，并召唤了一位圣杯骑士来拯救她。天鹅骑士罗恩格林驾驶着一艘由魔法天鹅拉着的小船到达，承诺保护她，只要她永远不问他的真名或询问他来自何方。后来他们结婚，罗恩格林成为新的布拉班特公爵，但艾尔莎无法抑制好奇心，在某一天提出了禁忌的问题。她的丈夫讲述了自己的故事，然后登上了他的小船，和天鹅一起在雾中离开，再也没有回来，艾尔莎心碎不已。

配偶冒犯禁忌是故事中常见的主题，类似另一个流行的中世纪传说《梅卢珊的传说》（*Le Roman de Melusine*），讲述的是一位变成蛇并最终消失的仙后（见第三章第四节）。这两个故事都包含了寓言故事、神秘主义色彩以及十字军骑士精神等类似元素，尽管它们的起源不同，一个属于凯尔特人文化（梅卢珊），另一个属于北欧文化（罗恩格林）。罗恩格林传奇后来被理查德·瓦格纳改编成了浪漫主义歌剧《罗恩格林》，而他的赞助人巴伐利亚国王路德维希二世则借用了天鹅骑士的名字，以“新天鹅石堡”（Schloss Neuschwanstein）命名了他那童话般的城堡。

en fourme de serpent · c · iii ·

istoire nous
dist et tes

4. 梅卢珊：鱼尾仙女和贵族祖先

“再见了，我最亲爱的朋友，我的心肝，我的欢愉……你再也看不到我以女人的模样出现了。”……于是她悲伤地叹了口气，从窗台上跃起，变成一条巨大的毒蛇，飞跃过草地，消失在空中。

让·达拉斯（Jean d'Arras），《梅卢珊罗曼史或吕西尼昂的贵族史》（*Le Roman de Melusine, ou la Noble Histoire de Lusignan*），
查尔斯·布鲁内（Charles Brunet）编辑

美丽的梅卢珊是苏格兰国王埃利纳斯（Elinas）和他的仙女妻子普瑞辛（Pressine）所生的三个女儿中的长女。像她的母亲一样，仙女梅卢珊注定要嫁给一个凡人，但绝不能让他发现她的双腿会在每个星期六变成鳞片覆盖的蛇尾。如果被她的丈夫看到，她将永远无法恢复人形。普瓦捷伯爵的侄子、仙母之子雷蒙丹王子注定要娶梅卢珊。一天晚上，他与叔叔一起在库伦比耶森林狩猎时，两人一起追逐一只特别凶猛的野

◀ 图 3-4-1　梅卢珊变成了一条蛇，从吕西尼昂城堡的窗户里飞了出来，众人目瞪口呆地看着她。出自让·达拉斯《梅卢珊的传说》（阿米安，约 1445 年）哈利手抄本 4418，第 214 页背面

猪，并将随从们远远地甩在了后面。当他们在森林中央的溪水边面对这只凶狠的野兽时，雷蒙丹试图给予其致命一击，却意外地重伤了他的叔叔（见图 3-4-2）。这位年轻人对此惊恐不已，深感懊悔的他因此在林间小路上漫无目的地游荡。突然，他看到三位仙女在月光下的林地上跳舞。其中的梅卢珊对他微笑，他被她迷住了，当即便向她求婚。她答应了，但条件是他承诺永远不会询问她每个星期六去哪里。而作为报答，她将为他带来巨大的荣誉，并致力于使他成为他所在的贵族家族中最有权势的人。在梅卢珊的建议下，雷蒙丹回到位于普瓦捷的宫廷，在那里，每个人都相信他叔叔是被野猪杀死的，并为此举行了隆重的葬礼。雷蒙丹得到他表亲——新的普瓦捷伯爵所授予的土地，他也带着梅卢珊来到了宫廷，安排了一场盛大的婚宴，梅卢珊的美貌和风度赢得了所有人的赞赏（见图 3-4-3）。她似乎拥有无尽的财富，在她丈夫的领地上建造城镇和堡垒，包括吕西尼昂的宏伟城堡（见图 3-4-5）。

图 3-4-2　雷蒙丹对他叔叔的死感到心痛

图 3-4-3　雷蒙丹和梅卢珊的婚礼

图 3-4-2 和图 3-4-3 出自《梅卢珊的传说》哈利手抄本 4418，第 17 页正面，第 36 页正面

图 3-4-4　乌里恩和盖恩在罗得岛附近进行海战；两艘船靠得很近，水手们正在进行肉搏战，试图登上对手的船。出自《梅卢珊的传说》哈利手抄本 4418，第 80 页背面

梅卢珊为雷蒙丹生育了十个儿子，由于他们拥有超自然的血脉，其中几个孩子一出生，身上就带着奇怪的符号和畸形。梅卢珊是一位模范母亲，她教导他们骑士精神、军事策略以及良好的统筹能力。当他们外出去争取权力和声望时，她则为他们提供丰富的资源。她的八个儿子先

后在欧洲和东方占据了高位，并建立了著名的吕西尼昂王朝。传奇中，这些重要的故事交织在一起，生动地描述了他们各自的围城战、海战、骑士比武、胜利以及与女继承者的婚姻。两个吕西尼昂的儿子——乌里恩（Urien）和盖恩（Guyon）后来前往塞浦路斯，以援助为了抵御萨拉森侵略者向他们求援的国王。梅卢珊为他们提供了大量的士兵、船只、马匹和粮饷，由此他们在途中赢得了对战萨拉森人决定性的胜利，最终抵达塞浦路斯（见图 3–4–4）。正如意料之中的，国王有一个年轻美丽的女儿赫敏（Hermine），在听闻乌里恩拥有强大的力量和杰出的才能时，她瞬间被他迷住了，即使被告知他一只眼睛是红色的，一只眼睛是蓝色的，双耳十分巨大。年轻的英雄们到达了塞浦路斯，侵略者被击败，但在此过程中，赫敏的父亲受了重伤。在他死前，乌里恩答应娶他的女儿，并继承塞浦路斯的王位（尽管后来他显然是后悔了自己做出的承诺，因为他宁愿在安定下来之前先周游世界）。

另外两个兄弟安东尼（Antoine）和雷诺（Renaud）则娶了卢森堡和波希米亚统治者的女儿。最年长的大牙乔弗里（Geoffrey Bigtooth，因为他口中突出的牙像獠牙一般而得名）与大马士革的苏丹结为朋友，与他一起前往耶路撒冷，并签订了一个停火协定，允许基督教朝圣在往后 100 年里可以进入耶路撒冷，之后返回普瓦捷继而管理他所继承的土地。

而普瓦捷的情况并不好。雷蒙丹的兄弟让他产生了怀疑——梅卢珊每个星期六缺席是否是对他不忠？还是说她是一位仙女？在某个星期六，雷蒙丹在她沐浴时偷看到她的鳞尾，便谴责她是一个心怀鬼胎的巫师。梅卢珊因此变成了一条龙，从城堡窗口飞出，在吕西尼昂上空盘旋，悲号苦吼（见图 3–4–1）。雷蒙丹深深地后悔自己竟然背叛了一个给他带来如此成功和荣耀的女子。于是他前往罗马朝圣，之后便退隐到

▶ 图 3–4–5　梅卢珊在观看吕西尼昂城堡的建设过程。出自《梅卢珊的传说》哈利手抄本 4418，第 43 页背面

la dame commença a fonder
la noble forteresse de lusi
gnen de quoy jay dessus p
le.

Comment la forteresse de lusignen fu fondee. xxviii.

En ceste par
tie nous
dist listoi
re que quant
la feste fu departie Et que

fist tous esrac
ner les tyran
faire la roche
par dessus les
chez quelle a
donnez par u
q le cuir de cer
vonne Et pu
tyrant foison
et de tailleurs
puis fist com
la viue roche
tir les fondem
fors que cesto
les a veoir Et
ouuriers dess
souuraste et
ment que to
par la vaisso
ent esbahis
melusine tou

一个隐修院，直到去世。梅卢珊不时地回来看望她的儿子，传说冬天的风从烟囱里吹下来的声音中可以听到她的哭泣声。

梅卢珊的传说故事是法国作家让·达拉斯的作品，这是一部奇特的事实和虚构的混合体，正如它的标题所体现的那样，《梅卢珊罗曼史或吕西尼昂的贵族史》。它追溯了吕西尼昂强大王朝的神话起源，其不仅是欧洲最重要的家族之一，也是参与十字军东征的知名家族。达拉斯在序言中指出，这部作品于 1393 年 8 月 7 日星期四完成，是为艺术的重要赞助人、法国国王的兄弟——让·贝里公爵〔他还委托制作了著名的《豪华时祷书》（*Les Tres Riches Heures*）〕所作的。

故事中的事件发生在一个遥远的时代，在那时娶仙女是相当普遍的事情，英雄们往往在仙女教母的帮助下完成不可能的任务。作者借鉴了不少罗曼史传奇，包括亚瑟王传说（例如，梅卢珊与湖中仙女有诸多相似之处，她是兰斯洛特的教母，见第七章第六节）。相比之下，梅卢珊的儿子们——吕西尼昂两兄弟则以历史叙述的方式被呈现出来，尽管达拉斯会因其需要捏造或篡改历史事件。例如，现实中吕西尼昂的盖伊是在 1191 年买下塞浦路斯岛的，而不是像罗曼史中的乌里恩一样在对抗萨拉森人的壮举中获胜而赢得了这座岛。塞浦路斯岛在第三次十字军东征期间是被英国国王狮心王理查所占，但他也不是从萨拉森人手中夺来这座岛的，而是从希腊统治者艾萨克·康门努斯（Isaac Comnenus）手中夺来的。这个细节在《梅卢珊的传奇》中被省略了，也许是因为它是在百年战争期间创作的，而当时法国的反英情绪很高。1373 年，创作者在为让·贝里公爵创作时，后者正在围攻吕西尼昂城堡，试图从英国人手中重新夺回普瓦图地区的控制权。

从 12 世纪开始，欧洲的贵族家族对家谱学产生了浓厚的兴趣，这导致了一系列半真实历史的作品中出现虚构的家族先祖：从查理大帝到特洛伊英雄传说中的先祖，被各种有权势的人宣称为自己的先人。让·贝里也声称他的母亲——卢森堡的邦妮（Bonne of Luxembourg），与梅卢珊有血缘关系，据说是梅卢珊的儿子安东尼这一脉的。同样，卢森堡的雅克塔，即伊丽莎白·伍德维尔（Elizabeth Woodville）的母亲（她后来嫁给了英格兰国王爱德华四世），据称也是梅卢珊的后代，因此从15 世纪开始，整个英国王室几乎都和这位仙女祖先有关联。

图 3–4–1 至图 3–4–5 中的《梅卢珊的传奇》的图像，来自一本由法国北部弗雷辛和卡纳普尔斯的领主、金羊毛骑士让·德·克雷基（逝世于 1474 年）委托制作的手抄本。他是好人菲利普的顾问，并且一定向菲利普进献了这本书，因为这本书出现在了菲利普的图书馆于 15 世纪 60 年代后期编撰的目录中。德·克雷基让创作者在每幅小彩绘下面的装饰性首字母内都画了他的家族纹章（一副装饰着红色野樱桃树的金色盾牌），其中包括一幅梅卢珊戴着华丽的头饰和面纱，在吕西尼昂观看城堡的建造过程的图画（见图 3–4–5）。

梅卢珊可以说是中世纪小说中颇吸引人的女性角色之一，她这个人物的塑造基于早期的神话，甚至可以追溯到高卢 – 罗马和凯尔特文化，与许多早期欧洲传说中的美人鱼、水精灵和森林仙女有颇多关联。仙女新娘强加禁令于丈夫，一旦他违反禁令就会立即消失，这是许多文化的童话故事中颇为常见的元素。这些元素被让·达拉斯以及后来（在诗歌中）的库德雷特结合起来，创造出了一种迷人的神话故事和家族历史混合体，成为欧洲贵族圈子中流行的阅读材料，并一度出现了英语、苏格兰语和德语版本。早期的德语印刷版在斯特拉斯堡出版，书中带有木刻版画（见图 3–4–6），其中有一张图描绘着梅卢珊赤裸着在浴缸中（仍然戴着她特有的垫圈头饰），在接下来的一百年里涌现出二十多个印刷版本。梅卢珊是一个神秘且超凡脱俗的女性角色，而她的传说一直以来令作家和音乐家着迷，包括门德尔松，他在 1834 年就创作了序曲《美丽的梅卢珊》。

图 3-4-6 梅卢珊的丈夫偷偷观看她沐浴，来自一幅木刻版画。出自《这本关于冒险的书讲述了一位名为梅卢珊的女人……》（*Dis ouentürlich buch bewiset wie von einer frauwen genantt Melusina...*，斯特拉斯堡，约 1477 年）C.8.i.5

Ich am afert. Lo whet ich se. Me pinkes hit bey deueles þre. Ich wes wel fair. Such schelton be. For godes l

De uiuis Regibus.

Primus Rex uiuus.

Compaynouns ueez ceo ke ieo uoy
A poy ke ieo ne me deuoy.
De grant pour le quoer me tremble.
Veez la treis mors ensemble.
Cum il sunt hidous et diuers.
Purriz et mangez des uers.

Secundus Rex uiuus.

Le secunde dist ieo ay enuie.
Compaynoun de amender ma uie.
Trop ay fet de mes uoluntez
Et mon quoer est entalentez.
De fere tant ke malme acorde.
Al dieu Rei de misericorde.

Tercius rex uiuus.

Ly tierz uif ki destreint ses meins
Dist pur quei fut fet homme humeins.
Pur ky deit receuere tele peine.
Ceo fust folie trop aperte.
Ceste folie ne fist unkes dieux
Si counte ioye et si granz deduitz.

De mortuis Regibus.

Primus Rex mortuus.

Ly premer mort dist damoysel.
Ne ubliez pas pur sel oysel.
Ne pur uos robes a orfreis.
Que uos ne tiegnez bien les leys
Que ihesu crist ad ordine.
De sa seinte uolunte.

Secundus rex mortuus.

Seignours dist li secund mort.
Verite est ke la mort.
Nous ad fet tels cum nous sumus.
Et uos purrez come nous sumus.
Mut seez ia si pur ne si fin.
Ore purueez uos deuant la fin.

Tercius mortuus.

Le tierz mort dit sachez.
Ieo fu de mon lynage chief.
Princes reys et conustables.
Beals et riches joyanz mes tables.
Ore su si hidous et si nuz.
Ke moy uer ne deigne nuls.

5. 三个活人与三个死人

我害怕，
看，我所见到的！
我想这是三个魔鬼。
我一度光鲜亮丽，
你也一样，
出于对主的爱，请听我的劝告，当心！

《三个活人与三个死人》，《德·利尔圣咏诗篇》（*De Lisle Psalter*）

三个活人——年轻的贵族正打猎，突然遇见三个死人——骷髅从森林雾气里冒出来，以可怕但与他们一致的姿势与他们相对。第一个活人，一位身着华丽长袍的英俊年轻人，惊呼道："我因这三个可怕、邪恶的生物而心生恐惧，他们已经腐烂，被虫子啃噬。"面对这个可怕的景象，第二个人准备逃跑，但他意识到自己看的正是镜中景象，当即认为应该改变生活方式，放弃享乐主义转而敬神并积极行善，不应该等到来不及了再做。第三个人则扭着他的手，悲号道："我们这些凡人

◀ 图 3-5-1　三个活人与三个死人，下方附有盎格鲁 - 诺曼语诗歌《三个死人与三个活人的故事》（*Le dit des trois morts et trois vifs*）。出自《德·利尔圣咏诗篇》（东英吉利，14 世纪早期）阿伦德尔手抄本 83，第 127 页正面

domine deus meus. R̄ xiii.

Peccantem me cotidie et non repenitentem timor mortis conturbat me. Quia in inferno nulla est redemptio miserere mei deus et salua me. V̄. Deus in nomine tuo saluum me fac et in uirtute tua libera me. Quia in. Lectio viii.

Pelli mee consumptis carnibus adhesit os meum et derelicta sunt tantummodo labia mea circa dentes meos. Miserere

p'ac son d'ston de deue me prikey rise. Ich am agr[illegible] len. pre

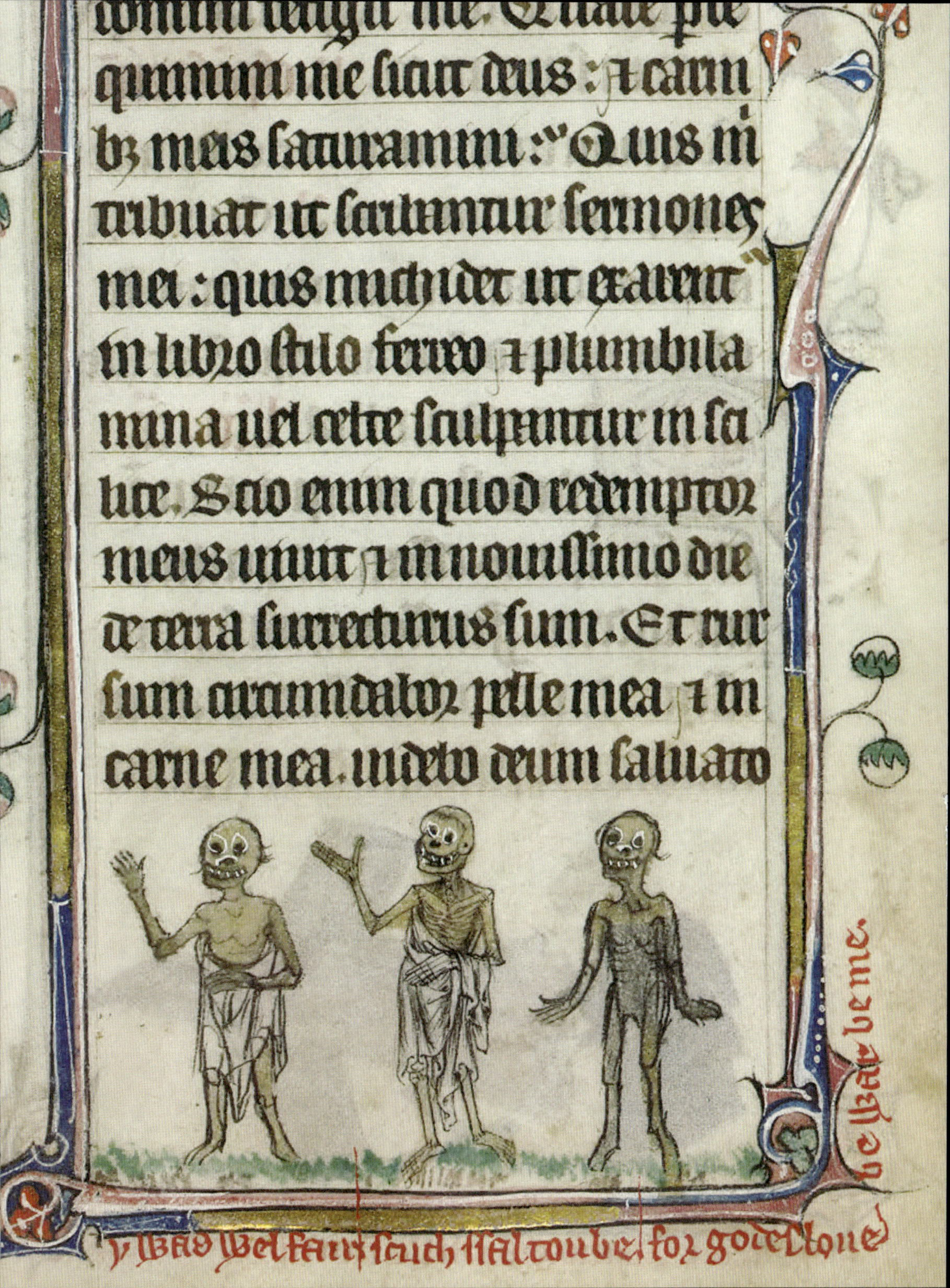

▲ 图 3–5–2 三个活人与三个死人的图画。出自《泰茅斯时祷书》（英格兰，14 世纪中期）耶茨 – 汤普森手抄本 13，第 179 页背面至第 180 页正面

到头来什么也得不到，为什么尘世的快乐和喜悦转瞬即逝？”死去的三个人依次回答：“年轻人，不要让你们的鹰和华服使你们忘记基督命定的道德之路”；“死亡让我们成为现在这样的丑陋生物。最终，你们也会像我们一样腐朽，无论你们现在的肉体多么纯洁”；“要警惕：我曾经是贵族中的顶流，是王侯的朋友，现在我成了曾经自己可恶的阴影，所有人都避之不及”。

《三个活人与三个死人》是一则道德寓言，将恐怖和超自然元素结合在了一起，以至于其可以用一两幅相对简单的图像来传达信息。乡村教堂中幸存的壁画和手抄本中的插图，让惊讶的读者目睹三位年轻的贵族或国王面对三具处于不同腐烂程度但依旧咧嘴笑的骷髅，有些地方甚至可以见到蠕虫正在吞噬它们的肉体。据记载，著名的中世纪艺术赞助者之一让·贝里公爵委托他人制作了一座雕塑，而他巴黎的房屋侧面也有绘画（因为中世纪没有房屋编号，人们往往会用这些视觉线索辨别方位）。因为这个故事对每个人来说都极具辨识度，所以它也为人们所周知，尽管他们可能试图忽略其中想要传递的信息。大多数书面版本的故事采用诗歌对话的形式，两人一组轮流发言。

一个令人不寒而栗的信息被东英吉利的这本圣咏诗集手抄本用图片、文本加以排版组织巧妙地传达出来，即人在这辈子的地位即使再崇高，也终将死去，身体亦会变为尘土（见图 3-5-1）。图片中呈现的二元形态强调了活人的华丽光鲜和死人腐烂尸体之间的对比。空间被分成两半，像一个装裱在画框里的平面图，活人与死人的世界通过鲜明的背景被加以区分。三个年轻的国王分别穿着金色、银色和淡色调的华丽长袍，配有白色的毛皮装饰，其中一人还手持一只猎鹰，象征着青

▶ 图 3-5-3　三个活人分别是一位教皇、一位皇帝和一位国王，三个死人则戴着同样的头冠。出自一本时祷书（巴黎，约 1485 年）哈利手抄本 2917，第 119 页正面

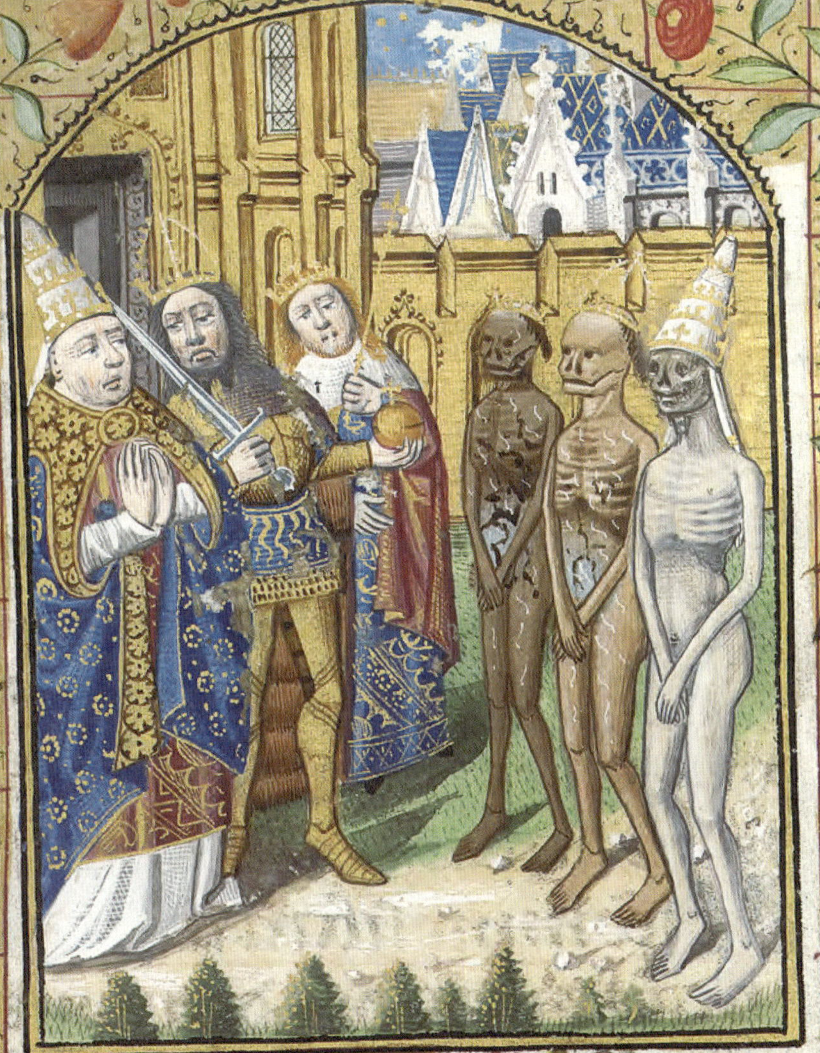

an. Placebo. ps.

Dilexi quoniam
exaudiet do
minus vocem

春和骄傲。骷髅则是土黄色的，第一个被蠕虫啮噬，第二个穿着破烂的裹尸布，第三个则赤裸且消瘦，腹腔还裸露着，用一种可怕的笑容直视读者。除此之外，整个页面的版式也反映了当时三种语言并存的情况。每个角色六行押韵的对话是用法语写的，分别位于两幅版画下面的两栏中，每句对话以装饰性的首字母以及红色的拉丁语头衔开头（Primus Rex vivus：第一位活着的国王，等等）。图片上方则是六句简短的英语短语，总结了下方的对话，显然是抄写员事后添加的（见本章开头的引语）。在图 3-5-2 中的另一本英语手抄本中，两张图下面也有类似的文字作简短总结。

有关这个传说最古老的存世版本来自法国，而且现存的法语版本有五种。最早的版本是由鲍德温·德·康德（Baudoin de Condé）所写的诗歌，他是 13 世纪中叶佛兰德斯伯爵夫人玛格丽特的宫廷吟游诗人。在这个版本中，三个死人分别是公爵、伯爵和侯爵。在后来的一个版本中，他们成了神职人员——一位教皇、一位红衣主教和一位公证人，还附加了对于他们滥用教会特权的行为的评论；在另一个版本中，一位隐士则作为叙述者出现，观察当时的场景并提供有关身体之腐化和虚荣之邪恶的教化。在图 3-5-3 中，一位教皇、一位皇帝和一位国王身穿华服，站在一座金色宫殿前，用傲慢的鄙视眼神看着三个死者。三个骷髅戴着与三个生者相同的头饰，这实则提醒着人们生者皆有一死的可怕事实。

这个故事唯一流传下来的英语版本是一首名为《三位死去的国王》（*The Three Dead Kings*）的诗歌，使用了英格兰中部西区的方言；它的风格朴实无华，而且似乎病态般着迷于呈现那令人毛骨悚然的事物。那些活人都是国王，正参加野猪狩猎，但是他们迷失在大雾中并与随从

▶ 图 3-5-4 至图 3-5-7 为《三个活人与三个死人》中的场景。出自《史密斯菲尔德教会法规》（伦敦，约 1340 年）皇家手抄本 10 E IV，第 255 页背面，第 256 页背面，第 261 页正面，第 262 页正面

图 3-5-4　一位骑马的国王用箭射中一只鹿的脖子

图 3-5-5　狩猎战利品：国王和他的随行人员将几只带血的动物尸体挂在树上

图 3-5-6　在他们见过三个死人之后，三个活人拜访了一位隐士，并进行忏悔

图 3-5-7　其中一位国王将金盘和奢华衣物赠给了一位乞丐

分开。当三具可怕的尸体突然从树林中现身时，他们感到恐惧，争论着是逃跑还是留下。但这些尸体不是偶然出现的恶魔，而是国王们的祖先，谴责他们不负责任地忘记为死者祈祷，从而让他们陷入炼狱。诗人详细阐述了这三个年轻人肆意放荡的生活作风以及他们的专制暴政，他们压迫穷人，破坏自己的土地，宁愿把时间花在狩猎等娱乐上，而不愿去照料先祖们的遗产。死者带着一个最后的警醒信息离开，暗示在死亡面前，穷人和富人都是平等的。三个活人因此想起他们的职责，急忙离开林子去建造教堂，安排弥撒为他们的祖先祈祷，并将这个故事的启示写在教堂的墙上。这一系列传说的图画出现在一份教会法规手抄本的页面底部，掺杂了中古英语诗歌以及其他版本的一些细节（见图 3-5-4 至图 3-5-7）。没有标题或文字说明，这意味着使用这本书的人（包括它的所有者，伦敦史密斯菲尔德地区的圣巴多罗迈修道院的一名教士）应该知道这个故事。

图 3-5-8　三个活人与三个死人场景出现在祈亡者祷词的开头。出自胡安娜一世的时祷书（根特？约 1500 年）大英图书馆馆藏手抄本 35313，第 158 页背面

到了 15 世纪，《三个活人与三个死人》的图像已经成为众所周知的“死亡提醒（memento mori）”，常常会在祈祷书中被用来引入“祈亡者祷词”（包含为死者和临终者祈祷的祈祷文）。这些私人祈祷手册的用途之一便是为已故祖先

的灵魂祈祷，将他们从炼狱的惩罚中解救出来，并使他们升入幸福的天堂，因此家庭成员的死亡时间经常会与圣人节日一同被记录在这些书开头的日历中。

图 3–5–8 中的时祷书几乎可以肯定是为女性赞助人所创作的，可能是卡斯蒂利亚女王胡安娜一世，是来自阿拉贡的凯瑟琳的姐姐，也被称为“疯子胡安娜”，因为她出了名的性格暴躁。与众不同的是，三个生者中包括一位女士，她手持一只鹰，似乎是唯一一位面对骷髅的人，而骷髅们则用武器威胁并追逐他们。两个男人逃跑，一个手指天空，另一个紧握帽子，狩猎犬则惊恐地蹦跳着逃跑。路边的十字架和三个头骨是让人不寒而栗的提醒，而框架中的《圣经》铭文更像是一句警醒：“审判日就要到了，正如夜里的窃贼一样（Dies Domini sicut fur veniet）。”时祷书常常为女性所有，而且在其描绘三个活人的图画中含有女性角色，尽管与此传说相关的文字版本中都只提到过男性。上面提到过的《德·利尔圣咏诗篇》（见图 3–5–1）同样也与女性所有者有关，因为它最初的所有者罗伯特·德·利尔（Robert de Lisle）将其传给他的两个女儿，最后被赠给英格兰东南部的一处修道院。

除了法语和英语，这则寓言还以意大利语和德语的诗歌形式以及西欧各地的教堂壁画保留下来，仅英格兰教区，有这幅壁画的教堂就至少有三十座（还有不少已经被摧毁了）。它的起源不明，但死者出现在生者面前的传统可以追溯到遥远的古代，“我曾经是你，你将来也会成为我”的这一主题在西方与东方文化中都很常见。更为广泛的“死亡提醒”的文化传统在中世纪和文艺复兴时期也逐渐变得流行，如墓碑前的尸体雕塑和诸多描绘“亡灵之舞（Dance Macabre）”或“死之舞（Totentanz）”的画作，通常描绘一群年轻贵族在墓地与骷髅跳舞的场景。这个主题在随后的艺术和文学领域中也衍生出了不少改编作品，从莎士比亚的《哈姆雷特》到狄更斯的《圣诞颂歌》，再到爱德华·蒙克（Edvard Munch）的“死亡系列”绘画。

historia del caymēt dels angels q̃ deus gita del cel. ab la ūgua del seu podē

Estoria d'la art d'l diable cō tēpte les gens. Lo pricep d'ls diables enuia sos ministres

tempta p̄ soberbia. Tempta p ira. Moue tēpesta p negar l's gēs

第四章

恶棍、罪案与谋杀

天使将恶魔投入地狱之口，
恶魔引诱人犯下恶行，
恶魔引发风暴使一艘船沉没。
出自《短暂的爱》（*Breviari d'amor*）
耶茨·汤普森手抄本 31，第 44 页正面

si que par cel char ⁊ par la force
de son art issi hors de celle prisō
⁊ prist ses .ii. enfans ⁊ les tail
la par pieces. puis sen entra en
lostel de iason ⁊ le trouua soiāt
au disner ⁊ li dist. Ha cuuers
faus traiteur cōment preue
stre signīt traÿson en tuer cō
me cōme il a el tien qui la raine
ysiphiles enguennas si fau
sement que tu li prometis a
prendre a fame ⁊ mener en ton
pais ⁊ engēdras .ii. enfans pu
is laissas lie ⁊ tes enfans ⁊ moi
meismes qui tai eschape et de
mort ⁊ de peril ⁊ te fis la toison
dor cōquester ⁊ me pmeis par
ta mauuese foi de porter moi
foi ⁊ loiaute ⁊ or mas laissie p
une autre ⁊ outre tout ce mas
emprisonnee ⁊ mes enfans ma
uoies tolus. mes ie douleureuse
mere ai fet de tes enfans cōme
se doit faire a hoir de traiteur. a
tant prist les pieces de ses en
fans ⁊ les ieta deuant lui ⁊ deuāt
tous les barons qui seoiēt au
mengier auec lui. ⁊ atant sen
part ⁊ sen ala p diuisses terres
abandonnee a toute deshōne
ste ⁊ ensint usa son tēps. ⁊ a la fin
p vergonne de lie meismes ⁊ p des
esperation se noia en la mer. Cō

Apres ne demeura pas ment
granment que a iason iasō mori.
vne maladie le prist si merueil

leuse que nul mire ne le sauo
it garir. car toute la char li cha
oit du cors piece a piece ⁊ en ce
ste douleur fini sa vie. Si que
bien li auint ⁊ a medea ausint.
de ce que la roine ysiphiles leur ot
mande. De la mort herc(ules).

Herciules fu fils iupiter ⁊ out nō
sa mere hermena. q fu fame au
roy amphitrion. quāt hercules fu
grans ⁊ pernis si ala par diuisses
pties du mōde ⁊ fist de grans mer
ueilles qui sont escriptes el liure
de sa vie. Il uainquit antheus ⁊
planta les coullones outre la
grant mer. Et si uainquit cacho
nius li fils vulcanus qui pre
meirs trouua la charrete. Et en
cel temps meismes cuit si le flu
me de ducalion qui p deluge
noia la cite qui fu de sous le cha
stel de uolturno. Et la ouroiēt
la gent du pais cōme dieu. car lē
ne trouua onques hōme ne be
ste ne giant qui le peust redre
uaincu. Si prist a fame une da
me mlt bele qui out a nom de
ianira ⁊ la menoit auec lui par
tout la ou il aloit. Et cest dame
amoit mlt nexcitaurū qui estoit
moitie buef ⁊ moitie home ⁊
nextaurus lamoit ausi. si que
il auint .i. iour que hercules trouua
.i. serpent signīt ⁊ si merueilleus q
il mengioit .i. buef. mes quāt
il le uit si le tresfy vne foiete

1. 美狄亚：女巫、情人和杀手

（伊阿宋的）形象仍然出现在她眼前——他是怎样的，他穿着什么衣服，他说了什么，他坐在椅子上的样子，他向门外走去的样子。她沉思后确信从未有过眼前这样的男人。她的耳边也未想起过他的声音以及甜蜜话语。

罗德岛的阿波罗尼奥斯（Apollonius of Rhodes），

《阿尔戈英雄》（*Argonautica*），R.C. 西顿（R.C. Seaton）译

与特洛伊的海伦等处于被动状态的古典女性形象截然不同，美狄亚是太阳神赫利俄斯性格火暴的孙女，她是一位果敢独立的女性，习惯于掌控自己的命运。但她是否也是一个报复心重的残暴女巫？毕竟她曾与冥界神灵赫卡忒（Hecate）和哈迪斯（Hades）结盟，并使用黑暗魔法来达成自己的目的。还是说，她只是懂得药术的年轻女性，因为被女神赫拉和雅典娜操纵而陷入了与自大且不忠的伊阿宋的感情关系，这才导致了对两人来说都颇具灾难性的后果？

◀ 图 4-1-1　美狄亚乘坐喷着火焰的龙车，在伊阿宋和格劳斯（或克瑞乌萨）的婚宴上杀害她的孩子并将尸块扔到他们面前。出自《古代史》（那不勒斯，1325—1350 年），皇家手抄本 20 D I，第 37 页背面

图 4–1–2　伊阿宋在国王艾耶泰斯的宫廷中与美狄亚相见。出自莱科隆的吉多（Guido delle Colonne）所著《特洛伊覆亡史》的法语译本（法国北部，约 1450 年）皇家手抄本 16 F IX，第 4 页正面

首先，让我们尽可能地将这个传说放在历史语境和地理背景中来讨论。美狄亚是黑海沿岸的科尔基斯（今格鲁吉亚境内）的国王艾耶泰斯（Aeites）的女儿，而伊阿宋是天后赫拉最喜欢的人，是希腊大陆色萨利亚地区被废黜的伊奥科斯国王的儿子。对于特洛伊战争前的希腊人来说，地中海以外的地区大多是充斥着怪物、巨龙和野蛮人的幻境。在他们之中，有一位被认为是女巫喀耳刻（Circe）兄弟的国王艾耶泰斯。伊阿宋和他的五十位阿尔戈英雄们乘坐阿尔戈（意为“迅速”）号船穿越黑海的旅程，这可能基于早期希腊人探险未知世界的航行之一。

他们的传奇任务是夺取传说中会说话的公羊身上的金羊毛，这是赫耳墨斯（Hermes）所赠的礼物，由艾耶泰斯国王存放在一片神圣的树林中，并由一条凶猛的巨蛇看守。

阿尔戈英雄们在海上旅程中经历了许多冒险，包括在利姆诺斯岛上逗留了一段时间并与岛上的女人们相伴。在岛上，伊阿宋与女王海普西碧莉（Hypsipyle）产生了感情。女王为他生下了一个儿子，之后却被伊阿宋抛弃。最后，他们到达了科尔基斯城（见图 4–1–2），在那里，美狄亚因为被爱神厄洛斯的箭射中（在赫拉和雅典娜的指示下），由此疯狂地爱上了这位出众的年轻男子。她的父亲艾耶泰斯看到希腊水手来到他的宫殿，非常不高兴，警告阿尔戈英雄们立刻离开他的王国，否则将割掉他们的舌头和手。美狄亚设法说服父亲交出金羊毛，但他先给了伊阿宋两个不可能完成的任务。伊阿宗必须给两头会喷火的公牛套上耕具，并犁一遍战神阿瑞斯的田地，然后用雅典娜赠送的蛇牙来播种。由于对爱的痴迷，美狄亚同意帮助伊阿宗完成这些任务，前提是他向奥林匹斯众神发誓要娶她并对她永远忠诚。在她的魔药的保护下，伊阿宋完成了这两个任务，但国王食言了，威胁要烧掉阿尔戈号。于是，美狄亚悄悄地向伊阿宋展示了金羊毛所在的树林，并使用咒语安抚了那条盘绕的躯体比“五十桨的船还要粗长”的巨蛇。他们因此取得了金羊毛，并在科尔基斯人的穷追不舍下坐上阿尔戈号逃脱。而美狄亚出于对取悦伊阿宋的渴望，残忍地砍碎了她同父异母的年轻弟弟阿布绪尔托斯（Apsyrtus），并将其身体的碎块扔进海里（见图 4–1–4）。这种残忍的策略拖住了艾耶泰斯和他的舰队，因为他们必须收集尸块来为其举办得体的葬礼，阿尔戈英雄们这才得以带着金羊毛顺利逃脱。

Medee qui fut
tres cruel exem
ple en seigne
ment de la na
ture mauuai
tie et desloyaute. et fille de cete le
tres noble roy des colchiens et de
perse. sa femme fu asses belle et
tres experte es malefices et es ars
mauuaises et deffendues. Car
de quelconques maistre elle ait
este instruite et enseignee de
homme cest assauoir ou dun
mauuais esprit ou autre ou
elle eut tant familiere et grande
congnoissance de la vertu des her
bes que nul homme nen pouoit
plus auoir. Elle sauoit plaine
ment par une chansson quelle
chantoit troubler et obscurcir
le ciel. mouuoir les vens des
fosses et des cauernes de la terre
esmouuoir les tempestes en lair
arrester les fleuues. confire ve
nins. composer feuz sans labeur
pour ardre quelconques choses que
on vouldroit. et toutes choses
semblables par faire. Et qui pis
est elle ne eust mie courage des
cordant de ses mauuaises doctri
nes et enchantemens. Car
comme elle defailloit en ces chos
elle reputoit tres legiere choses
estre user de fer. Ceste feme
moult ardamment ama iason
de thessalle qui estoit adonque
ieune habile et apert. et pour la
vaillance et prouesse quelle vit
et apperceut une fois en lui. lequel
iason auoit este de pelie son oncle
qui auoit enuie de sa prouesse.
Et pour ce lenuoya soubs um
bre dune tres noble et glorieuse
expedicion contre les colchiens
pour tolir embler et rauir la
toison du mouton dor qui la
estoit. Et pour lardant amour
quelle auoit au dit iason fist
tant afin quelle peust acquerir
et merir la grace enuers lui que
entre les habitans du pays et
son pere se esmeut ancienne noise

图 4–1–4 中的血腥场面来自一本荷兰语版《伊阿宋简史》手抄本，该书中包含一系列制作精美的水彩画。不久之后，这部手抄本便被哈莱姆的雅各布·贝拉特（Jacob Bellaert）在 1485 年用作早期印刷版本的模板，在一些页面上有印刷工的注释和印刷油墨污渍。在伊阿宋的故事之后是棋弈的道德诠释，使用的也是荷兰语。

此后，伊阿宋和美狄亚回到伊奥科斯，试图从篡位者——他的叔叔珀利阿斯手中夺回合法王位。在奥维德版本的故事中，美狄亚则承诺独自一人为她的丈夫夺下城市。她指示阿尔戈英雄们躲在海岸边，直到他们看到宫殿屋顶上燃起火炬的信号，表示珀利阿斯已死，可以夺城了。美狄亚伪装成一位皱纹满面的老妇人，带着她的十二个女伴进入伊奥科斯。她们声称是女神阿尔忒弥斯的侍女，奉命前来为老国王带来好运并让他重返年轻。珀利阿斯有些犹豫，但最终将自己交给了这位女巫，并被她迷惑而昏睡了过去。此后，美狄亚命令他的女儿将其切成碎片，说自己会将这些尸块放在大锅里煮，并用她的魔药将其重塑成一个年轻人。当然，她并没有打算这样做，而是派她的侍女到屋顶上向伊阿宋发出信号，表示危险已经解除了。

然而，伊阿宋不赞成美狄亚所采取的野蛮手段，拒绝成为伊奥科斯的国王，并任由震惊的市民将他流放。此后，他们航行到了奥尔霍迈诺斯，伊阿宋将金羊毛挂在宙斯神殿里，然后又到了科林斯，他将阿尔戈号停泊在那里，并将船献给海神波塞冬。美狄亚通过她的父亲继承了科林斯的王位，他们在那里和平地统治了十年，生了七个儿子和七个女儿。但是，伊阿宋无法在这段感情中保持忠诚，最终决定娶克里昂国王的女儿底比斯人格劳斯（见图 4–1–5）。他抛弃了美狄亚，列举了她邪

◀ 图 4–1–3 戴着王冠的美狄亚念咒语，伊阿宋注视着；与此同时，她的兄弟阿布绪尔托斯的胳膊正要被一位穿着盔甲的骑士砍断。出自《教士与贵妇》，薄伽丘《贵妇传》的法语译本（巴黎，约 1410 年）皇家手抄本 20 C V，第 29 页正面

恶的阴谋诡计，并声称科林斯的人民更希望他来做统治者。在某些不同版本的故事中，美狄亚派她的孩子给新娘送婚礼贺礼，其中包括一顶金色王冠和一件白色长袍，但当新娘将它们穿戴在身上时，它们就即刻燃烧起来。新娘、婚礼的客人以及孩子都在随后的大火中丧生，只有伊阿宋侥幸逃脱。在欧里庇得斯的悲剧《美狄亚》中，她杀死了自己的两个孩子，以报复自己不忠的丈夫（见图 4–1–1）。这对悲剧性夫妇的结局异常讽刺：伊阿宋最终家破人亡，被阿尔戈号上掉落的横梁砸死，而美狄亚则变成了一个女魔头。

在 12 世纪及以后，王室和贵族常常会把自己当作古代经典英雄如伊阿宋等人的后裔，他们的英勇事迹为骑士社会提供了文化框架，并为十字军东征铺平了道路。勃艮第公爵好人菲利普“为了表示对上帝的崇敬且维护我们的基督教信仰，表彰和嘉奖骑士团之中的卓越者”，在 1430 年成立了著名的金羊毛骑士团，如今它在西班牙和奥地利依旧存在。

在无数重述伊阿宋与美狄亚传奇的故事中，作者们对女主角的态度大相径庭。在某些版本中，她是一个嗜血的女巫师，驾驭着龙拉的战车，不仅屠杀儿童，还试图腐化正直的骑士伊阿宋（见图 4–1–1）。在其他版本中，她则被视为一个美丽的年轻女子，忠于她的丈夫，并利用中世纪的魔法技巧来协助他（见图 4–1–3）。薄伽丘则将她列为他笔下的著名女性之一，值得赞赏而且也是因为环境所迫才犯下恶行。在《洁本奥维德》——一本将奥维德的《变形记》重新诠释为基督教寓言的作品中，伊阿宋被描绘成基督的先导，而美狄亚则代表基督的智慧和恩典，甚至象征着圣母玛利亚！反对伊阿宋的作品阵营则包括《玫瑰

▶ 图 4–1–4　阿尔戈号正在被国王艾耶泰斯和他的人所追赶，美狄亚似乎正握着阿布绪尔托斯带血的头颅，准备将其扔进海中。海面上散落着他被斩断的四肢，而被抛弃的海普西碧莉则从悬崖上跳了下来。出自《伊阿宋简史》（*Historie van Jason*，尼德兰北部，约 1480 年）大英图书馆馆藏手抄本 10290，第 118 页正面

Om voert te weten dan waer om dat dese
vier steeplinus dus porden en wien daer
in was de hystorie seyt dat haer meeninghe was
der grieken scip te achter volghen En mit een was
de coninck oetes mit vier hondert mannen mit hem
wyter stat die hi alle haestelic hadde doen wapenen
om dies wil dat hi verschrict was dat sijn dochter
medea mit iason wech was En sal u segghen hoe
hit quam te weten dese coninck oethes die drouwich
was als ghesegt is was soe vol ghepeyns dat hi

传奇》和乔叟的《贤妇传说》（*Legend of Good Women*）。在这些作品中，伊阿宋是一个邪恶的骗子和不忠的小偷，是众多背叛爱人的男性之一，美狄亚则是被他欺骗并抛弃的受害女性。人们对于这个女性角色的看法，要么是将其视作圣洁的妻子，要么就是将其视为邪恶的杀手，除此之外似乎没有其他的可能。

▶ 图 4–1–5　在一封想象中的美狄亚写给伊阿宋的信的开头，描绘着美狄亚与她的孩子在伊阿宋与格劳斯的婚宴上。出自法译版奥维德的《女杰书简》（*Heroides*，巴黎，约 1500 年）哈利手抄本 4867，第 88 页背面

Quant me souvient et que
bien me recorde
De la pitie et grãt misericorde
Que ieuz de toy lors que
royne et princesse
Fuz de tolcos enflessãt ie messe

chon soura li denti a lauo puote
la ouel ciervel saggiunge cola nucha.
Non altrimenti tideo si rose
le tenpie a menalippo per disdegnio
che que facieua il teschio e laltre chose.
O tu che mostri per si bestial sengnio
odio soura cholui che tu ti mangi
dimmi il perche, dissi per tal chonvengnio.
Che se tu a ragione di lui ti piangi
sappiendo io chi voi siete e la sua peccha
nel mondo suso anchora io te ne changi.
Se quella chon chio parlo non si seccha.

Incipit xxxiij. cant.

La boccha si leuo dal fiero pasto
quel pecchatore forbendola a chapelli
del chapo chelli auea diretro guasto.
Poi chomincio tu vuoli chio rinouelli
disperato dolor che l chuor mi preme
gia pur pensando pria chio ne fauelli

2. 乌格利诺和但丁的地狱中被诅咒的人

当他说完这句话时，他眼睛斜着，
再次用牙齿咬住悲伤的头骨，
像一只牧羊犬一样，
坚定而不肯轻易放弃。

但丁《地狱篇》（*Inferno*）第 33 首，
乔尔乔·佩特罗基（Giorgio Petrocchi）编校

但丁·阿利吉耶里在《神曲》中描述了他穿越来世的旅程。第一部分《地狱篇》将他带到地狱的第九层，也是最底层的地狱。在那里，他在一个被冰封的湖中发现了两个灵魂，他们的头从冰洞中露出，一个人在啃咬另一个人的头冠（见图 4-2-1）。当他询问是什么可怕的罪恶导致他们永远忍受且施行这种令人震惊的食人行为时，加害者乌格利诺停止了进食，用受害者的头发擦了擦嘴巴，开始讲述他可怕的故事。这个故事被描述为所有文学作品中颇令人震惊的故事之一。为了理解是什么导致了这两个人遭受如此难以想象的命运，我们需要追溯到故事的起点。

诗人但丁生活在 14 世纪初的意大利，那是一个城邦内部以及城邦

◀ 图 4-2-1　乌格利诺伯爵啃咬卢吉埃里大主教的头皮。出自《地狱篇》（意大利北部，1300—1350 年）埃格顿手抄本 943，第 58 页背面

之间不断发生派系斗争的时期。因为支持了失败的白色归尔甫党派（White Guelphs），他在 37 岁时被自己钟爱的家乡佛罗伦萨流放，从此再也没能回去。他的《地狱篇》中充满了传说和历史中的人物，以及他所认识的人。这使他有机会报复那些他在佛罗伦萨的政敌，在他的笔下，那些人在地狱中遭受诅咒。

图 4–2–2　但丁和维吉尔进入地狱之门（左侧）；毫无作为的人群被蚊虫们叮咬着，但丁和维吉尔（中间）被冥河神（在这里被描绘成一只带翅膀的恶魔）指着（右侧）；灵魂们走上跳板，但丁则昏倒在一旁（右侧）。出自《地狱篇》（那不勒斯，约 1370 年）大英图书馆馆藏手抄本 19587，第 4 页正面

一开始，但丁和他的向导维吉尔穿过地狱之门（见图 4–2–2）和上层地狱，在那里，人们因无知和纵欲等不太严重的罪恶而受到惩罚。例如，在第二层，他们看到了充满色欲的人，包括克利奥帕特拉和特里斯坦（见第七章第三节），被风吹得在地上翻滚不已；在第三层，暴食者们则躺在恶臭的泥浆中。旅行者们随后下降到地狱的更低层，在那里，他们虽然受到了复仇三女神和美杜莎的威胁，但仍设法进入了灭亡之城（the City of Dis）。在这里，从第六到第九层都是有暴力和恶行之人被惩戒的地狱。第七层由弥诺陶洛斯—— 一个吞噬人类的牛头人守卫着，这里关押着施行暴力的罪人。但丁惊恐地看着谋杀者和战争贩子的灵魂，其中还有亚历山大大帝（见第五章第一节），他们被浸泡在一条沸腾的血河中。盗贼们在第八层被蛇和蜥蜴追逐啮咬，而包括炼金术士在内的伪造者，则饱受麻风病的折磨。

在这些恐怖的景象中受到极大精神冲击的但丁被迫跟随维吉尔前往第九层，那是一个由三位侍奉撒旦且最凶残的巨人守卫的，位于深坑底部的冰湖（见图 4–2–4）。这种冰冻的折磨是为叛徒预留的，他们是被诅咒者中最受鄙视的，因为他们要么背叛了自己的国家，要么背叛了自己的同伴。根据罪行的严重程度，他们承受着不同程度的惩罚：背叛家庭的人靠近岸边，面朝上，以便他们的眼泪向下流淌；背叛祖国或政治盟友的人被迫向上看，以便他们的眼泪在眼睛中冻结成冰；背叛教会或帝国的人则被完全浸泡在冰湖中。

随后，但丁遭遇了前文被描述过的恐怖场景：乌格利诺和他的对手卢吉埃里都被困在冰中，一个被判永远啃咬另一个人的头颅。乌格利诺·德拉·杰拉尔德斯科伯爵（Count Ugolino della Gherardesco）曾是比萨市的前任领袖，卢吉埃里则是大主教。当市民们对伯爵发动政变时，他、他的儿子和孙子被锁在一座塔内，遭受饥饿之苦，这是卢吉埃里的命令。这个故事在《坎特伯雷故事集》中被乔叟改编成《修道士的故事》（*The Monk's Tale*），他承认自己受到“意大利伟大诗人”的启发。

[illegible] ma tucta riuerciata
Lo pianto stesso pianger nol lascia
el duol che trouan su gliochi rintoppo
si uolge dentro afar crescer lambascia
Che le lacrime prime fanno groppo
et si come uisiere de cristallo
rienpeno soctol ciglio tuctol coppo
Et auegnia che si come dun callo
per la freddura ciaschun sentimento
cessata auesse del mio uiso stallo
Gia me paria sentir alquanto uento
per chio maestro mio questo chi moue
non e qua giu ogni uapore spento
Et egli adme auaccio serai doue
dicio ti farra gliochio la risposta
uegiendo la cagion che fiato pioue
Et un de fredi della trista crosta
grido annoi o anime crodeli
tanto che data ue lultima posta
Leuatime dal uiso i duri ueli
sichio sfochil duol chel cor mi npregna
un pocho pria chel pianto si ragieli
Per chio allui se uuo chio ti souegnia
dime chi se et sio non ti disbricho
al fondo della giaccia irmi conuegnia
Rispuse adunque io son fratalbericho
et son quel delle fructa del mal orto
che qui ripendo dactaro per ficho
O dissi lui or se tu anchor morto
et egli adme comel mio corpo stea
nel mondo su nulla scientia porto

但丁想象中的重要事件以类似图 4–2–3 这样的微缩画形式被戏剧性地再现，其中有三个场景部分允许艺术家按照时间和空间的先后顺序展示事件的演变。第一幕发生在科切图斯湖的岩石湖岸上：乌格利诺的头从他受害者血淋淋的头颅上抬起来，开始与但丁和维吉尔交谈。他描述了一个梦，在梦中，他和他的儿子在山中被卢吉埃里和一群狼追逐着。他惊醒后冷汗直流，听到了可怕的敲打声，因为塔的门被永久地锁上了。然后情节转移到中间这幅图，塔楼监狱的封闭空间里，演绎着可怕的结局。孩子们乞求父亲结束他们的痛苦，并看着他在痛苦中啃咬自己的手，他们愿意把自己提供给他作为食物。孩子们最终死于饥饿，而三天后，父亲盲目地摸索着他们的尸体，直到"饥饿的痛苦超过了悲伤"之时。这是在暗示乌格利诺吃掉了自己孩子吗？尽管他一开始似乎值得我们同情，但很快他就表现出他的痛苦和复仇欲望，使他变得像卢吉埃里一样邪恶，那个曾经折磨他的人，而今成为他的受害者。因此，在第三个场景中，旅行者继续前行，任由这两个人接受各自的命运。

但丁和维吉尔继续向下旅行，到达了被背叛上帝的堕落天使撒旦的冰冻领域，这个堕落的天使背叛了上帝，犯下了最严重的背叛行为。与撒旦一起的是因邪恶导致已经完全脱离人性的灵魂：他的嘴巴里是背叛基督的犹大与谋杀伟大的恺撒大帝的卡西乌（Cassius）和布鲁图（Brutus）。在但丁的想象中，这是堕落的深渊底部。

到达地狱的最深处后，但丁开始了他穿越炼狱的上升之旅，继而到达天堂的最高处，最终得以面见上帝。由于其充满想象力的视野和其所描摹场景的恢宏壮丽，《神曲》成为中世纪文学中独一无二的作品，在中世纪及以后的读者眼中被认为是受到了神灵的启示。不久之后，意大利艺术家开始将但丁的想象改编成艺术作品。所知最早的配图手抄本是由弗朗切斯科·迪·塞尔·纳尔多（Francesco di Ser Nardo）在 1337 年

◀ 图 4–2–3 但丁和维吉尔聆听乌格利诺的故事。出自《地狱篇》（托斯卡纳，约 1445 年）耶茨·汤普森手抄本 36，第 61 页

制作的，据说他用卖了一百份手稿挣来的钱作为他女儿的嫁妆。在接下来的一百五十年里，不少豪华手抄本也在意大利被制作出来，而在这些手抄本中，一系列独特的插图代表着诗人旅程中的重要阶段。

文本本身描绘了许多意象，也许最生动的是人们在地狱所遭受的折磨，自然而然地，《地狱篇》是《神曲》三部曲中配图最多的一部分。大英图书馆收藏的三份手稿中，关于乌格利诺的惊人形象则是艺术家用不同技术和风格来呈现文本的范例。在博洛尼亚地区的早期作品中（见图 4–2–1），图片框（每个篇章两到四个）像窗户一样被插入页面中，每幅图片都包含一个故事的情节简述，均用泥土般的色调绘制。乌格利诺的形象（见图 4–2–1）有着扭曲变形的身体、邪恶的眼睛，鲜血还从他怪兽般的牙齿上滴落，令人毛骨悚然。艺术家为第九层折磨叛徒的冰冻湖调用的刺骨般冰冷的绿色，则进一步增强了这种效果。

相比之下，稍晚一些在那不勒斯制作的手抄本则将这一页面作为故事的背景，因此但丁和维吉尔似乎在书的下边缘穿行，而景色可以向上延伸，部分得以框住文本（见图 4–2–2 和图 4–2–4）。尽管三十四章节或诗歌篇章都只配备了一张插图，但这些图中有许多囊括了但丁旅程中的一系列遭遇或诸多阶段。这种技巧也被人——特别是意大利南部的艺术家，运用在绘制中世纪罗曼史（包括亚瑟王和特洛伊传说）插图的过程中（见第一章第五节和第二章第一节）。

一本于 15 世纪中期由托斯卡纳艺术家绘制的豪华手抄本中，包含了在图 4–2–3 由普里亚莫·德拉·奎尔奇亚（Priamo della Quercia，逝于 1467 年）细致描绘的监狱场景。在地狱的崎岖景观中，旅行者们穿着闪烁着粉红色和蓝色的衣服缓和了氛围，而一座粉红色的托斯卡纳石塔则成为故事情节发展的舞台。尽管主题令人恐惧，但美丽的构图和人物角色的表现力则引得读者惊叹于但丁的想象力。

▶ 图 4–2–4　但丁和维吉尔走在冰湖上，但丁的脚踢到了一个叛徒的头（左侧）。出自《神曲》的《地狱篇》大英图书馆馆藏手抄本 19587，第 54 页背面

ma lieuemete al fondo che diuora.
lucifero con giuda ci sposoe.
ne si chinato li fece dimora.
E chome arbero in naue si leuoe.

Incipit .xxxij. cant.' i quo in pdicto fu
do poit pdictoes cor osanguieor (et) i glacie.
sb titulo frm quorunda filior comitis al
berti (et) camisonis de paccis et multoru
alior. (et) uocat istu locum cayna.

S'io auesse le rime aspre e chioccie.
chome si couerebbe al tristo buco.
soural qual pontan tutte laltre rocce.
Io premerei del mio concetto il suco.
piu pienamente ma per chio no labbo.
no sanza tema a dicer mi conduco.
Che non e impresa da pilglare agabbo.
di scriuer fondo a tutto luniuerso.
ne da lingua che chiami mama ebabbo.
Ma quelle donne aiutinol mio uerso.
cha iutaro anphyona chiuder thebe.
si che dal fatto il dir non sia diuerso.
O soura tutte mal creata plebe.
che stai nel luogo onde parlare e duro.
mei foste state qui pecore o zebe. capre
Chome noi fummo giu nel pozzo obscuro.
socto i pie de giganti assai piu bassi.
et io miraua anchora alalto muro.
Dicer udimmi guarda chome passi.
ua si che tu no calchi con le piante.
le teste di fratei miseri lassi.
Per chio mi uolsi e uidimi dauante.
e socto piedi un lago che per gelo.
auea di uetro e non dacqua sembiante.
Non face al corso suo si grosso uelo.
di uerno la danoya in osterlichi.
ne tanai la socto il freddo cielo.
Chom era quiui che se tamberinichi.
ui fosse su caduto o pietra pana.
non auria pur dal lorlo facto cricchi.

Incipit liber septem philosophorum cuiusdam Imperatoris Romani
Eiusque scientifica et sapientissimi filij. Eiusdem que Imperatoris
nequissime secunde uxoris.

Quidam Romanus imperator unicum habens
filium quem intime diligebat cum esset
decem annorum ipsum septem philosophis quos
in sua curia retinebat tradidit in sapiencia
ad docendum eis plurimum recomendans.
Qui votis dicti Imperatoris satisfacere pro-
tinus cupientes extra urbem decem milia-
ria in quodam loco delectabili et secreto cum iuvene accesserunt.
ipsum in sciencijs et moribus instruentes. Hic autem iuvenis cum
esset divina gracia illustratus ita bene et laudabiliter proficie-
bat in utroque quod ipsi philosophi magistri sui plurimum mirabantur.
ita quod in decem annis factus est sapiencior uno quoque philoso-
phorum suorum nec erat in mundo tunc homo sapiens sicut ipse.
Contingit autem medio tempore quod uxor dicti Imperatoris
eadem que mater dicti iuvenis mortua est. Et Imperator de

3. 罗马七贤（或女人的阴谋诡计）

王子说："我的主啊，我讲这个故事只是为了让您了解世界运行的规律。"

《女子行骗之书》（*Libro de los engaños de las mujeres*），
安吉尔·冈萨雷斯·帕伦西亚（Ángel González Palencia）编校

这部在英语中被称为《罗马七贤》（*The Seven Sages of Rome*）的中世纪短篇小说集，可比书名所示的更令人兴奋且更具争议。也许一个更合适的名字应该是"女人的阴谋诡计"，因为七贤更像是配角，而实际上，这部作品非常鲜明的主题与其说是智慧，还不如说是厌女。在类似《一千零一夜》和《坎特伯雷故事集》的传统中，单个人物的叙述常被用作基于一系列广泛主题的诸多故事的背景或框架。在这种情况下，该作品的故事背景设置在公元4世纪的罗马皇帝戴克里先（Diocletian，他因被认定为多位基督教圣人的迫害者而臭名昭著）统治时期，他在罗马城外造了一座新的宫殿，并召集了古代世界最为睿智的七人入驻

◀ 图 4-3-1　王子弗洛伦丁和七贤，《七贤书》（*Liber septem philosophorum*，威尼斯，约 1445 年）大英图书馆馆藏手抄本 15685 号，第 83 页正面

其中，继而派遣他七岁的儿子弗洛伦丁（Florentin）前往这所极具个性化的寄宿学校，去接受七类艺技中分别用钱能买到的最好的教育（见图4–3–1）。

图 4–3–2　皇后试图勾引她的继子。出自《七贤书》大英图书馆馆藏手抄本 15685，第 84 页背面

不幸的是，这位年轻人离家多年后，他的母亲去世了，他的父亲则落入了一个狡猾的年轻女人的魔掌。他们结婚后不久，年轻女人就决定除掉戴克里先的儿子，以让自己的儿子取而代之，成为帝国的继承人。她用魔法使弗洛伦丁在接下来的七天内只要说一个字就会死，然后说服他的父亲立即将他从学校召回家中。幸运的是，七贤精通占卜之术，揭露了这个恶毒的阴谋并给予了王子警告。由此，他返回了他父亲在罗马的住所，并巧妙地想了一个方式让每位贤者在他被强制沉默的七天中使出各种妙招来帮他。年轻的皇后首先试图通过勾引弗洛伦丁来败坏他在其父亲面前的形象，但当他拒绝她时，她反而撕开了自己的衣服，并指控弗洛伦丁企图强奸她（见图 4–3–2）。由于年轻的王子无法开口为自

己辩护，戴克里先别无选择，只能判他死刑，但皇帝将审判推迟到了第二天。这时候就轮到七贤出手了：每天都有一位贤者请求与皇帝会面，然后为皇帝讲述女人恶行的故事。这样，他们设法延缓了他们这位奇才的刑期，每个晚上，继母都会反击，讲述关于谋逆的王子与邪恶谋士的故事。于是，皇帝在惩罚和宽恕王子之间摇摆不定。然而，当王子在第八天能够再次开口时，他有自己的故事要讲，并最终揭示了他的继母的奸诈和自己的清白。邪恶的年轻女人因而被立即处决，皇帝发誓将来会保持独身，而七贤则返回他们的宫殿继续各自的学术研究。

至于皇后和七贤向皇帝讲述的故事，它们是从罗曼史和民间故事中选出来的道德和经典寓言，被排成不同的组合以迎合不同的听众。从动物寓言到基于自然的讽喻再到人物戏剧，如今流传下来的这类故事有一百多个，以下是一些例子。

阿尔博尔
（松树）

这是继母讲的第一个故事，旨在让皇帝将他的儿子视为一个危险的竞争对手。故事讲述了一个贵族在花园里养了一棵高大的松树，这棵树比其他任何树都长得更高、更直。当一根新芽从这棵松树上长出来时，主人悉心照料着小树苗，树苗也令他骄傲和喜悦。但他逐渐发现新树的生长受到老树枝条的阻碍，于是叫来园丁，砍掉了老树的几个大枝，以便让新树苗壮成长。然而新树的根吸取了周围土壤中的所有养分，以至于老树逐渐枯萎。贵族见此，便将老树彻底砍倒，因为它不再吸引人了。因此，新苗彻底取代了老树的位置并最终致使给予其生命的老树死亡。听完这个故事后，皇帝命令立即处决他的儿子，但当那个男孩被带走，令所有市民感到沮丧之时，第一位贤者出现在皇帝面前，并给他讲了一个故事，致使皇帝开始重新考虑自己草率作出的决定。

卡尼斯
（忠犬）

这是一个在许多民族文化（从古代波斯到中世纪爱尔兰）中都广为流传的故事。它试图给予皇帝警醒，告诫其不要做出日后会后悔的草率决定。一个国王的仆人在他的妻子外出探亲时负责照看他们在襁褓中的孩子。当仆人意外地被国王召唤时，他让忠诚的狩猎犬在婴儿的摇篮旁守卫片刻。在他离开的时候，由于被奶味所吸引，一条大蛇爬进了摇篮。狗看到它时，立马抓住了它并将其撕成了碎片，然后躺下等待主人的归来（见图 4–3–3）。当门打开时，这只狗嘴和胸部沾满了蛇血，自豪地向前蹦跳，期待着主人的赞扬。但主人看到这个场景后，立刻认为狗杀了孩子，并将其当场打死。而他在进一步走进房间，看到孩子平静地睡着，而蛇的残尸就在摇篮下面时，才意识到发生了什么。贤者以警语作为故事的结尾："不要杀死你的儿子，因为女人施行的诡计没完没了。"这个故事在爱尔兰版本中，蛇被替换成了狼，发生地则设置在威尔士。威尔士亲王卢埃林在襁褓中的孩子受到一只恶狼的威胁，而他最喜爱的猎犬盖莱尔特（Grave of Gellert）则被主人杀死。盖莱尔特是一个巨大的堆石标，那正是卢埃林在城堡墙外的雪顿山前埋葬其忠犬的地方。

图 4–3–3　狗杀死攻击摇篮里婴儿的蛇。出自《罗马七贤书》（*Le setti save di Roma*，意大利，14 世纪早期）大英图书馆馆藏手抄本 27429，第 4 页背面

坦塔米亚
（妻子的考验）

第三位贤者讲述了一位美丽的金发少妇的故事，她因年迈且富有的丈夫对她不感兴趣而倍感焦虑。她向母亲请教，母亲建议她在另寻满足前（她已经把目光放在了当地的一位牧师身上），应该先考验三次她丈夫的耐心和爱意。她首先砍倒他最喜爱的树（见图 4–3–4）。然后当他心爱的小狗躺在她的新松鼠毛皮披肩上惹她生气时，刺了它一刀。第三次，她则在丈夫与所有随从一起参加圣诞宴会时，扯下了桌子上的布，让所有菜肴都掉在地上，以此羞辱丈夫。宽容的丈夫觉得自己受够了，他认为妻子这种不理性的行为里有坏血的原因。尽管妻子变得歇斯底里，但他仍然请来了一位外科医生给妻子来了一次大放血（见图 4–3–5）。这平息了她的欲望，并让她成为一个更有礼貌且温顺的妻子。

图 4–3–4　园丁看着年轻妻子砍倒她丈夫最喜爱的树。出自《罗马七贤书》大英图书馆馆藏手抄本 27429，第 13 页背面

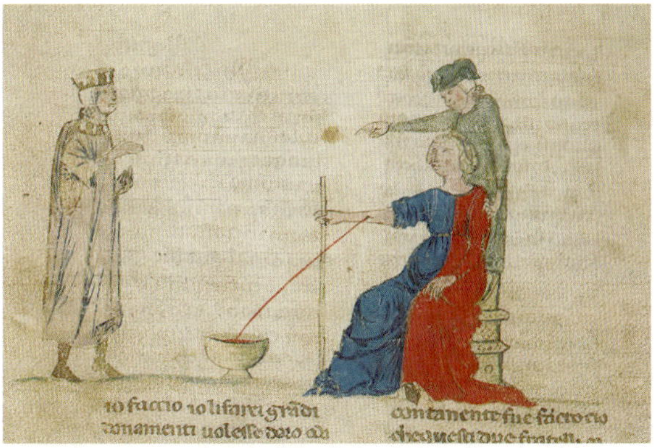

图 4–3–5　丈夫看着放血的场景。出自《罗马七贤书》大英图书馆馆藏手抄本 27429，第 15 页背面

尽管整套故事情节以及一些由贤者讲述的故事试图抹黑女性，但是它

们仍然呈现了多种多样的主题，且结合了教育性和娱乐性，生动地描绘了中世纪社会的图景。在一份从法语翻译而来的意大利合集残篇中，包括《卡尼斯》和《坦塔米亚》在内的一些故事被配以插图。虽然大多数图画保存状况良好（见图 4–3–4 和图 4–3–5），但其他一些图画（如图 4–3–3）则显示出磨损的迹象。也许狗和蛇的故事是最受欢迎的故事之一，因此这幅画相比于手抄本中其他一些图要被更多人研读和翻阅。

通过七贤讲述故事的文化传统在中世纪广为人知，如今《七贤书》现存约四十个版本，并拥有欧洲几乎所有语言的译本。它如此广受欢迎，很大程度上归功于它的灵活性，不同的文化可以在框架内加入自己的故事，并调整人物和情境以适应不同背景的语境，这意味着民间故事可以跨越语言和文化边界传播。其中一本名为《罗马七贤书》的法语译本的创作时间可追溯到公元 1150 年左右，而且这本书还有一些中古英语、威尔士语以及中古苏格兰语版本。这些故事集的复杂历史背景，特别是其阐述故事集是如何从东方传播到西方的，都是如今学界经常引起争议的话题。同样，在古波斯和印度也有诸如此类的故事架构，比如《辛迪巴德之书》（*Book of Sindibad*），它与欧洲的故事文化传统有许多相似之处。后来它被人由阿拉伯语翻译成西班牙语，并取名为《女子行骗之书》。

国王和七位贤者故事的母体实际上非常古老，它早在公元前 5 世纪波斯国王亚达薛西时期就存在了，而在当地传说中的依斯干达或亚历山大大帝的宫廷里就有七位世界上最伟大的哲学家。波斯诗人尼扎米（Nizami）的一份手稿显示，亚历山大大帝曾与七位贤者商议对策，他们身穿东方长袍，坐在饰有华丽图案瓷砖的院子的地毯上。

► 图 4–3–6　亚历山大大帝与诸贤者。出自《尼扎米的五部诗》（*Khamsah of Nizami*，波斯赫拉特，1494—1495 年）东方手抄本 6810，第 214 页

بسی شب بمستی شد و بیخودی
یک امروز بینم در ماه و مهر
گذاریم یکروز در بخردی
گشاییم سر بستهای سپهر
بدانیم کین خرگه دکا و دشت
چگونه درآمد بخاک درشت

en vne forest mlt estrange + lois
de constantinoble .

Ensi comme li empereres trouua le
lyon quant il ala par ter alemaine.

Or dist li contes que
uerites si si com lestoi
re le conte + tesmoig
ne que quant li em
pereres ot la terre aquitée si cō
me deuant est dit . vne nuit ẽ
son dormant li vint vne auisi
on + vne vois qui li dist . Lieue
toi + vaten + si naten mie de la
nuit ...

4. 罗马、耶路撒冷和君士坦丁堡的家族传奇

此书完结，它包含了有关罗马侯爵、劳林、卡西奥多罗斯和佩利阿门努斯，以及有关罗马和君士坦丁堡几位皇帝的事迹，正如前面的故事所叙述的那样。

《七贤书续》（*Continuations des Sept Sages*），

梅拉迪斯·T·麦克莫恩（Meradith T. McMunn）编校

如今颇受欢迎的电影和小说作品通常会衍生出众多续集，利用已成功的商业模式，凭着提供受人喜爱的角色的更多故事来赚取票房。同样，过去有一组佚名作者创作的法语骑士罗曼史《七贤书续》被视作第四章第三节中戴克里先故事的续集，尽管两者间的联系并不明显。续集讲述了君士坦丁堡的皇帝及其继承了罗马和耶路撒冷的王国的诸多后代，他们各自经历了一系列错综复杂，甚至在骑士罗曼史的标准下也不太可信的故事。

这些故事的名称取自主要角色的名字，包括《卡西奥多罗斯》（*Cassidorus*）、《佩利阿门努斯》（*Peliarmenus*）和《卡诺尔》（*Kanor*）。

◀ 图 4–4–1　卡西奥多罗斯皇帝与一头狮子和一位隐士成为朋友。出自《七贤书续》（巴黎，14 世纪中期）哈利手抄本 4903，第 93 页正面

图 4-4-2　皇帝卡西奥多罗斯的孩子们被佩利阿门努斯下令扔进了河里，但他们被一个渔民救起。出自《七贤书续》哈利手抄本 4903，第 16 页正面

尽管这里将尝试总结书中通过图画呈现出的最为奇幻的情节，但这里建议读者们不要太纠结情节和角色的真实性。

故事的中心人物是君士坦丁堡的皇帝卡西奥多罗斯，他的冒险经历占据了故事集第一部分的绝大部分内容。他在耶路撒冷受封为骑士，但被蛇蝎美女赛利多因（Celydoine）蛊惑，独自一人对抗十名骑士，并与一头狮子和一位隐士成了朋友（见图 4-4-1）。

接下来的故事则讲述卡西奥多罗斯的后代，从他的长子赫尔卡努斯（Helcanus）——西班牙国王朝廷中一位颇具道德感的骑士开始，而他的公主涅拉（Nera）则活得相当张扬，且疯狂地爱上了这位骑士。赫尔卡努斯那奸诈的同父异母的弟弟佩利阿门努斯（卡西奥多罗斯第二任妻子的儿子）则向涅拉的家人撒谎，说赫尔卡努斯让她怀孕了，结果赫尔卡努斯被投入监狱。但是公主威胁着他们，如果骑士受到伤害，她就要自杀。因此他躲过了刑罚，并在之后娶了公主，尽管他有点勉强，因为他想在安定下来之前先放荡一番。此后，他们有了一个儿子，名为涅罗尔（Neror）。

邪恶的次子佩利阿门努斯密谋消灭所有的兄弟姐妹，让自己继承王位。他前往不列颠寻找他的父亲，因为卡西奥多罗斯则前往那里会见亚瑟王和那些传说中的骑士们（作者毫不怀疑地认为提到卡梅洛特将提高作品的受欢迎程度和真实性）。当他们在外面时，佩利阿门努斯将他年幼的兄弟们都扔进了河里，幸运的是，他们被一个渔夫救了起来（见图 4-4-2）。从不列颠回到君士坦丁堡后，他又试图夺取父亲的王位，但在一场战斗中被击败，此后再也没有人听说过他的消息。

随后，卡西奥多罗斯突然神秘地去世了（他年轻的妻子是一个重要的嫌疑人），留下了他的最后一批后代——新生的四胞胎男孩！幸运的是，皇帝的那只狮子朋友在所有人都在参加皇帝的葬礼时将他们带到一个洞穴中，交给了一个名叫迪厄东内（Dieudonné）的二百岁的隐士抚养。这只乐于助人的狮子随后返回，通过吞噬尽可能多的凶手来为卡西奥多罗斯报仇。

这四个儿子中的长子是卡诺尔，在隐修处度过了七年。他们的少年冒险在此处被详细地描述了出来，这是文献所提供给读者的关于中世纪童年游戏的罕见一瞥。例如，他们在森林里遇到一群匈牙利骑士后，变得着迷于骑士精神，并扮演起了骑士的角色，用棍子假扮成马。当他们成为青少年时，他们不停地纠缠隐士，直到他允许他们前往匈牙利宫廷接受骑士教育。

几年过去，四兄弟被匈牙利国王封为骑士后，骑马出发去探寻他们的身世之谜，却被他们父亲的敌人抓住并关在一座塔里。因为匈牙利国王一直关注他们的动向，所以在国王的帮助下，他们成功逃脱（见图

4-4-3）。在经历了一系列的冒险、比武和战斗后，卡诺尔成了罗马皇帝，并任命他的三个兄弟担任高级官员。

这些还不是故事的全部。书中还有一些支线情节，其中之一涉及卡西奥多罗斯的私生子塞利杜斯（Celydus），他后来成了耶路撒冷的国王，并娶了安条克的萨拉森王子的妹妹艾莉丽（Alerie）为妻。另一个情节更加不可思议：涅罗尔——涅拉和赫尔卡努斯的儿子，在出生后与一名修士的私生子被调换（见图 4-4-4），私生子的母亲玛丽带走了他，玛丽认为他是自己的孩子，并在卡塞尔遇到了沉船事故，随后女王将其与自己已经死去的儿子利班诺（Libanor）掉包了。但涅罗尔被真正的母亲涅拉找到了，涅拉一直化装成他的保姆待在他身边，直到他的

图 4-4-3　匈牙利国王解救卡诺尔和他的兄弟。出自《七贤书续》哈利手抄本 4903，第 204 页背面

真实身份被揭晓。后来涅罗尔（或利班诺）与卡诺（大概算他的半个叔叔，但是很难确定）一起参与了十字军东征，以拯救耶路撒冷免于萨拉森人的侵袭。最后他成功地统一了人间的四个王国，并被封为君士坦丁堡的皇帝，成为卡西奥多罗斯后代中最著名的人物。

本章中的插图来自《七贤书续》在巴黎的一本手抄本（见图 4–4–1 至图 4–4–4），由一位可以确定身份的女性所创作。在新圣母院路的塞纳河岛上的书籍制作区域中心，有一个由蒙巴斯通夫妇（Montbaston）——珍妮和理查德经营的画室，他们在 14 世纪 30 年代和 40 年代专门制作流行的多图法语手抄本。他们独具特色的艺术作品虽然表现力强，但有些粗糙，这表明这些书籍的制作速度很快，并不是为收藏家而制作的，它们的受众是那些对故事感兴趣的人。在丈夫去世后，珍妮接手了所有的生意，并成为已知仅有的被授予“立誓的书籍启明者（illuminatrix libri jurata）”头衔的两名女性之一。夫妇共同创作了这本《七贤书续》的手抄本，虽然插图的工作一开始由理查德负责，但其中大部分被确认是他的妻子珍妮的作品。

由蒙巴斯通夫妇制作的这本书现在分为两卷：第一卷在法国巴黎的国家图书馆（法国国图 17000）中，第二卷在大英图书馆（哈利手抄本 4903）中，但不知道它们是何时被分开的。这本书第一位被确定身份的所有者是 15 世纪后期法国国王在普罗旺斯的驻地代表，普瓦捷家族的艾马（Aymar de Poitiers），以及他的妻子玛丽——她是后来成为国王的路易十一的私生女。他们的家族纹章被添加在如今第一卷的开篇页上，当时他们可能拥有整部作品。到了 17 世纪，两卷已经分离，因为只有第二卷有着布里恩伯爵康提（Comte de Brienne，1698 年去世）——路易十四时期的法国外交部长的家族纹章图案的书封。后来它作为牛津伯爵罗伯特·哈雷的收藏品之一，被送到了大英图书馆。与此同时，其第一卷则在 18 世纪归圣日耳曼德佩修道院（Abbey of Saint-Germain-des-Prés）所有，后来在法国大革命期间被送到了

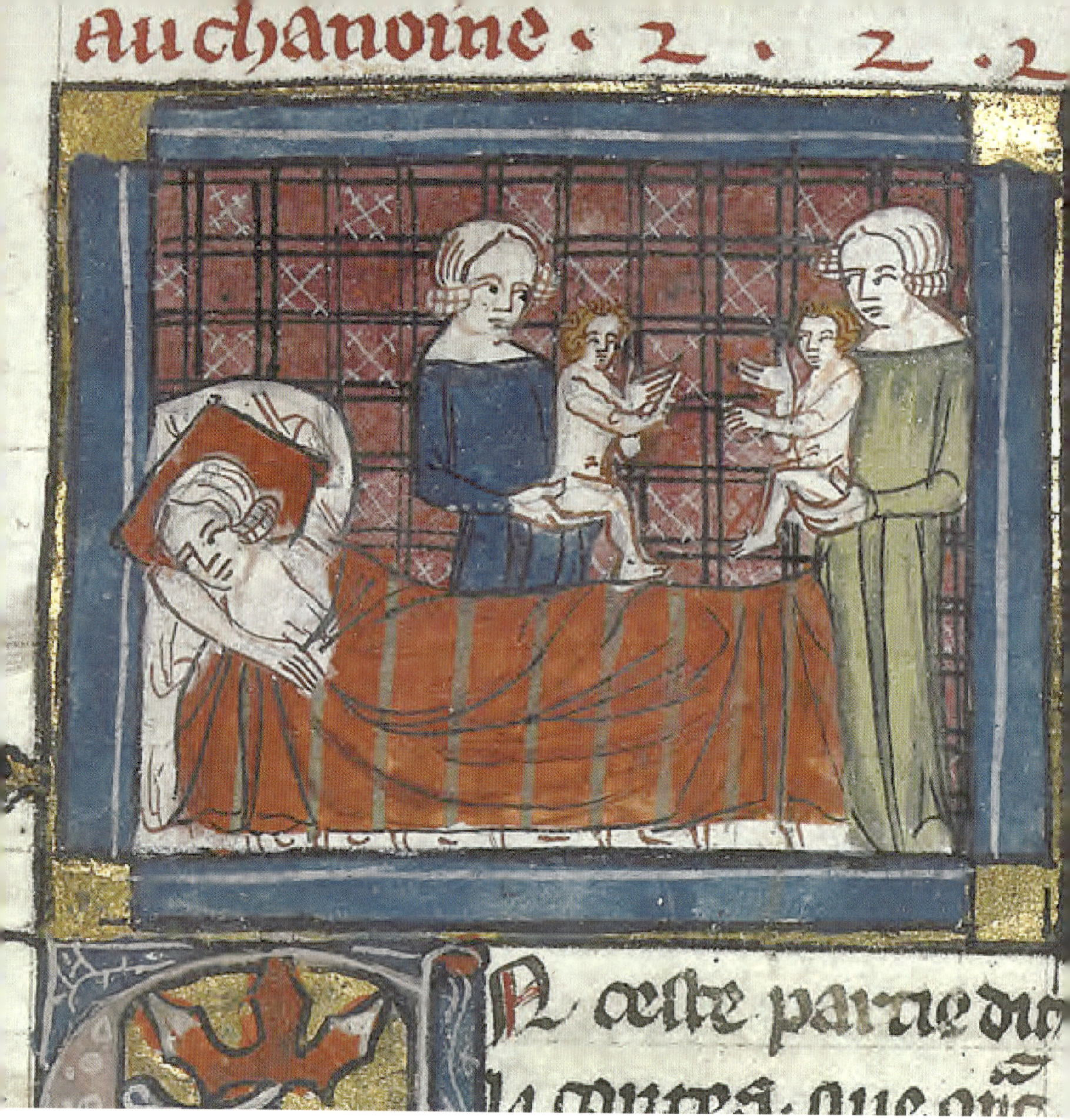

图 4–4–4　赫尔卡努斯和涅拉的儿子涅罗尔在出生时被调换成修士的孩子。出自《七贤书续》哈利手抄本 4903，第 171 页正面

法国国家图书馆。

对于现代读者来说，这本书的主副线情节可能会显得有些重复和乏味，然而其角色类型和叙事手法与现代作品相似。许多人物故事中常见的跨越文化的元素在其中都有呈现：婴儿在出生后被调换、同父异母的

恶毒兄弟、被动物拯救的孩子、洞穴中的隐士、私情与谋杀。这些元素似乎很能在中世纪的观众中引起共鸣，放到现在也是如此。

Jadis pour le tẽps
que le preu hercu
les et thezeus re
gnerent en grece
et estoit juge du pueple disrael
vn homme Jahir qui fut le ixe
apres Josue. Alors fut regnant
en sirie vng moult puissant roy
nomme diodicias lequel tenoit
soubz sa seignourie la plus part de
perse de mede et de mesopotame
et ny auoit en son tamps roy es
parties orientales dont il ne fust
cremeu ꝛ doubte plus que nul
autre. et tant que par force et
par la grant cheuallerie qui es
toit en lui il auoit conquis plu
seurs royaumes si que jusques
en ermenie la basse ꝛ la haulte
ses commandemens estoiet obeis.
Or aduint que vng jour
ledit roy lui estant en sa cite da
thiocte il fut moult appresse ꝛ
requis par ses barons de soy ma

5. 不列颠的凶残创始者：阿尔比娜、大巨人和布鲁图斯

她们在这个被她们命名为“阿尔比恩”的岛上生活了很长时间，在那里，她们发现了泉水、河流、森林和最令人赏心悦目的草地。

让·德·瓦夫兰（Jean de Wavrin）《英格兰古今编年史》（*Anciennes et nouvelles chroniques d'Angleterre*），H.L.D. 沃德（H.L.D. Ward）编校

不列颠群岛土著的起源可以追溯到古希腊时期的英雄忒修斯和赫拉克勒斯，当时以色列由基列的雅伊尔（Jair of Gilead）统治。在叙利亚，有一位强大的国王名叫迪奥迪克斯（Diodicias），征服了从波斯到亚美尼亚的所有土地。他的叔叔阿尔巴纳（Albana）是昔兰尼（Cyrene）的国王，有一个女儿，是最美丽、最聪明、最高贵的女人，迪奥迪克斯选择了她做自己的妻子。他们生了九个女儿，最年长的名叫阿尔比娜（Albina），她非常美丽，但被宠坏了，眼神很恶毒。随着时间的推移，迪奥迪克斯又娶了三个妻子，共生了三十三个女儿，所有的女儿都很高大且异常漂亮，但也很骄傲，而且有些固执。当她们都到了婚嫁的

◀ 图 4–5–1　迪奥迪克斯的女儿结婚。出自让·德·瓦夫兰《英格兰古今编年史》（布鲁日，约 1480 年）皇家手抄本 15 E IV，第 16 页正面

年龄时，他在塔尔苏斯（Tarsus）举行了一次盛大的宴会，只邀请了王子和国王参加。他为女儿们选择了丈夫，让这些年轻女子没有自由选择的权利。所有人都在盛大的婚礼中结婚（见图 4-5-1），然后分别去世界各地统治自己的王国。但阿尔比娜对自己的处境并不满意，因为新宫殿不合她的品味，她也根本不爱她的丈夫。此外，她不快地发现自己必须服从他，不能一切事情都按照自己的意愿行事。因此，她秘密地写信给所有姐妹，而她们也不想受任何男人的统治，由此开始为难她们的丈夫。起初，丈夫们亲切地劝告她们，但当这没有任何效果时，男人们便向迪奥迪克斯抱怨他这些难缠的女儿们。于是，迪奥迪克斯把他们都召集到泰尔的宫殿里进行了为期三天的宴会，在这期间，他一一召见女儿们，指责她们的不良行为，并认为她们是高贵父母的反面例子。但阿尔比娜没有感到懊悔，她在自己的房间里召集姐妹们，揭示了她的秘密复仇计划。妻子们不过是在为自己的权力而斗争，丈夫们怎么敢抱怨？是时候采取行动了，要效仿凶猛的彭忒西勒亚和亚马孙女性的先例，她们

图 4-5-2　阿尔比娜割开她丈夫的喉咙。出自让·德·瓦夫兰《英格兰古今编年史》（布鲁日，约 1480 年）皇家手抄本 15 E IV，第 20 页背面

曾经对抗最傲慢的希腊英雄，并征服了整个男性部落（见第一章第四节）。她指示姐妹们要在接下来的一段时间里对丈夫极为友好，以使他们放松警惕，然后参加她在大马士革外的宫殿举办的盛大聚会，届时她们每人都要带一把匕首。

几乎一切都按计划进行：当夫妻们纷纷抵达时，一顿丰盛的晚餐以及大量美酒已经准备好了；酒足饭饱之后，每个人都回到了自己的房间。遣离了仆人后，迪奥迪克斯的女儿们就等待着丈夫们昏迷，随即割

图 4-5-3 三幅画组成的图像，概括了不列颠神话般的起源：（右下角）阿尔比娜和她的姐妹们踏上岛屿的海岸；（左上角）戈格玛戈（Gogmagog）和另一个巨人手持大棍子从森林中走来；（右上角）布鲁图斯和一群士兵乘船抵达。出自《布鲁特散文编年史》（*Prose Brut Chronicles*，尼德兰与法兰西边境，约 1470 年）皇家手抄本 19 C IX，第 8 页正面

开他们的喉咙（见图 4–5–2）。然而最年轻的女儿非常喜欢她的丈夫，因而没有下手杀害他，并坦白了一切。大马士革的市民们被惊扰了，纷纷赶到宫殿，但只见到一片血腥的场景。迪奥迪克斯被招来调停，当他的女儿们没有表现出懊悔时，他立马决定给予她们处罚——流放。她们被扔在一艘没有舵的船上，身边只有少量的食品，在大海上随波逐流。当看着父亲泪流满面的脸消失在视野中时，她们还不知道后面会发生什么。然而，她们很快就漂到了一片绿草如茵、淡水丰富且鱼类众多的美丽土地的海岸边。阿尔比娜是第一个登岸的人，因此她宣称这座无人居住的岛屿为自己所有，并毫不意外地以她自己的名字将其命名为“阿尔比恩”。公主们很快就学会了狩猎，她们一旦有了肉吃，便开始产生欲望。由于没有男人，她们与“梦淫魔（Incubi）”或者邪恶的精灵同房，这些精怪可以变成人形并在梦中与她们相见。于是，阿尔比娜和她的姐妹们生下了“大巨人（Grantz Geanz）”，他们统治这片土地多年，但因为非常好斗和暴力，开始互相残杀，直到只剩下二十四个人，因而无法抵御后续的入侵者（见图 4–5–3）。

根据文字编年史记载，在阿尔比娜和她的姐妹们登岛后又过了二百七十年，特洛伊的布鲁图斯率领一支装备精良的士兵从法国南部航行而来，在德文郡的托特尼斯登陆。他们轻松地杀死了几乎所有的巨人，只剩下最强壮的戈格玛戈。在向特洛伊人讲述他祖先的神话故事后，他被勇士康林纽斯（Corineus）从悬崖上扔进了大海。布鲁图斯是埃涅阿斯（罗马的创始人，见第七章第二节）的曾孙，在实现了杀死父母的预言后被流放。他漂泊海上，最终找到了女神狄安娜向他承诺的美丽土地，并用自己的名字命名这个王国且担任国王，由此实现了预言的第二部分。他在此建立了一个令人骄傲的文明，并统治了二十四年。

▶ 图 4–5–4　布鲁图斯征服阿尔比恩的三幕图景：（左上）布鲁图斯乘船抵达；（右上）特洛伊人与巨人战斗；（底部）布鲁图斯监督伦敦的建造。出自《不列颠诸王史》等历史文本（英格兰北部，15 世纪）哈利手抄本 1808，第 30 页背面

Historia Brittonum

De Samuele

De Saule

[illegible]

图 4-5-5　宗谱卷轴的局部显示了从布鲁图斯开始的不列颠国王血脉传承（细节显示如上）。出自《世界编年史》（英格兰，1225—1250 年）科顿卷轴 XIV 12

在此期间，他还在泰晤士河畔建造了一座名为新特洛伊的宏伟城市（后来以卢德国王的名字将其命名为伦敦）。这一系列事件被描绘在一幅精彩纷呈的画面中，其背景是翠绿的英格兰乡村，还有风车以及泰晤士河流过伦敦城墙的场景。即使是劈石头建造新城的工人也满脸笑容（见图 4-5-4）。

在中世纪，能够追溯到如布鲁图斯和埃涅阿斯这样的关键性历史人物，对于皇室来说非常重要。从家谱编年史卷轴来看，特洛伊的布鲁图很显然被认为是一个历史人物、不列颠皇室的始祖。这些卷轴绘制的是英国国王和王室继承人的继承图表，而贵族们的图像往往会在圆形图案中出现，并附有评论。其中一些从布鲁图斯的时代开始，而其他一些甚至回溯到亚当时代，又或者从较近代的盎格鲁 - 撒克逊王国时期开始。图 4-5-5 中显示了作为不列颠国王系列中的第一位的布鲁图斯，他下面画着的则是伦敦城。由于这是一本世界编年史，它同样囊括了先知以及其他皇帝的血脉传承。布鲁图斯下面的圆形图案中显示了鲜为人知的《旧约》人物，而他的下一代则是他的长子洛克里斯（Locrinus，图中未标出），也正是洛克里斯继承了布鲁图斯的王位。

一卷图片更多且以英格兰历史为焦点的编年史（见图 4-5-6）则没

Edward son fiz.
Margarete sa fille.
Beatris sa fille.
Edward.
Henry.
Joan.
Amphons.
Edward roy.
De Margarete sa femme.
Edward.

有提及布鲁图斯，因为它基于更确切的历史基础，从盎格鲁－撒克逊人开始。在最后一部分中（此处呈现了其中的部分内容），亨利三世被画在威斯敏斯特大教堂旁边，这座教堂在他的统治期间得以重建，而著名的战士爱德华一世则在图中握着一把剑。有人在他下面添加了爱德华的孩子的线描图，而在此处显示的部分图像下面，宗谱已经延伸到爱德华三世的统治时期。编年史卷轴是展现不列颠历史颇为有效的方式，在玫瑰战争期间，它们常被用来强调与著名人物如布鲁图斯的血统传承关系，由此加强王朝统治的合法性。

上文中有关阿尔比娜和布鲁图斯的故事，大部分基于让·德·瓦夫兰的编年史，他在百年战争中站在英国这边。他的文本来源于 15 世纪晚期的早期历史文献（见图 4-5-1 和图 4-5-2），其中包括蒙茅斯的乔弗里于 12 世纪中期写的拉丁文语版的不列颠历史《不列颠诸王史》，该作品中也提及了像布鲁图斯和亚瑟王这样出现在传奇中的国王（有关《不列颠诸王史》的更多信息，见第一章第五节）。大约在同一时间，一部以乔弗里的记录为基础的散文编年史现世，它便是所谓的《不列颠罗曼史》，其使用的是盎格鲁-诺曼法语（英格兰征服后至 14 世纪的统治阶级方言）。布鲁图斯故事的前传，有人创作了一部被名为《关于巨人的故事》（*Des Grantz Geanz*）的作品，这个故事后来被添加到《不列颠罗曼史》中，进而解释了“阿尔比恩”这个名称的由来。这些文本一起被改编成散文，并分别被翻译成拉丁语和中古英语（在广义上，它们分别是教会和心怀大志的商人阶层使用的语言），成为中世纪和近代早期较受欢迎的英国历史版本之一。不过，不同的编年史学家对故事的细节进行了修改：在一个版本中，阿尔比娜成了希腊一个未知国王的女儿；在中古英语版本中，叙利亚国王迪奥迪克斯成了“来自萨里的国王迪奥迪克斯”。

◀ 图 4-5-6　从亨利三世到爱德华一世的王位传承。出自一份英国皇室宗谱卷轴（英格兰，约 1300 年）皇家手抄本 14 B VI

编年史回答了有关英国文明起源的问题，并创造了一个社会公认的神话根基，为此，作者们也不得不充分利用那些早期的故事。例如，在奥维德的《女杰书简》中，许珀尔涅斯特拉（Hypermnestra）和她的姐妹杀了她们的丈夫，即埃及国王埃古普托斯（Aegyptus）的五十个儿子，在某些版本中她甚至建立起了一个王朝。巨人可能基于《圣经·创世记》第六章中的描述，其中“神的儿子”（有时被解释为路西法和堕天使）在大洪水到来前与“人类的女儿”交媾，并生下巨人拿非利人（Nephilites）。虽然对于现代读者来说，这些“历史”的早期部分显然是虚构的（只有从盎格鲁-撒克逊时期开始，它们才被认为可能有一定事实依据），但中世纪读者可能对它们有不同看法。

Come alixandre trouua gens sans teste qui auoient couleur dor. Et les yeulx au pis.

Apres se partirent de la et passerent vng flun et entrerent en vne ysle ou gens trouuerent qui nauoient nulle testes mais auoient la face en la poitrine et auoient .vj. piedz de long et estoient de couleur dor et auoient les barbes grandes iusques aux genoulz. Le roy alixandre print .xxx. de ses hommes et les mena auec luy pour monstrer leur merueilleuse semblance au monde.

Come alixandre se combat aux bestes qui ont corps de cheual. Et piez de lyons.

Moult commencerent fort a aler par my la forest. Si trouuerent bestes qui auoient .xxx. piedz de hault et .vij. de gros. Si estoient de tout semblables a cheuaulx fors quilz auoient piedz de lyon. ces bestes firent moult grant dommaige a alixandre. Car elles estoient plus fortes que oliphans. Mais en la fin furent elles desconfites. Come alixandre plore pour la pitie de son bon cheual bucifal. qui estoit malade a la mort.

Dont se partirent de la et allerent en vng champ ou ilz se logerent. et ylz seiournerent vne piece pour ce que le cheual alixandre estoit mallade de la quelle malladie y mourut dont alixandre y eust grant dommaige. Car quant il estoit en bataille alixandre entendoit bien par les signes que son cheual lui faisoit sil deuoit auoir victoire ou non. ne iamais le cheual neust souffert monter sur lui que alixandre. pour la quelle chose alixan le fist enterrer moult honnourablement. et ploura alixandre moult tendrement. et disoit helas moy chaitif. or voy ie bien que ma fin approuche. Car la mort de mon cheual segnefie la moye. Et pleust a dieu que ie mourusse huy auecques lui. En telle maniere se complaingnoit alixandre pour son cheual pour ce quil sauoit bien quil ne pourroit ou monde trouuer son pareil. Dont il aduint que alixandre de dueil quil eust de son cheual. quil ne mengea de trois iours. apres le dueil fist alixandre vng beau monument dessus la fosse bucifal. Et fist faire vne

Come alixandre fist faire vne cite sur la sepulture de son cheual bucifal et come on lui prsta .v^m. oliphans

Quant le roy alixandre eust parfaicte la cite bucifal. Si sen parti et sen alla a vng flun qui est appelle sol. illec se logerent. Et puis vindrent les gens du pais qui presenterent au roy alixandre .v^m. oliphans. et cent chars a tout leur charge

Come alixandre trouua oyseaulx de grandeur de coulons qui sappellent kalandes.

De la sen ala au palais qui fu au roy cirus si trouua alixandre en celluy palais moult de merueilleuses choses. entre les autres choses trouua oyseaulx de grandeur de coulons. qui sappellent kalandes qui prophetisoient de lomme mallade sil deuoit viure ou mourir. Car sil auenoit quil regardast le mallade ou visaige il deuoit viure. Et sil se tournoit dautre part il deuoit mourir. Ces oyseaulx ce dient aucuns phillosophes ont receu ceste vertu de nostre seigneur. que au regarder quilz font reçoiuent en eulx lenfermete du mallade Et le portent en hault au feu qui est en lair au quart element qui toutes malladies consomme.

Comment len presente au roy alixandre les oliphans et come il trouua bestes qui auoient .viij. piez .viij. yeulx .ij. cornes

De la se partist le roy alixandre et fist tant par ses iournees quil vint en la terre de

第五章

征途和旅程

亚历山大前往奇异的土地，
遇见奇怪的人和神话生物。
出自《塔尔伯特 - 什鲁斯伯里之书》
《散文版亚历山大罗曼史》（*Roman d'Alexandre en prose*）
皇家手抄本 15 E VI，第 21 页背面

Pour et afin de
parfaire et a
complir ceste
oeuvre que
longuement
ay ja commencee
me convient
en ce livre v.e
des macedonois faire mention. De
la lignie de quoy eulx issirent.
et comme leur terre fut premier peu
plee de ceulx qui de troye eschap
perent. et comme elle fu de nouvel
habitee. Si vouldray apres ra
menteuoir les haulx faiz des gre
cois qui de leur geste yssirent.
Comme de phelippe roy de macedoe
et de son filz le grant roy alixan
dre. et en la fin du roy anthiocus
comme il regna merveilleusement.
De mathatias et de ses enfans.
Pour ce que jay parle du roy a
lixandre. Ce fu celui des princes
terriens. qui plus fut alaittie
des biens de fortune. et a qui plus
sa gloire elle departi. Mais mal
se fait fier trop en ses biens mon
dains. Car en brief temps print
elle de lui vengence. Comme tout
ainsi que en douze ans. le avoit
elle en si hault degre mis. que
sur tout le siecle avoit seignourie
En ung seul moment le fist elle
definer et toute sa puissance ane
ant descendre. Comme en ce monde
nest il chose aucune. a qui ne con

1. 亚历山大大帝：世界之王

此时迎接他吧，辉煌的马其顿。将他的敌人交给他：亚历山大是世界之王。

《希腊亚历山大罗曼史》（*Greek Alexander Romance*），
理查德·斯通曼（Richard Stoneman）译

亚历山大大帝，公元前 4 世纪的帝国缔造者，野心无限且精力充沛，二十岁时继承马其顿王位，并用十二年征服了大部分当时他们已知的世界之后，因一场热病在巴比伦逝世。他的卓越成就使他成为极为著名的人物，正如乔叟的《坎特伯雷故事集》中的修道士所说，“每一个人……或多或少都听闻过他的命运”。他的英年早逝被中世纪的人们视为一种警醒，即再强大的人也有倒下的一天，所有人都要服从命运女神的意愿（见图 5–1–1）。

在亚历山大出生时，他的父亲马其顿国王菲利普二世（King Philip

◀ 图 5–1–1　亚历山大大帝在命运女神的轮盘上，他先被转到顶端加冕，然后跌落到地面，其权杖和珠宝被扔在一旁（左）；他的叔叔马其顿国王亚历山大二世在他祖母欧律狄刻（Euridice）的王座前被谋杀（右）。出自《布克夏迪埃编年史》（鲁昂，15 世纪）哈利手抄本 4376，第 271 页

II）已经征服了希腊的大部分领土；他的母亲奥林匹娅斯（Olympias）是菲利普的众多妻子之一。一些资料称，埃及法老兼占星师内克塔内布二世（Nectanebus II）曾前往马其顿，并伪装成埃及神祇阿蒙（Amun）和奥林匹娅斯发生关系，而菲利普二世当时正在外出征战（见图 5-1-2）。他们所生的儿子就是亚历山大，这只是他传奇人生中诸多神奇事件中的第一件。

图 5-1-2　内克塔内布二世伪装成阿蒙（中世纪艺术家将其描绘成龙的形象）勾引奥林匹娅斯。出自《散文版亚历山大罗曼史》（巴黎，约 1340 年）皇家手抄本 19 D I，第 4 页背面

▶ 图 5-1-3　亚历山大收到一本书，背景中出现亚里士多德。使者的腰带上印有爱德华的皇家纹章，页面上还包括他叔叔们的纹章，他们与他的母亲、法兰西的伊莎贝拉一起密谋推翻爱德华二世（伦敦，1326—1327 年）。出自 1326 年为国王——当时还是年轻王子的爱德华三世制作的《秘书》（*Secretum Secretorum*）大英图书馆馆藏手抄本 47680，第 10 页背面

si fratris fiduciam gero. quod cum dei adiutorio
erunt omnes subiecti ad tuum beneplacitum
et preceptum. et per amorem quem habebunt
in te dominaberis in eis pacifice cum triumpho.
Alexander igitur accepta sua epistola adimple
uit suum consilium diligenter. Et erant p
ses magis obedientes suo imperio: quam om
nes alie nationes. **Epistola philosophi aristotilis ad alexandrum regem magnificum.**

O Alexander
fili glorio
sissime: iustissi
me imperator: Co
firmet te deus
in uia cognoscen
di. In semita ue
ritatis et uirtutis. Et reprimat appetitus bes
tiales: et corroboret tuum regnum: Et illumi
net tuum ingenium. ad suum seruicium et
honorem. Quam siquidem epistolam rece
pi honorifice. sicut decet. Et plene intellexi qn
tum habes desiderium de mea persona ut tecu
essem. Et miraris qualiter possum abstinere de
te. Arguis me de tuis operibus parum curare.

图 5-1-4　亚历山大攻击一座城市——波斯波利斯。出自《塔尔伯特·什鲁斯伯里之书》《散文版亚历山大罗曼史》（鲁昂，约 1445 年）皇家手抄本 15 E VI，第 13 页正面

亚历山大的导师是伟大的哲学家亚里士多德，他的课堂在米耶扎的宁芙庙（the Temple of Nymphs），他和他的同伴们在那里学习哲学和逻辑、医学、艺术、宗教和道德。这位“博学之人”在激起了年轻的王子心中对《荷马史诗》的热爱，他后来随身带着亚里士多德注释的《伊利亚特》征战四方。一本关于帝王术的中世纪著作《秘书》，虽然起源于叙利亚，但被认为是亚里士多德写给亚历山大的一系列信件合集，其中包含有关健康、伦理道德以及占星术的建议（见图 5-1-3）。它在中世纪成为一本颇受欢迎的作品，并为中世纪的王子和导师之间的关系提供了范本。著名的英国学者罗吉尔·培根（Roger Bacon）经常引用这部作品，并出版了一本带有他注释的作品。

在继承王位后不久，年轻的亚历山大带着三万五千人越过了赫勒斯滂海峡（the Hellespont，即今天的达达尼尔海峡）并征服了埃及，建立

图 5-1-5 罗克珊娜被带到亚历山大面前。出自法文版《亚历山大大帝史》（里尔，约 1475 年）皇家手抄本 17 F I，第 178 页背面

了宏伟的亚历山大城。然后他又在阿尔贝拉战役（the Battle of Arbela）中击败波斯皇帝大流士的庞大军队（据多方记载，有一百万之众），并占领了巴比伦。在公元 1 世纪罗马作家昆图斯·库尔提乌斯·鲁弗斯（Quintus Curtius Rufus）所写的一部相当耸人听闻的拉丁文历史作品《亚历山大大帝史》（*Historia Alexandri Magni*）中，亚历山大先被埃及人宣布为神，然后变成了一个残忍的暴君，在酗酒狂欢后，他囚禁大流

士的妻子和孩子，焚毁了波斯城市波斯波利斯（见图 5–1–4）。

在征服埃及和波斯后，亚历山大娶了大流士的一个女儿——罗克珊娜（Roxana，他的三位妻子中的第一位），图 5–1–5 来自库尔提乌斯所著《历史》的手抄本，由葡萄牙学者瓦斯科·达·卢塞纳（Vasco da Lucena）将其改编为法语。这个译本最初是献给勃艮第公爵无畏者查理的，他对古典时期的历史非常感兴趣，也许认为自己与亚历山大一样是个伟大的征服者。在 15 世纪，他确实于勃艮第及周边地区发动了许多扩张领土的战役，制造了不少浩劫。

亚历山大继续征服之旅，穿过现代的阿富汗，越过开伯尔山口（Khyber Pass）进入印度，并进入塔克西拉地区（Taxila），据说他在那里遇到了婆罗门教士。亚历山大在森林里寻找他们的领袖丹达米斯（Dandamis），希望发现真正的大智慧和永生的秘密。这位赤裸的苦行者无视亚历山大的威胁以及慷慨的礼物，揭露了亚历山大在追求世俗野心时的徒劳，敦促他说“无欲无求，那么一切便都会属于你”。

亚历山大无视这个建议，继续前进，在海德斯珀斯河（the River Hydaspes）的一场重大战役中击败了国王波罗斯（King Porus）。他计划越过印度河继续向东前进，到达被认为是环绕着陆地的海洋，但他的士兵拒绝前进，他被迫掉头回乡。据普鲁塔克（Plutarch）所言，就是在这段旅程中，他与他的军官朋友拉里萨的梅迪乌斯（Medius of Larissa）喝酒狂欢后生病，并于两周后在巴比伦的尼布甲尼撒二世宫殿中去世。

在亚历山大回头的地方，传说与历史记载〔由普鲁塔克、阿里安（Arrian）以及其他人所记述〕分道扬镳，更多的奇幻冒险被想象出来。在这些传奇中，亚历山大继续探索未知的土地，发现了从未见过的怪物和神迹，包括龙、会自动锤击的人形机器；以及会说话且能够预言他死期的太阳和月亮树。那些流行版本，例如《散文版亚历山大罗曼史》上面的奇幻片段，都是法国 / 荷兰边境的某个地区在 14 世纪初期就以擅长给罗曼史手抄本配图而闻名的艺术家们创作出来的。在图

图 5-1-6　亚历山大和他的军队与龙战斗。出自《散文版亚历山大罗曼史》（法国北部或尼德兰南部，14 世纪初期）皇家手抄本 20 A V，第 73 页正面

5-1-6 中，亚历山大身着十字军骑士装，而在图 5-1-7 中他则穿着长袍，可能是为了展示其能适应东方的习俗。

传说中的亚历山大并不满足于探索世界上最遥远的角落，他还决定探索天空和海洋的奇迹。他在魔法笼子中由狮鹫的翅膀驮着飞到天空之中，所有的鸟儿都向他致敬。更加富有想象力的是，他试图在一个玻璃桶里去探索海洋，同时还带上了一只公鸡来报时，一只猫来净化空气，还有一只能够在死后浮出水面供其逃生用的狗（见图 5-1-8）。在海底，他遇到了许多奇怪的生物，包括头部像头盔的剑鱼，它们用头前面的剑进行战斗。这启发了亚历山大关于开创中世纪比武的想法，他之后会在抵达英格兰时将它发明出来（见第三章第二节）。

无论是散文还是诗歌形式，流传于欧洲和东方的亚历山大的故事版本众多，而这些都是他作为一个真实人物以及罗曼史英雄颇受欢迎的明证。非常受欢迎的古法语作品《散文版亚历山大罗曼史》是中世纪诸多关于往昔英雄的诗歌传说之一，是基于《希腊亚历山大罗曼史》或《伪·卡利斯特尼斯》（*Pseudo-Callisthenes*）的拉丁译本创作的，不

图 5-1-7　太阳和月亮树，预言亚历山大的在位时长和死期；一只凤凰停在一棵干枯的树上。出自《散文版亚历山大罗曼史》（尼德兰南部，约 1300 年）哈利手抄本 4979，第 61 页正面

过即使后者标榜是卡利斯特尼斯（与亚历山大一同上战场的亚里士多德的侄子）所著的官方传记，它依旧混合着不准确的历史事实和虚构故事。

虽说《亚历山大罗曼史》主要讲述了他在军事方面的壮举以及奇妙遭遇，许多中世纪关于亚历山大故事的前传和插曲则聚焦在亚历山大的骑士举止上，将他描绘为骑士精神的典范。其中之一便是《孔雀誓言》（*Voeux du Paon*）—— 一个关于一群骑士和淑女把孔雀带到宴会上并就此发誓的宫廷故事。它引入了“九贤”这一主题，“九贤”中的人都是古往今来最伟大的人物，而亚历山大则是其中之一，另外还有两个更为经典的人物、三个《旧约》里的人物和三个中世纪的基督教英雄。另一个富有创意的前传《弗洛里蒙》（*Florimont*）则讲述了一个来自阿尔巴尼亚的年轻人的种种奇幻经历。在故事中，他还拯救了虚构的马其顿国王腓力一世（King Philip I），使其免遭邪恶的匈牙利国王卡姆迪奥布拉斯（Camdiobras）的攻击。作为回报，他得以迎娶腓力一世的女儿罗马达纳普勒（Romandanaple）为妻，他们的儿子便是历史上的腓力二世，也就是亚历山大的父亲。

► 图 5–1–8 亚历山大被放入一个“潜水钟”并沉到海底，而他奸诈的妻子则试图割断拉他上来的绳索。出自《亚历山大大帝生平史》（巴黎，约 1420 年）皇家手抄本 20 B XX，第 77 页背面

Lors le Roy Ali
dre leur respon
Et dist en tell
maniere. Seigneur
Lomme qui entent a venu
sa honte ou a croistre son

pou vault Car iay veu
des petis poissons qui
par engin desconfisoient
les grans qui par force
ny pouoient auenir

Comment le roy alixandre

... propos dist lescripture

Nequam est oculus inuidi et auertens faciem suam. ecclesiastici xiiii° c°

texte .xvi.

Ne doyes pas sonc ne prolice
A toy yautier de la malice
Sives qui lueil au geant
Embla tout fust il deceuant

2.《奥德赛》：漫长的归途

据达瑞斯所说，
尤利西斯在所有同伴中是最美丽的。
他身材既不太高也不太矮，
拥有极其聪明的头脑，
是一位非常雄辩的演讲家，
但在一万名骑士中，
没有一个比他更狡诈的。

《特洛伊罗曼史》，圣莫尔的伯努瓦，
利奥波德·康斯坦斯（Léopold Constans）编校

希腊英雄奥德修斯又称尤利西斯或乌利克斯（为大多数中世纪文本所用的拉丁文名），他在特洛伊战争后的十年归途中所经历的许多奇妙和冒死的经历，大多都记述在《荷马史诗》的《奥德赛》中。这些故事非常受欢迎且流传甚广，以至于“奥德赛”这个词在今天的许多欧洲语言（包括英语）中，常被用来表示“漫长而事件频发或充满冒险的旅程”（《牛津英语词典》释义）。虽然奥德修斯名字的起源尚不确定，

◀ 图 5-2-1 奥德修斯正试图弄瞎波吕斐摩斯（Polyphemus）。出自《奥西娅的信》（巴黎，约 1412 年）哈利手抄本 4431，第 105 页正面

但他以他的“美蒂斯（mētis）”而闻名，这个词意为“狡猾”或“聪明”。在故事的一些版本中，建造木马从而让希腊人入侵特洛伊的想法被归功于他的智慧，而这直接让希腊人攻陷了特洛伊并取得了胜利。在聪明才智和坚韧不拔的努力下，他独自一人幸存，回到了心爱的伊塔卡岛，而他的所有士兵都丧生在旅途中。

奥德修斯归乡的故事始于希腊人正往船上装载人质和掠夺来的财物，并准备驶回希腊。然而他们的暴行激怒了众神，一场狂暴的风暴摧毁了他们的船队，许多船只沉没，诸多生命消亡。奥德修斯幸存了下来，但他和他的 12 艘船被吹得偏离了航线，由此迷失了方向。他们来到了食莲人（the Lotus-Eaters）的领地，那里的人们友好地欢迎他们，并提供了花食。但是那些品尝了这种甜蜜花朵的人随即失去了离开的念想，不得不被拖着回船上赶快起航。

接着，他们来到了独眼巨人们（Cyclops）所在的岛屿，这是世间仅存的一群巨人。他们被高大且丑陋的巨人波吕斐摩斯所俘虏，并被关在洞穴里，巨人开始一个个地吃他们。奥德修斯对波吕斐摩斯隐瞒了自己的身份，并计划在第二天巨人出去放羊时逃跑。那天晚上，他们用酒麻痹了波吕斐摩斯，而奥德修斯则用一根尖锐的木棍刺瞎了他的眼睛（见图 5-2-1）。随后，他们将自己绑在羊的身下，等到第二天巨人把羊群赶出去放牧时乘机逃脱。当他们航行离开时，奥德修斯没能忍住嘲笑暴怒的巨人，泄露了自己的真实身份。他因此被海神波塞冬——波吕斐摩斯的父亲诅咒，被迫在海洋上漂泊了十年，并失去了所有的船只和船员。

在航行了一段时间后，船只停泊在了风神埃俄罗斯（Aeolus）的领地，他给了奥德修斯一个袋子，里面装着吹他们回家所需的所有的风。但是一些水手打开了袋子，想看看里面是否有黄金，结果所有的风一下子都吹了出来，因而掀起了一场风暴，再次将船只吹向大海。在与自然元素周旋多日后，他们最终找到了一个避风港，但这实际上是拉斯忒吕戈涅斯人（the Laestrygonians）的领地，他们都是巨人般高大的食人族。这些人随即向奥德修斯他们进攻，并摧毁了所有的船只——除了奥德修斯搭载的那一艘船，因为它还没有驶入港口。

图 5-2-2 喀耳刻将水手变成猪。出自《奥西娅的信》哈利手抄本 4431，第 140 页正面

这最后一艘幸存的船在海上孤单地航行着，船员们则哀悼着他们失去的同伴，他们最终来到了一座岛上，那实际上是邪恶女巫喀耳刻的家园。她将一半的船员都变成了猪（见图 5–2–2）。而天神赫耳墨斯则给了奥德修斯一种草药，以保护他免受喀耳刻的魔法侵袭，后来她深深地爱上了他，并将他的船员变回了人形。而奥德修斯也被喀耳刻的魅力所折服，二人在她的岛上逗留了一年。最后，喀耳刻同意使用她的魔法帮助奥德修斯找到取悦波塞冬并平安回家的方法。在喀耳刻的帮助下，希腊人航行到了冥界，奥德修斯勇敢地穿过可怕的亡灵之境，向预言家忒瑞西阿斯（Tiresias）的灵魂寻求指引。他得知，如果他和他的船员想要回家，就绝不能在锡纳克里亚岛（the island of Thrinacia）上伤害太阳神赫利俄斯的神牛。奥德修斯继而逃回到船上，再次起航。

后续的航行中，他们途经了塞壬（the Sirens）所在之地，她们唱着迷人的歌声引诱水手撞死在礁石上，然后他们需要穿过由六头女妖斯库拉（Scylla）和漩涡女妖卡律布狄斯（Charybdis）的海域，他们要非常小心翼翼地避免被卷入漩涡。经历这些磨难后，船员饥饿难耐，无视先前忒瑞西阿斯的警告，在锡纳克里亚登陆后就开始猎食神牛。赫利俄斯的报复来得很快：他随即发射了一道闪电摧毁了他们的船，因此奥德修斯只能紧抱一块浮木离开。他被冲到了魔女加里普索（Calypso）的岛屿上，在那里被迫成了她的情人，被困住且异常思念家乡。最后，奥德修斯被释放了，他才得以再次出发，但再一次遭遇了海难。在经历后续的考验后，奥德修斯终于抵达了他深爱的故乡伊塔卡的海岸，他的妻子珀涅罗珀（Penelop）和儿子忒勒玛科斯（Telemachus）一直在等待着他的归来（见图 5–2–3）。但他必须先设法摆脱一群追求者，他们在他离开期间一直在他的宫廷周围纠缠，争抢着赢得珀涅罗珀的垂青。因此，他化身为一个乞丐，并在忒勒玛科斯的帮助下杀光了这群人。他忠实的老狗阿尔戈斯（Argos）一眼就认出了他，它欣喜于在等待多年后终于见到主人，最终因过度高兴而死去。

图 5-2-3　奥德修斯回到伊塔卡，受到他的妻子珀涅罗珀和朝臣们的欢迎。出自《古代史》（那不勒斯，1325—1350 年）皇家手抄本 20 D I，第 185 页正面

在《荷马史诗》中，奥德修斯被描绘成一个技艺高超的士兵、领袖和战略家，往往是以一种较为积极正面的形象出现的。然而，在后来的特洛伊故事版本中，他却没有受到作者如此的偏爱。在维吉尔的史诗《埃涅阿斯纪》中，主人公埃涅阿斯从特洛伊逃脱继而缔造了罗马，乌利克斯（奥德修斯的拉丁文名）被描述为“诡计的发明者（Scelerumque Inuentor）”。中世纪在西方的拉丁语区，大部分人继承了这种亲特洛伊的偏见，并将奥德修斯视作导致特洛伊城悲剧性覆灭的阴谋家。

圣莫尔的伯努瓦的法语叙事诗《特洛伊罗曼史》在中世纪颇受欢迎，而它本身也成为许多译本和仿作的底本。但实际上，它主要取材于另一部拉丁文作品《特洛伊战争日记》（*Ephemeris Belli Troiani*）。它号称比《奥德赛》更可靠，因为它是一位“目击者”——来自克里特的狄克提斯（Dictys of Crete）所记录的译本。虽说它的风格看上去更加客观，大部分有关神的角色内容都被省略了，但它被证明是伪造的，其中很多内容来源于《奥德赛》。然而，狄克提斯确实增加了一个涉及梦境的片段，其中一个颇为美丽的半神形态的人出现在奥德修斯回伊塔卡的路上，警告他，他将被自己的儿子所杀（见图 5-2-4）。这位年迈的英雄因此将忒勒玛科斯囚禁并铐上链子，自己则躲了起来，并由一批武装警卫负责他的安全，这些行动导致他被他与喀耳刻所生的另一个儿子忒勒戈诺斯（Telegonus）误杀。根据伯努瓦所述，奥德修斯被以高规格的形式埋葬，并受到所有人的哀悼，但我们不禁想知道，他在一生中遭受的许多不幸是否是他的行为所带来的后果，包括无法把他的同伴从特洛伊安全地带回家。

图 5-2-4　奥德修斯的梦境。出自《特洛伊历史汇编》（布鲁日，15 世纪晚期）皇家手抄本 17 E II，第 372 页背面

在中世纪后期的特洛伊故事改编作品中，有一个散文版本的作品名为《特洛伊历史汇编》，出自拉乌尔·勒夫之手，被他献给勃艮第公爵好人菲利普，因为后者正是他当时创作的主要赞助人之一。奥德修斯的梦境图（见图 5–2–4）来自英格兰国王爱德华四世所拥有的手抄本，他是公爵的姐夫。在 15 世纪 70 年代和 80 年代，印刷术开始在欧洲普及的时候，爱德华和他的妹妹——约克的玛格丽特（Margaret of York），依旧是那些在布鲁日制作、装帧颇为华美的彩绘手抄本的重要收藏家。

意大利作家乔万尼·薄伽丘在他的《名女传》中提供了一些从希腊和特洛伊女性中选取的形象作为妇女的范例，其中包括海伦、珀涅罗珀和喀耳刻。其法语译本《教士与贵妇》的一本巴黎抄本上就刊有一幅珀涅罗珀织布的微缩画（见图 5–2–5）。在奥德修斯失踪的那么多年里，她找借口说必须先织完为年迈岳父准备的寿衣才会考虑再嫁，由此回绝了诸多追求者。然而每天晚上，她都会把白天织的部分拆开，因此这项任务一直没有完成。珀涅罗珀被视为中世纪女性对婚姻忠诚的榜样——尽管多年来没有收到丈夫的消息，她仍然对丈夫保持忠诚。在这幅画像中，她显得冷静而坚定，完全无视周围那些举止不端的追求者。

也许在中世纪，对特洛伊故事最原创性的回应是克里斯蒂娜·德·皮桑的《奥西娅的信》（见第一章第六节），来自虚构的智慧化身奥西娅的信，写给特洛伊王子赫克托尔。每一封短信都有克里斯蒂娜的注解，为女性提供建议，教导她们如何行事端正、避开邪恶男性，并在历史故事中选择例子做解释。在克里斯蒂娜的亲自监督下，她为法国王后，来自巴伐利亚的伊萨博制作了一本豪华手抄本，其中囊括了有诸多描绘了《奥德赛》中人物的插图的《奥西娅的信》。在讲述七宗罪的章节中，波吕斐摩斯被用来作为犯下懒惰之罪的典型：我们被告知，正是这个缺点让奥德修斯夺走了他的视力。在图 5–2–1 中，他被描绘成一个狡猾希腊人手下的可怜受害者：请注意他膝盖上的笑脸。而且，并非所有的女性都是积极正面的榜样：喀耳刻被描绘成把水手变成猪的人（见

图 5-5-2）。在注释中，她的魔力被不幸地拿来与医师和医生的医疗专业知识相比较，奥西娅或者说克里斯蒂娜敦促她的读者去咨询医生，而不是使用“任何好的基督徒都不应该使用的”咒语和巫术。

▶ 图 5-2-5　珀涅罗珀在织布，而追求者们在她身后争斗。出自《教士与贵妇》（巴黎，15 世纪早期）皇家手抄本 20 C V，第 61 页背面

Cy sensuit lystoire de penelope
femme de vlixes :

P

Enelope fu fille
du roy ycarus
et fême du tres
noble et vaillât

il le noma
eust ꝑ lui
toire ⁊ est c
estoire de to
lon ⁊ li enu
sent auant
est pour cho
son non qu
sait mains
q̄ ꝑ si povre
en escrit. Ca
plus povre
despite ki o
tierche raiso
eust en lestoi
auenant ou
ou ꝑ leuice
le translatau
ce. tous li bl
son non. Car
plus destouc
de cheles ki b
vns hom bla

hil ki la hautece ⁊ la signou

3. 加拉哈德爵士与探寻圣杯之旅

用最纯净的黄金制成的，圣杯上面还有各种珍贵的宝石，它是世界上最值钱且最具价值的物品。

克雷蒂安·德·特鲁瓦（Chrétien de Troyes）《圣杯的故事》，
菲利克斯·勒柯依（Félix Lecoy）编校

圆桌骑士们到处探寻圣杯这件宝贵而神奇的物品，可能是欧洲文学中最著名的寻宝之旅，也是亚瑟王传说的核心。最初，圣杯是凯尔特神话中的一个魔法容器，与盛宴和重生有关（法语单词“grail”源自拉丁语“gradulus”，意思是“服务碟”），它后来被中世纪作家转化为一个与耶稣受难和圣餐有关的基督教象征。

法国诗人克雷蒂安·德·特鲁瓦在12世纪末创作了一系列广受欢迎的罗曼史，重点关注亚瑟王世界中的角色个体，其中一些角色已经在

◀ 图5-3-1　作者作为隐士俯伏在祭台上的圣杯前，受到上方祝福的手（他的脸部图像部分已经被擦去，可能是因为手抄本所有者的触碰或亲吻，其中包括法国国王查理五世和兰开斯特王子约翰）；怪异的图案和一位音乐家处在边框中。出自《圣杯的历史》（*Estoire del Saint Graal*，圣奥梅尔或图尔奈，约1315—1325年）皇家手抄本14 E III，第3页正面

法国和英格兰早期的历史文本中有了知名度。在他的最后一部（未完成的）作品《帕西法尔》，又称《圣杯的故事》中，克雷蒂安将圣杯引入了充满骑士冒险的世界。这部作品的中心人物是年轻的帕西法尔，由有着过度保护欲的母亲在森林中抚养长大，母亲因孩子的两个哥哥在比武中丧生而一直不让帕西法尔了解骑士精神。但当他在森林中遇见五名骑士后，他变得异常痴迷于骑士精神，并因此前往亚瑟王的宫廷，在那里赢得荣耀，成为圆桌骑士。在一系列的冒险之后，帕西法尔穿过一片荒地来到渔王的城堡，在那里享用了晚宴，随后观看了一场神秘的游行，其中有一把滴血的长矛和一盏圣杯，它们都装饰着珠宝，光芒四射。他认为贸然提问是不礼貌的，所以什么都没说。第二天早上，当他醒来时，一切都消失了。后来他发现，渔王身上有一个神秘的伤口，而圣杯是维持他生命的关键。由于他没有问所见到的仪式，他错过了恢复国王健康并让其国土重焕生机的机会。回到卡梅洛特，他发誓要致力于探寻圣杯的秘密直到一切水落石出。

克雷蒂安的罗曼史实际上是一部未完成品，因此，圣杯的故事也被留给后继的作者去补完。大约在 1200 年，德国诗人沃尔夫拉姆·冯·埃申巴赫创作出了《帕西法尔》（*Parzifal*），他在其中将圣杯想象成一块由圣殿骑士守护的石头（这部作品后来被瓦格纳改编为同名歌剧）。同时期，波隆的罗伯特在《亚利马太的约瑟》（*Joseph d'Arimathie*）中为圣杯的故事提供了其背景来源，其中圣杯成为最后晚餐中使用的杯盏，而约瑟则在耶稣受难时用它收集了耶稣的血。四本福音书都指明是约瑟从十字架上取下了耶稣的身体，并安排了葬礼，这一场景经常被中世纪艺术家描绘成艺术作品。一本 14 世纪早期的、于英格兰制作的带有法语标题的、带插图的《圣经》，描绘了约瑟向彼拉多请求允许他埋葬基督的场面（见图 5-3-2）。

这个结合着神秘主义、献身精神以及冒险的颇受人欢迎的传奇故事

图 5-3-2　耶稣被尼哥德慕（Nicodemus）和圣约翰（St. John）从十字架上取下，妇女们则在观看，亚利马太的约瑟夫与彼拉多对话（右下角）。出自《霍尔坎〈圣经〉画本》（*Holakham Bible Picture Book*，英格兰东南部，约 1330 年）大英图书馆馆藏手抄本 47682，第 33 页正面

在后来不断被改写和延展，以此来满足人们对亚瑟王传说似乎永无止境的兴趣，随着新的角色和情节的添加，这系列传奇几乎延展出无限的衍生组合形式。在一些故事中，圣洁骑士加拉哈德成为中心人物，也就此展开了一系列新的传奇冒险。一部名为《兰斯洛特与圣杯》〔又称《通俗版故事集》（Vulgate Cycle）〕的五卷本散文传奇在创作出版后，被复制了无数册。这部史诗传奇从耶稣受难开始，一直讲到了亚瑟王之死。除了圣杯传说之外，这部作品还提供了有关梅林一生的大量细节（第二卷），亚瑟王、兰斯洛特与其他圆桌骑士的冒险（第三卷），以及最终引发亚瑟王之死的事件（第五卷），这些情节都以复杂的结构形式呈现在环环相扣的章节中。

图 5-3-3　亚利马太的约瑟夫在祭坛前传道，一个男人则跪在圣杯前。出自《亚利马太的约瑟》（法国阿拉斯，1310 年）大英图书馆馆藏手抄本 38117，第 12 页正面

第一卷《圣杯的历史》以匿名作者的叙述开头，他声称自己看到了基督的异象，基督给了他一本关于圣杯的书，他将在接下来的故事中重述它（见图 5–3–1）。随后，书中延展补充了亚利马太的约瑟一生的故事，他先是被监禁，后来又被释放。他令许多东方的异教徒皈依基督教，然后将圣杯带到英格兰，在那里继续施展奇迹。他的后继者在科比尼克（Corbenic）建造了一座城堡来存放圣杯，而他们之中就诞生了一些著名的亚瑟王传说中的人物，如兰斯洛特和高文（第三卷《湖上的兰斯洛特》则讲述了他们的冒险）。圣杯之王之一的佩莱斯（Pelles）有一个女儿伊莲（Elaine），她爱上了兰斯洛特，两人后来有了一个儿子加拉哈德，而他注定要完成他的父亲无法完成的任务——揭开圣杯秘密的真相。

第四卷《圣杯探寻》的背景设定在圣灵降临节前夜的卡梅洛特，圆桌骑士们纷纷聚集在圆桌周围准备庆祝（见图 5–3–4）。但是，一个座位仍然空着，那就是"危险之座（Siège Périlleux）"，为世界上最优秀和最纯洁的骑士保留。出人意料的是，一个年轻女子走进大厅，请求兰斯洛特跟着她去见他从未谋面的儿子。兰斯洛特感到惊讶，但请求亚瑟和桂妮薇儿的许可去寻找这个年轻人，并授予加拉哈德爵士的骑士头衔。兰斯洛特回到宫中，随后加拉哈德也被一位古老的隐士带入大厅，并坐在一个空着的座位上，这个座位上还写着他的名字。立刻，在场的一切都被金色的光芒所包围，圣杯出现了，并使得整间屋子都弥漫着香甜的味道。它为每个人都提供了他们最渴望的食物，随即又消失得无影无踪。高文当即发誓要寻找圣杯，所有骑士都宣布将加入他。亚瑟非常苦恼，因为他有一种预感，这将导致他的骑士团队土崩瓦解。兰斯洛特、高文和其他骑士展开了诸多骑士冒险，但是他们都无法找到圣杯，兰斯洛特是因为对桂妮薇儿产生了不洁之爱，而高文则是因为过度沉迷于对世俗事物的追求。

加拉哈德加入了寻求圣杯的任务，并在一路上施展出诸多神迹；他与另外两名圣杯骑士帕西法尔和鲍斯（Bors）聚首，并结伴同行。在森林中，他们遇到一只白色的鹿，领着四头狮子（见图 5-3-5），并展开了诸多奇异的冒险。最后，他们找到了圣杯的所在地科比尼克。在那里，纯洁的加拉哈德得以治愈瘸腿的渔王。然后，圣杯被放在一张银桌之上，基督由此现身，指示三个骑士将其带到东方城市萨拉斯（Sarras）。后来，加拉哈德被加冕为萨拉斯的国王，但只过了一年，他就看见了圣杯的幻象，并祈求得到赐福进入天堂。他死后，圣杯被带上了天堂。帕西法尔则成为一名隐士，鲍斯则回到卡梅洛特告诉亚瑟他所见的奇迹。这本故事集的第五卷《亚瑟王之死》（*Mort Artu*）讲述了卡梅洛特的悲剧性失落和在索尔兹伯里平原上的亚瑟王之死（见第一章第五节）。

三部《兰斯洛特与圣杯》的手抄本中，有两份如今存放在大英图书馆，它们都是在法兰克－佛兰德边境附近的工作室里由同一个艺术家或艺术家团队制作的。诸如海诺（Hainault）、阿图瓦（Artois）和佛兰德斯（Flanders）等边境地区在 14 世纪初期是最重要的有关亚瑟王传说手抄本的制作工坊所在地。图 5-3-4 所展示的布满精心绘饰的书页来源于一本华丽的大开本手抄本，显然是为富有的赞助人制作的，它包含故事集中的三卷（《圣杯的故事》《圣杯探寻》《亚瑟王之死》），几乎每一页都有闪闪发光的彩绘。它曾经属于法国国王，在后来又被英国王室所获。1757 年，乔治二世将其作为皇家藏品的一部分赠予新成立的大英博物馆，铭文表明它可能是由爱德华四世的妻子伊丽莎白·伍德维尔（逝世 1492 年）传给她的女儿约克的伊丽莎白（Elizabeth of York）的，而后者最后嫁给了亨利七世。同一工作室的第二本藏于大英图书馆的手抄本则包含了完整的五卷本故事集，共有

▶ 图 5-3-4　卡梅洛特举办圣灵降临节，亚瑟王和桂妮薇儿坐在桌子前，一个女孩寻求兰斯洛特，而兰斯洛特则跪着请求亚瑟王允许自己与女子一同去见他的儿子加拉哈德（左上）。后来，在加拉哈德被抚养长大的修女院前，兰斯洛特授予他骑士头衔（右下）。出自《圣杯探寻》皇家手抄本 14 E III，第 89 页正面

A la ueille de la penthecou
ste qnt tout li compaig
non de la table ronde fu
rent uenu a camaalot & il orent
oi le seruice, il fisent mettre les ta
bles. a eure de nonne entra en la
sale a cheual une damoisele. & fu
uenue si grant oirre que bien le po
oit on ueoir. Car ses cheuaus estoit
fu encore tressuans. Elle descen
t uient deuant le roy & le salue.
Et il li dist que dieus le beneie.
Sire fait elle dites moi se lancel
du lac est chaiens. Oil uoir fait
li rois en celle sale. si li moustre.
Et ele ala ou il estoit si lui dist.
Lancelot ie uos di. de par le roy
pelles que uos omoi ueignies en
chele forest. & lanc li demande aq
ele est. ie sui fait elle a celui dont
ie uos parole. & quel besoingne
fait il aues nous de moi. Che
ueres uos bien fait ele. che soit de
par dieu fait il iou irai uolentiers.
Lors dist a un escuier quil li me
che la sele de son cheual. & quil li
aporche ses armes. Et il si fait
maintenant. & qnt li rois & li
autre baron qui estoient ou pa
lais uoient chou. si leur empoise
mout. mais non pourquant qnt
il uoient quil ne puet remanoir
si le laissent est. Et la roine dist
queesse lanc nous laires nous
a chest iour qui si haus est. Dame
fait la damoisele sachies q uos le
raues ains demain eure de disn.
Or sachies dont fait la roine q
se demain ne deust reuenir, il
ni alast huy par mon congiet.
Et il monte & la damoisele ausi
si se partent de laiens sans autre
compaignie fors dun seul escuier
qui auoec la damoisele estoit ue
nus. Quant il sont parti de camaa
lot si cheuauchent tant quil sont
uenu ala forest. si se misent ou
grant chemin ferre errent tant
quil uinrent en une ualee. Et
lors uoient deuant aus au tra
uers dun kemin une abeie de
nonnains. & la damoisele tour
ne cele part, si tost comme il sont pres.
Et qnt il sont uenu a la porte si
a parle li escuiers & on li ouure
si entre ens. qnt il sorent q lanc
estoit uenus, chil de laiens li fi
sent mlt grant ioie. & lemenerent
en une cambre, si le fisent des
armer. Et qnt il fu des armes si
uoit gesir ses .ij. cousins boorch
& lionel en .ij. lis. lors est a mer
ueilles lies si les esueille. Et qnt
il le uoient si lacolent & le bai
sent, lors commence grant ioie q
li cousin fisent li uns a lautre.

Sire fait bohors a lanc quele
auenture uous a chi ame
nee. Ja uous quidiesmes
nous trouuer a camaalot. Et
lanc li conte comment une damoi
sele la laiens amene. mais il ne
set pour quoi. Endementres quil
parloient ensi. si uoient uenir
.iij. nonnains qui amenoient
galaad par deuant elles. si bel
enfant & si bien adrechiet & tail
liet de tous membres, que a pai
nes peust on trouuer son pareil
el monde. Et cele qui estoit li plus
grant dame le menoit par la main.
& plouroit mlt tenrement. Et
quant elle uint deuant lanc. si
li dist sire ie uos amaine nostre nor
rechon. tant de ioie comme nous
auons. nostre confort. nostre espoir.
q uos en fachies chlr. Il regarde le
fant & le uoit garni de toutes
biautes si merueilleusement
quil ne quide mie q en son ea
ge il euist ueu plus bel. si lui
plaist mlt quil le fache chlr. Si res
pont as dames. que de ceste req
ste ne lor faudra il mie. Et que
uolentiers le fera chlr puis q les le
uoelent. Sire font elles. nous
uolons q che soit anuit ou de
main. de par dieu fait il. si sera
fait ensi comme il uos plaira. Chele
nuit demoura lanc laiens & fist
toute la nuit ueillier lenfant en
leglize. a lendemain a eure de pri
me le fist chlr. & li caucha lun de
ses esperons & bohors lautre.
apres li chainst lanc lespee & li
donna la colee & lui dist q dieu
le feist proudomme car a biau
te nauoit il mie failli

Quant il ot fait tout chou qui
apent a chestre fait a chlr. si lui
dist biaus sires uenres uous a
uoec moi a la court le roi artu.
sire fait il o uos niray iou pas.
dame fait lanc a la besse souffres
q uostre nouuiaus chlrs uiegne a
uoec moi a la court le roi. car il
uaudra asses plus la que chi o uos.
Sire fait elle il nira pas ore. mais
si tost q nous quiderons quil en
soit poins & lieus & mestiers nos
li enuoierons. Lors sen partent de
laiens lanc & si compaignon &
cheuauchent tant ensamble quil
sont uenu a camaalot a eure de ter
che & li rois est ales au moustier

747 张小型彩绘，每卷书的开头都有装饰精美的页面（如今被编入为三卷本特殊大英图书馆馆藏手抄本 10292—10294。见图 5-3-5）。

这两份手抄本经过装饰的页面上囊括了各种骑士场景，页面边框中还有不少图画笑话，其中有一些甚至有些下流（见图 5-3-4）。显然，这些书是为了娱乐而制作的，尽管圣杯传说花费了很多篇幅来阐述基督教教义，但是这种类型的罗曼史作品经常被同时代的人批评为浮华的娱乐消遣。然而，除了插图的绝美和故事的奇妙之外，它们向观众提供了当时言行举止和骑士风俗的示例，并为读者阐述了某种道德准则以及对应的人物榜样，而这些准则和榜样形象在往后几个世纪依旧会流传下去。

▶ 图 5-3-5　加拉哈德（盔甲上有红十字的）和帕西法尔在寻找圣杯的途中遇到了一只白鹿和四头狮子。出自《圣杯探寻》《兰斯洛特与圣杯》（圣·奥梅尔或图尔奈，约 1316 年）大英图书馆馆藏手抄本 10294，第 45 页背面

lyons le conduisoient

Galaad fait pceual or po
es veoir meruelles · p
mon chief fait il onqs

Est belua in mari que grece aspido delone dicitur. Aspido ut
Latine u aspido testitudo. Cete etiam dicta. ob Cete.
immanitatem corporis. est enim sicut ille qui excepit

4. 圣布兰登之旅：一次往返天堂的旅程

他们看到了着火的岛屿
全被烟雾所笼罩。
他们看到了成千上万的恶魔，
听到了那些受诅咒者的哀叹。
当周围空气充斥的烟雾时，
一股令人作呕的气味弥漫在他们周围。

《圣布兰登之旅》（*Le Voyage de Saint Brendan*），
伊恩·肖特（Ian Short）和布赖恩·梅里勒斯（Brian Merileess）编校

航海家圣布兰登以他寻找天堂的传奇航海之旅而闻名于世，这个故事被记录在《圣布兰登之旅》以及中世纪的圣徒传记集中。这位受人尊敬的爱尔兰修道士因其圣洁而著名，由此获得了上帝的许可，可以在死之前参观一次天堂和地狱。七年间，他和他的同伴从一个岛屿航行到另一个岛屿，每次在复活节又返回到同一个地方。在目睹了无数的奇迹，遇到了各种奇怪和美妙的生物以及经历了艰难险阻之后，他们最终到达

◀ 图 5-4-1　水手们把船停靠在一头鲸鱼身上，其中一人正在生火，其他人则在调整船帆。出自一部动物寓言集（英格兰，13 世纪早期）哈利手抄本 4751，第 69 页正面

了应许之地。在那里，他们短暂瞥见了死后他们所享有的永恒喜悦。

在启程前，布兰登从他的一些最为虔诚的修士同伴中选择了十四个同行者。他们用牛皮制成了一艘科拉科尔小舟，从爱尔兰的凯里海岸（the coast of Kerry）出发，向西进入广阔未知的大西洋海域。奋力地划了数周后，由于海面依旧没有海风助力，食物也越来越少，他们开始变得乏力，也越来越没有勇气。这时，上帝派来一阵微风，把他们吹到了一座岛屿上，他们被那里的一座壮丽城市的景象震惊了，它的城墙由水晶制成，白玉宫殿镶嵌着闪闪发光的宝石。周围看起来没有人烟，但在宫殿里，他们发现了大量的食物和酒水陈列在华丽的金银盘子上。当水手们向布兰登报告此事时，他告诉他们只拿所需，不要过多索取。其中一名修士（并非由修道院院长亲自选择而是主动请求加入远行的）此时被魔鬼引诱偷了一只金酒杯。在短暂的休息之后，他们准备离开宫殿，而那个小偷则把贵重的物品藏在了自己的衣服里；但布兰登意识到他被邪恶所控制，便立即驱逐了他。无视这魔鬼的喊叫：“布兰登，你为什么把我从我的家中驱逐出去？”这位圣人随即赦免了这名修士，以便他在去世后不至于下地狱。接着，上帝的使者为其他修士带来了后续航行所需的食物和物资，并保证会保护他们并满足他们的一切需求，由此他们再一次起航。

在海上航行了几个月之后，就在第一个复活节前，疲惫不堪的旅行者们终于被吹到另一座岛屿上，他们在那里发现了一群巨大的绵羊，它们的体型像鹿一样大。布兰登则告诉他们去宰杀其中的一只。在星期六复活节那天，上帝的使者降临，并告诉他们把那只羊带到附近的岛屿，第二天他会为他们带来复活节盛宴所需的一切。当他们抵达时，布兰登留在了船上，而其他人则下了船，生起了火，开始烹饪食物。就在他们准备享用美食时，这座岛屿突然开始移动并发生倾斜，随即把他们倾倒在了海里。幸运的是，布兰登预见到了这一点，并把绳子扔给他们。他们爬上了船，全身湿透，只能眼睁睁地看着火堆的光芒消失在地平线

图 5-4-2　圣布兰登和他的修士同伴航行经过黑暗之地。出自《圣人列传》（*La Vie des Saints*），由让·贝莱斯（Jean Beleth）根据《金色传奇》（巴黎，约 1335 年）改编而成，大英图书馆馆藏手抄本 17275，第 262 页正面

上。这位修道院院长解释说，他们登陆在了一头鲸鱼身上，这是最大的一种海洋生物（见图 5-4-1）。其他人惊叹于上帝所造之物的神奇，随即再次扬帆起航，并很快到达了另一座岛屿。这座岛屿上有一棵伸向云霄的大理石树，树枝上有数百只最美丽的白鸟，从早到晚歌颂上帝。那些鸟实际上是陨落的天使，他们告知布兰登等人，他们七年内无法到达天堂，而且每年他们都会回到鲸鱼的背上去庆祝复活节，这让旅行者们颇为诧异。

又过了一年，他们继而在海上经历了更多的冒险和困难，但由于布兰登的虔诚信仰以及上帝的指引，修士们都幸存了下来，再次来到鲸鱼的背上庆祝复活节。这次他们惊奇地发现，这只生物的背上竟仍然有他们的炊具——它已经保管了这些炊具一年，现在他们可以再次使用了！回到了那个有鸟群歌唱的岛屿休息之后，他们再次出发，这一次将面临更艰难的困境和更严峻的危险挑战。在一场猛烈的风暴中，他们遭到了一条喊叫起来像十五头公牛般震耳欲聋的巨大喷火海蛇的攻击；他们的船只剧烈晃动起来，以至于船员们都以为自己会被淹死。但布兰登保持冷静，并开始祈求上帝的解救。他的祈祷得到了回应，第二只怪物出现了，两只怪物在一场激烈的大火中相互搏斗，喷射出的火焰穿越云霄，用它们匕首般的牙齿撕咬对方。最后，第一只怪物被撕成了三块（其中一块作为船员们后续几天的食物），而第二只怪物则消失在海浪中。接着，一只有巨大爪子的带翅怪兽（见图 5–4–3）袭击了他们的小船，但它也被一条会喷火的龙袭击。最终，一只鱼怪从深海浮现，被布兰登的咏唱所安抚，在船的一旁悠然游动。所有这一切都被视为上帝的神奇力量和他对探险教士们的仁慈的进一步明证，随即他们继续航行，并为自己奇迹般的幸存感到欣慰。

图 5–4–3　一只有翅膀的海怪（Serra）。出自一本《动物寓言集》（法兰西北部地区，13 世纪中叶）斯隆手抄本 278，第 51 页正面

几天后，一根巨大的水晶柱出现在海中央，下面有一个由翡翠制成的祭坛，装饰有金银珠宝。在这之后，他们经过了一片充满黑暗和烟雾且居住着喷火恶魔的土地（见图 5–4–2）。教士们还看到了叛徒犹大（出卖耶稣的人）被锁在一块孤零零的岩石上，日夜遭受折磨。在另一个岛上，他们遇到了隐士保罗，他被一只水獭喂养着，水獭每天给他带来鱼类，让他得以在祈祷中继续生存下去。最终，经过七年的航行，在

折返到鲸鱼背上和群鸟之岛上五次之后，上帝的使者向教士们指明了人间通往天堂的道路。在那里，他们看到了无比美丽的景象，并聆听了天使的神圣乐章。布兰登希望永远留在那里，却被告知他会在死后回来，并且将会体验到千倍的荣耀。后来，他们带着一些珍贵的宝石作为纪念品，并开启了为期三个月的返程。当他们到达爱尔兰时，布兰登向大家讲述了他所见证的神迹，许多人因此被鼓励而进入教会担任圣职。不久之后，布兰登便去世了，而他的灵魂最终也得以进入天堂。

有关布兰登航行的拉丁文版作品《修道院院长圣布兰登的海上航行》（*Navigatio Sancti Brendani Abbatis*）最早发现于9世纪。一部用盎格鲁-诺曼法语韵文写就的流行版本则与英格兰国王亨利一世的宫廷密切相关。这是由他的妻子——来自卢汶的阿德莉扎（Adeliza of Louvain，两人于1121年结婚）委托一位名叫本尼迪特（Benedeit）的修道士所作的，主要是为了在宫廷上能让人大声朗读出来，这也是早期人们用法语（而不是拉丁文）书写文学作品的例子之一。威尔士的杰拉尔德（Gerald of Wales，于1223年逝世）在他的《爱尔兰地图志》（*Topographica Hibernica*）中简要介绍了布兰登的航行路线，这是一本描述爱尔兰地形及其诸多奇观的书籍，以此鼓励那些想要了解更多圣迹的人去阅读圣布兰登生平故事（见图5-4-4）。

历史记录显示，在6世纪，基尔代尔郡（County Kildare）的克朗福特修道院（Clonfort）确实有一位名叫布兰登的修道院院长（Abbot Brendan），他在一生中也确实曾到访过威尔士、布列塔尼以及苏格兰的一些岛屿。大多数学者认为，布兰登七年的探险故事实际上是民间传说和宗教寓言的结合，在这类作品中，旅行者通常在旅途中得到净化并得以进入天堂。在作品中，古老的文学主题——“奥德赛”之旅，与爱尔兰涉及海上航行和岛屿探访被称为游历（Immrama）的文化传统相结合，由此，爱尔兰神话中关于地平线以外更为幸福的世界的描述与基督教中天堂和地狱的景观交织在一起。此外，《圣布兰登之旅》所描述的

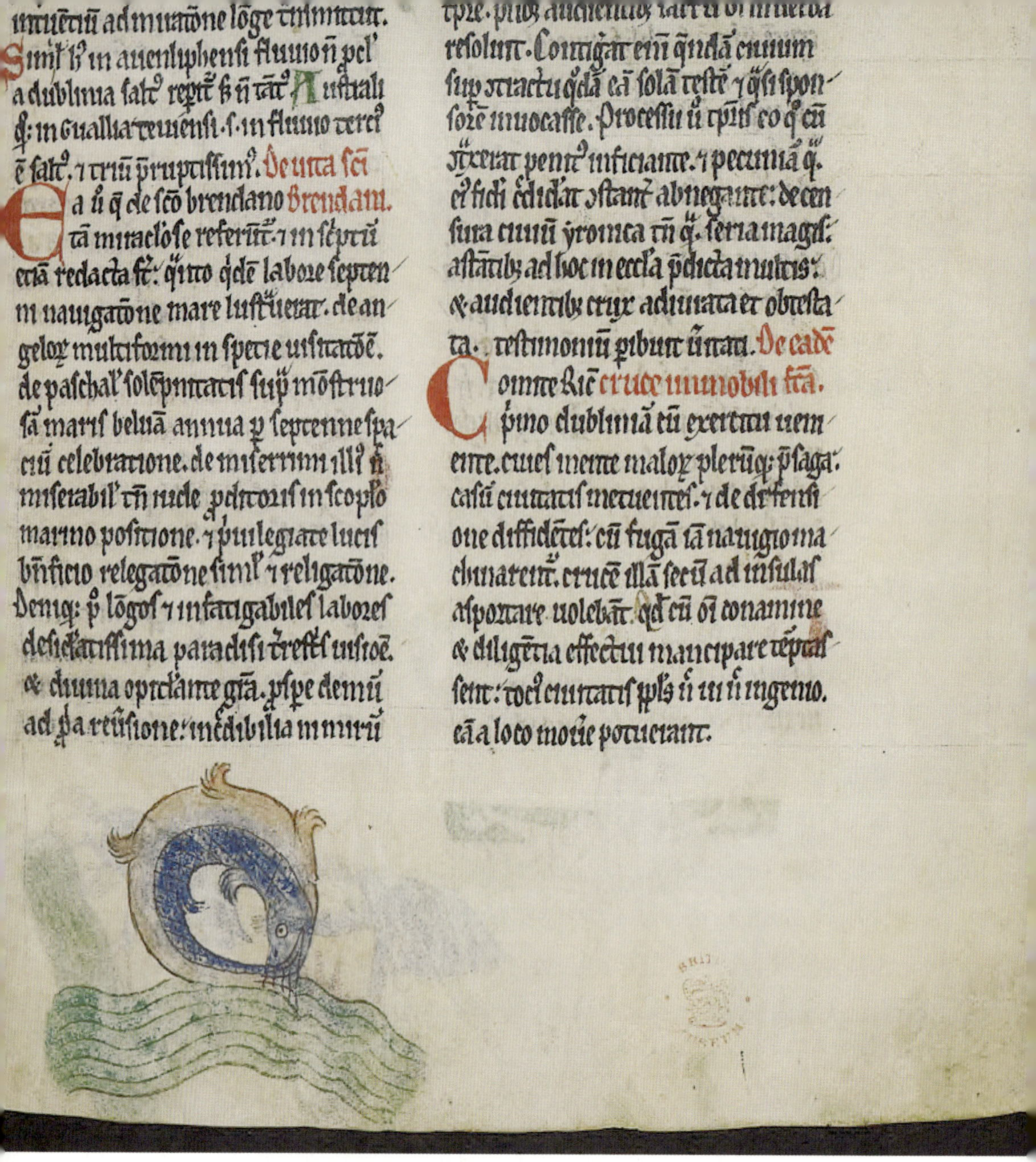

图 5–4–4　这是《爱尔兰地图志》某页的下半部分，左列为拉丁文的《圣布兰登生平》（*Life of St Brendan*），标题即《圣布兰登之生平》。同一页上是描述鲑鱼如何跃过爱尔兰蒙斯特（Munster）岩石的文字，下方边缘还有一幅画，描绘了鲑鱼跃起时蜷曲身体的样子（林肯，约 1200 年）。这一页保存在皇家手抄本 13 B VIII，第 23 页正面

▶ 图 5–4–5　一张呈现着环绕大陆的海洋以及描述世界边缘怪物的世界地图。出自《地图圣咏诗集》（*Map Psalter*，伦敦，约 1275 年）大英图书馆馆藏手抄本 28681，第 9 页正面

一些经历，可能基于修道士寻找荒芜之地建立隐修院的真实航行记录。例如，向空中抛出火石的黑色山峰与高大的白色树木和柱子，可能指的是冰岛的火山以及北大西洋的冰山。早期地图中包括圣布兰登岛，其位于大西洋西部，航海家和历史学家试图确定其最可能存在的位置，他们认为它可能在加那利群岛、格陵兰岛，甚至北美洲。

《动物寓言集》（一本关于动物及其习性的中世纪插图版手抄本）中同样囊括一些类似航行中所见生物的彩绘，例如鲸鱼和有翅膀的海怪（见图 5–4–1 和 5–4–3）。关于鲸鱼的文章声称它非常巨大，可以被误认为是一座岛屿，通常会被描绘成一条大鱼，而它的背上往往站着水手，这也印证了圣布兰登传说中的故事片段和古老传统文化中类似的故事，包括东方的辛迪巴德传说。海怪或者说锯鳐确实也有一个锯齿状的冠，它们往往可以切开船身将其弄沉。创造这些图画的中世纪艺术家在描绘它们时，可能认为它们就是存在于世界外围的生物，尽管他们只是通过图片以及旅行者如圣布兰登和约翰·曼德维尔爵士（Sir John Mandevilles）等的记载（见第五章第五节）才了解到这些生物。

尽管中世纪手抄本中有关圣布兰登故事的插图很少，但一部 1260 年左右的英语圣咏诗集的开头有一张地图，其向读者展示了中世纪基督徒对世界的看法（见图 5–4–5）。基督握着地球的宝珠，其身边站着两个天使。耶路撒冷在世界的中心，地中海和罗马则在其下方。爱尔兰是环绕世界的海洋左下方的一个小斑点。离中心的已知地点越远，生物就会变得愈发奇怪和陌生。在天堂的相反极点是两条盘旋的龙，代表“地下世界”。

5. 约翰·曼德维尔爵士：一个空谈探险家？

我，骑士约翰·曼德维尔，于1332年离开祖国，穿过大海，走过许多土地、国家和岛屿，无数次踏上光荣的旅程，尽管我自视地位卑贱，但我依旧与尊贵可信之人一起立下卓越战功。如今，我已经回到家中休息，因为身体抱恙，且受制于日渐增长的年龄以及不支的体力……

《约翰·曼德维尔之书》（*The Buke of Jonn Maundevill*），
乔治·弗雷德里克·沃纳（George Frederic Warner）编校

许多中世纪的空谈旅行家得益于阅读14世纪著名旅行作家约翰·曼德维尔爵士的著作，得以从英格兰开始“漫游”前往君士坦丁堡及其他的地方，在穿过塞浦路斯、阿尔巴尼亚、圣地、利比亚、印度和爪哇后甚至到访了传说中的伽泰（Kingdom of Cathay，即现在的中国）。曼德维尔可能从未去过他所描述的那些地方，他的叙述对于现代读者来说非常离奇。当时它比《马可·波罗行纪》更受欢迎，而且被认为更具权威性；与现存的七十本马可·波罗所著手抄本相比，现存的曼德维尔

◀ 图5-5-1　约翰·曼德维尔爵士和其他旅行者乘坐海陆交通前往君士坦丁堡。出自《曼德维尔之旅》（*Mandeville's Travels*，波希米亚，15世纪早期）大英图书馆馆藏手抄本24189，第4页背面

所著手抄本有三百本之多。曼德维尔的旅行通过巧妙地融合当时的地理、神学故事、文学以及旅者故事，吸引了大众对于异域和未知之地广泛的好奇心，并赢得了包括从克里斯蒂娜·德·皮桑到达·芬奇在内的广大文人读者。

在他的第一章中，曼德维尔列出了从英格兰到君士坦丁堡的旅程中所经过的所有地点（见图 5-5-1），包括波兰、匈牙利和希腊，最终到达“美丽平和的城市”。他详细地描绘了君士坦丁堡的景点，包括所有的珍宝、壮丽的城墙以及海尔斯彭海峡。读者们还被告知，城中著名的查士丁尼皇帝金像（见图 5-5-2）此时手中已不再拿着金苹果了，这象征着他的帝国所失去的土地（这尊雕像的基座今天仍旧可以在圣索菲亚

图 5-5-2 君士坦丁堡的城市景观，其中查士丁尼的金像则竖立在圣索菲亚大教堂前方。出自《曼德维尔之旅》大英图书馆馆藏手抄本 24189，第 9 页正面

大教堂花园的原始位置附近看到）。接下来，这部书开始描述在这座城市中可见的耶稣受难时的珍贵遗物：基督的无缝外袍、海绵和枝条（用来给他喝醋）、一根钉子、荆棘冠和真正的十字架。对于游客来说，另一个必看的景点是一个不断流水的石头，以及圣母玛利亚的母亲圣安妮和圣路加的墓穴。曼德维尔接着记述：水的另一边是特洛伊城，但它很久以前就被希腊人摧毁了，所以现在没有什么可看的了。

塞浦路斯和圣地的这部分旅程则涵盖了很多可以从其他来源验证的细节，当曼德维尔带领读者穿越这片土地时，他不仅描述了可以看到的神殿和遗物，而且讲述了他所到之处曾有过的《圣经》故事和传说，包括挪亚方舟停靠的亚拉腊山（Mount Ararat，见图 5–5–3）。他会讨论所遇到的当地人的习俗和行事方式，有时甚至向旅行者提供建议，如不要买当地居民出售的假香膏。穿过亚马孙地区，进入埃塞俄比亚，他

图 5–5–3　挪亚方舟位于亚拉腊的山顶上，一位修士正在一旁祈祷。出自中古英语版的《曼德维尔之旅》（英格兰，约 1415 年）皇家手抄本 17 C XXXVIII，第 35 页背面

发现男女整天一起躺在河里以保持凉爽，有偶像崇拜者，还有一口井，里面水的味道每天都会变化好几次。他穿过“许多岛屿和不同国家，越过大海”到达中国。在那里，他和马可·波罗有着类似的经历，在极其豪华的宫廷中见到了大汗（见图 5–5–4），宫殿里装饰着金银雕像。与此同时，他还目睹了诸多奇怪的习俗，例如，那里的已婚妇女在额头上印有男人的脚印。

曼德维尔离家越远，他所叙述的事物就越离奇，这是因为他遇到了越来越奇特的民族，体验到了中世纪欧洲人不太熟悉的文化。他对于外貌和习惯都颇为奇怪的野兽和人民的描绘，为制作手抄本的艺术家提供了素材，虽然他们自己未曾经历过，但是认为这些人与事物一定存在于遥远的地方（见图 5–5–5 至图 5–5–7）。不过曼德维尔手稿中只有少部分有插图（300 本左右的手抄本中只有 18 本有插图），本章的彩绘来自大英图书馆的三部手抄本。图 5–5–4 至图 5–5–7 来自其中一部手抄本，而且这是一本由中古英语中的诺福克方言写就的不同寻常的作品。这本书粗糙的外观和高而瘦的形状引发了猜测，它可能是为了方便装在中世纪朝圣者和旅行者携带的肩袋而制作的。在《曼德维尔之旅》后面，这本书还收录了一些宗教诗歌以及神秘寓言集《农夫皮尔斯》（*Piers Ploughman*）。不过只有关于曼德维尔的文本有插图，里面描绘了一些奇异的生物，包括犬人（Cynocephales），也就是崇拜偶像且长着狗头的人，以及无头人（Blemmyae）——面孔在胸前的人形生物（见图 5–5–5）。在另一页中，艺术家甚至想描绘变色龙，但它们看起来更像是色彩鲜艳的狗（见图 5–5–6）！在图 5–5–5 中，约翰·曼德维尔自己出现了两次，并穿着朝圣者的装束。在中间这幅图中，他坐在地上，在一本书上创作；这表达的意思是，他亲眼目睹并用文字记录了这些非凡景象。

对于作者约翰·曼德维尔的身份一直存在很多猜测，他在“序言”中自称是来自圣奥尔本斯（St. Albans）的骑士。现在普遍认为，前往遥远土地的曼德维尔是一个虚构的人物，最初的文本（用法语编写）是由一个可以阅读大量古典和宗教文本以及中世纪旅行者和朝圣者手记的人编写的。作品中最为神秘的一篇当属《普雷斯特·约翰的信函》（*Letter of Prester John*），其作者甚至声称自己是在东方的基督教皇帝，并写信给拜占庭皇帝。而在曼德维尔的旅行中，他抵达了普雷斯特·约翰的王国，并发现它是由伊甸园的河流之一灌溉的，流淌着金子和宝石，居民完全没有恶习。在宏伟壮观方面，这个王国仅次于伽泰，曼德维尔在那里再次发现了许多古怪且神奇的生物。而“普雷斯特·约翰”这个名字的起源则解释如下：印度皇帝曾要求一名来自西方的骑士向他展示一个基督教教堂，所以他们前往埃及参加弥撒。这位统治者对仪式印象深刻，因此他皈依基督教，并下令从那时起他将被称为“普雷斯特·约翰”，以纪念他看到离开教堂的第一位牧师（“Prester”源于拉丁语的“presbyter”，意为“牧师”）。然后他回到了家乡，向他的人民弘扬基督教。

图 5-5-4　大汗的宴会厅；大汗在上方，下方是抄写员、音乐家、佩剑侍者；右边站着大汗的三位妻子（戴着中世纪号角状的软垫头饰），左边则是男性继承人和客人。出自《曼德维尔之旅》（东英吉利，15 世纪）哈利手抄本 3954，第 46 页正面

图 5–5–5　食人巨眼怪（顶部）；无头人，或胸口长着面孔的人，其中一人正在吃蛇（中间）；背上长着嘴巴的人（底部）。出自《曼德维尔之旅》哈利手抄本 3954，第 42 页背面

在普雷斯特·约翰的宫廷逗留一段时间后，曼德维尔继续他的旅程，穿过危险的山谷，参观了预言亚历山大大帝之死（见第五章第一节）的会说话的太阳和月亮树。当他到达西藏的山区时，他决定返回。他沿着原路返回，到达罗马，在那里向教皇展示了他在路上见到的一切，并得到了教会当局对其真实性的认可。最后，曼德维尔说，他旅行了 34 年，于 1356 年完成了他的书，请求读者为他祈祷。他的旅程就此结束。

图 5–5–6、图 5–5–7　普雷斯特·约翰王国中的变色龙（左）和食人鳄鱼（右）。出自《曼德维尔之旅》哈利手抄本 3954，第 60 页背面，第 61 页正面

图 5–5–8、图 5–5–9　埃塞俄比亚的一口井（左）；普雷斯特·约翰戴着毛帽，跪在十字架前，他的皇冠被放在地上（右）。出自《曼德维尔之旅》皇家手抄本 17 C XXXVIII，第 36 页背面，第 59 页背面

Mandatis suis stetit colla sacris
Laque pecunie fugam posse tue
Et amavit cui nos [illegible]
Cum sit unique noster unus deus cunctis
que.
[illegible] sit honorandus
Sub [illegible] sua q. mirabilia facit
Et [illegible] impossibilia queque.
Terra [illegible] est dub
grandis
Non [illegible] omnia [illegible]
Ipso [illegible] absque [illegible]
Q[illegible] atque salute
In [illegible] nulla est [illegible]
In amore suo [illegible]
[illegible]
[illegible] diligenter [illegible]
Non parcendo [illegible]
carnali
Cor [illegible] fore [illegible]
D[illegible]
di.
Ro[illegible] suo
P[illegible]
P[illegible]
P[illegible] regnum suum [illegible]
Ac [illegible]
Bonorum [illegible] thesauro ei
Qui venit in mundo [illegible]
[illegible]
In toto [illegible] collocari
Et [illegible]
V[illegible]
A[illegible]
Ne [illegible] colligere [illegible]
[illegible]
Sic faciat [illegible]
C[illegible]
E[illegible]
Que non [illegible]
[illegible]

Cum sit [illegible]
Q[illegible]
D[illegible]
R[illegible]
Quod [illegible] honorari [illegible]
Ille [illegible] cum [illegible]
Bonus [illegible]
A [illegible]
Omni [illegible] quod [illegible] reddat
Ut suum [illegible] communi
[illegible]
Dicit [illegible]
Ex hac honorabit [illegible]
[illegible]
Ergo [illegible] bene [illegible]
[illegible]
Largus [illegible]
Largus [illegible]
Largus [illegible]
[illegible]
N[illegible]
Non [illegible]
U[illegible]
U[illegible]
U[illegible]
Os [illegible]
amore.
N[illegible]
Non [illegible]
ta.
Q[illegible]
I[illegible]
P[illegible]
D[illegible]
E[illegible]
Q[illegible]
[illegible]
S[illegible]
A[illegible]
[illegible]
I[illegible]

第六章

动物寓言

异域动物，包括长颈鹿、骆驼、狮子、
大象、野猪、蛇以及的食人族。
出自《西西里岛历史》（*A History of Sicily*）
大英图书馆馆藏手抄本 28841，第 3 页正面

[illegible]

bus sectus fuit, postmodum sub regula et alis devote commorans in diaconatus ordinem est promotus etc. Sane cum secundum statuta canonum, qui alia de clericis ordinem prohibeantur accedere et si etiam in clero fuerint detecti cessare, qui se ipsos sui absciderint vel abscidi fecerint, et ab aliis abscisi non fuerint, nec eis impedimentum afferre perpetuum nec finale quominus possit provehi qui violabilis sectus fuit, quia non videtur hoc eo tempore affectasse quo medicinam minime non habebat, presertim cum in canonibus amplius sit manifeste sancitum quod eunuchus si per insidias hominum sectus vel ita natus sit aut etiam in persecutione fuit amputata virilia, dignus esse possit in episcopum promoveri. Idem Rauenn. archiepiscopo.

Significavit R. archipresbyter Sancti Stephani quod B. presbyter eiecerit se ob sequi in prestare quod fecerit sibi virilia amputari etc. Quocirca mandamus, quatenus si iam dictum presbyterum alias tibi dignum inveneris, ei sacerdotale officium absque altaris ministerio. Aut. II. fecerit et via prout videris expedire concedas.

Innocentius III. presbitero.

Ex parte tua propositum fuit quod cum sibi sentiret lepre periculum imminere de consilio medici virilia fecit sibi abscindi ut posset a tam gravi infirmitate medicus liberari etc. Quia igitur canones sanctorum patrum hunc a sacri altaris ministratione non prohibent, mandamus quatenus si ita est memoratus presbyter, cum etiam alias sit idoneus, ut suum ministrum officium exequatur, liberam ei tribuas facultatem. Idem Wintonien. episcopo.

Exposuisti nobis quod predecessor tuus I. in abbatem promovit nesciens quod ipse manum esset altera mutilatus etc. Nos igitur f. t. t. r. quod cum pro tanto canonum defectu ad sacros ordines promoveri non possit et in promotione sua id tacuerit fraudulenter ab abbatie officio est non immerito amovendus. Honorius III. episcopo Engolismi.

Thomas monachus proposuit quod cum in manibus puerilibus esset constitutus, quedam barra ferrea super dexteri sui pollicem fortuito casu cecidens iuncturam amputavit ab eo. Quocirca mandamus quatenus si ad frangendum eucharistiam sit in pollice ipso potens et aliud canonicum non obsistat, propter deformitatem huiusmodi non dimittas quin eum ad ordinem promoveas sacerdotis.

Ex. q. anuel. De bigamis. Rubrica. XXI.

Bigami penitentes vel repudiatarum mariti ad sacerdotium non ascendant. Lucius III. Spalat. archiepiscopo.

[illegible]

1. 列那狐：超凡的骗子

我愚弄过许多绅士，
还有许多愚蠢的智者；
我也提供了很多好的建议，
我被称为列那实至名归。

《列那与恶棍利塔特》（*Renart et le Vilein Liétart*），
H.L.D. 沃德（H.L.D. Ward）编校

讲故事的人总是喜欢捣蛋鬼，一个喜欢为制造混乱而欣喜的人，有时却会成为自己诡计的受害者。传统民间故事中的动物恶棍，从西非的蜘蛛阿南西（Anansi）到印度的《马哈巴拉塔》（*Mahabharata*）中的乌鸦，再到中世纪的狐狸列那，是我们深爱的杰瑞（《猫和老鼠》中汤姆的宿敌）、兔八哥和野东西的前身。

列那狐是一系列流行的故事集中的主角，这些故事流传于中世纪的德国、法国、英国和荷兰，他是一个残忍而狡猾的恶作剧者。《列那狐罗曼史》（*Le Roman de Renart*）是关于他的一系列法语诗歌，它

◀ 图 6-1-1 （上图）一只手持法杖、身挎朝圣袋的狐狸。（下图，从右起）一只微笑的狐狸踏上了朝圣之旅，身后留下一堆死物；皱眉的狐狸向坐着的狮子鞠躬，向他提供死鹅和钱袋。出自《史密斯菲尔德法令》（伦敦，约 1340 年）皇家手抄本 10 E IV，第 55 页正面

非常流行，以至于法语中狐狸原本的单词“goupil”被他的名字“列那”（Renart，源于德语名字 Raginhard，原意为强大或勇敢的人）所取代，而雷纳德（Renard）至今仍是法语中表示狐狸的词汇。狡猾的雷纳德总是寻找下一个猎物，他无法抑制自己去折磨其他动物和农民，欺骗狼伊桑格兰（Isengrin）、猫提伯特（Tibert）和公鸡尚德利耶（Chanticleer），将他们逼到绝路。这些动物角色呈现的特质正如传统口头民谣中提到的那样：狡猾的狐狸，敏捷的、善于操纵的猫和自以为是的公鸡。虚荣的尚德利耶和他的鸟类同伴总是不可避免地成为狐狸高超策略的受害者，尽管狼更强壮、同样无情，但雷纳德总是能够智胜他。正如预料的那样，猫提伯特是最能够打败他的生物，或者至少能够逃脱他那狡猾折磨者的魔爪。

图 6-1-2　公鸡尚德利耶

图 6-1-3　《列那与蒂塞林》（*Renart et Tiécelin*），又称狐狸和乌鸦

图 6-1-2 和图 6-1-3 出自《列那狐罗曼史》（法兰西或英格兰，14 世纪）大英图书馆馆藏手抄本 15229，第 13 页正面，第 33 页正面

▶ 图 6-1-4　一只狐狸嘴里叼着一只公鸡。出自波伊修斯（Boethius）《算术》（*De Arithmetica*）伯尼手抄本 275，第 336 页正面

IN DANDIS: domino suo patricio Simmaco Boetius

accipiendisque muneribus ita recte officia inter eos precipue qui se magni faciunt estimantur: si liquido constabit. nec ab hoc aliud quod largius afferret inventum. nec ab illo umquam quod iocundius benivolentia complecteretur acceptum. Hec ipse considerans. attuli non ignava opum pondera. quibus ad facinus nichil instructius est cum habendi sitis incanduit: ad meritum nichil vilius cum ea sibi victor animus calcata subiecerit: talia non tuli tibi: sed ea que ex grecarum opulentia litterarum: in romane orationis thesaurum sumpta convexerimus. Ita enim mei quoque operis michi ratio constabit: si que ex sapientie doctrinis elicui: sapientissimi iudicio comprobentur. Vides igitur ut tam magni laboris effectus. tuum tantum expectet examen. nec in aures prodire publicas nisi docte sententie astipulatione nitatur. In quo nichil mirum videri debet: cum id opus quod sapientie inventa persequitur. non auctoris sed alieno incumbit arbitrio. Sunt quippe instrumentis res rationis expediuntur cum iudicium cogitur subire prudentis. Sed huic munusculo non eadem que ceteris imminent artibus constitutio munimenta. Neque enim fere ulla sic cunctis absoluta partibus nullius indiga. suis tantum est scientia nixa presidiis ut non ceterarum quoque artium adiumenta desideret. Nam in effigiandis marmore statuis. alius excidende molis labor est: alia formande imaginis ratio: nec eiusdem artificis manus. politi operis nitor expectat. At picture manibus tabula commissa fabrorum. et cere rusticana observatione decerpte. et colorum fuci. mercatorum sollertia perquisiti. et linthea operosis elaborata textrinis: multiplicem materiam prestant. Nonne idem in bellorum quoque videtur instrumentis. hic spicula sagittis exacuit. illi validus torax nigra gemit in incude. Ast alius crudum loricis tegimina. proprii laboris orbes insignienda mercatur. tam multis artibus ars una perficitur. At nostri laboris absolutio. longe ad faciliorem currit eventum. Tu enim solus manum supremo operi impones. In quo nichil de decernentium necesse est laborare consensu. Quodlibet enim hoc iudicium multis artibus probetur excultum: uno tamen cumulatur examine. Expiare igitur licet quantum nobis in hoc studio longis tractibus operis labor adiecerit. an rerum subtilium fugas exercitate mentis velocitas comprehendat. utrum ieiune macies orationis ad ea que sunt caligantibus impedita sententiis expedienda sufficiat. Qua in re michi alieni quoque iudicii lucra queruntur. cum tu utrarumque peritissimus litterarum. possis grece orationis expositionibus quantum de nobis iudicare audeamus: sola tantum pronuntiatione prescribere. At non alterius obnoxius institutis. artissima memet ipsum translationis lege constringo. sed paululum liberius evagatus. alieno itineri. non vestigiis insisto. Nam et ea que de numeris a nichomacho diffusius disputata sunt: moderata brevitate collegi. et que transcursa velocius angustiorem intelligentie prestabant aditum. mediocri adiectione reseravi. ut aliquando ad evidentiam rerum. nostris etiam formulis ac descriptionibus uteremur. Quod nobis quantis vigiliis et sudore constiterit: facile sobrius lector agnoscet. Cum igitur quatuor matheseos disciplinarum de arithmetica que est prima perscriberem: ut tantum dignus eo munere videbare. eo quod magis inceptato opus esse intelligebam. Nam si apud te facilis venie locus esset aliquando tamen ipsam formidabat facilitatem suspecta securitas. Arbitrabar enim michi tante reverentie oblatum iri oportere. quod non elaboratum ingenio. perfectum studio. dignum postremo. tanto otio videretur. Non igitur ambigo quin pro tua in me benivolentia. supervacua reseces. hiantia suppleas. errata reprehendas. que commode dicta sunt mira animi alacritate suscipias. Que res: impulit pigram consilii moram. Si minos enim fructus placitum restituet: sicut ipse que ego studiosius in ea que cetera bona diligant. fere ergo que aucteri dinoscuntur vocabulis baccho palmites: sic ad te novos novi operis rudimenta transmisi. Tu tantum paterna gratia nostrum provehas munus. ita et laboris mei primitias. doctissimo iudicio consecrabis. et non maiore censebitur auctor merito quam probator. Incipiunt capitula libri primi

PROHEMIUM in quo divisio mathematice. II. De substantia numeri. III. Diffinitio et divisio numeri. et diffinitio paris et imparis. IIII. Diffinitio numeri paris et imparis secundum pictagoram. V. Alia secundum antiquiorem paris et imparis diffinitio. VI. Diffinitio paris et imparis per alterutrum. VII. De principalitate unitatis. VIII. Divisio paris numeri. IX. De numero pariter pari. eiusque proprietatibus. X. De numero pariter impari. eiusque proprietatibus. XI. De numero impariter pari. eiusque ad pariter parem et pariter imparem cognatione. XII. De expositione ad impariter pari naturam pertinentis expositio. XIII. De numero impari eiusque divisione. XIIII. De primo et incomposito. XV. De secundo et incomposito. XVI. De eo qui per se secundus et compositus est ad alium primus et incompositus. XVII. De primi et incompositi. et secundi compositi. et ad se quidem secundi et compositi. ad alterum vero primi et incompositi procreatione. XVIII. De inventione eorum numerorum. qui ad se secundi et compositi sunt. ad alios vero relati primi et incompositi. XVIIII. Alia partitio paris secundum perfectos et imperfectos ultra quam perfectos. XX. De generatione nume-

雷纳德总是在寻找下一顿饭，而在其中一个著名的故事中，他成功地闯入了富裕农民的鸡舍。母鸡们看到他后四散而逃，但公鸡尚德利耶充满了勇气，丝毫无视威胁。尽管他的妻子警告他，并梦到有一只邪恶的红色野兽来攻击他，他还是拒绝躲藏，回到院子里找虫子。雷纳德跳出来想抓他，但尚德利耶设法逃脱并停在了一堆土上。雷纳德立即开始讨好公鸡，称他为"尚德利耶大师"和"表兄弟"，并说服他展示他美妙的歌声。尚德利耶随即抬起头，闭着双眼，用尽全力打鸣（见图 6–1–2），这正是雷纳德咬住他的喉咙并逃走的绝佳机会。然而，这并非是故事的结局，当尚德利耶鼓励雷纳德对追逐他们的农夫喊出侮辱性语言时，雷纳德就被耍了。当狐狸张嘴喊话时，公鸡逃脱了。雷纳德后来在乌鸦蒂塞林身上玩了类似的把戏，说服他从高枝上高声唱歌，那块奶酪因此便掉入下方等待着的狐狸嘴里（见图 6–1–3）。尚德利耶的故事被乔叟改编为《坎特伯雷故事集》中的《修女与神父的故事》。神父用这个故事发表了一篇长篇的学术演讲，最后得出一条道理：要小心鲁莽的决定，不要相信奉承。

《列那狐罗曼史》是当时的喜剧和讽刺精神的表达方式之一，它对宫廷文学、贵族气派以及宗教伪善等方面都进行了讽刺。来自尚德利耶故事之著名桥段中的场景，如今在一些宗教和学术作品中被发现。在一份为巴黎大学校长制作的手抄本中，一只狐狸嘴里叼着一只公鸡（见图 6–1–4）。这个场景与这一页标题为"波伊修斯算术（Arismetice Boecie）"的文本一同出现在上方边缘处，该标题表明这是一篇波伊修斯所著的关于算术的论文。这是包括修辞学、逻辑学、天文学和音乐学等科目在内的重要的中世纪学术课程作品中的一部分。

▶ 图 6–1–5　一个图形化的首字母"C"，来自《诗篇》第 95 篇的第一行"我们要为主唱一首新歌"里面有三个唱歌的修士；下方则是在台前唱歌的公鸡，同时还有一只狐狸盯着它。出自《奥斯科特圣咏诗篇》（牛津，1265—1270 年）大英图书馆馆藏手抄本 50000，第 146 页背面

97

CANTATE DOMINO

canticum nouum q2 mira
bilia fecit.
Saluauit s dexteram ei: &
brachium sanctum eius.
Notum fecit dominus sa
lutare suum in conspectu gē
tium reuelauit iusticiã
suam. Recordatus ē mīe
sue & ueritatis sue domui
israel,
Uiderunt omnes termini
t̄re salutare dei nr̄i iubi
late deo omnis t̄ra canta
te & exultate & psallite,

Kar chantez al seignur.
Nuvel chant par amur.
Kar merveilles a feit.
Sa destre a sauve.
E sun braz sant.
De cel dolens pleit.

Il fist la gent sauver.
De cel u eust sun her.
Entre paienne gent.
La dreiture de sei.
Mustra e sun segrei.
E sun afeitement,

Sa merci sauvement.
Il bien recorde.
De ces de israel.

Kar tuz fins del mund.
Ce kunt oi ueaunt.
Le deu emmanuel.
Jubilez tut cest mund.
Tant cum e le e rund.
A deu nr̄e seignur.
Chantez e joissez.
Chant li saumez.
E ceo grant amur.

图 6-1-6　一只腰间绑着袋子的狐狸，手中拿着一根木棍，在为狮子诺布尔（Noble the lion）把脉

图 6-1-7　两只狐狸剥掉了一只狼的皮

图 6-1-6 和图 6-1-7 这两个小场景描绘了列那狐的故事。出自《史密斯菲尔德法令》皇家手抄本 10 E IV，第 54 页正面，第 56 页背面

任何研究中世纪手稿的人都可能在页面边缘中看到奇幻甚至令人不安的图画，从龙和奇怪的半人类生物，到这些基于流行主题和故事创作的场景。它们出现在旨在极其严肃的卷轴中，从虔诚的宗教手札到法律教科书，由此引发了许多推测和辩论。这些是为了给枯燥的文本增添

趣味，为内容增加讽刺意味，还是因为艺术家们已经厌倦了画基督诞生或关于战斗的场景，而试图放飞想象力？似乎所有这些因素都有可能，而且还有可能是人们对“荒谬事物”的趣味。在《奥斯科特圣咏诗篇》（*the Oscott Psalter*）手抄本某页的下方边缘（见图 6–1–5），一只公鸡唱着一本音乐架上的书的内容，被一只狐狸牢牢盯着看。这对应着首字母内部所描绘宗教场景，三个修士在讲台上唱歌，引入了《诗篇》第 95 篇“我们要为主唱一首新歌”。这是否暗示教士与下面的公鸡一样虚荣，渴望展示自己的声音？

构成法语“列那狐故事集”中的每首独立诗歌或“支线”部分（总共约二十八首）都包含了其主角的一次冒险。从 13 世纪起，学者们便开始收集这些故事并整理成册，最终将它们分为三个涵盖支线故事组合的主要故事传统或脉络。早期的故事分支，包括尚德利耶的故事，与口头文学传统以及乡村的封建社会有关，但后来增加的内容则反映了中世纪城镇中的职业规范、修道生活以及贵族社会，比如列那狐参加决斗，后因犯罪受审，宣誓成为神职人员并开始朝圣。

在其中一个较晚的故事分支中，狡猾的列那狐出现在狮王诺布尔的宫廷中，并被控犯有重罪，包括对其他动物如鹿布里切默（Brichemer）和狼伊桑格兰的罪行。皇室的判决非常果断和残酷：列那狐被判处绞刑。在某个版本中，它后来踏上了朝圣之旅以求赎罪。在另一个版本中，诺布尔病得非常严重（见图 6–1–6），列那狐则出发寻找治疗方法以试图为自己赎罪。在采集草药时，它发现了一个睡着的小贩，其身上有一件披风和一个装着草药的袋子，于是它自然而然地偷走了它们。它出现在国王面前，并承诺在得到狼皮、鹿角和猫毛后便能治愈国王。结果是诺布尔确实被治愈了，列那狐也重获了国王的信任并在宫廷中晋升，伊桑格兰被剥皮（见图 6–1–7），布里切默被去角，猫提伯特倒是很幸运地死里逃生。

这个故事被描绘在一本名为《史密斯菲尔德法令》的教会法典中，

这是大英图书馆书页边缘艺术作品中的杰作，囊括了六百多幅插图，涵盖了圣人生平、罗曼史和日常生活场景等各种主题。这些插图是在这本书从法国南部（最初被誊写复制并配以部分插图的地方）带到英格兰后，由伦敦的画家添加在法律文本下方的空间中的。这本书中关于列那狐故事的插图没有完全按照我们所知道的故事的确切顺序和细节展开，因此它们可能基于现在已经失传的另一个版本，或者艺术家可能根据他熟悉的角色原创了一些内容。当然，这些内容的重点依旧有关罪案和惩罚，也正是我们在一本法律书中会看到的内容。

《列那狐罗曼史》是跨越印欧（从阿富汗到萨拉戈萨）文化和语言的动物寓言文化传统中的一部分，其中最早的书面材料是梵文的《五卷书》（公元 300 年左右），其中一位聪明的婆罗门向三位王子讲述动物寓言故事，教育他们治理国家的艺术。许多集合都有教育目的，从《伊索寓言》到希伯来的《古代寓言》（*Meshal ha-qadmoni*）再到阿拉伯经典作品《卡利拉和迪姆纳之书》（*Kalila wa Dimna*）。中世纪的传教士在他们的布道中使用动物寓言作为例证或例子，首先是为了引起注意，然后是为了向听众展开道德教化。但是，以本地方言编写、目的是讽刺而不是起教化作用的“列那狐的故事”，可以说吸引了更为广泛的观众，使得列那狐成为法国文学中颇为著名的喜剧英雄之一。

Cum beatus georgius nomine dei martirium recepisset. uenerunt capadocie regionis uiri excellentissimi et sanctum corpus eius nocturno silencio abstulerunt et preciosis conditum aromatibus sepelierunt in eadem ciuitate qua martirium consumauit. Versus

Gloria et honore coronasti eum domine

2. 龙与圣乔治

龙出现并朝他们飞奔而来，
圣乔治骑在马上，
拔出剑并在身上画了十字标志，
勇敢地向朝他袭来的龙冲过去，
用长矛刺向它，
重伤了它，并将它扔到了地上。

《金色传奇》，威廉·卡克斯顿（William Caxton）译

在西方文学中，友好的龙非常少见：它们通常是长相丑陋，鳞片纵横的生物，会喷火，一般居住在地下洞穴，并喜欢吞噬人肉。幸运的是，同样有许多足够勇敢且擅长剑术的英雄可以斩杀它们，比如从贝奥武甫到珀尔修斯，再到安条克的圣玛格丽特（见第一章第二节）。其中之一是武圣人乔治，他的瞻礼日是 4 月 23 日，他也是英格兰、乔治亚、埃塞俄比亚和威尼斯等国家与地区的守护圣人。在中世纪，他与龙

◀ 图 6-2-1　乔治身穿白色盔甲，画有红色十字，用长矛杀死了一条龙，并解救了一位祈祷的少女，而城墙上的人群则在一旁注视。出自一本时祷书（巴黎，约 1406 年）大英图书馆馆藏手抄本 29433，第 207 页

的残酷冲突场面常被艺术家描绘成图画，这也证实了他的传说的受欢迎程度。虽然细节有所不同，但故事的梗概如下：

在利比亚的锡莱纳城（City of Silena）附近，一只散播瘟疫的龙在一个大湖边筑巢，它飞到城墙上方并喷射毒气，使人们几乎窒息，并以此来恐吓他们，除非城中的居民用羊和人肉喂养它。每天人们都会抽签，年轻的男女一个接一个地被留在湖岸边，被可怕的生物撕成碎片后吞进肚子。过了一段时间，该轮到国王的女儿成为牺牲品了，国王尽最大努力与臣民谈判，以拯救她的生命，如果臣民愿意，他会提供黄金，甚至可以献出他一半的王国。

不意外的是，因为居民们已经献祭了自己的儿子和女儿，所以他们坚持要国王也这样做。因此，国王给公主穿上华服，与她作临终告别，悲叹他宁愿自己死去（我们确实不知道为什么他以及其他的父母不献出自己的生命，让孩子活下来）。公主也决心履行自己的职责，哭泣着去迎接死亡。

这时，圣乔治恰巧经过这里，他问这位年轻的少女为什么哭得这么可怜。她告诉他尽快逃跑，否则他也会和她一起死去，但他回答说："我的孩子，不要害怕，因为我会以基督的名义来帮助你。"就在此时，可怕的龙从湖中出现，准备吞掉公主，而公主此时正祈求着怜悯。圣乔治于是骑马上前，在身前画了一个十字架，并用长矛猛击这头野兽，最终将其击倒在地。他让公主把腰带扔在龙的脖子上，这样他就可以把受了伤的怪物拉到城里。人们非常害怕，但乔治安抚他们说："主派我来解救你们……只要相信基督并受洗，我就会杀死这条龙。"于是国王和他的许多臣民纷纷皈依，乔治则拔出剑，最后一击结束了龙的生命。人们用五头公牛把它庞大的尸体拖出城外，看到这一幕，又有一万五千名市民前来皈依。乔治拒绝了国王提供的奖赏，要求将其分给穷人，而且要求国王应该在人民中维护基督教信仰。然后，他骑马离开继续去宣扬上帝之道，而国王则以他的名义建了一座教堂，并将其献给圣母玛利亚。

中世纪英雄如圣乔治所击败的可怕的龙，在文学中有着悠久的历史。这些生物有许多不同的来源，包括古典文学、早期民间神话和东方传说。在早期表现形式来看，有证据表明它们被视为更像蛇或蠕虫的生物。既包括在盎格鲁－撒克逊史诗《贝奥武甫》中用于指代格伦德尔

图 6-2-2　一条蛇一般的龙攻击一头大象。出自一本动物寓言集（英格兰，13 世纪早期）哈利手抄本 4751，第 58 页背面

及其族群的古英语词“wyrm”，这正是蠕虫的意思，也包括后来从法语中引入的“dragon”（来自拉丁语 draco），意为蛇。在中世纪，关于动物及其特征的准科学著作——动物寓言集中，龙被描述为来自印度和埃塞俄比亚的蛇一样的生物，它们会潜藏并突然跳出来攻击大象，用尾巴勒死它们（见图 6–2–2）。插图下方的拉丁文描述是这样开头的：“龙是所有蛇中最强大的一种。”在另一部版本较晚的动物寓言集的一幅图像（见图 6–2–3）中，这种生物开始变得更加让人熟悉，尽管它的身体仍然又长又细。到中世纪末，像现代漫画书和视频游戏中看到的喷火的爬行动物，带有肉冠、装甲尾巴和蝙蝠状翅膀的形象变得更加普遍（见《佩塞弗雷传奇》第 15 章中的龙）。

圣乔治与龙的传说可能源于希腊神话中珀尔修斯的传说，他曾为营救安德洛墨达（Andromeda）而与一条龙战斗；当时她被留在岩石上作为给海怪的祭品。对于中世纪基督徒来说，龙所代表的邪恶与撒旦有关，而撒旦是诱惑夏娃在伊甸园中吃果子的那条蛇的近亲。图画中的圣乔治有时会将龙踩在脚下，这暗示着基督教战胜了罪恶和异教信仰。他通常被描绘为穿着罗马士兵的盔甲，或者作为十字军骑士举着十字旗，骑在一匹白马（代表纯洁）上，手持出鞘的剑或将长矛插入龙的喉咙。在图 6–2–4 中，艺术家几乎使用了电影般的技巧，将两个传说中的情节叠加，每个情节都用金色边框包围，产生了魔幻般的彩色玻璃窗效果。在背景中，公主在平和的风景中跪着，而乔治则骑马经过，似乎没有意识到即将发生的危险。在这个宁静画面的中央，是一个动作飞扬的场景：乔治举起剑，他的马后腿则直立，攻击着龙，而龙则咆哮着反击。乔治的长矛嵌入了它的脖子，剩余的断矛留在地上。公主看着，双手合十祈祷，她的红色裙子与乔治身上的红色十字和马具相同。这幅图下方的金色文字是向圣乔治祈祷的祷词开头。

▶ 图 6–2–3　一条蛇和一条龙。出自一本动物寓言集（英格兰，1236—1275 年）哈利手抄本 3244，第 59 页正面

catholici. Vide quam potes ne sit domus tua inuenta vacans et comprehendat te ille draco serpens antiquus et deuoret te sicut iudam qui mox ut gustauit a domino fertum et tinctum panem statim a demone deuoratus est et periit.

Anguis nomen commune est serpentium. ab angendo anguis dictum.

Anguis omnium serpentium genus est quod complicari et torqueri potest. et inde anguis quod angulosus sit et numquam rectus. Colubrum ab eo dictum quod colat umbras vel quod in lubricos tractus flexibus sinuosis labatur. Nam lubricum dicitur quicquid labitur dum tenetur. ut piscis. serpens. Serpens autem nomen accepit quia occultis accessibus serpit. non apertis passibus sed squamarum minutissimis nisibus repit. Illa autem que quatuor pedibus nituntur sicut lacerte et stelliones non serpentes sed reptilia nominantur. Serpentes autem reptilia sunt que ventre et pectore reptant. Quorum tot venena quot genera. tot pernicies quot species. Natura rerum maxime.

De dracone ignivomo. Qui se in aerem iaculatur et ipsum facit choruscare.

Draco maior cunctorum serpentium siue omnium animantium super terram. Hunc greci dracontem vocant. Unde et derivatum est in latinum ut draco diceretur. Qui sepe ab speluncis abstractus fertur in aerem concitaturque propter eum aer. Est autem cristatus ore paruo et artis fistulis per quas trahit spiritum et linguam exerit. Vim autem non in dentibus sed in cauda habet et verbere potius quam rictu nocet. Innoxius autem est a venenis. Sed ideo huic ad mortem faciendam venena non esse necessaria dicunt quia si quem ligaverit occidit. A quo nec elephantus tutus est sui corporis magnitudine. Nam circa semitas delitescens per quas elephanti soliti gradiuntur crura eorum nodis alligat ac suffocatos perimit. Gignitur autem in ethiopia et india. ubi in ipso incendio est iugis estus. Huic draconi assimilatur diabolus qui est immanissimus serpens. Qui sepe a spelunca in aerem concitatur et lucet per eum aer quia diabolus se erigens transfigurat se in angelum lucis et decipit stultos spe glorie leticieque humane. Cristatus esse dicitur quia ipse est rex superbie. Vim autem non in dentibus sed in cauda habet quia suis viribus perditos mendacio decipit

圣乔治的故事在雅各布·德·沃拉金的《金色传奇》中广为流传，这是一部按照教会日历安排的圣人传记，包含了一百七十七位圣人的生平。它是中世纪欧洲传播最广泛的书籍之一。其最初是用拉丁文写成，为多明我会传教士提供演讲案例，后来被翻译成法语和其他本土方言，并添加了插图，以便普通人可以享受这些动作飞扬、有时甚至还有些花哨的故事。

沃拉金的圣乔治传记同样也包括了龙以及他与十字军的联系。在龙的事件之后，是对乔治在第三世纪遭受酷刑且最终殉道的长篇描述，然后在一千多年后，他再次出现在圣地，身穿白色盔甲，戴着红色十字，领导一群十字军攻击耶路撒冷的城墙。

英国国王理查一世曾在十字军东征期间，于1190年左右的巴勒斯坦拜访了他的圣地，这在很大程度上提升了他作为武圣人的声誉。爱德华三世设立最高骑士荣誉嘉德勋章，就是以圣乔治的名义。亨利五世在1415年的阿金库尔战役中，曾援引他作为英格兰的守护圣人。他的儿子亨利六世在一份包含其王室历史和家谱的手稿中，被描绘成向圣乔治祈祷（见图1–2–7）的样子。

在时祷书的插图中，读者可以发现最为可怕的龙和最英俊的圣乔治（见图6–2–1、图6–2–4和图6–2–5）。这些小型的宗教文本合集，是在中世纪晚期大量生产出来供私人使用的作品。富有的赞助人则可以订制适合自己使用的手抄本，选择与他们特别相关的祈祷文本（除了标准的祈祷文本），并委托艺术家提供定制的插图。对圣乔治的祈祷或代祷很受手抄本赞助人欢迎，所以书的主人有时会被描绘在图中，跪在圣人面前祈祷。有一个在15世纪中期的绝佳例子，诺福克郡纳福德的威廉·奥德霍尔爵士（Sir William Oldhall，1460年逝世）跪在圣

▶ 图6–2–4　乔治与龙战斗并拯救了少女。出自一本时祷书（布鲁日，约1500年）埃格顿手抄本1147，第259页背面

Georgi martir in
clite Te decet laus
et gloria predodatum mi
litia per quē puella re

乔治面前，带着祈祷书，而圣乔治则将长矛插入龙口，并救起了跪在地上的少女。在下方，祈祷文本以“哦，光荣的圣乔治，伟大的殉道者（Georgi martir inclite）”开头，首字母“G”上镶有奥德霍尔家族的纹章（见图 6-2-5）。

▶ 图 6-2-5　圣乔治屠龙。出自《时间之书》（法国北部，15 世纪中期）哈利手抄本 2900，第 55 页正面

Georgi martir
inclite. te decet
laus et gloria
predotatum

3. 狮子：皇室与耶稣复活的象征

狮子是兽中最强壮的，
面对任何事物都不会退缩。

《通俗本拉丁文圣经》（*Latin Vulgate Bible*）；英王钦定版译，箴言 30

1937 年，挖掘伦敦塔周围旧护城河的工人发现了两个保存完好的北非雄性巴巴里狮头骨，上面有黑色鬃毛的痕迹。其中一个可以追溯到 14 世纪初期，即爱德华一世或其后不久的统治时期，另一个可以追溯到 15 世纪。几百年来，英国君主在伦敦塔中饲养了各种珍禽异兽，其中庄严的狮子则被安排在入口处的显著位置，让进入大门的人感到畏惧。欧洲中世纪的统治者们也知道如何饲养类似的动物，而他们的狮子也很可能为他们委托宫廷彩绘师制作的手抄本插图提供了实物。

狮子经常出现在宗教故事或寓言书中，它们可以是被投入深坑与《圣经》英雄缠斗的凶猛野兽，也可以代表宽恕和基督受难。《旧约》中的英雄参孙（Samson）曾经与一只狮子搏斗，赤手空拳将它撕成了碎片，展示了他超人的力量。另一位《旧约》中的先知但以理（Daniel）

◀ 图 6-3-1　卡斯蒂利亚 – 莱昂皇家纹章中的金色狮子。出自《迷途指南》（*Guide to the Perplexed*，加泰罗尼亚，14 世纪中叶）东方手抄本 14061，第 156 页背面则因不放弃自己的犹太信仰而被扔进了玛代王大流士用来惩罚不服从命令的臣民的狮子窝（见图 6–3–2）。神的保护使但以理免遭凶猛野兽的攻击，惊愕的大流士立即皈依了犹太教。

也许最感人的有关狮子的宗教故事，出自基督教会早期创始人之一的圣杰罗姆的生平，他以将《圣经》翻译成拉丁文而闻名。他是一名高成就者，很快便在罗马教会中平步青云，但是由于他对教廷的政治感到厌倦，四十岁时辞去了大主教的职位。在沙漠中作为隐士生活了四年，生活在蝎子和野兽中，克服了自己的肉体欲望，他余生都在伯利恒的一个山洞里度过，在那里完成了《圣经》的翻译。在此期间，一只狮子跛着走进了杰罗姆每天去祈祷的修道院。其他的修士们惊恐地逃走了，但他善待这只狮子，从它的爪子上取出一根刺（见图 6–3–3），并将其洗净并包扎好。感激的狮子被驯服了，并开始与修士们一起生活，照顾运送木材的驴子，并在驴子外出到田野时负责守卫。

图 6–3–2　但以理被扔进狮子窝。出自一部法语的古代历史作品《历史三部曲》（布鲁日，约 1475 年）皇家手抄本 18 E V，第 125 页背面

有一天，当狮子正在睡觉时，驴子被一队路过的骆驼商人偷走了。狮子到处寻找驴子，但它怎么也找不到。修士们怀疑是狮子吃了驴子，并惩罚它运送木材。狮子忍耐着这一切，因为他忠于杰罗姆并

图 6-3-3 圣杰罗姆取出狮子爪子上的刺。出自一本法语散文传奇（巴黎，13 世纪中叶）
皇家手抄本 20 D VI，第 159 页背面

希望与这位圣人保持亲近，也一直在寻找驴子。几个月后，当骆驼商人再次经过那里时，狮子在他们的车队中认出了那只驴子。狮子发出可怕的咆哮，吓得那伙窃贼逃走了，它与失散的伙伴重逢，将其和所有的骆驼带回了修道院。杰罗姆看到狮子的举动，意识到这头忠诚的野兽完全是被人误解了。不久之后，商人们出现了，并向杰罗姆请求原谅他们的罪行。他慷慨地宽恕了他们，他们便离开了修士们以及狮子和驴子。他完成了对《圣经》的翻译工作，重新组织圣歌，并把所有的诗篇和教会一年中的课程按正确的顺序排列之后，圣杰罗姆在伯利恒去世，享年九十八岁。在他生命的最后几天里，这只忠诚的狮子一直躺在他身边，舔他的脚。如今在伯利恒圣诞教堂附近仍然可以看到圣杰罗姆工作了四十年的地下室；在那周围还有驴子，但没有狮子。

图 6-3-4　一只雄狮将气息喷向它的幼崽。出自一部动物寓言集（罗切斯特修道院，约 1230 年）皇家手抄本 12 F XIII，第 5 页正面

狮子在宗教传统中扮演的象征角色有许多，其中之一就来自中世纪的动物寓言集。这是一本关于野兽的书，乍一看似乎是有些科学性的，因为它对动物外貌和习性的描述主要来源于像普林尼（Pliny）的《博物志》（*Naturalis Historia*）这样的文本。但很快读者会发现，其中的生物，无论是真实的还是虚构的，都是展现人类行为的寓言，主要是为了剖析罪恶、弘扬美德并传达宗教真理。这部书的第一章专门讲述了狮子以及它们对中世纪基督徒的重要性。狮子被介绍为“野兽之王”，实际上是对其类似耶稣地位的援引，然后将其主要特征拿来与耶稣相比较。例如，根据这部动物寓言，当狮子外出散步并发现自己被追踪时，它会用尾巴抹去足迹，这代表基督掩盖了他的神性，只向他的追随者显露。此外，狮子幼崽出生时都是死的，由母狮照顾三天，然后当它们的雄狮父亲将气息喷在它们的脸上时，它们才会复活（见图 6-3-4），这则对应了基督在墓中三天后被上帝复活的情节。

▶ 图 6-3-5　参孙与狮子搏斗，周围是由爱德华四世的纹章和两枚约克王朝的纹章〔白玫瑰和座右铭“我权天授（Dieu et mon droit）”〕装饰的花边。出自《罗马人言行录》（*Faits et dits mémorables des romains*，布鲁日，1479 年）皇家手抄本 18 E III，第 227 页正面

En ce tiers li
ure ya huit
chappitres.
Le premier
est de indole
Le second de
force Le tiers de patience Le
quart de ceulx qui vindrent
de petit lieu qui puis furent
puissans et vaillans Le v.e
de ceulx qui furent extraits des
nobles qui ne les sieuuirent
pas en oeuures et en bonnes
meurs Le sixiesme des nobles
parens qui prindrent plus
cointe habit et autre maniere
daournemens que la coustu
me du pais nestoit Le vii.e de
fiance de soi Le huitiesme de
constance. Translateur. Indole

图 6-3-6　一只有翅膀的狮子的细节描绘。出自多吉（Doge）寄给帕斯夸利奥（Pasquaglio）的委托信（威尼斯，约 1590 年）大英图书馆馆藏手抄本 20916，第 16 页

不出所料，鉴于他们偏重道德和教化，动物寓言在修道院和大教堂的学校中被用作教学文本。它们在英格兰尤其受欢迎，并且 12 世纪和 13 世纪的许多这样的手抄本都流传了下来。修道院图书馆幸存图书目录中总会有一本动物寓言。而且这些动物寓言手抄本中往往有许多精美的插图，每种动物在文本中都有一张对应的插图。

在中世纪故事集的插图中，涉及狮子的情节通常会被选为素材，尽管在一些情况下，一些彩绘师显然并未见过真正的狮子，也没有较为真实的图画可供参考。在描绘参孙使用暴力的插图（见图 6-3-5）中，他所对战的“狮子”看起来比盾牌纹章下方的狮子更不真实。布鲁日的艺术家构想了一种类似熊和狼的生物，可能更适合中世纪的景观，背景中还有塔楼，而参孙本人则穿着东方服装。

英王爱德华四世的纹章被绘制在他于 1480 年从布鲁日的工作室中获得的二十一本壮丽手稿的边框上（见图 6-3-5 下方边框中的盾牌）。从狮心王理查德开始，英国国王的纹章中就有两只站立在红色背景下，“四个爪子张开站立，头朝向读者”的金色狮子，后来两只变成了三只。作为权力的象征，狮子在从苏格兰到意大利再到波希米亚的中世纪纹章中无处不在。图 6-3-1、图 6-3-6 和图 6-3-7 展示了来自大英图书馆手稿的三个例子。图 6–3–1 来自一本在西班牙加泰罗尼亚制作的希伯来文图书，采用西法迪（Sephardic）文本，并囊括了著名哲学家迈蒙尼德（Maimonides）的作品。其中几页上都装饰着金色的狮子纹章，包括这幅占据全页的卡斯蒂利亚 – 莱昂皇家纹章微缩画。图 6–3–6 是来自威尼斯执政官多吉颁发的一份正式文件中带绘饰页面的细节，该文件标志着他对当地的大家族——帕斯夸利奥家族的委任。有一页上满是象征性的符号，圣马可飞狮和威尼斯的象征一起被描绘在男人头顶的圆形浮雕中，那个男人可能是帕斯夸利奥，此时他正向圣家祈祷。

图 6–3–7 描绘的是一枚出自军械编年史上的盾牌，而这卷编年史由一位来自英格兰华威郡名叫理查德 · 劳斯（Richard Rous）的牧师绘制而成。它纪念了该镇重要的家族，并在他们的纹章下面画有六十五个当地权贵人物的图像，还赞颂华威伯爵直至 15 世纪的丰功伟绩。第八代华威伯爵威廉 · 莫迪特的纹章包括了两只狮子，但是与图 6–3–5 中皇家纹章中狮子“行走（Passant）”的姿态不同，沃里克的狮子采用了更具威胁性的姿势，即处于“狂暴着站立（Rampant）”状态，也就是后腿站立，前爪举起准备攻击。狮子在纹章上比其他任何动物都更为常见，部分原因是它不像老鹰那样被专门用于王室，另一部分原因是它所象征的品质——勇敢、高贵和力量，是任何渴望提高自身社会地位的家族都希望他们的纹章所拥有的魅力属性。

图 6–3–7 华威伯爵威廉 · 莫迪特家族纹章中的狮子。出自劳斯卷轴（华威郡，约 1483 年）大英图书馆馆藏手抄本 48976，第 5 页

lesse nul de assailler autre foitz. ¶ Par les deus eles del egle qe sont do-
nez a la femme. sount signifiez les deus testamentz par qi enseignementz
seinte Eglise fet penaunce & se mette loyns del serpent. La ewe qe
le serpent enueia de sa bouche apres la femme. signifie tribulacion qe
le diable fait a seinte Eglise. ¶ Ceo qe la terre oure sa bouche &
transglutist le ewe. signifie qe les seintz hommes qe sont en terre par
humilite & establete par lour oreisons anientissent les tribulations qe les
diables enuoient. Ou en autre manere par le ewe est signifie richesce
qe les diables enuoit a ceime foitz en seinte Eglise qant il ne la poet
destruire par tribulacion. Mes la terre oure sa bouche. ceo sont les
coueitous qi transglutent les richesses. si qe les bon fitz de seinte egli-
se remaignent en pouerte & ne nust gard. ¶ Ceo qe le dragon se tour-
na vers la femme & sen ala combatre oue les autres de son linage.
signifie coment auant qe quant il est failli as gentz de haute vie il se
prent a plus bas qi tient la fei ihesu crist & se gardent de pecche mortel.
& de ceux ne ueint il fors coue... et ceus sont signifiez par la grauele
de la mer ou il se assist.

4.《启示录》中的野兽，黑暗势力

因为他发怒的日子已然来临，

那时谁能阻挡呢？

《通俗本拉丁文圣经》；英王钦定版，《启示录》6

一些史上最可怕的野兽从天空、海洋和大地中涌现出来，在《圣经·启示录》中的灾难性事件中扮演着重要角色。正如 A.N. 威尔逊（A.N. Wilson）所说："从这里开始，《圣经》变得像科幻小说。"拥有七个头的野兽和大小如马的蝗虫等丑陋而不自然的生物将在世界最后日子里涌现。伴随着引人入胜的描述方式，《启示录》（也称为"末世录"，来自希腊语"揭示"的意思）的内容不仅包含了上天的启示，也囊括了让人极为胆寒的恐怖事物，这为艺术创造提供了无限的空间。中世纪的人们对上帝复仇以及地狱永恒惩罚的恐惧，在审判日和世界末日的恐怖图片中得到了滋养，其中许多插图出自《启示录》配图版手抄本中（见第二章第六节）。根据现存善本的数量可知，这些手稿在 14 世纪，尤其在英格兰和法兰西，是较受欢迎的配图手抄本之一。

《启示录》由一系列圣约翰所见的异象组成，针对这些异象的解释

◀ 图 6-4-1　七头野兽和巨龙，出自《玛丽王后启示录》（伦敦或东英吉利，14 世纪初）皇家手抄本 19 B XV，第 23 页正面

五花八门。最好让这些神秘的话语自证其意，而且读者需要牢记，当时针对 1 世纪希腊语原著的译本也有不少。针对这些有点晦涩难懂的充满视觉化描绘文本，中世纪艺术家创造了一系列强有力的图画以诠释内容。他们对《启示录》中的各种奇怪生物的想象丰富而多样，从而可以被拿来作比较；首先我们将看看蝗虫的图画，然后再看看与《圣经》文本相关的龙、野兽和假先知撒旦的三位一体。

大小如马的蝗虫

> 蝗虫的形状像预备出战的马；它们的头部像金冠，脸面像人，头发像女人的头发，牙齿像狮子的牙齿…… 尾巴像蝎子，尾巴里有毒刺…… 而且它们也有一位王，是无底深渊的天使，在希伯来语中叫“亚巴顿（毁灭者）”。
>
> ——《启示录》9:7–11

任何一种蝗灾都足够可怕，而《启示录》中的蝗虫大如巨马，蝗虫群从一个无底洞中涌出，就像一股遮蔽了太阳的黑烟。在图 6–4–2 中，它们穿着盔甲，有着人类的头部和一排凶猛的牙齿，以及卷曲的金色长发和皇冠。它们被领袖亚巴顿（一个有翅膀的魔鬼）统御，他驱使它们去折磨那些额头上没有神的印记的人，像蝎子一样蛰他们四个月，直到这些人只想去死。他的军队满怀恶意地笑着，想象着这个残忍任务执行时的景象。

从法语手抄本中摘取的图 6–4–3 中的蝗虫更像真正的昆虫，而不是《启示录》中描述的马，因此这位艺术家可能受到了《旧约》中上帝降下的蝗虫灾难图片的启发，而不是基于《启示录》中的文本进行描绘。这里，他主要关注异象的第一部分（在上面引用的文本的内容之前），那时一颗象征着宇宙混乱的星从天而降，在它坠落的地方砸开了一个巨大的深渊。这些事件仅是七位吹号的天使召唤下来的一系列灾难的一部分。一位天使（在这里被描绘为一只有着人脸的、有翅膀、戴着王冠的羔羊）观看着蝗虫在红色的天空中猛扑向大地，对大地进行一场空袭。

图 6-4-2　亚巴顿面对他的蝗虫军队。出自一本拉丁语《启示录》（英格兰，13 世纪中叶）大英图书馆馆藏手抄本 18633，第 16 页正面

图 6-4-3　一位天使呼唤蝗虫降临，一颗星也随之坠落。出自一本法语版《启示录》（法兰西，约 1380 年）耶茨·汤普森手抄本 10，第 14 页背面

龙与野兽

我站在海滩上，看见一头野兽从海里浮现，有七个头十只角，并且角上戴着十个冠冕，在头上有亵渎神明的名号。我所看见的野兽，形状像豹子，脚像熊的脚，口像狮子的口，龙将自己的能力、宝座和大权柄都给了它……大地上所有的人都跟随野兽，并都跪拜龙，因为龙将自己的权力给了野兽，所以人们也跪拜了野兽。

——《启示录》13:1–5

一只七头红龙出现在天空中，试图攻击一位正在分娩的母亲，但被一支天使军队打败（图位于第 13 章）。但它回来了，并将权力赋予一只从海中出现同样有七个头的怪兽。它们共同在地球上建立自己的王国，污蔑上帝，并使用欺骗的手段奴役人民。刊载了图 6–4–4 至图 6–4–6 的三本手抄本的创作者，分别来自日耳曼、法兰西和英格兰，想象了龙和野兽的各种形状和外貌颜色，并以不同的方式描绘了两者之间的权力交接。在前两幅图画（见图 6–4–4 和图 6–4–5）中，龙将权杖交给了野兽，后者有像豹子一样的斑点，符合《圣经》文本的描述。日耳曼手抄本中有鲜红色龙，它甚至还亲吻了野兽。相比之下，在《威尔斯启示录》（*Welles Apocalypse*，见图 6–4–6）中，龙则站在野兽的背上，从它的嘴里喷出象征着力量的火焰；而在《玛丽王后启示录》（*Queen Mary Apocalypse*，见图 6–4–1）中，龙用爪子放在野兽的一个头上，模仿基督教的赐福仪式。

在三张图中有两张（见图 6–4–5 和图 6–4–6）描绘了在一旁观察的圣约翰，这提醒我们眼前的是一个幻想。瓦尔迪厄艺术家（图 6–4–5）则在一个平静的海面上描绘了一艘玩具般的小船，使场景具有宁静、缥缈的质感。两个生物都有一个长长的颈部，在颈部上排列着七个头，就像在枝条上排列的浆果一样，因此它们看起来不像多头蛇。这种优雅的特质也反映在《威尔斯启示录》（见图 6–4–6）中，海上有规则的起伏

图 6-4-4　龙将权力赋予野兽。出自一本拉丁文版《启示录》（日耳曼，约 1400 年）大英图书馆馆藏手抄本 38121，第 24 页背面

图 6-4-5 野兽从海中出现，龙将权力赋予它。出自《瓦尔迪厄启示录》（*Val-Dieu Apocalypse*，诺曼底，约 1325 年）大英图书馆馆藏手抄本 17333，第 21 页背面

条纹，背景类似有图案的墙纸。威尔斯手抄本很大，所以根本无法手持阅读，因此它可能是设计成放在讲台上的，并且可能被一位牧师或修士用来向一群人宣教。据推测，他们可能是英国贵族，因为文本是用盎格鲁-诺曼法语写的，这是英格兰贵族圈中使用的语言。与前面的图像形成对比，龙很小而且图案美丽，头的颜色反映了海洋的海蓝色，但它的危险在于邪恶的表情和张开的下颚。

撒旦三位一体和青蛙

我看见三只像青蛙一样的污灵从龙口、兽口和假先知口中出来。因为他们是魔鬼之灵，能行奇迹，到普天之下的君王那里去，召聚他们上阵作战，就在全能神的末日降临那天。

——《启示录》16:13–14

第三只怪物——假先知从地上出现，加入到龙和海兽的“邪恶三位一体”中。它表演了一系列假的奇迹，并迫使人们崇拜另外两只怪物。在图 6-4-7 中，这些野兽看起来像是卡通恶棍：先前提到的假先知则是一个超现实的老鼠形象，有着角和扭曲的身体。三个生物的嘴

▶ 图 6-4-6 野兽从海中出现，龙站在它的背上。出自《威尔斯启示录》（英格兰，约 1310 年）皇家手抄本 15 D II，第 157 页背面

E ieo ui une beste mounter de la
mer. k. auent. set testes. e. dis coro
nes. e. sur les testes nouns de blastenge.
e. la beste resemblent leopard. e. auent
pez de urs. e. sa buche sicum buche de le
oun. e. li dragun li dona sa vertu. e. sa
graunt puissaunce.

Cel dragun signefie le di
able. k. prent compaig
nie des princes del mun
de. e. de eus esforce sa ba
taille encountre seint eglise. Par ceo. k.

里都能吐出斑点青蛙，表示它们恶魔般的灵魂。这个邪恶的三人组在最后一战中被打败，之后天使将它们投入地狱的坑中，并将其封了一千年，就像在伦敦手抄本中描绘的那样（见图 6–4–8）。在这里，艺术家偏离了文本，描绘了穿着盔甲的骑士：他在画面中用十字军代替了天使，去执行上帝的正义。这本书有着清晰和周密的布局，使得文本和图像可以让读者很容易地同时浏览。每一页的顶部都有一个有框的着色图描绘着启示录中的场景，而背景则是未涂色的羊皮纸，在下方是相应的《圣经》经文，用黑色字体书写，随后是红色的评论，阐述其意义和内容。这几本可能是为了为世俗读者而制作的英国手抄本也采用了这种排列模式，这样他们就可以借助图像来帮助他们解释拉丁文中的难懂文本。在普通的羊皮纸背景上着色绘图的方式与技巧，为艺术家节省了不少时间。仅在这部手抄本中，他就要完成七十六张插图。由于文本被分解成一系列短小的“片段”，每处异象或时刻都被分割开来，给人一种时间被无限延续的感觉，使得读者可以花更多时间停留在图画、《圣经》经文和解释上。这些书既为读者提供娱乐消遣（作为恐怖类型的作品），又为他们提供了思考道德问题的机会。

图 6–4–7　圣约翰看着三个野兽的嘴里冒出青蛙。出自一本含有拉丁语和法语的《启示录》手抄本（英格兰，14 世纪早期）皇家 2 D XIII，第 40 页背面

▶ 图 6–4–8　约翰观看着野兽和所有戴着它标记的人被十字军骑士投入地狱深渊。出自一本带有评论的拉丁文《启示录》（伦敦，13 世纪中叶）大英图书馆馆藏手抄本 35166，第 25 页背面

Et apprehensa est bestia et cum illa pseudo propheta qui fecit signa coram ipso quibus seduxit eos qui acceperunt characterem bestie qui et adoraverunt ymaginem eius. Vivi missi sunt hii duo in stagnum ignis ardentis sulphure et ceteri occisi sunt in gladio sedentis super equum qui procedit de ore ipsius et omnes aves saturate sunt carnibus eorum.

Apprehendetur bestia et pseudo propheta eius quando illud implebitur quod dicit apostolus paulus: Quem dominus ihesus interficiet spiritu oris sui et destruet illustratione adventus sui. Et antichristus spiritu oris domini interficiendus est: quoniam ipse et pseudo propheta eius in stagnum ignis vivi mittendi sunt. Sicut vita iustorum est et impiorum. Iusti vero in egritudine mortem vocant vitam impiorum sanitatem et impii vitam iustorum mortem estimant sicut in iudicio dicturi sunt: Hii sunt quos aliquando habuimus in derisum et in similitudinem improperii. Nos insensati vitam illorum estimabamus insaniam et finem illorum sine honore. Antichristus igitur et pseudo propheta eius vivi missi sunt in stagnum ignis. id est in malitia sua. vivi in ea videlicet usque ad finem vite perseverantes. Quod autem dicit quod ceteri occisi sunt in gladio sedentis super equum interfectionem eternam per confusionem posuit. Illam scilicet quorum doctrina per gladium oris domini designatur interfecto antichristo insultabunt in fidelibus eo quod hominem impiissimum atque omnibus hominibus deteriorem antichristum immortalem deumque existimaverunt quem constabat pessima morte peremptum. At illi confundentur et tabescent in iniquitatibus suis.

Est animal quod dicitur elephans in quo non est con-
cupiscentia coitus. Elephantem greci a magnitudine
corporis vocatum putant. quod formam montis preferat. Grece
enim mons elephio dicitur. Apud indos autem a voce barro vo-
catur. Unde et vox eius barritus et dentes ebur. Rostrum
autem promuscida dicitur quoniam illo pabula ori admovet et
est angui similis. vallo munitur eburneo. Nullum

nc est elaphantus

5. 大象：移动的中世纪堡垒

号角发出阵阵喷气声，
嘶哑的、叮当作响的战斗号角咆哮；
凶猛而无畏，我识得战争的喧嚣声。
虽然我在出生时被造物主塑造得丑陋，
但我在成长中获得了生命的礼物
……
自然不会让我弯曲膝盖，
或者在疲惫时让我闭上眼睑休息。
相反，我必须一生站立。

《关于大象》（*Elephanto*），奥德赫尔姆（Aldhelm），《谜语集》（*Aenigmata*），詹姆斯·霍尔·皮特曼（James Hall Pitman）编校

◀ 图 6–5–1　一只大象以及满载士兵的城堡。出自一本寓言集（英格兰，13 世纪早期）哈利手抄本 4751，第 8 页正面

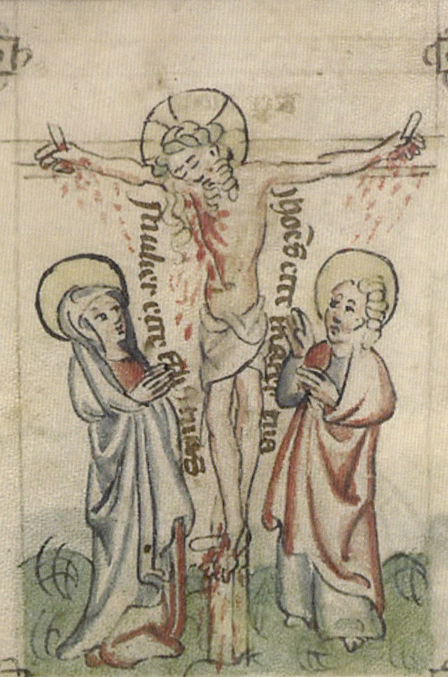

In precedenti capitulo audivimus, qualiter Christus pro nobis in cruce oravit
Consequenter audiamus, quibus figuris mors eius sit premonstrata
Rex Nabugodonosor per sompnium arborem magnam vidit
Et celsitudo scendebat usque, rami per totum mundum expandebantur
Hec arbor ipsum regem Nabugodonosor designabat
Qui in situ terre in medio situm prefigurabat
Cuius potestas usque ad celos exaltatur
Et per totum orbem sub omni potestate mundi dilatatur
Omnes bestie subtus eam et volucres in ea morabantur
Et omnes de fructibus ipsius vescebantur et nutriebantur
Per hoc autem satis evidenter innuebatur
Quod omnis creatura per regem istum sustentabatur
Et tamen angelus videns iussit arborem succidi
Per hoc innuebatur, quod rex iste debuit crucifigi
Quin per omnes eius ramos esse amputandos
Innuebatur quod omnes discipuli a Christo essent separandi
Addidit etiam quod arboris folia essent excutienda
Innuebatur quod verba doctrine a Iudeis essent contempnenda
Addidit insuper quod omnes fructus arboris deberent dissipari
Innuebatur quod omnia eius opera et miracula deberent vilipendi
Dixit quod omnes bestie sive volucres fugerent ab ea
Quia nec homines nec angeli ei auxilium preberent
Addiditque quod licet arbor illa esset succidenda
Tamen germinatio radicum in terra esset dimittenda
Per hoc innuebatur, quod licet Christus esset mortuus

Tamen non esset in morte permansurus, sed resurrecturus
Addiditque quod arbor que in terra remanebat
Vinculo ferreo et eneo alligari debebat
Per hoc innuebatur, quod Christus ad columpnam esset ligandus
Et clavis ferreis patibulo crucis affigendus
Addidit quod rex debebat in rore celi tingi et madefieri
Innuebatur et licet eum mundo ex hominibus debere moriri
Per hoc prefigurabatur, quod Christus extra urbem deberet crucifigi
Et in rore celi tingi, id est proprio cruore perfundi
Addiditque quod idem rex tanquam bestia esset cibandus
Innuebatur per hoc quod Christus aceto et felle esset potandus
Addidit quod cor eius deberet ab humano commutari
Et cor bestie pro corde hominis deberet sibi dari
Per hoc innuebatur quod iudei Christum non tanquam hominem tractarent
Sed tanquam feram vel vermem conspuerent et tractarent
Vel quod ipsi iudei Christo se non tanquam homines exhiberent
Sed tanquam bestie contra ipsum dentibus striderent
Addiditque quod super eum septem tempora essent mutanda
Et passio Christi per septem horas canonicas explicatur
Addidit quod hoc esset decretum in sententia vigilum et angelorum
Et hic eciam sermo esset petitio sanctorum
Per quod innuebatur quod mors Christi tam angelis quam sanctis nota
Quia per ipsam angelorum instauratio et sanctorum liberatio fieret
Addiditque per eundem regem deberet ad notitiam omnium
Quod excelsus dominatur super omnia regna hominum

图 6-5-2 （从左到右）耶稣受难、尼布甲尼撒做梦看到一棵树、国王科德鲁斯（Codrus）之死以及埃莱阿撒（Eleazar）死在大象身下。出自《人类救赎之镜》（*Speculum humanae salvationis*，日耳曼，15 世纪）斯隆手抄本 361，第 26 背面至第 27 正面

在《圣经·旧约》的《玛加伯一书》（*First Book of the Maccabees*）中，犹大和他的以色列抵抗军在贝特泽卡利亚之战中面对了强大的希腊塞琉古（Seleucid）帝国军队。塞琉古军队包括三十只装甲战象，每只象周围有一千名步兵和五百名骑兵。尽管以色列人勇敢地面对战象，但他们还是被“隆隆”作响的野兽和逼近的士兵所震慑。每头战象背上都系着一个遮蔽严密的木制塔，里面有四名战斗士兵和一名印度骑手。据说，这些野兽被喂了葡萄和桑葚酒以增加它们的攻击性。当犹大的军队前进时，他的弟弟埃莱阿撒站了出来：他的计划是通过一次勇敢的行为来激励他的同伴们，向他们展示大象并不像它们看起来那么无敌。他进入战场，向最大的一头象冲过去，躲在它身下，将剑刺入它柔软的腹部，知道自己可能会死。在进攻的过程中，战象的腿弯了弯，埃莱阿撒就这样被压死了。

中世纪关于大象的记载主要集中在战争中的使用，这一传统可以追

图 6–5–3　亚历山大的军队吹响号角，释放一群猪来对抗一支大象军队。出自《亚历山大大帝生平史》（巴黎，约 1420 年）皇家手抄本 20 B XX，第 57 页正面

溯到像卢克莱修斯（Lucretius）和普林尼这样的罗马历史学家，他们描述了大象携带装满武装士兵的塔堡进入战场中心，踩死数百人并使大军陷入混乱的场面。据一种说法，印度军队在战斗前曾部署了 10 万头战象，将它们全部装备成移动堡垒，在它们背上的塔内载有弓箭手或手持长矛的士兵。据说，亚历山大大帝在与印度国王波鲁斯的战斗中遇到过战象，但这位传奇指挥官想出了一种打败它们的办法。在《希腊亚历山大罗曼史》中的某一章节中，印度军队向马其顿人行进，像“行走的城墙”一样，亚历山大下令让他的士兵吹响大号并释放一大群猪仔，它们

图 6–5–4　皮洛士及其军队在意大利。出自《古代史》（阿克里，耶路撒冷的十字军王国，1275—1291 年）大英图书馆馆藏手抄本 15268，第 226 页正面

在大象脚下尖叫着奔跑（见图 6–5–3）。巨大的野兽感到恐惧，它们连忙直立起来，城堡和士兵便从它们的背上掉落，然后它们朝相反的方向奔逃。印度军队混乱地撤退了，并对这个年轻的马其顿将军感到惊讶，因为他竟然能让大象溃逃。一本华丽的法语版传奇手抄本将这些猪描绘成相当凶猛的野猪而不是猪仔，把大象画成了有着马蹄和喇叭一样形状的象鼻的模样，而一群穿着色彩靓丽服饰的音乐家确实也在用喇叭演奏着。

据一位历史学家称，罗马人曾经采用亚历山大的策略对抗希腊国王皮洛士（Pyrrhus），在公元前 3 世纪，皮洛士入侵意大利期间调用了十二头战象。他与罗马之间战役的描述在一份华丽的《从远古到恺撒的历史》手抄本中被呈现，这是一部古代历史的通史，涵盖了尤利乌斯·恺撒崛起之前的历史。大英图书馆珍藏了在前十字军王国（直到 1291 年土崩瓦解）境内在阿克里制作的四部收藏本中的一本，这本书的装饰非常豪华，用金色和精美的微缩画精心制作，融合了法国和东方的艺术风格。皮洛士骑着一匹仰起的白马，马饰装饰着金色的狮子，而骑在（相对现实的）大象上的士兵则戴着头巾（见图 6–5–4）。

涉及大象的最著名的军事事件是汉尼拔对罗马的战役。他率领一支庞大的迦太基军队，包括非洲象，从非洲登陆西班牙，并在严冬中穿越阿尔卑斯山进入意大利北部。虽然他成功地带领他的军队以及装载物资的驼畜穿过了高山狭长通道的厚重积雪和危险的岩石崩塌，但很少有大象幸存下来，而他也未能实现征服罗马的目标。尽管如此，他还是给予了罗马人重大打击，并被誉为历史上颇为伟大的军事战略家之一。来自那不勒斯的另一套《古代史》则包含了描绘军队危险地穿过阿尔卑斯山的场景的彩色图画，画面中描绘的寒冷环境让人身临其境。三只带翅膀的生物代表着风，他们将雪吹落在汉尼拔的士兵身上，而士兵们挤在自己的塔里，大象和马则在雪山地形中艰难前行（见图 6–5–5）。

有关大象最详细的信息可以在动物寓言集中找到，它往往涵盖了中世纪的动物图画和基本描述，而对于大象，书中记载了这些生物极为奇特的习性。大象被认为一生只能繁殖一次，而且只有当它们前往东方时才能繁殖，以及雄性大象必须食用有毒的曼德拉草的果实作为壮阳剂。而当雌性大象到了分娩的时候，她必须走进深池中，在她这样做的时候，雄性大象会保护她免受龙的攻击，因为龙是它们的天敌，会用尾巴将它们缠死（见第六章第二节）。此外，根据动物寓言集，大象没有膝盖，所以不能躺着睡觉，必须靠在树上睡觉。猎人会悄悄靠近并锯断树干，使它们摔倒，这样就能轻松捕获它们。

图 6-5-5　汉尼拔和他的军队带着大象穿越阿尔卑斯山。出自《古代史》（那不勒斯，1325—1350 年）皇家手抄本 20 D I，第 226 页正面

在盎格鲁-撒克逊时期的英格兰，学者阿尔弗里克（Aelfric）指出，从未有人在英格兰见过大象，因此只有极少部分旅行者遇到过真正的大象。但是，人们对书籍中记载的这类动物肯定已经足够熟悉了，以至于它们被记录在由 7 世纪谢尔本主教（Bishop of Sherborne）圣奥德赫尔姆所编写的《谜语集》中（见本节开头的引语）。虽然大象大多以其在战斗中的用途而闻名，但它们的牙齿和血液的药用特性在早期医学

图 6-5-6 一只大象和一只猴子。出自一本古英语疗方合集（坎特伯雷或温彻斯特，11 世纪早期）科顿手抄本维特利乌斯（Vitellius） C III，第 82 页正面

图 6-5-7 马修・帕里斯（Matthew Paris）所画的伦敦塔里的大象。出自（圣奥本修斯修道院，约 1255 年）科顿手抄本尼禄（Nero） D I，第 169 页背面

著作中也有详细描述，就像图 6-5-6 中的描绘那样，画家似乎给一只豹子般的生物也加上了象牙。一套疗方声称将研磨后的象牙与蜂蜜混合后使用，可以祛斑美容（在当时的英格兰，这些疗方可能更多停留在理论层面而不具备实用性，尽管在盎格鲁-撒克逊的墓葬物品中确实发现了一些象牙的痕迹）。

英格兰最早记录的大象是法国国王路易九世在 1255 年赠送给英格兰国王亨利三世的礼物。它住在伦敦塔，而英国国王在那里养着各种异国奇兽，显然有许多人前来参观。亨利时期的编年史学家马修·帕里斯写了一篇关于它的介绍，并附有一幅栩栩如生的插画，画中大象的一只脚被束缚着，用鼻子吹着气（见图 6-5-7）。据他说，它享用着优质的牛肉和上等红酒，所以毫不奇怪，这头可怜的大象仅活了四年就死了。

尽管手稿中有很多富有想象力的大象图画，但显然很多艺术家并没有见过真实的大象。在图 6-5-1 中，大象全身呈绿色，其象牙几乎垂直向上，耳朵竖起，腿很短。用皮带和扣子固定在其背上的颇具装饰性的堡垒被详细地描绘了出来。它的鼻子上穿着一根绳子，由站在它头后面的看守拴着。“大象与城堡”的图画在动物寓言集的插图中经常出现，在纹章中也屡见不鲜。也许与此有关的最著名的历史遗迹是伦敦南部的一个名为“大象与城堡”的主干道十字路口，那里曾经有一家以此命名的驿站。

Scias igitur quod intellectus: caput est regiminis. Salus anime. Saluator uirtutum. Speculator uiciorum. In ipso siquidem speculamur fugienda. per ipsum eligimus eligenda. Ipse est origo uirtutum. Radix omnium bonorum laudabilium et honorabilium. Et primum instrumentum intellectus est desiderium bone fame. quia qui ueram bonam famam desiderat famosus et gloriosus erit. Et qui ficte per infamiam confundetur.

Fama ergo est quod principaliter et per se ipsum intenditur et appetitur in regimine. quia regnum non appetitur propter se. sed propter bonam famam.

Initium igitur sapientie et intellectus est desiderium bone fame. que per regnum et dominium adquiritur. Si ergo alia de causa regnum uel dominium aut regimen adquiratur uel desideretur. non erit fame adquisitio set inuidie.

6. 独角兽：强大而纯洁的生物

神将他从埃及领出来，他有独角兽的力量。

英王钦定版《圣经》，《民数记》：24

曾经有一段并不久远的时期，人们相信独角兽的存在。像骆驼和鳄鱼一样，欧洲人也是通过那些去过遥远国度的旅行者的记录才对它们有所了解，尽管它们经常被收入在自然历史著作中。独角兽是一种迷人而神秘的生物，拥有超自然的天赋，成为基督教的力量和纯洁的象征，也是纹章学的标志。长期以来，它一直与苏格兰有关，并在1603年君位合并后，成为英国皇室徽章的一部分，与英格兰的狮子并列。磨成粉末的独角兽角是许多膏药的成分，曾被开给年迈的亨利八世，而他的女儿伊丽莎白一世则有一只价值一万英镑的独角兽角酒杯。要理解其价值，她大约只需支付十英镑就能办一场莎士比亚剧作的宫廷表演，其中还包括给演员的薪水！

◀ 图6-6-1 亚里士多德正在教授亚历山大，而亚历山大的身旁有一位天使和三名骑士。出自《秘书》（伦敦，1326—1327年）大英图书馆馆藏手抄本47680，第14页背面

图 6-6-2　一幅描绘《诗篇》28 的插图：上帝在一个杏仁形图案中被六个天使包围，左下方有一只独角兽，在山丘上的一群雄鹿的上方。出自《哈利圣咏诗集》（坎特伯雷基督教堂，约 1050 年）哈利手抄本 603，第 16 页正面

在为英国后来的国王爱德华三世制作的手稿中，一头艳红色的独角兽是这富含象征意义的一页中的一部分（见图 6-6-1）。它跃跃欲试地穿过页面顶部的文字，向着攻击的狮子前进，这场对决可能暗示了当时英格兰和苏格兰之间的情况。这幅画的底部有两个盾牌，上面分别绘有年轻王子〔当时是切斯特伯爵（Earl of Chester）〕和他的父亲爱德华二世的家族徽章，特征是四肢着地的英国狮子。这本书即《秘书》，被认为是亚里士多德教授年轻的亚历山大大帝时的教材，因此在 1327 年爱德华王子继承王位之前，王室为了让他掌握帝王术而为他定制一本。

古代作家将独角兽角归于有魔力的物品，认为它具有壮阳剂、解毒剂（因此被皇室用作饮杯）以及治疗惊厥和癫痫的功效。已知对这种动物的最早描述出现在公元前 400 年左右的希腊作家克西亚斯（Ctesias）的作品中，他的描述基于旅行家的故事和传闻，当时他是波斯国王的医生。他把独角兽描述为一种野生驴，身体为白色，头部为红色，眼睛为蓝色；它的独角为黑白相间，顶端为鲜红色。其体型巨大也很强壮，被攻击时会变得很凶猛，会发出低沉的吼声，这表明他的描述可能基于印

图 6-6-3 少女与独角兽，他们上方是圣母和圣婴，下方是金口若望（John Chrysostom）。出自《西奥多赞圣咏诗集》（*Theodore Psalter*，君士坦丁堡，1066 年 2 月）大英图书馆馆藏手抄本 19352，第 124 页背面

度犀牛，但他又补充说，它是所有动物中跑得最快的。根据罗马博物学家老普林尼和其他以他的研究为基础的自然历史著作，独角兽不可能被活捉，而且公兽在交配季节对所选的母兽非常温柔。

令人惊讶的是，正是通过《圣经》，独角兽才真正成为西方文化的一部分。当希伯来语《旧约》被翻译成希腊语时，希伯来语中的“re’em”一词被现代学者翻译为“公牛”，在希腊语中则被翻译为“monokeros”，意思是“单角”，或在拉丁语中被翻译为“unicornus”，意思是“独角兽”。例如，在《诗篇》28 中，独角兽被描述为会像小牛和鹿一样跳跃。这节经文在《哈利圣咏诗集》中被配以插图，《哈利圣咏诗集》是

图 6–6–4　一名女子护着的独角兽，被三个男子追逐，其中一个用长矛刺向它，另一个用剑，第三个则举着一把斧头。出自动物寓言集（英格兰索尔兹伯里，约 1235 年）哈利手抄本集 4751，第 6 页背面

英国书籍艺术的杰作，就在诺曼征服前不久于坎特伯雷的大教堂修道院写成并被配以插图插。在其一系列详细但有些空灵的绘画中，有一张早期的独角兽图片，其拉丁诗篇的每一节会配以一张插图作为视觉呈现（见图 6-6-2）。大约在同一时间，一本希腊文的《圣咏集》在另一个知名的宗教机构中得以被复制传播，这个机构即位于当时已知世界另一端的君士坦丁堡的斯图狄奥斯修道院（Studios Monastery）。它也有一张独角兽的插图，这里的独角兽在诗篇文字的边缘处，正对着一个年轻的女孩，流露出倾慕的目光（见图 6-6-3）。为这本书配图的神父西奥多在圣母和婴孩的图像上绘制了一个金色的圆形浮雕，将他们与独角兽联系在一起。下面是希腊神学家金口若望的画像，他指向独角兽，在他左边的文字写的是“金口谈独角兽”。

据说独角兽特别喜欢与年轻处女相处，在她们的面前变得非常温顺和温柔，会将头放在她们的膝盖上进入梦乡，甚至吮吸她们的乳房。因此，狩猎野兽的猎人被建议在有独角兽潜藏的森林中带上一个少女独自坐着，这样当它看到她时，会变得很温顺，猎人们就可以轻松地杀死它。这些信息和独角兽、贞洁与基督教的联系，在中世纪的动物寓言集中有着详细阐述，毕竟这部书是当时真实和虚构动物及其道德化特征的百科全书。在书中，这种生物被写得（或画得）像马或小山羊，带有一

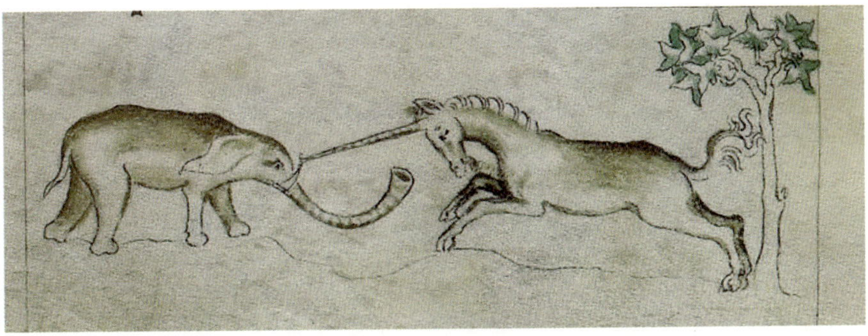

图 6-6-5　独角兽攻击大象。出自《玛丽女王圣咏诗集》（伦敦，约 1315 年）皇家手抄本 2 B VII，第 100 页背面

只长而笔直的独角，甚至通常带有螺旋沟槽，类似非洲羚羊。在动物寓言集的插图中，描绘独角兽的图画通常会捕捉它的死亡瞬间，将其作为野蛮而狡猾的人类猎人使用处女作诱饵的受害者。它的腹部被猎人的长矛刺穿，血从它的伤口流出，复现基督的受难和死亡。图中的年轻女子似乎常常在保护受苦的生物免受追捕（见图 6-6-4），看起来对猎人们的行为表示不满，尽管我们无法确知中世纪面部表情的含义。而且狩猎不仅仅是日常生活的一部分，对动物的残忍行为实际上也并没有像今天这样被视为不道德，但画家似乎对这个处在痛苦中的生物有些同情，也许只是因为它与基督有关联。

虽然这些插图中的独角兽被描绘为温顺的受害者，但它也以凶猛而闻名。塞维尔的伊西多尔——7 世纪的百科全书编者，他将独角兽的角描述得非常坚硬，可以穿透任何东西，甚至是大象的皮肤，它因而能够战胜它们最强大的天敌。许多中世纪的圣咏诗集（见图 6-6-2 和图 6-6-3）都有插图，有些场景来自《圣经》，有些场景则与宗教文本没有明显的关联。图 6-6-5 中独角兽和大象搏斗的小场景来自《玛丽女王圣咏诗集》，这是制作最精美的圣咏诗集之一。四百页的《圣经》诗篇上每一页都有一幅小巧精美的绘画，位于页下边缘，而同一位艺术家还在圣咏诗篇之前的页面上绘制了超过二百幅插图，描绘了《旧约》中的场景。页面边缘这些插图的主题涵盖了动物、圣人生平和流行传说，使用的技巧在 14 世纪英国颇为流行：用细腻的棕色和粉彩细腻的渐变，尤其关注细节的呈现，特别是在姿势和面部表情上。对于完成这幅插图的人我们知之甚少，但他的风格和广泛的主题表明他可能与威斯敏斯特皇庭有关。这部作品最初的所有者被认为是国王爱德华二世或他的妻子伊莎贝拉，但我们并没有确凿的证据。这部圣咏诗集的名字是以玛丽·都铎而命名的，因为它在 1553 年，即玛丽成为女王的那一年被

▶ 图 6-6-6　这是一幅描绘上帝创造鸟类和野兽的画作。出自霍尔克汉姆插图版《圣经》（英格兰东南部，约 1330 年）大英图书馆馆藏手抄本 47682，第 2 页背面

Coment deu li puissaunt. En leyr fesoyt oisel volaunt. Ai les diverses
fysys e poissounz. Ceeus q'estoyent avenaunz. De tere fyst crestre erbes e flu
res. De queus les mires fount lur cures. Bestes sure tere: en ewe peyson.
Rien ne fest saun luy noun. Car par luy tut eset. Ceel e tere e caunt q'est.
Cum il le pensoyt e le voulsyt. Been tot fu feet ceo dyt le seryt. Rien ne fyst de
sa mesyn. Fors home e femme ceo sorez certeyn. Tutes choses il fesoit flurys te
E tut il le fesoyt pur home seruyr.

赠予了她。这幅图像中的独角兽是高大、强壮且意志坚定的，而大象显得有些胆怯，相比于独角兽的角，它的小象牙难免有些相形见绌。

除了诗篇之外，在《圣经》中还有几处提到独角兽，通常作为力量的度量，就像前文引用的《民数记》中的经文所述，上帝的力量被拿来与独角兽的力量相比。在中世纪的插图版《圣经》中，第一幅（或开头一系列）图片通常是上帝创造世界的场景，正如《创世记》开头描述的那样。在第五天，我们被告知上帝创造了地上的动物，并且中世纪的画作经常包含各种熟悉和奇异的动物。霍尔克汉姆插图版《圣经》是一部以一系列全页绘画和简短的法语解释讲述《圣经》中最受欢迎的故事的作品，几乎像一本漫画书，这部作品囊括了图 6-6-6 中宏伟的创世场景。许多熟悉的鸟类和动物都在其中，包括孔雀、猫头鹰、骆驼、疣猪、天鹅和两条鱼，它们都挤在满是果实的树木和从地底涌现的水流景观中。这些动物被巧妙地绘制出来，大多数都容易识别。其中就有独角兽（左下方），这是一种类似马的生物，有一个完美的螺旋角，艺术家显然认为这是上帝所创造的动物之一。

那么，人们除了旅行者的故事之外，有什么证据能证明独角兽的存在呢？伊丽莎白一世的酒杯又是从哪里来的呢？维京人和其他冒险家在北大西洋狩猎所谓的海独角兽或独角鲸似乎是一种鲸类动物。他们很快意识到，如果用这种动物的长直角冒充独角兽的角，那么这种角就能卖出天文数字的价格，而且价值远远超过它们同等重量的金子。另一种替代品是犀牛角。但随着欧洲大国的探险航行将自然学家带到了地球最遥远的角落，世界上的动物开始被研究乃至分门别类之后，独角兽不再被认为是真实存在的生物了，转而成为传说和儿童故事里的事物。

Les demandes damours

Ou chastel damours il couīet
Que me nõmez le fondemēt
Loyaument aymer.
Apres nõmez le maist' mur
Qui plus le fait fort et seur.
Bien celer

第七章

爱情故事

在爱的城堡，情人和三位女性对话，
边框上则描绘了亨利七世和来自约克的伊丽莎白的纹章，
上面有一条写着意为“天授我权（Dieu et mon droet）”的法语绶带，
一只鸵鸟羽毛穿过一条卷轴，上面写着座右铭“我侍奉（ic dene）”，以及红白玫瑰。
出自《爱的要求》（*Les Demandes d'amours*）皇家手抄本 16 F II，第 188 页正面

che dura molto et levite son corte
Et comel uogher del ciel della luna
cuopre et discuopre iliti sanza posa
cosi fa dificenze la fortuna
Per che nõ dee parer mirabil cosa
cio chio dirro deglialtri fiorentini
onde la fama nel tempo enascosa
Io uidi li ughi et uidi icatellini
philippi greci ormãni et albenchi
gia nel calcare ilustri cictadini
Et uidi cosi grandi come antichi
cõquel della sanella quel dellarca
et soldanieri ardighi et bostighi
Sopra la porta che al p̃sente e carcata
di nuoua fellonia di tanto peso
che tosto fie iactura della barca
Erano iraugiani onde discese
il conte guido et qualũq̃ del nome
dellalto bellintione aposcia p̃so
Quel della pressa sapea gia come
roger si uuole et auea galicaio
dorata in casa sua gia lelsa el pomo
Grande era gia la colõna del uagio
sacchecti giuochi fifanti et barucci
galli et quei carossan plo stagio
Lo ceppo dique nacquero icalfucci
eran gia grandi et gia eran tracti
ale curule sicci et areguci
O qualio uidi quei che son disfacti
plor supbia et le palle delloro
fiorien fiorenza in tucti suo gran facti
Cosi facieno ipadri di coloro
che semp̃ chella uostra chiesa uaca
si fãno grassi stando adconsistoro

1. 神圣爱情：但丁与碧翠丝

她的眼睛闪耀比星星还亮，
她自己的风格——温柔而甜美，
她开始说话，声音像一位天使。

但丁，《地狱篇》第二章，乔治奥·佩特罗基编校

但丁·阿利吉耶里和他的挚爱缪斯碧翠丝的爱情故事以一种诱人的方式跨越了现实和虚构。我们所知道的大部分关于这对情侣的事情都来自但丁自己的作品，其中描述了他在九岁时对初恋的体验（“从那时起，爱支配着我的灵魂”），他试图在佛罗伦萨一睹她的风采，并在看到她时产生强烈的反应。在他们初次相遇九年后，但丁终于在街上遇见了穿着白色衣服的碧翠丝，并且她转身向他问候，让他充满了喜悦并激发他写出了《新生》（*Vita nuova*），这是一系列描绘幻想的十四行诗，表达对一个无法得到的女士的渴望，是有史以来颇为伟大的浪漫诗之一。诗中讲述了诗人在得知碧翠丝二十四岁去世时的痛苦，并承诺不再写关于她的作品，直到他能够创作出一部独特的作品，配得上她的美丽

◀ 图 7-1-1　但丁和碧翠丝在火星层遇见了他的祖先卡恰古达（Cacciaguida），他为佛罗伦萨的衰落感到遗憾，佛罗伦萨是图片下部呈现的城市之一。出自《天堂》（意大利托斯卡纳地区，约 1445 年）耶茨·汤普森手抄本 36，第 157 页正面

和善良。《神曲》是欧洲文学中杰出的作品之一，他实现了这一承诺。

但丁想象了一次灵魂之旅，穿越地狱（《地狱篇》）、炼狱（《炼狱篇》）和天堂（《天堂篇》），由碧翠丝作为他的保护者、向导和灵感缪斯，最终他们在上帝的面前共同体验崇高的爱。故事开始于1300年复活节星期四，当时三十五岁的但丁“走过了人生的一半”，在一片黑暗的森林中迷失了方向，被三头野兽——一头狮子、一头豹子和一头母狼威胁，阻挡他走向通往救赎的道路。他被诗人维吉尔所救，维吉尔被圣母玛利亚和碧翠丝派来，碧翠丝是“得到赐福而且美丽的；她的眼睛像星星，声音柔和甜美”。维吉尔则代表人类理性，将引领他穿越地狱和炼狱（见图7–1–2）。

但丁和维吉尔穿过地狱之门来到了阴间河（the River Acheron，“无喜之河”）的岸边，在那里他们遇到了等待着冥府渡神接引的灵魂。在另一边，他们开始了穿越地狱的痛苦之旅，在那里他们目睹了永世受罚的罪人因罪孽而遭受的可怕惩罚。他们下到深渊的中心，到达撒旦居住的地方，那里有最可怕的叛徒，包括背叛耶稣基督的犹大。

从地狱窒息的荒凉中解脱出来后，但丁和维吉尔乘船前往炼狱，在那里，曾在人间悔改过的灵魂在受到惩罚和净化后才能进入天堂。但丁很高兴能看到蓝天，他的心灵从地狱的污渍中被净化了。炼狱由七个层级组成，灵魂会再次根据罪行而被施以惩罚。骄傲的人会背着沉重的巨石爬山，其中有但丁的同代人奥德里西·达古比奥（Oderisi da Gubbio），他曾经是一位著名的手抄本彩绘师，代表着艺术家的骄傲。在炼狱的最后一层，维吉尔告别但丁；作为一个生于基督时代之前的异教徒，他无法继续前往天堂。但丁进入了人间天堂，那里有一条勒忒河（the River Lethe）可以洗去罪孽的记忆。碧翠丝此时出现在由一只狮鹫拉着的战车上，周围是如花般的云朵，成为他在天堂中的向导（见图7–1–3）。

▶ 图7–1–2　维吉尔让但丁看在白云上飘浮的碧翠丝和她的两个同伴（左）；但丁和维吉尔站在地狱之门前面（右）。出自《地狱篇》耶茨·汤普森手抄本36，第4页正面

Temer se dee de sole quelle cose
channo potenza de fare altrui male
in dellaltre nõche nõ son pagorose
Io son facta da dio sua merce tale
che la nostra misia nõmi tange
ne fiama desto incendio nomi assale
Donna egentil inciel chessi copiange
di questo impedimento ouio ti mando
siche duro giuditio lassu frange
Questa chese lucia insua dimando
et disse or abisogna il tuo fidele
dite et io adte loricomando
Lucia nemica de ciaschun crudele
simosse et uenne alluogho douio era
chemi sedia con lantiqua rachele
Et disse beatrice loda dadio uera
che nõ soccorri quel che tamo tanto
chusci pte della uolgare schera
Non uedi tu la pieta del suo pianto
nõ uedi tu la morte chel conbacte
su la fiumana oue il mar no a uanto
Al mundo nõ fur mai psone rapte
adfar lor pro ne adfugir lor danno
come de po cotai parole facte
Uegni quagiu del mio beato scanno
fidandomi nel tuo parlar honesto
chonora te et quei chudito lanno

但丁被他年轻时感受到的爱所淹没，一开始碧翠丝像对待孩子一样对待他，责备他因为维吉尔的离去而哭泣，也责备他抱有虚假的幻想以及在面对挚爱时的分心。只有当但丁承认自己过去的错误时，碧翠丝才会展现她真正的美丽，然后她指示他把旅途中所见的一切写下来，作为对凡人的警醒。

碧翠丝的善良和美丽吸引着但丁不断向上，他们在穿越九层天宫的旅途中，她用她神圣的微笑安慰且鼓励着他。她回答了他关于各种主题的问题，从月球的本质到圣洁誓言的意义。他们一路上遇见许多灵魂，从查理大帝到阿西西的圣方济各（St Francis of Assisi）。他们不断向上，穿过天使和圣徒，通过闪耀着耀眼光芒的王国，最终到达了第十层天宫，即上帝的居所。在这里，在天上的玫瑰花环中，碧翠丝开始变形，变得美丽到难以形容。她坐在玫瑰花环中，但丁向她祈祷感谢。但丁凝视着永恒的光芒，他的灵魂与上帝合而为一。这是碧翠丝送给他的礼物。

我们不知道但丁和碧翠丝的故事有多少是真实的，有多少是出自但丁的想象。碧翠丝是善良和美丽的寓言主角（毕竟其名字本意是“美化者”），神圣智慧的象征，还是佛罗伦萨的碧翠丝·波尔蒂纳里（Beatrice Portinari）—— 一位来自好家庭的年轻女子。如作家薄伽丘在五十年后记录了这个故事的“真相”一样？看起来她两者都是。但丁的儿子彼得罗（Pietro）写道：“在她去世后，他想提高她名声，让她在这首诗（《神曲》）中被看作是某种寓言的主角和神学人物类型。”

但丁在开始创作《神曲》时，已经快 40 岁了，而且被迫流亡，离开了他心爱的佛罗伦萨。他于 1321 年完成了这部作品，这也是他去世的那一年。在拉丁语被视为学习和文化语言的时代，他选择用他的母语佛罗伦萨语写作，丰富且创造了一种可以表达他广阔视野的新意大利语形式。这三卷书，即《地狱篇》《炼狱篇》《天堂篇》，又分为一百个章节，而三行押韵的诗歌形式是完全原创的。这首长诗一发布就立即受到欢迎，特别是在但丁的两个儿子回到但丁出生的城市佛罗伦萨之后，它在佛罗伦萨得到了更多的推崇，仅在 14 世纪就有超过六百部手抄本被保存下来。

图 7-1-3　但丁在被引导到与两位女士同坐在战车中的碧翠丝面前。《炼狱篇》

图 7-1-4　碧翠丝和但丁在天堂中与圣贤相遇。《天堂篇》

图 7-1-3 和图 7-1-4 出自但丁《神曲》（意大利北部，1300—1350）
埃格顿手抄本 943，第 121 页正面，第 170 页背面

libito nõ udir et starmi muto

大英图书馆的两部手抄本都包含了《神曲》整卷的插图。其中一部——埃格顿手稿 943，是早期的样本，它于 1350 年之前在意大利北部被制作完成，上面还附有拉丁文注释。数百幅小插图完整地描绘了但丁的旅程，从黑暗且洞穴般寄居着恐怖怪物的地狱空间，到充满诡计且岩石崎岖的炼狱，再到将但丁和碧翠丝包裹在天堂之中蓝色圆圈。耶茨·汤普森手稿 36 则是 15 世纪中期，为阿拉贡国王阿方索五世（Alfonso V）在锡耶纳、那不勒斯、西西里制作的较后期的手抄本。碧翠丝触摸白玫瑰的发光形象（见图 7-1-5）由乔万尼·迪·保罗

图 7-1-5 但丁和碧翠丝在天宫玫瑰花环前，与圣三位一体和在花瓣中的九阶天使们一起。出自《天堂篇》耶茨·汤普森手抄本 36，第 185 页正面

（Giovanni di Paolo）创作，他为《天堂篇》绘制了插图。他对九重天堂的描绘分为上面的天堂幻象和下面有着温柔山丘的托斯卡纳美丽景观（见图 7-1-1）。另一位锡耶纳艺术家普里亚莫·德拉·奎尔奇亚则绘制了《炼狱篇》和《地狱篇》的场景。他对地狱之门的描绘（见图 7-1-2）以建筑和服装的鲜艳色彩以及对人物的表现力而著称。

P VIRGILII MARO NIS AENEIDOS LI BER PRIMVS.

ILLE ego q̄ quondã gracili modulatus auena
Carmen: & egressus siluis uicina coegi
Vt q̃uis auido parerent arua colono:
Gratum opus agricolis: at nũc horrentia martis:

ARMA VI
RVMQVE
CANO TRO
IAE QVI

2. 狄多：迦太基女王和罗马缔造者埃涅阿斯

铭文如此写着："这里躺着的是因爱而自杀的狄多。如果没有遭受单恋之苦，她将是世界上最好的异教徒。但她爱得太疯狂，以至于智慧对她来说毫无价值。"

狄多的墓志铭，来自《埃涅阿斯罗曼史》，
贝斯纳多（Besnardeau）、勒布伦（Lebrun）编校

埃涅阿斯是神话中罗马帝国的缔造者，狄多则是迦太基城的缔造者。当埃涅阿斯在北非海岸船只失事时，狄多深深地爱上了他，但众神注定他们的恋情将以悲剧收场。维吉尔的拉丁史诗《埃涅阿斯纪》是为赞扬奥古斯都大帝而写，通过他的英雄祖先——金星之子埃涅阿斯，维吉尔为奥古斯都大帝的王朝提供了一个神话起源。虽然埃涅阿斯的一生经历了许多惊险事件，这显然也是古典神话英雄应有的，但他与狄多的爱情故事比这些更让后来的艺术家和作曲家们受到启发。

埃涅阿斯曾经是特洛伊的王子，后来成了难民，率领一支追随者船

◀ 图 7-2-1 维纳斯向埃涅阿斯展示飞翔的天鹅，背景是特洛伊的废墟（左）；狄多在迦太基迎接埃涅阿斯的到来（右）。出自维吉尔《埃涅阿斯纪》"国王的守夜"（罗马，约 1484 年）国王手抄本 24，第 59 页正面

队在地中海漂泊。在一次被暴风雨吹偏航后，他们登陆在迦太基附近的海岸，遇到了女王狄多。《国王的维吉尔》是一部文艺复兴时期优雅的人文主义手稿抄本，是 15 世纪末为意大利贵族和主教路多维科·阿涅利（Ludovico Agnelli）量身定制的作品，它用一张图生动地呈现两人第一次的相遇（见图 7-2-1）。在左侧的第一幅场景中，爱之女神维纳斯化身出现，并向埃涅阿斯展示了一群天鹅在头顶飞翔（传说中有十二只），它们逃脱了一只老鹰的追逐。她向他保证，这是一个好兆头，他失去的船只将找到港口，他的未来会一片光明。但是，迎接这位英俊冒险家来到她王国的金发女王狄多却注定要死亡，被他抛弃，而迦太基最终也将被罗马人摧毁。

狄多是泰尔国王的女儿，国王在死后命令她和他的儿子皮格马利翁（Pygmalion）共同统治王国。但皮格马利翁谋杀了狄多的丈夫并夺取了王位。作为一个非常有才智的女人，狄多带着丈夫的财宝逃到了非洲海岸。在那里，她欺骗了当地的统治者伊阿尔巴斯（Iarbas），后者承诺卖给她一块牛皮所覆盖的土地。她将牛皮割成薄片并用它勾勒出一个足够大的土地区域来建造一座城市，创立了迦太基——古代最富裕的城市之一，并成为它的女王。但埃涅阿斯的到来搅乱了她对于自己以及她的城市的雄心壮志。

在为登陆到她的海岸的这位英俊年轻战士举办的宴会上，狄多感到自从她丈夫被谋杀以来，她第一次遇到了一个配得上她的伴侣和保护者，并沉醉于他的特洛伊陷落的故事中。但是在与埃涅阿斯建立关系后，她成了爱之女神维纳斯和迦太基女神朱诺之间权力游戏的棋子。她们密谋让她热烈地爱上了他，维纳斯是为了她的儿子，朱诺是因为她想要延迟埃涅阿斯到达意大利的计划（在那里他注定要建立一个新王朝，摧毁她的城市迦太基）。狄多在激情中忽视了她作为女王的职责，并开始追求埃涅阿斯。一天，他们外出打猎时，朱诺安排了一场雷暴，迫使他们躲进一个洞穴，在那里他们相互倾心（见图 7-2-2）。

图 7-2-2　狄多和埃涅阿斯带着狗出猎，然后进入一个洞穴（背景）；狄多倒在剑上，她的葬台则被火焰吞噬（前景）。出自维吉尔《埃涅阿斯纪》国王手抄本 24，第 101 页背面

之后，他们一起生活，并作为伴侣共同统治过迦太基一段时间，但狄多的幸福是短暂的。众神之王朱庇特干预了此事，提醒埃涅阿斯他正在忽视为他的人民建立新家园的职责。埃涅阿斯明白自己必须服从，他秘密命令手下准备好船只，但狄多怀疑他计划抛弃她，知道自己没有他无法生存。因此，她建了一座巨大的丧火台，表面上是为了烧掉所有让她想起他的东西，当他的船只驶出港口时，她爬到了丧火台的顶端。她祈求众神诅咒她的情人，并发誓迦太基人将对他的人民发动永恒的战争，然后用他的剑刺入自己的胸膛，随即被火焰吞噬（见图 7-2-4 至图 7-2-6）。

Cy devant avez oy la creacion de la cite de tire et la maniere et pour quele cause elle fut destruitte. et que devindrent ceulx qui en firent la demolicion. Si vous compteray donques cy apres parler des troyens qui sen fuirent et eschapperent de celle fortune. Et comme pour la cause que adoncques nestoit que petit de peuple en la deuxiesme partie de europe, peuplerent ilz plusieurs contrees et pays estranges et y firent de grandes demeures et habitacions. Car puis le temps de Noe que fut le grant deluge ne avoit este la terre de peuple gramment multipliee si non es parties dont nous cy devant parle. Et pour celle cause. ainsi comme fault le ouide de la destruction et demolicion qui fut en thessale par les grandes et haultes cretines qui lors noyerent toute celle contree. si non le mont de parnasus ou se arresta la nef deucalion et pirra sa femme. Lesquelz par le conseil de themis la deesse dieux de la grande mere peuplerent la contree. La quele mere signifie la terre de quoy tout le monde est recreue sans lordonnance et bon

从他船的甲板上，埃涅阿斯看到了狄多的葬台冒出的烟，因为经历过她激情的疯狂，他将其解释为一种坏征兆。的确，这位英雄在旅途中面临了更多的考验：看到他的船被放火烧毁，失去了他的航海家，并被一位女先知引到了冥界。最终，他还是到达了意大利，定居在拉丁姆，并与国王的女儿拉维尼娅结婚，随后又建立了一座城市。从这里开始，在333年后，罗马将由朱利亚王朝的祖先罗穆卢斯（Romulus）建立，而属于这个王朝的奥古斯都皇帝也是其家族的成员。

中世纪编年史学家在他们的世界史中囊括了狄多和埃涅阿斯的故事，其中一本名为《布克夏迪埃编年史》，以作者让·德·库尔西在诺曼底的庄园命名。它囊括了从创世纪到基督时代的历史事件系列，而且在每个章节中，历史色彩都与道德评论交织在一起。第四卷讲述了罗马帝国四座主要城市的建立，并包括一章关于埃涅阿斯的故事，追溯他在道德上的软弱到最终实现目标时的强大的变化过程。第四卷开始的插图将迦太基和罗马未来在布匿战争（Punic Wars）中成为敌人的城市构建并置（见图7–2–3）。狄多和她的朝臣们穿着富丽的东方服饰，而罗穆卢斯的服装则异常精美和异国情调。这位鲁昂的艺术家创造了引人注目的城市景观，但他并未尝试重现真实的建筑或城市特征，而是更喜欢介于想象和北欧哥特式建筑之间的建筑风格，对他来说这才是所熟悉的。狄多还出现在一幅意大利世界史的卷轴画中，画中包括一系列关键的“历史”人物形象，有神、教皇和皇帝（见图7–2–4）。

《埃涅阿斯罗曼史》、《提伯斯罗曼史》（*Roman de Thebes*）和《特洛伊罗曼史》是12世纪中叶由拉丁经典改写为法语方言的罗曼史。这些作品与亨利二世——英格兰的金雀花王朝国王，以及来自阿基坦的埃莉诺有关，在那个时代关于爱情和荣誉的故事反映了人们理想中

◀ 图7–2–3　图中展示了迦太基和罗马的缔造（左侧为迦太基，右侧为罗马）。出自《布克夏迪埃编年史》（法兰西，15世纪）哈利手抄本4376，第150页正面

图 7–2–4　狄多的自杀，押沙龙位于狄多的左侧，迦太基城则在她右侧。出自《世界诸年》（*Ages of the World*，意大利，15 世纪）大英图书馆馆藏手抄本 30359

的宫廷社会。但古典传统中，最初的狄多并不是典型的浪漫小说女主人公：她独立于家中的男性，会作出自己的选择，并坦率地表达对埃涅阿斯的渴望。中世纪传说需要被改编以表明这种女性的非传统行为会产生不良后果，因此当她被她认为是合法丈夫的人所抛弃时，大段的文字被用来描绘她充满情绪的哀恸。

“狄多之死”的戏剧性使得它成为中世纪插画家喜爱的题材，在许多画中，她是将一把剑刺入胸膛，就像所展示的不同文本的三幅微缩画中读者所看到的那样（见图 7–2–4 至图 7–2–6）。艺术家描绘的细节，从她英勇的举止和优雅的服饰，到远处宏伟的迦太基城和离港的船只，都凸显着她悲惨的命运。这是通过中世纪的镜头看待古代的世界，正如中世纪时期对《埃涅阿斯纪》的改编和翻译所反映的那样。埃涅阿斯最终到达意大利并与之结婚的公主拉维尼娅，在《埃涅阿斯罗曼史》中与狄多形成了对比：她是理想的中世纪女英雄，美丽而温顺，他们的婚

图 7-2-5 狄多在乡间背景的衬托下自杀。出自薄伽丘《名女传》的法语译本《教士与贵妇》（布鲁日，约 1480 年）皇家手抄本 14 E V，第 77 页背面

姻得到了她的父亲——意大利国王的祝福，他将埃涅阿斯视为他的继承人。两人同样经历了爱情的痛苦，这些都被详细地描述，但当他们的婚礼终于到来时，整个宫廷都高兴地向他们祝福。埃涅阿斯建立了他的城市，并被他的男性继承人所继承；完美的朝代更替已经实现，这部罗曼史最终以简要提到罗穆卢斯作为继承者成为罗马的缔造者而结束。

中世纪的故事编纂者和范例作者按照自己的启蒙目的解读了狄多的行为。薄伽丘的《名女传》将狄多推崇为一个道德榜样（见图 7-2-

图 7-2-6　狄多在室内自杀，背景是埃涅阿斯的船只。出自《玫瑰传奇》（布鲁日，约 1495 年）哈利手抄本 4425，第 117 页背面

5）：即使她是一个异教徒，她也宁死不从，不愿再次嫁人，这样就不会违反她对第一个丈夫的誓言。他这样描述她的死亡：“她刺穿了她的重要器官，流出了她最纯洁的血液。”换句话说，死亡比通奸更可取。在《玫瑰传奇》中，参与讨论爱情的利弊的寓言人物之一老妇人则持有截然相反的观点（见图 7-2-6），她将狄多视为女性自由和性自由的

榜样。她认为，既然像埃涅阿斯这样的男人不忠实，女性就应该自由选择自己的性伴侣以获得快乐。反对将女性描绘成诱惑者的克里斯蒂娜·德·皮桑则以狄多为例，说明了那些放纵自己激情的女性最终的结局。在她的《命运的变迁之书》（*Livre de la mutacion de Fortune*）中，狄多死后没有继承人，她的城市因此注定要被摧毁，而品德高尚的拉维尼亚则通过嫁给父亲选择的男人并生下男性后代来完成自己的使命。

3. 特里斯坦与伊索德：危险的爱情药水

爱情折磨我更多。

比起那爱着伊索德的特里斯坦，

他因那金发女郎

承受了巨大的痛苦。

伯尔纳·德·旺塔多恩，《诗歌》44，卡尔·阿佩尔（Carl Appel）编校

特里斯坦的名字来自法语单词“Triste”，意为悲伤，所以从他母亲分娩时的死亡到他对美丽的伊索德的禁忌爱情，他的一生充满悲伤。从大量关于这则传说的文字记载和各种艺术形式的描绘来看，特里斯坦和伊索德是骑士文化中颇受欢迎的人物之一。尽管存在很多联想，特里斯坦在中世纪依旧是最常见的男孩名字之一。这个传奇故事的场景被用来装饰各种物品和室内空间，从象牙梳子和镜子到在萨里郡切尔特西修道院遗址发现的一系列地砖、意大利基亚拉蒙特宫的天花板和布鲁日市政厅的木雕。在法兰西南部的吟游诗人的歌词中，特里斯坦和伊索德是最经常被提到的理想恋人，甚至超过了兰斯洛特和桂妮薇儿（见第七章

◀ 图 7–3–1　国王马克（King Mark）藏在一棵梨树上，偷窥特里斯坦和伊索德的秘密会面；一个侏儒从下面观察。这是关于特里斯坦传说的系列图像，它与一些神学文本结合在一起被收入一部手抄本中，可能原属于一个修道院或女修道院（伦敦，约 1250 年），大英图书馆馆藏手抄本 11619，第 8 页

图 7–3–2　特里斯坦出生和他母亲的死亡。出自《特里斯坦罗曼史散文版》（意大利帕多瓦或博洛尼亚，15 世纪早期）大英图书馆馆藏手抄本 23929，第 37 页背面

第六节）。

特里斯坦是勒奥诺瓦王国的王子，也是康沃尔国王马克的侄子。他很小就成了孤儿，由忠诚的仆从戈尔纳瓦尔教他打猎、战斗和弹奏竖琴。年轻的王子匿名来到叔叔的宫廷，并很快有机会证明他的勇气；他打败并杀死了莫霍特（Morholt）——爱尔兰国王的巨人兄弟，后者被派来向康沃尔人征收人质（见图 7–3–3）。但在战斗中，特里斯坦被巨人的毒剑尖重伤，人们以为他活不了了，于是将他放在一只小船上，在海上漂流。后来，小船幸运的停靠在爱尔兰海岸，他被善于使用魔法药水的女王和她美丽的女儿伊索德救治，并在护理下恢复健康。痊愈后，他回到康沃尔，在那里很快成为国王的宠臣。

当马克国王派特里斯坦回爱尔兰帮自己找一位妻子时，他杀死了一只吞噬年轻女孩的邪恶巨龙，却因它喷出的毒气而中了剧毒。伊索德再次治愈了他，但她发现是他杀了她的叔叔——巨人莫霍特。尽管如此，她仍被他优雅的举止所吸引，同意与他一起航行到康沃尔。虽不愿意，但他必须兑现自己的承诺，把伊索德嫁给年长的马克国王。在航行过程中，年轻的情侣错误地喝下了本应给伊索德和国王的爱情药水，最终注定了他们的命运（见图 7–3–6）。康沃尔宫廷举行了皇家婚礼，但特里斯坦和伊索德很快开始了一段不道德的恋情。特里斯坦在忠于马克的同时，又被自己的欲望所折磨，于是两人秘密地会面。

有一天，一些嫉妒特里斯坦的宫人给国王打小报告，于是他便躲到了树上偷看这对恋人（见图 7–3–1），但伊索德在水池中看到了他的倒影，他们得以挽救了局面。在其他版本的故事中，这对情侣被抓住，特

图 7–3–3　特里斯坦与莫霍特战斗。出自《特里斯坦罗曼史散文版》（意大利热那亚，约 1300 年）哈利手抄本 4389，第 18 页背面

里斯坦被判处死刑，但他成功地从一个纪念堂的窗户跳出，并落在一块岩石上逃脱了死刑。伊索德被遗弃在了一个麻风病院，而特里斯坦则将她救了出来，并和戈尔纳瓦尔一起躲在森林里，作为逃亡者和恋人生活了三年。国王马克在外出打猎时，偶然间发现他们睡在树林里。他原谅了他们，并留下了他的剑和戒指以表明他曾经来过。当情侣们看到这一幕时，他们充满了懊悔之情，决定分开。特里斯坦把伊索德留给马克，自己流亡到了布列塔尼，在那里遇到并娶了与她同名的白手家族的伊索德。但是，情侣们无法忍受长期分离，特里斯坦假扮为吟游诗人坦特里斯回到康沃尔。他假装疯了，以便能够接近伊索德，却遭到所有人的残酷嘲笑和嘲讽。

在特里斯坦之死的另一个版本中，他返回布列塔尼，在解救一位遇险少女时被一支有毒的长矛所伤。他派他的姐夫卡赫丁（Kahedin）去不列颠找伊索德来治愈他。他们一致同意，如果伊索德同意跟他走，他将扯起白色的帆；如果不同意，则扯起黑色的帆。当特里斯坦躺在床上动弹不得时，他嫉妒的妻子向他谎称看到一艘扯着黑帆的船驶入港口。特里斯坦认为自己被放弃了，最终绝望地死去，不久之后，伊索德也跟随他而去，倒在她死去的情人身上。在其他版本中，国王马克被描绘成一个嫉妒和报复心强的角色，在特里斯坦为伊索德弹奏竖琴时，他用长矛将特里斯坦杀死。当她也因悲伤而死后，两棵树从他们的坟墓上长了出来，交织在一起。

在特里斯坦和伊索德传说中，由于不同欧洲语言文本众多，似乎存在着无尽的复杂情节和交织的情节。前文的摘要主要来自法语、德语以及中古英语的文本，这些来源包括了一系列基本的情节，如与莫霍特的战斗和魔法药水，但彼此间又有所不同，而且还有不少附加材料。在12世纪，凯尔特-不列颠民间传说的元素与法国和诺曼文化传统相混合，已知最早的书面版本就是产生于这个时期。其中之一是归功于盎格鲁-诺曼诗人托马斯·布里坦（Thomas of Britain）的《特里斯坦罗曼史》，他可能是为亨利二世和阿基坦的埃莉诺的宫廷创作的这部作品。虽然它只以零散的残篇形式保存下来，但这被认为是颇受欢迎的骑士罗曼史体裁作品的最早实例之一，因为它包括对人类爱情的本质和矛盾的反思，以及对特里斯坦内心挣扎的长篇描述。最早的完整版本是德语的——埃尔哈特·冯·奥贝格（Eilhart von Oberge）的《特里斯坦和伊索德》（*Tristrant und Isalde*，约 1190 年），以及戈特弗里德·冯·斯特拉斯堡（Gottfried von Strassburg）的杰出而复杂的《特里斯坦》（约 1210 年），其中特里斯坦被描绘得更像是诗人和歌手而非骑士。瓦格纳在 19 世纪的歌剧基于的是后一种版本。

图 7–3–4　三位骑士，由身着白衣的特里斯坦带领着出发。出自《特里斯坦罗曼史散文版》（巴黎，约 1300 年）皇家手抄本 20 D II，第 10 页背面

Melyodas his wyff myssed hir lorde she was nyze oute of
hir wytte And also as grete wt chylde as she was she toke
a Jantylwoman wt hir and ran in to the foreste suddeynly to
seke hir lorde And whan she was farre in the foreste she
myght no farther but ryght þ she gan to travayle faste of hir
chylde and she had many grymly throwys but hir Jantyll wo
man halpe hir all þt she myght And so by myracle of oure lady
of hevyn she was delyu[er]de wt grete paynes but she had takyn
suche colde for the defaute of helpe that the depe draughtys
of deth toke hir þt nedys she muste dye & depte oute of thys
worlde þ was none othir boote Whan this quene Elyzabeth
saw that she myght nat ascape she made grete dole & seyde vnto
hir Jantylwoman Whan ye se my lorde kynge Melyodas reco
maunde me vnto hym and tell hym what paynes I endure
here for his love and how I muste dye here for his sake for de
faute of good helpe And lat hym wete that I am full sory to
depte oute of this worlde fro hym There fore pray hym to
be frende to my soule Now lat me se my lytyll chylde for
whom I have had all this sorow And whan she sye hym she sey
de thus A my lytyll son þu haste murthered thy modir and there
fore I suppose þou that arte a murtherer so yonge Thow arte
full lykly to be a manly man in thyne ayge And by cause I shall
dye of the byrth of the I charge my Jantyll woman that she
pray my lorde the kynge Melyodas that whan he is crystened
let calle hym Trystrams that is as muche to say as a sorowfull
byrth And þ wt the quene gaff vp the goste and dyed Than þe
Jantyll woman leyde hir vndir an vmbir of a grete tre And þa
she lapped the chylde as well as she myght fro colde Ryght so
there cam þe barowns of kynge Melyodas folowyng aftir þe quene
And whan they sye that she was dede and vndirstode none othir
but þt the kynge was destroyed Than sertayne of them wolde

krafft des getranckes nach den ver-
gangen.iiij.iaren aufhöret do was
der natürlich flamē der liebe so hoch
vnd weit inbrünstigklich in yn beid
en entzündet mit solicher mechtigen
vnd grossen krafft das yn vnmüg-
lich was das züerleschen. vnd mü-
sten also ir lebtag prinnen in dem fla
men d starcken vñ vnseglichen gros
sen liebe.

图 7-3-6　特里斯坦和伊索德出发前往康沃尔（左）；伊索德看着特里斯坦喝下爱情药水（右）。出自《特里斯坦和伊索德》（奥格斯堡：安东·索尔格，1484 年），第 42 页

◀ 图 7-3-5　含有特里斯坦的出生和他母亲之死的这一版本；名字“Trystrams”和他的父母“Melyodas（Méliadus）”“Elyzabeth”用红色字体标出。出自马洛里《亚瑟王之死》温彻斯特手抄本（英格兰南部，约 1480 年）大英图书馆馆藏手抄本 59678，第 149 页正面

在早期的特里斯坦传说中，亚瑟王和他的骑士们也出现过，但只有在长篇故事集《特里斯坦罗曼史散文版》中，这些人物才完全融入亚瑟王的世界中（见第一章第五节）。特里斯坦成为圆桌骑士，与兰斯洛特并列，兰斯洛特与圣杯故事中的许多骑士壮举被添加到其中，使其成为一部冒险故事而非爱情故事。这个版本在意大利非常受欢迎，包括帕多瓦（见图 7–3–2）和热那亚（见图 7–3–3）等中心城市为冈萨加家族和其他富裕的北方家族，那不勒斯为安茹王室的贵族们绘制并出版了这一版本。在巴黎制作的另一份抄本（见图 7–3–4）可能属于两位中世纪的英国女性，首先是在 14 世纪末由德比伯爵夫人玛丽·德·博恩（Mary de Bohun）拥有；然后是在 15 世纪由伊丽莎白·柯克比（Elizabeth Kirkeby）拥有，她的名字和短语"全部完成（entier en tout）"被写在了几个地方。

在英格兰，这个传说与康沃尔联系在一起，在那里，特里斯坦之石（他从小教堂逃跑时着陆的岩石）靠近廷塔吉尔城堡，上面刻有拉丁文铭文"Drustanus"，可能是"特里斯坦"这个名字更早期的形态。一位英国诗人在 1300 年左右创作了一个幽默而有点粗俗的版本，也许是作为对这部法语罗曼史的戏仿。这个作品的主人公特里斯坦有一条名为侯丹（Hodain）或哈斯顿（Husdent）的狗，它喝下了爱情药水的残渣，也爱上了伊索德。在一段情节中，特里斯坦失去了理智，跑到森林里过上了野人的生活。当他回到宫廷时，他的变化如此之大，以至于伊索德都认不出他，幸运的是，忠实的哈斯顿认出了他，真相才被揭晓。

托马斯·马洛里爵士的亚瑟王传奇故事集《亚瑟王之死》中也包含了特里斯坦的故事。但马洛里的文本只有一份早期手抄本幸存下来，是一部法语制作的未插图抄本（见图 7–3–5）。它于 1976 年被大英图书馆从温彻斯特学院收购，该手稿在图书馆中不为人知超过一百年，直到 20 世纪 30 年代被图书馆员重新发现。这份手稿被认为是卡克斯顿在他的工作室中用作他 1485 年印刷版本的模板。一些页面上有印刷油墨的痕迹，一张被撕破的页面上被卡克斯顿用一片早期文献碎片修复。而就在一年前（1484 年），一部印刷版副本在日耳曼出版，是基于埃尔哈特 · 冯 · 奥贝格的文本，其中用大量插图描绘了这个故事（见图 7-3-6）。

Sa Cupido tu veulx donner
ton cuer et tout habandonner
Gars toy briseida nacointier
Car trop a le cuer vilotier

glose. iiij^{xx}·iiij·

Briseida fu une damoiselle de mult

4. 特洛伊的不幸恋人：特罗勒斯与克丽西德

讲述特洛伊王子特罗勒斯的
双重悲伤，
他是特洛伊国王普里阿摩斯之子，
他的爱情冒险如何将他引向
从悲痛到幸福，然后再到绝望。

乔叟，《特罗勒斯与克丽西德》，W.W. 斯基特（W.W. Skeat）编校

杰弗里·乔叟是英国最伟大的诗人之一，最著名的作品是《坎特伯雷故事集》，尽管许多评论家认为悲剧爱情诗《特罗勒斯与克丽西德》才是他最杰出的作品。这个故事发生在特洛伊城被战火摧毁前几个月的背景下，有关一段“双重的悲伤”，使得乔叟在叙述时也不禁流泪。特罗勒斯是特洛伊国王普里阿摩斯的幼子，而克丽西德是祭司卡尔克斯的女儿。两人都是身材匀称、端庄高贵的典范。特罗勒斯是特洛伊军队的英勇骑士，他“非常英俊”，有着光滑的头发、方下巴和适合戴头盔的长颈。他广受欢迎，尤其受宫廷年轻女士的喜欢，但他也“自负如孔雀”，对女性保持距离，蔑视那些屈服于女性魅力的男人，因此他注定

◀ 图 7–4–1　丘比特拜访特罗勒斯和克丽西德（在此处名为“布里塞蒂斯”）。出自克里斯蒂娜·德·皮桑《奥西娅的信》（巴黎，约 1412 年）哈利手抄本 4431，第 133 页背面

图 7–4–2　特罗勒斯和克丽西德的爱情约会，《特洛伊覆亡史》（*Historia destructionis Troiae*，威尼斯，14 世纪晚期），大英图书馆馆藏手抄本 15477，第 35 页背面

会一败涂地。克丽西德，她是一个天使般美丽的年轻寡妇，唯一的缺陷是明显的一字眉。但她迷人、擅长雄辩，而且备受人们追捧，尽管有暗示表明她在爱情上可能缺乏一定的忠诚度。她的父亲是一个叛徒，得知特洛伊城将来会被毁灭的预言后，背叛了特洛伊并投靠了希腊一方，只求自保。克丽西德被留在特洛伊城内，没有男性保护者，面对着卡尔克斯的背叛所带来的后果。

就在这时，两人在神庙的春季节庆活动中相遇。当特罗勒斯看到端庄娴静、身穿黑色丧服的克丽西德时，他被“强烈的渴望和情感”所打动。这对这位年轻的战士产生了灾难性的影响：他成了极度相思的受害者，许多诗句充斥着他的悲叹与痛苦，直至最后，他所能做的只有祈求死亡。幸运的是，他的朋友潘达鲁斯是克丽西德的叔叔，此人出面帮忙并承诺安排两人见面。他在他们之间传递了信件，但克丽西德并不容易被打动。当特罗勒斯似乎已经恢复了战斗的能力，在最近的一场战斗中杀死了许多希腊人并归来时，他们之间的关系才有所进展。克丽西德观看着他的胜利游行，印象深刻，但她不想放弃自由，仍然避免与他见面。最终，过去曾警告过特罗勒斯要保护侄女荣誉的潘达鲁斯，使用了诡计（包括一个陷阱门），在一个晚上把两人带进私人房间（见图 7-4-2）。特罗勒斯唱起了他的爱和忠诚，克丽西德终于被他俘获，于是他们度过了幸福的第一夜。

图 7-4-3　特罗勒斯之死。出自《古代史》——一部包括特罗勒斯故事元素的特洛伊传奇历史记录（那不勒斯，1325—1350 年）皇家手抄本 20 D I，第 144 页正面

两人的约会越来越频繁，但这段恋情很快就结束了，因为克丽西德的父亲希望女儿能在特洛伊城遭受灾难之前离开，于是他安排了一次俘虏交换，让克丽西德从城中被释放出来。特罗勒斯陷入了绝望的状态，威胁着要自杀，但克丽西德安慰他，并承诺永远忠诚。她含泪离开特洛伊城，不久后计划逃回去和她的情人在一起。但是希腊英雄狄俄墨德斯——特罗勒斯的死敌——说服她留下来，并向她表白爱意。因为认为自己再也见不到特罗勒斯了，她听从父亲的建议，转而对狄俄墨德斯倾心，并在他的一场与她前情人的战斗中受伤后悉心照顾他康复。与此同时，特罗勒斯徒劳地等待着她的回归，但他的妹妹告诉他，她梦到克丽西德在希腊人中找到了一位新的情人，他的心情更加沉重。失望的特罗勒斯谴责女性的反复无常，并毫不顾及自己的安全，独自杀死了大量敌人。最终，他死在阿喀琉斯手中，后者打伤了他的马，然后斩断了他的头颅（见图 7-4-3）。

莎士比亚的戏剧《特罗勒斯与克丽西德》（*Troilus and Cressida*）或许更为现代观众所熟知，它除了从乔叟的作品中获取创意，也从各种中世纪来源中汲取灵感。事实上，特罗勒斯这个角色的起源可以追溯到荷马的《伊利亚特》，他还出现在其他古希腊作家的作品中，有时被描述为一个男孩子。其中有一个版本还包含预言，即特洛伊城的命运与其王子的命运紧密相连，如果特罗勒斯在二十岁之前被杀，那么特洛伊城也将随之倒塌。因此，特罗勒斯死在阿喀琉斯之手就注定了与他同名的城市的命运。但这些古典版本与中世纪的记载有很大不同，其中根本没有提到爱情故事。

公元 5 世纪或 6 世纪的拉丁文作品《特洛伊城衰亡史》声称是荷马《伊利亚特》中提到的特洛伊祭司戴厄斯·佛里癸俄斯所写的一份希腊

▶ 图 7-4-4 “特罗勒斯为了和他的女士分别而做出的悲惨的求爱”。出自李德戈特《特洛伊纪事》（伦敦，约 1460 年）皇家手抄本 18 D II，第 87 页正面

To telle of Troilus. the lamentable woo
Which that he made . to parte his lady fro.

Of the sorowe that Troilus made whe Cressaide shulde depart

Was fortune . Geye and vnstable
And redy ay . for to be venyable

文的目击者记录的翻译。尽管它的来源值得怀疑，但在中世纪，佛里癸俄斯的记述被认为是更可靠的来源。它包括对特罗勒斯和克丽西德（佛里癸俄斯称其为布里塞蒂达）的详细描绘，乔叟的描写——包括一字眉，就是基于这个版本。然而，它也没有提到爱情故事。最早记载这个故事的是圣莫尔的伯努瓦用法文所著的《特洛伊罗曼史》，他说这个版本是基于佛里癸俄斯的。在这首超过三万行的诗歌中，特罗勒斯和布里塞蒂达的故事散布在希腊人和特洛伊人之间的战争和密谋之中。有人认为，贝努瓦将它包含在其中是为了缓解和打破无尽战斗场面的单调。西西里历史学家吉多·德莱科隆（Guido delle Colonne）则在拉丁文版的《特洛伊覆亡史》中提供了一种更具道德教化意义的版本，它被李德戈特改编在他的《特洛伊纪事》中。这些作品将特罗勒斯的忠诚与克丽西德的反复无常对比，将他们的故事描绘为希腊人和特洛伊人不明智决策的许多悲剧之一。

大英图书馆的一本李德戈特作品集包含了情人在特洛伊城门外分手的插图（见图 7–4–4），它是一系列杰出的插图和前任所有者留下的丰富标记的一部分，而这一切使得这部手抄本变得生动有趣。它所包含的第一幅插图是威廉·赫伯特爵士（Sir William Herbert）——第一任彭伯克伯爵和他的妻子安妮在一个国王面前跪拜的画面，因此这一卷被认为是他们在 1460 年左右订购，以此作为送给年轻的亨利六世的礼物的。他的父亲亨利五世原本委托李德戈特创作《特洛伊纪事》，这是特洛伊传说的英文版本，旨在赞美英语与兰开斯特王朝神话般的特洛伊起源。由于亨利六世在 1461 年被废黜，这本书没有按原计划呈献给他，而是通过赫伯特家族的女儿传给了诺森伯兰伯爵珀西家族。一个世纪后，这本书被加入了珀西家族编年史以及更多的图片。伊丽莎白时代，这本书是拉姆利勋爵（Baron Lumley）约翰的财产，他是一位资深的收

▶ 图 7–4–5　杰弗里·乔叟《特罗勒斯与克丽西德》第四卷的第一页（英格兰，15 世纪早期），哈利手抄本 2280，第 57 页正面

O ye herynes nyghtes doughtren thre
yat endeles compleynen euere in pyne
Megera alete and ek thesiphone
Thow cruel mars ek fader to quyryne
yis ilke ferthe book me helpeth fyne
So yat ye los of lif and loue yfere
Of Troilus be fully shewed heere

Explicit tercius liber

Incipit quartus liber.

Liggynge in oost as I haue seyde or yis
ye grekes stronge a boute Troye town
Byfel yat whan yat phebus shynynge is
Vp on the breste of Ercules lyoun
yat Ector wt ful many a bolde baroun
Cast on a day with grekes for to fighte
As he was wonte to greue hem what he myght

Not I how longe or short it was bitwene
yis purpos and yat day they fighten mente
But on a day wel armed bryghte and shene
Ector and many a worthy wight out wente
With spere in honde and bigge bowes bente
And in ye berde with outen lenger lette
Hire fomen in ye felde anon hem mette

Ye longe day with speres sharpe I grounde
With arwes dartes swerdes maces felle
They fighten and bryngen hors and man to grounde
And with hire axes out ye braynes quelle
But in ye laste shoure soth for to telle
ye folk of Troie hem seluen so mysseden
yat wt ye wors at nyght homward they fledden

At which day was taken Antenor
Maugre Polidamas or Monesteo
Santippe Sarpedon Polynestor
Polite or ek ye Troian daun Rupheo
And other lesse folk as Phebuseo
So yat for harme yat day ye folk of Troie
Dreden to lese a grete part of hire Ioye

藏家，拥有当时英格兰最大的图书馆之一。詹姆斯一世的儿子亨利·弗雷德里克——最高产的皇家收藏家之一，最后获得了他的手抄本藏品，尽管弗雷德里克只活到了 18 岁。后来这些成为皇家手抄本藏品的一部分，由乔治二世国王于 1757 年赠予国家。

乔叟的版本的主要来源是意大利诗人薄伽丘的《费洛斯特拉托》（*Filostrato*，意为"被爱情压垮或击落的男人"），其中女主角首次被称为克丽西德。乔叟根据自己的目的改编了故事，以丰富的洞察力赋予了情节和人物以幽默感。例如，媒人潘达鲁斯叔叔被描绘成一个爱管闲事的人，为自己的媒婆技巧沾沾自喜；克丽西德不仅仅是一个反复无常的机会主义者，而且还是一个被置于艰难困境时会做出艰难选择的女性。

现存于大英图书馆中的几本乔叟的《特罗勒斯与克丽西德》手稿可以追溯到 15 世纪，即作者去世几十年后。它们用精美的哥特式字体书写，带有装饰性的边框和红蓝色字母，虽然没有过多的插图，但这种新奇的英语书写风格是中世纪晚期文学创新的关键例证。图 7-4-5 中的手稿的确切起源不为人知，但几个世纪以来，一些所有者或使用者的名字被刻在上面〔"? 约翰·吉布森（?John Gibson）"，"阿德尔盖特街的毕欧蒙特先生（Mr Beomonte）"，"弗朗西斯·沃兹沃斯（Francis Wadsworth）"和"尼古拉斯·布雷特（Nicholas Bret）"〕。牛津伯爵罗伯特·哈雷于 1715 年从一位名为罗伯特·伯斯考（Robert Burscough）的英国国教牧师的寡妇那里购得了它，他广泛的手抄本收藏成为大英图书馆的根基之一。

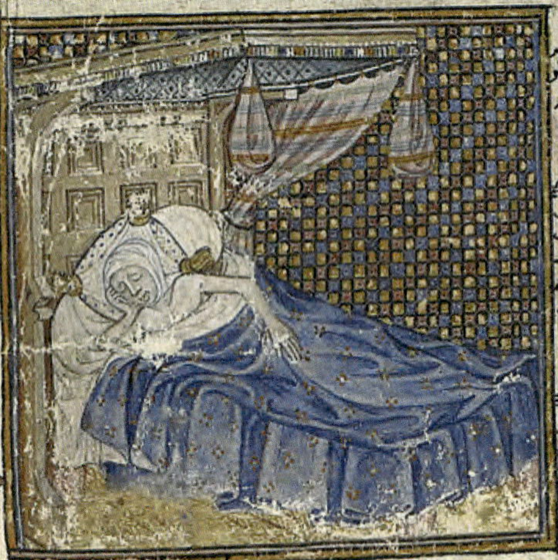

Maintes gens dient que songes
N'a se fables non et mençonges
Mais on puet tels songes songier
Qui ne sont mie mensongier
Ains sont apres bien apparant
Si en puis bien traire a garant
Un acteur qui ot non Macrobes
Qui ne tint pas songes a lobes
Ainçois descript la vision
Qui avint au roy Cipion
Quiconques cuide ne qui die
Que soit folour ne musardie
De croire que songe avieigne
Qui que voudra pour fol m'en tiegne
Car endroit moy ay je fiance
Que songes sont senefiance
Des biens aux gens et des anuis
Que les plusours songent de nuis
Maintes choses couvertement

5.《玫瑰传奇》：爱情寓言

这是《玫瑰传奇》，
所有关于爱的艺术都被封存其中。

吉约姆·德·洛里斯（Guillaume de Lorris），《玫瑰传奇》，
皮埃尔·马尔托（Pierre Marteau）编校

《玫瑰传奇》中迷人而充满感性的诗歌在春天中得以生动呈现，出现鸟鸣、芳香和大自然苏醒时的喜悦，这都是因为"恋人（Amant）"从美丽的梦境中惊醒，跟随邀请坠入爱河。他沿着一条河流徘徊，来到了"快乐花园（Garden of Pleasures）"，但园墙被装饰着代表丑陋女性特质的雕像，如嫉妒、年老和仇恨。诱人的"柔情（Languor）"出现了，打开了大门，展现出一幅宫廷人物的场景，包括花园的主人——"快乐（Déduit）"、"爱神（Amour）"和他的随从"柔和的眼神（Doux Regard）"，他们正在表演优美的舞蹈。从这里开始，恋人展开了寻找他梦中女子（玫瑰）的冒险之旅，为此他必须加入复杂的爱情同谋和对手的芭蕾舞中，他们围绕着她旋转（见图 7–5–3）。这是一个

◀ 图 7–5–1 "恋人"和"柔情"进入花园，寓言化的人物雕像"贪婪""贪心""嫉妒""悲伤"则被装饰在墙上。出自《玫瑰传奇》（巴黎，15 世纪）埃格顿手抄本 1069，第 1 页正面

图 7–5–2 “恋人”做着梦（左侧），以及站在花园墙外（右侧）。出自《玫瑰传奇》（巴黎，1350—1375 年）大英图书馆馆藏手抄本 31840，第 3 页正面

与众不同的爱情故事，在这里，一切都不像表面看起来那样——角色都是寓言抽象化的，心爱的人从未以人类形式出现。在宫廷环境中，一切都是诗意、精致且温柔的，在精美想象的花园的映衬下——恋人们自己只是爱的艺术（fin’amor）的附属品。

离开那群舞者后，“恋人”在花园中漫步，他发现纳西索斯（Narcissus）淹死在有自己倒影的池塘里。当“恋人”凝视着水面时，他被爱神的五支箭伤到了眼睛和心脏（见图 7–5–4）。这五支箭代表了情人的理想品质：美丽、简单、魅力、诚实和友谊。他深深地爱上了一个完美的玫瑰花蕾，它的倒影在池塘里，成了“恋人”的奴隶。但他所爱的

▶ 图 7–5–3 “恋人”（身穿蓝色衣装，手持一根手杖）在快乐花园里观看一种高雅的舞蹈“卡罗尔”；花朵和昆虫从花园里流溢到装饰边框上，旁边的孔雀可能代表骄傲。出自《玫瑰传奇》（布鲁日，约 1495 年）哈利手抄本 4425，第 14 页背面

Ceste gent dont
je vous parole
S'estoient prise
a la carole
Et une dame leur chantoit
Qui Liesse appellee estoit
Bien sceut chanter et plaisamment
Plus que nulle et mieulx notement
Son bel refrain mieulx bien lui fist
Car de chanter merveilles fist

Elle avoit la voix clere et saine
Laquelle n'estoit pas villaine
Tresbien se scavoit debriser
Ferir du piet et renvoiser
Les gens la tenoient moult chiere
Pource quelle estoit la premiere
De belle face et planiere
Courtoise estoit et non pas fiere
De joyeuseté fut garnie
Et aussi de solas fournie

图 7-5-4　爱神向“恋人”射出一支箭。出自《玫瑰传奇》（巴黎，14 世纪晚期）大英图书馆馆藏手抄本 42133，第 13 页正面

图 7-5-5　作者让·德·缪恩（Jean de Meun）和吉约姆·德·洛里斯。出自《玫瑰传奇》（巴黎，约 1335 年）斯托手抄本 947，第 30 页背面

对象——那朵玫瑰周围有刺，由残忍的危险和他的同伙——丑闻、耻辱和恐惧密切保护着。在善良的“美好欢迎”（他心爱的人的知己）和维纳斯（爱之女神）的帮助下，他勇敢地接近玫瑰并偷了一个吻。这立即引起了“嫉妒”，“嫉妒”随即建造了一座有强大塔楼的城堡，将玫瑰丛囚禁在里面，“美好欢迎”也被关在里面（见图 7-5-9）。绝望的“恋人”哀叹自己失去了他的朋友和知己，没有她的帮助，他无法实现他的目标。

这里，《玫瑰传奇》的第一部分突然结束了。作者吉约姆·德·洛里斯在大约 1230 年写下这首诗时，只有二十多岁。据说后来他英年早逝。在开头几行中，他将自己的作品献给“无与伦比的她（cele qui tant a de pris）”，可能指的是他的爱人。但是，他没有直接讲述他们的爱情故事，而是利用自己的经历来创作一个寓言式的梦境，他在其中拟人化了典雅爱情的特征以及涉及引诱游戏的人类品质和状态。

大约四十年后，另一位作者让·德·缪恩（见图 7-5-5）大大扩展了《玫瑰传奇》，为书添加了第二部分，比原著长四倍以上。尽管故事从第一部分结尾开始，但是以学者而非诗人的身份闻名的德·缪恩与这部书的前任作者完全不同。这首爱情诗变成了一系列有关当时受文化熏陶的受众所感兴趣的话题的论文。在“恋人”追求“玫瑰”的框架内，使用相同的寓言性角色技巧，“理性”和“自然”之间就真正的高贵、婚姻、财富、自由以及人类在自然世界中的地位，包括他们与动物的关系等问题展开了一场辩论。对于德·缪恩而言，所有人在“自然”前都是平等的，“自然”在她的工作室中锤炼他们，他们必须听从她强有力的声音。他有时被认为是最早的自然主义者之一，将古典作家的思想转化为他所处时代的一种个人哲学。

此时，“理性”出现安慰哭泣的“恋人”，告诉他爱情只是一种愉悦的物种更新方式。他警告人们要防范命运的反复无常，并提供了各种历史和神话的例子。但“恋人”更愿意听从“朋友”的建议，利用谄媚和欺骗来征服他认为轻浮的风骚女人。经过长时间的辩论后，“恋人”开始按照“朋友”的指示走向城堡，但他被把守道路的“财富”拒之门外。同时，古老的诱惑者老女人正在监视着塔中的“美好欢迎”。她说服后者，让其认为婚姻是一个错误，而享乐是唯一抵御时间摧残的方法。在她的帮助下，“恋人”来救“美好欢迎”，但他被即将勒死他的“危险”抓住，这时“爱神”带着由“青春”“慷慨”“欲望”“怜悯”“诚实”以及其他寓言角色组成的大军前来支援。他们攻击由他们的对立面守卫的城堡，包括“丑闻”“嫉妒”“危险”“羞耻”“恐惧”等，一场激烈的战斗开始了，双方都遭受了沉重的损失。在停战期间，爱神请求他的母亲维纳斯的帮助，以便重新发动进攻。

这时，自然出现了；她哭泣着，请求她的牧师“天才”接受她的忏悔。她犯了反宇宙的罪，创造了人类（见图 7-5-6），这是唯一一种通过罪孽的非自然行为来阻止繁衍（包括阉割和自杀）的生物。因此，她请求“天才”鼓励那些真诚相爱的人，以便他们能繁衍人类。“天才”安慰她，同时评论了那些利用眼泪软化男人的女人！然后，他讨论了天意和宿命的作用，由此得出结论说所有事件都是彼此自然的结果，傲慢是无意义的：一个穷人的生命价值与国王或贵族一样宝贵。这些观点当然是德·缪恩的观点，对他所处的时代而言相当具有革命性，这等于是拒绝了教会的既定观点，表现出对既定社会阶级秩序的蔑视。

图 7–5–6 “自然”在她的工作室里锤炼一个人。出自《玫瑰传奇》（14 世纪早期法国）埃格顿手抄本 881，第 124 页正面

图 7–5–7 爱神带领他的军队进攻由“危险”防守的城堡。出自《玫瑰传奇》（法国北部，约 1345 年）皇家手抄本 20 A XVII，第 125 页正面

人物行动以维纳斯用火把点燃城堡而结束，使防御者惊慌失措地逃跑了。“诚实”和“怜悯”引导“恋人”找到了他的朋友“美好欢迎”，最终他获得了“玫瑰”。此时，他被比作接近神圣遗物的朝圣者，但诗歌以明确的破处隐喻和发现秘密通道的形象结束，毫无疑问地解释了“恋人”的真实目的。描绘这一场景的图 7–5–8 采用了一种称为单彩画的手法，即使用同一颜色的不同阴影效果作画，效果类似黑白照片。

图 7–5–8 “恋人”采摘“玫瑰”。出自《玫瑰传奇》（巴黎，15 世纪晚期）埃格顿手抄本 2022，第 42 页背面

《玫瑰传奇》是从 13 世纪到 17 世纪广为流传且最具影响力的世俗诗之一：约有三百部手抄本幸存下来，这在非宗教文本中是相当大的数字，而这些手抄本无疑只是所制作原始本的一小部分。它涉及中世纪社会的重要关切，特别是典雅爱情，从 15 世纪初期起，这部作品就在法国宫廷引

发了一场重要的文学辩论，因此获得了一定的恶名。当时的主要人物，著名作家克里斯蒂娜·德·皮桑和国王秘书让·德·蒙特勒伊尔（Jean de Montreuil），就其文学和道德价值进行争论，前者声称它是厌女并缺乏体面的作品。这场辩论激发她写出了《妇女城》（见第一章第六节）。乔叟的《玫瑰传罗曼史》是他早期写作生涯中翻译的《玫瑰传奇》中古英语译本，被认为对他的文学风格变化发展有很大影响。它没有像《坎特伯雷故事集》那样受欢迎，幸存下来的版本几乎是法语原版

图 7-5-9　“恋人”在“嫉妒”的城堡，“美好欢迎”被囚禁，“危险”守卫着城门。出自《玫瑰传奇》（布鲁日，约 1495 年）哈利手抄本 4425，第 39 页正面

的逐字翻译，并不是完整的，所以也并不完全被认为是乔叟的作品。

仅大英图书馆就收藏了十四份《玫瑰传奇》的中世纪手抄本和一部法语的残篇。其中大部分都有采用各种各样风格绘制的可被展开的插图，在这里呈现了八张。虽然大多数来自法国，但最令人印象深刻的是一部于 1500 年前后在布鲁日为拿骚和维安登伯爵，勃良第的恩格尔伯特二世（Engelbert II）制作的豪华抄本。这位佛拉芒的插画家创作了四幅最富有诗意和理想化的贵族社会形象的图画，其中的人物穿着奇妙的服装，在修剪完美的花园里玩耍（见图 7–5–3 和图 7–5–9）。恩格尔伯特二世可能还委托了耶罗尼默·博斯制作了名作《人间乐园》，这是另一个象征性的花园，但有着更加邪恶的描绘阐述。

Le second volum

Chest chi ensi ke li rois Ar

z ke li nais fu faite dou roi z

6. 典雅爱情：桂妮薇儿与兰斯洛特

王后桂妮薇儿非常宠爱他，超过了其他骑士，他也同样深爱王后，毕生都如此。他为了王后，完成了许多武勇事迹，也曾凭借他高贵的骑士精神将王后从火海中救出。

托马斯·马洛里爵士，《亚瑟王之死》，迈克尔·塞尼尔编辑

在中世纪文化中，“宫廷的”这一词汇（法语中为“courtois”）不仅有其字面意义，还衍生出了比喻意义。最初它指的是骑士世界的中心——王宫，那里的男性被授予爵位，他们的冒险活动也开始和结束于此。但在12世纪，随着罗曼史的兴起，“宫廷的”一词开始表示一系列价值观，包括高尚、慷慨和忠诚。这些价值观化身为人类美丽纯洁的品格（女性）和勇气（男性），结合一种精致文雅的生活态度，这个词在英语中没有真正的等价物（本文将其翻译成“典雅”），但暗示了一种文明和有教养的生活态度。性别关系被以新的方式描绘，女性成为行动的中心，男性对女性的热爱激发了新的勇气。法国南部的吟游诗人的

◀ 图7-6-1　亚瑟王与两位宫廷大臣交谈，兰斯洛特和桂妮薇儿在他背后窃窃私语。出自《湖上的兰斯洛特》（于肯特郡的普莱西城堡添加的微型画，1375年左右）皇家手抄本20 D IV，第1页正面

图 7-6-2　湖之夫人带走了婴儿兰斯洛特，而他的母亲在哀叹。出自《湖上的兰斯洛特》大英图书馆馆藏手抄本 10293，第 5 页背面

图 7-6-3　亚瑟和桂妮薇儿与她的父亲雷奥代根以及宫廷大臣一起骑马。出自《梅林的故事》（*Estoire de Merlin*）大英图书馆馆藏手抄本 10292，第 170 页正面

图 7-6-2 和图 7-6-3 出自《兰斯洛特与圣杯》（圣奥梅尔或图尔奈，1315 年）大英图书馆馆藏手抄本 10292—10294

抒情诗歌通常有年轻英雄对一位无法得到的、通常已婚、出身高贵的女士的爱情和获得她青睐的障碍等核心主题。英雄必须在她的城堡里保护女士，或者在森林里将她从龙和隐秘的危险中救出来，又或者得骑着马进行冒险并带着珍贵的礼物回来。

这种爱的观念最初与通奸关系有关，逐渐发展成为已经流传了数个世纪的理想婚姻爱情。兰斯洛特是典型的骑士和情人，由一位被称为“湖之夫人”（又称“湖中仙女”）的女巫抚养长大，住在她的水下城堡里。他是贝诺伊克国王班（King Ban of Benoic）的儿子，当他的城堡被敌人摧毁时，国王班因悲伤而去世，王后海伦进入修道院，把她的孩子交给了他的“仙女教母”——湖之夫人照顾（见图 7-6-2）。桂妮薇儿是不列颠王亚瑟的妻子，她是布列塔尼国王雷奥代根（the Breton King Leodegan）的女儿。亚瑟年轻期间，他前来帮助她的父亲保卫王国时，两人相遇并结婚，回到了他在卡梅洛特的城堡（见图 7-6-3），并在那里建立了圆桌骑士团。十八岁时，湖之夫人将兰斯洛特带到亚瑟王的宫廷，他很快证明了自己的英勇，并被桂妮薇儿王后授予爵位，成为她的冠军并在圆桌骑士团中占据一席之地。在他的第一次骑士冒险中，他从邪恶的领主手中解救了亚瑟的侄子高文，却被马勒哈特夫人（Lady of Malehaut）俘虏，后者爱上了他。

美丽巨人的儿子加勒霍特（Galehaut）帮助兰斯洛特逃脱。他们一起骑马去了卡梅洛特，加勒霍特在那里充当了丘比特，鼓励兰斯洛特和桂妮薇儿接吻并表白爱意。起初，王后玩弄着典雅的情感游戏，时而调情（见图 7-6-4），时而退缩，但对兰斯洛特来说，这是非常严重的事情，因为他深知每次秘密会面都是对国王信任的背叛（见图 7-6-5）。在《湖上的兰斯洛特》中，为了逃避诱惑，兰斯洛特只要有机会就离开卡梅洛特，骑着马进行一系列的冒险（见图 7-6-6），这是中世纪亚瑟王传说中被称为《兰斯洛特与圣杯》的三部曲中最长的一部分（见第一章第五节和第五章第三节）。

大英图书馆的完整三卷本的《兰斯洛特与圣杯》包含了所有的亚瑟王传说法语散文版的故事集，几乎每一页都有一幅小型的插图，每幅插图都描绘了复杂而交错的叙事中的一个场景。关于兰斯洛特生活的一些插图也被复制在这里（见图 7-6-2 至图 7-6-7），描绘了这个情爱故事中的关键时刻以及他无数骑士壮举中的一个。必须说，其中涉及许多无法抵挡他魅力的其他女性，并且她们会欺骗他进入各种关系，而他总是被描绘成无辜的受害者。除了解救无数处于困境中的少女外，他还多

图 7-6-4　兰斯洛特在溪边遇见女王。出自《湖上的兰斯洛特》大英图书馆馆藏手抄本 10293，第 60 页背面

图 7-6-5　兰斯洛特和桂妮薇儿在床上

图 7-6-6　桂妮薇儿同亚瑟为兰斯洛特和他的同伴们送行，祝他们在冒险中好运

图 7-6-5 和图 7-6-6 出自《湖上的兰斯洛特》《兰斯洛特与圣杯》大英图书馆馆藏手抄本 10293，第 312 页背面，第 317 页正面

次被女性囚禁，包括亚瑟邪恶的同父异母妹妹摩根·勒·菲。她给了他一种药水，使他受到她的咒语控制。在被囚禁期间，他画了自己和桂妮薇儿的画像（在故事的某些版本中）。摩根后来展示这些画给国王，以在他和王后之间制造麻烦。

兰斯洛特的另一次冒险发生在“危险森林（Perilous Forest）”，据说任何一名骑士去了都不能平安归来。尽管他分别受到一个隐士和一位少女的警告，他还是带着侍从进入了森林。很快，他们来到一片空地，有美丽的帐篷，骑士和少女跳着卡罗尔，或受魔法支配的跳跃。当兰斯洛特被其中一位美丽的女士邀请跳舞时，他忘记了一切，陷入了魔

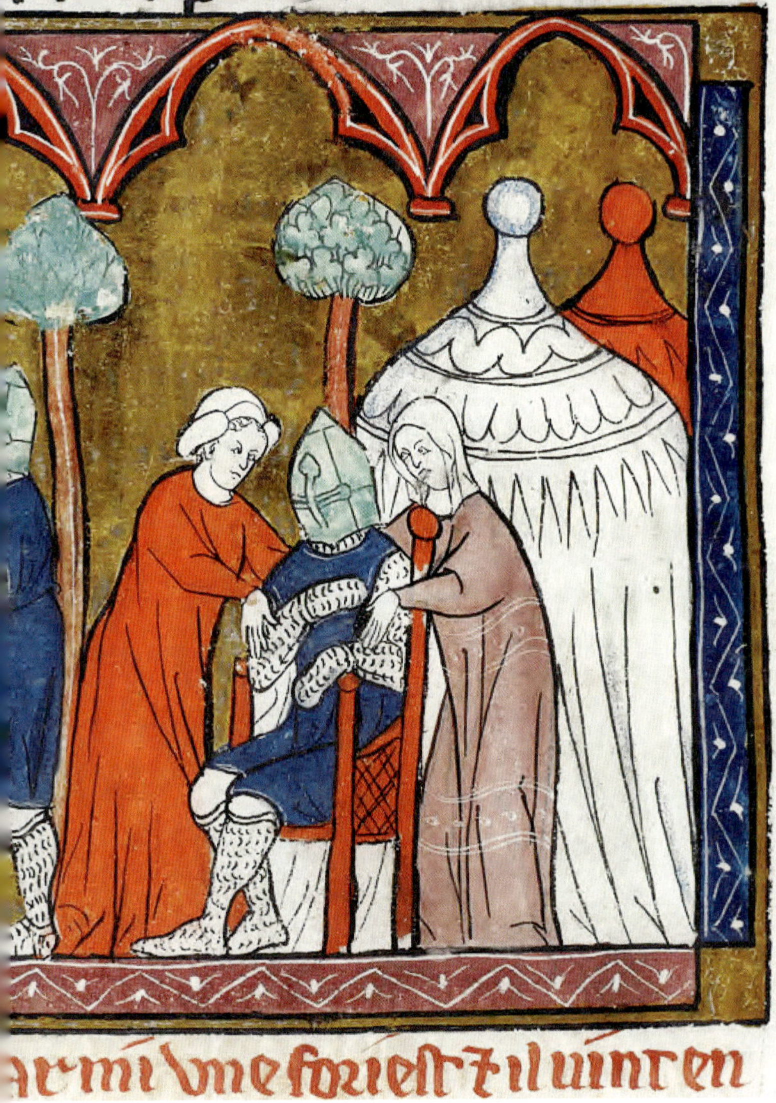

图 7-6-7　兰斯洛特参加了被魔法支配的舞蹈（左）；两位女士让他坐在王座上（右）。出自《湖上的兰斯洛特》（法国东北部地区，约 1325 年）皇家手抄本 20 D IV，第 237 页背面

法的控制，一直跳舞，无视侍从的离开请求。经过几个月后，当他坐在他父亲——国王班的宝座上时，魔法才被打破。

作为一个独立的故事，《湖上的兰斯洛特》手抄本包括了“危险森林”的插图（见图 7-6-7），艺术家选择了两个关键的情节并将其并排描绘出来：兰斯洛特首先参加了卡罗尔舞会，然后坐在他父亲的王座上。图 7-6-1 中兰斯洛特、桂妮薇儿和亚瑟神秘且闪烁微光的场景也来自同一手抄本，尽管艺术风格不同，因为它是在英格兰添加的。这本书在法国制作后约五十年被重新装饰配图，可能是为了赠送给赫里福德伯爵之女埃莉诺·德·博恩（Eleanor de Bohun）。他们在肯特郡的普莱西城堡的庄园中，诺曼裔的德·博恩家族雇用了一支专属的艺术家团队，他们还拥有一系列配以插图的罗曼史收藏品。埃莉诺嫁给了爱德华三世的幺子伍德斯托克的托马斯，但他在理查德二世统治时期失宠并于1397年被处决。后来他的财产清单被列出，其中有一本《兰斯洛特的罗曼史》，可能是指这本手抄本。当时它的价值为13先令4便士，这在那时可是一笔巨款。

故事继续，每次兰斯洛特从他的骑士冒险中归来，他都会因为不忠而受到桂妮薇儿的责备，因此他会花更多的时间在她的怀抱中来弥补。他们的恋情变成了一个公开的秘密，成为朝廷内部的破坏性力量。嫉妒

图 7-6-8　兰斯洛特为了女王的荣誉而战。出自《亚瑟王之死》《兰斯洛特与圣杯》大英图书馆馆藏手抄本 10294，第 68 页正面

的骑士阿格拉温和莫德雷德设下了一个圈套，在她的房间里突袭了这对恋人，最后将他们的发现告诉国王。桂妮薇儿因叛国罪被判死刑，但兰斯洛特为了捍卫她的荣誉而抗争，最终从火焰中救出她（见图 7–6–8 和图 7–6–9）。在这样做的过程中，他在不知情的情况下杀死了高文的两个兄弟，亚瑟国王的侄子，他因此不得不逃到自己在法国的城堡，他在那里被高文和亚瑟的军队包围。当亚瑟他们不在时，莫德雷德夺取了王位。亚瑟带着筋疲力尽的军队回来再与他相战时，他被对方打败以致

图 7–6–9　兰斯洛特从火中救出桂妮薇儿。出自《湖上的兰斯洛特》（牛津，约 1300 年）皇家手抄本 20 C VI，第 150 页正面

最终丧命。亚瑟的完美骑士精神与卡梅洛特宫廷的愿景就这样终结了，他也成了兰斯洛特和桂妮薇儿的禁恋所引发的分裂的受害者。

在托马斯·马洛里 15 世纪的史诗《亚瑟王之死》（最早用英语印刷的书之一）中，其结局与法语版本不同（有关马洛里的更多细节，见第一章第五节）。兰斯洛特回来向莫德雷德复仇，并在阿尔姆斯伯里的一座修道院里找到了桂妮薇儿。她将卡梅洛特的毁灭归咎于他们的不正当恋情，并拒绝最后一次拥抱兰斯洛特。他在格拉斯顿伯里参与神职，为自己的罪过守斋、忏悔。六年后，他通过异象得知桂妮薇儿去世了，走到阿尔姆斯伯里去接她的遗体，将其抬回格拉斯顿伯里，并安葬在一座大理石墓旁边，与亚瑟王合葬。他在六周后因愧疚而去世。“世界上最好的骑士”的生命就这样结束了，这也是有史以来最伟大的爱情故事之一。

兰斯洛特和桂妮薇儿的故事是亚瑟王传说的两个核心主题之一，另一个则寻找圣杯（见第五章第三节），而无法实现的爱情崇拜既是与后者宗教主题的对比，也是对它的映照。兰斯洛特是这两个交织在一起的情节中的关键人物，是所有角色中最具人性的人物之一，他对他所敬爱的国王的不可避免的背叛，阻止了他实现找到圣杯的最终目标。桂妮薇儿则是一个更加神秘的人物。她应该被看作是一个对她的国王兼丈夫机会主义式的叛徒，不小心导致了卡梅洛特的沦陷（类比伊甸园中的夏娃），还是一个高尚但有缺陷的女人，为自己的不忠而感到懊悔，但又无力抵制兰斯洛特的诱惑？

术语表

寓言：一种用象征性手段表达思想或信仰的手法，如“命运之轮”，代表人类的成败。

盎格鲁–诺曼法语：自诺曼征服英格兰至15世纪，在英格兰（以及法国北部的部分地区）使用的法语方言，尤其在宫廷中使用（英语在很大程度上仍然是民众的语言）。盎格鲁–诺曼法语在拼写和词汇上与欧洲大陆的法语有所不同。

盎格鲁–撒克逊：公元500年至1066年诺曼征服英格兰的时期。在这段时间内，英格兰主要被日耳曼民族，尤其是盎格鲁人和撒克逊人占领和统治。存世的古英语手稿可以追溯到这个时期。

《启示录》：《圣经》中的一卷，也称为《启示录书》。在中世纪，《启示录》手稿以拉丁文和盎格鲁–诺曼法语版本出现，其中一些带有注释和大量系统的彩绘插图。

伪经 / 伪经书：指未被广泛接受为正统《圣经》的作品，或者是权威性存疑的作品。

脚注图：这些通常是在页面底部的未加边框的图画（从13世纪开始出现），可能与其上的文本有关，也可能没有。

动物寓言集：一种兽类图鉴，包括图画以及描述动物特征和习性的文字，带有寓意解释和道德规训（参见有关动物故事的章节）。

《圣经历史》：由居亚特·德穆兰（Guyart des Moulins）编写的以史书学者彼得·康斯特（Peter Comestor）的《学者历史》（*Historia scholastica*）为基础的散文形式的《圣经》史诗，夹杂着大约1250年来自巴黎的法语《圣经》译文。

时祷书：是一种用于私人祷告的书，在13世纪至16世纪被广泛使用。其核心文本是“圣母时祷”，还包括礼仪日历、诗篇、死者的祷告等，具体取决于赞助人的要求。大多数都有插图，描绘了《圣经》、圣人和审判场景。赞助人有时被描绘为跪在一位其喜爱的圣人面前的姿态。

边框：装饰性边框在中世纪和文艺复兴时期的插图中很流行，环绕文本或图像，占据页边和每列文字之间的空间。许多边框由叶饰装饰组成，通常是细藤蔓和小型镀金叶子。15世纪期间，散布或透视边框变得流行起来。

勃艮第/勃艮第人：1384年，勃艮第公国得到巩固，成为欧洲一个重要的政治和经济大国。在接下来的公爵统治下，包括公爵无畏者查理，艺术得到了繁荣发展，许多插图编年史、罗曼史和宗教作品被委托创作。豪华的佛拉芒艺术风格，受到宫廷生活观察的影响，逐渐成为国际知名风格。

拜占庭/拜占庭式：拜占庭帝国以古城拜占庭（后来改名为君士坦丁堡）命名，拜占庭是东罗马帝国的首都。这座城市的文化对西方文化和艺术产生了很大的影响。拜占庭式的插图风格以使用平面金色背景和自然主义人物为特征。

日历：礼仪手稿的日历部分通常包含当地的圣人节日和庆祝日，因此可以提供它们的起源证据。颜色用于突出重要的庆祝活动，如报喜节

（所谓的红字节日）；而所有者则添加了重要的日期，如生日和逝世日期。

教会法：教会的法律，通常涉及教士纪律等事项。

加洛林王朝：指皇帝查理曼（814 年去世）及其直系后代统治时期。

凯尔特人：最初是一个铁器时代的民族，占据了中欧和西欧，后来被罗马人推到更偏远的地区，如爱尔兰、威尔士、康沃尔和布列塔尼。他们的艺术风格影响了早期手稿插图，他们的传说则被融入了亚瑟王传奇、圣人传记和其他流行故事。

武功歌：是用法语写成的诗歌，讲述了过去英雄的壮举，通常是为了口头表演而创作。它们遵循一种固定的诗歌风格，包含像“现在请听呐（or entendez）”这样的重复短语，并由特定长度的行组成，分成两部分，通过押韵或母音共鸣相互连接成不规则的套句。

编年史：纵观整个中世纪，人们都有撰写通史和地方编年史，一个早期的例子是比德的《英吉利教会史》。11 和 12 世纪的编年史作者将历史、传说和当代事件结合在他们的叙述中。以民间语言写成的作品，如《法兰西大编年史》，经常有插图。

古典文本：中世纪时期，人们抄写和阅读从荷马到瓦列里乌斯·马克西莫斯的古希腊和古罗马的著作。罗马沦陷后，对古典的学习在修道院中得到传承，并在加洛林王朝时期得到复兴。希腊作家，包括柏拉图和亚里士多德，被伊斯兰学者翻译，并通过西班牙被重新引入西方。

装饰性首字母：通常是放大的大写字母或首字母，由非形象装饰元素组成，通常标志着如诗歌、章节或书等文本中的分段。

教令集：包含教皇关于教会法或教会法律的规定的信函集合。格拉蒂安的《格拉蒂安教令集》创作于约 1140 年，与博洛尼亚大学相关联，成为 12 世纪最重要的法律书籍，并得到注释和注解的补充。

宗教手抄本：为公共或私人祈祷而创作的祈祷、圣歌和读物集。诗篇集和时祷书是最受欢迎的个人的宗教手札。

菱形图案：来自法语“多彩的”（diapré），是一种重复的几何图案，尤其是在 14 世纪的巴黎手稿中常用作背景。

对开纸：一张写作材料的纸张，来自拉丁语的“叶子”，是一张折叠成两半的较大纸张（缩写为 f.）。对开纸的正反两面分别称为“正面”（r）和“背面”（v）。

家谱：家族历史或血统；中世纪的家谱常以图表形式呈现，通过从亚当开始的血统关系线连接各个国王、《圣经》人物或贵族的名字或形象。

注释：对主要文本进行评论、解释或翻译的语句，通常写在行间或书页边缘，并且有时会以不同的书写体现。

《金色传奇》：拉丁文为“Legenda aurea”，法文为“Légende d’or”，意大利的雅各布·德·沃拉金在大约 1260 年编写的一部圣人传记集。

纹章学：在 13 世纪到 14 世纪，随着贵族和骑士精神概念的发展，纹章被用于识别全副武装的骑士。盾牌纹章的构成被严格规定，纹章手册也被制订出来。手稿中的纹章学可以提供关于纹章所有权的有价值的线索。

《古代史》：一部流行的中世纪史书，涵盖从创世纪到尤利乌斯·恺撒诞生的古代历史，包括事实和虚构，从旧约材料到特洛伊和亚历山大大帝的传说。

插画首字母：内部包含一段叙述或可识别场景的首字母，通常与正文相关。

人文主义：最初兴起于意大利的一种知识分子运动，以研究经典文本为核心。在14世纪至15世纪，意大利人文主义者（如彼特拉克，1304—1374年）提倡对书写和书籍设计的有意识改革。

彩绘：用明亮的颜色（特别是金和银）装饰的手稿。有时会用“微缩画”来指代一幅彩绘。该词源自拉丁语“illuminare”，意为“照亮”“点亮”。

彩绘师：从事手稿彩绘的艺术家。在中世纪早期，彩绘师在教会的书房中工作，或者依附于某个宫廷。从1200年开始，专业的世俗彩绘师在城市中设有工作室，通常与书写员一起工作。

世俗的：指属于世俗社会的人，即既不是教士，也不是修会的成员。

布局：在早期，一栏或两栏布局的标准化已经形成。后来，更复杂的布局被引入以适应注释、评论和其他平行文本。

礼仪：指规定公众崇拜的仪式、观念和程序。基督教礼仪的核心是弥撒（欢庆圣餐）和向诸圣的祷告。

中古英语：从12世纪至15世纪使用的英语形式，例如乔叟和李德戈特的作品以及卡克斯顿的翻译。

微缩画：独立的插图，与边框或首字母中融入的场景相对。名称源自拉丁语“miniare”，指最初用于装饰手稿的红色颜料。

情歌：其德语为“Minnesänge”，源自爱情一词。中古高地德语时期（大约1050—1350年）的歌词和歌曲。

诺曼人 / 语：居住在法国北部诺曼底地区或使用该地区的语言的人，以 10 世纪的北欧维京掠夺者和定居者命名，他们的领袖罗洛于 911 年建立了一个王朝。征服者威廉是诺曼底公爵的私生后裔。

奥克西坦语：也称为奥克语或普罗旺斯语，中世纪时期法国南部和西班牙北部的标准文学语言，是吟游诗人使用的主要语言。

祈亡者祷词：为死者灵魂安息而作的一系列祷告。

古英语：盎格鲁–撒克逊时期在英格兰使用和书写的语言，于 1066 年后被法语和拉丁语所取代。

起源：手稿的起源地很少被记录（除非在勒记中提到），必须通过研究书籍内容、赞助人、制作方法和出处来进行评估。

拼写法：可能包含有助于确定手稿地域的拼法变体。

出处：一本书的所有权历史。信息可以从后来添加的证据（包括题词、书标和图书馆书架标记）、注释和引文中获得，也可以从目录和其他记录中的引用中获得。

圣咏诗篇：包含诗篇，但也包括其他文本，包括日历、向诸圣的祷告和各种祈祷文。

文艺复兴：原为一个法语术语，意为“重生”，指大约从 14 世纪中期开始，由对古典的兴趣而引发的一次艺术和学术复兴。赞助是文艺复兴时期书籍制作的一个重要因素。

罗曼史：一种文学流派，发展于 12 世纪至 13 世纪的法国。法语词汇“romanz”最初指的是法语方言文本，但后来被用于叙述贵族男女的事迹。将骑士爱情和英雄主义的想象故事与宫廷日常生活的细节相结合（这些细节丰富地体现在插图中），使得骑士文学变得流行起来，这也与世俗读写能力和赞助的兴起有关。早期的骑士文学通常是诗歌形式，但散文骑士小说（如法语散文版的《兰斯洛特与圣杯》）也大量涌现，并经常配有插图。

抄写员：从事书籍或文件抄写的人。早期的抄写员在修道院或宫廷中工作。随着大学的兴起，他们开始独立工作，或在工作室与艺术家合作，或在贵族或皇室家庭中工作。

手稿体：手抄本中使用的手写字体。中世纪手写字体规定严格，承担了许多现代印刷的功能。书籍的类型决定了字体的外观，正式的手写字体书写缓慢而谨慎，而草书则能更快地书写，笔的提起更少。

抄写室：修道院或大教堂中制作手抄本的地方。

书架标记：通常包含数字，指示书籍在图书馆中的位置。本书中的手稿通过其在大英图书馆的书架标记进行标识。

吟游诗人：中世纪时期欧洲南部使用奥克西坦语创作并演唱抒情诗歌的旅行作曲家和表演者。

方言：区域性的口语或母语，与拉丁语和希腊语等国际文学语言不同。在整个中世纪，尤其是礼仪作品在内的部分文本通常是用拉丁语写成的（尽管《圣经》逐渐被翻译）。西方方言读写能力的发展至少早在6世纪就在英国开始了，法国和西班牙则在稍后跟进。从12世纪开始，世俗人士读写能力的提高创造了对方言书籍的需求。

通俗：来自拉丁词“Vulgate”，意为“人民的语言”，指用方言写成的作品。单独使用“Vulgate”一词指耶罗姆的授权的拉丁文《圣经》译本，而“Prose Vulgate cycle”指的是13世纪的法语散文版亚瑟王传奇系列。

延伸阅读

总览性拓展阅读

de Hamel, Christopher, *A History of Illuminated Manuscripts*, 2nd ed. (London: Phaidon, 1994).

de Voragnine, Jacobus, *The golden legend: selections*, trans. by Christopher Stace (London: Penguin, 1999).

Dean, Ruth and Maureen Bolton, *Anglo-Norman literature* (London: Anglo-Norman Text Society, 1999).

Delcourt, Thierry, ed., *La légende du roi Arthur* (Paris: Bibiothèque nationale de France, 2009).

Echard, Siân and Robert Rouse, eds, *Encyclopedia of Medieval Literature in Britain*, 4 vols (Chichester: Wiley Blackwell, 2017).

Graves, Robert, *The Greek Myths*, revised edn, 2 vols (London: Penguin, 1960, repr. 1990).

Hall, James, *Dictionary of subjects and symbols in art* (London: Routledge, 2018).

Jockle, Clemens, *Encyclopedia of Saints* (London: Parkgate, 1997).

Jung, Marc-René, *La légende de Troie en France au moyen âge* (Basel: Francke Verlag, 1996).

Kibler, William W. et al., eds, *Medieval France: an encyclopedia* (London: Routledge, 2017).

Krueger, Roberta L., *The Cambridge companion to Medieval Romance* (Cambridge: University Press, 2000).

Lagarde André, and Laurent Michard, eds, *Les grands auteurs français. Textes et littérature du Moyen Âge au XXe siècle*, 6 vols (France: Bordas, 1948–1962), I, *Le Moyen Age* (1948).

Le Goff, Jacques, *In search of sacred time: Jacobus de Voragine and the Golden legend*, trans. by Lydia G.

Cochrane (Princeton: University Press, 2014).

Lindahl, Carl, John McNamara and John Lindow, eds, *Medieval folklore: an encyclopedia of myths, legends, tales, beliefs, and customs* (Oxford: University Press, 2000).

McKendrick, Scot, John Lowden and Kathleen Doyle, *Royal Manuscripts: The Genius of Illumination* (London: The British Library, 2011).

Perkins, Nicholas and Alison Wiggins, *The Romance of the Middle Ages* (Oxford: Bodleian Library, 2012).

Puchner, Martin, *The Written World: how literature shaped history* (London: Granta, 2017).

Ruud, Jay, *Encyclopedia of Medieval Literature* (New York: Infobase, 2006).

Scott, Margaret, *Medieval Dress & Fashion* (London: British Library, 2007).

Senior, Michael, ed. and abridged, *Sir Thomas Malory's Tales of King Arthur* (London: Guild Publishing, 1980).

Ward, H.L.D. and J. A. Herbert, *Catalogue of Romances in the Department of Manuscripts*, 3 vols (London: British Museum, 1883–1910).
Wood, Michael, *In search of Myths and Heroes* (Berkeley: University of California Press, 2005).

引　言

Clanchy, Michael, 'The writing down of French', in *From Memory to Written Record: England 1066–1307* (Oxford: Blackwell, 1993), pp. 217–21.
McKitterick, Rosamund and Paul Binski, 'History and Literature: Sacred and Secular', in *The Cambridge Illuminations*, pp. 235–40.

第一章　英雄人物

Ewert, Alfred, ed., *Gui de Warewic Roman du XIIIe siècle* (Paris: 1932).
Wiggins, Alison and Rosalind Field, eds, *Guy of Warwick, Icon and Ancestor* (Woodbridge: D.S. Brewer, 2007).
Clayton, Mary, and Hugh Magennis, *The Old English Lives of St Margaret* (Cambridge: University Press, 1994).
Jung, Marc René, *Hercule dans la littérature francaise du XVI siecle* (Geneva: Droz, 1966).
Lefèvre, Raoul, *Le recoeil des histoires de Troyes*, ed. by Marc Aeschbach (Bern: P. Lang, 1987).
van Lente, Fred, *Hercules* (London: Osprey Publishing, 2013).
Baynham, Elizabeth, 'Alexander and the Amazons', *The Classical Quarterly* 51.1 (2001), 115–26.
Virgil, *Aeneid*, ed. by Charles E. Bennet (Ithaca: 1904).
Virgil, *Aeneid*, trans. by C. Day Lewis (London: Hogarth Press, 1952).
Wilde, Lyn Webster, *A Brief History of the Amazons: Women Warriors in Myth and History* (London: Robinson, 2016).
Geoffrey of Monmouth, *Historia Regum Britannie*, ed. and trans. by Neil Wright (Cambridge: Brewer, 1991).
Lacy, Norris J., ed., *The new Arthurian Encyclopedia* (New York: Garland Publishing, 1996).
Monmouth, Geoffrey, *Historia Regum Britannie*, 5 vols (Cambridge: Brewer, 1985–91).
de Pizan, Christine, *Le Livre de la Cité des Dames/La città delle Dame*, 2nd edn, ed. by Earl Jeffrey Richards and Patrizia Caraffi (Milan: Luni Editrice, 1998).
Lie, Orlanda S. H., et al, *Christine de Pisan in Bruges* (Hilversum: Verloren Publishers, 2015).
Curry, P.L., 'Representing the Biblical Judith in Literature and Art' (unpublished PhD dissertation, Open Access, University of Massachusetts, 1994).

第二章　史诗战役

Buchtal, Hugo *Historia Troiana: studies in the history of mediaeval secular illustration* (London: Brill, 1971).
de Sainte-Maure ,Benoît, *Le Roman de Troie*, ed. by Léopold Constans, 6 vols (Paris: Firmin Didot, 1904–1912).
Lefèvre, Raoul, *Le recoeil des histoires de Troyes*, ed. by Marc Aeschbach (Bern: P. Lang, 1987).
McKenzie, Steven L., *King David: a biography* (Oxford: Oxford University Press, 2000).

Wormald, Francis, 'An English Eleventh-century Psalter with Pictures: British Museum, Cotton MS Tiberius C. vi', *The Volume of the Walpole Society*, 38 (1960–62), 1–13.

Bédier, Joseph, *La chanson de Roland* (Paris: Piazza, 1921).

van Emden, Wolfgang, 'La Chanson d'Aspremont and the Third Crusade' *Reading Medieval Studies*, 18 (1992), 57–60.

Bennett, Philip E., ed. and trans., *La chanson de Guillaume* (la chançun de Willame) (London: Grant and Cutler, 2000).

Corbellari, Alain, *Guillaume d'Orange, ou la naissance du héros médiéval* (Paris: Klincksieck, 2011).

Brundage, James, *The Crusades: A Documentary History* (Milwaukee, WI: Marquette University Press, 1962), pp. 115–121.

Folda, Jaroslav, *Crusader Art in the Holy Land: From the Third Crusade to the Fall of Acre 1187– 1291* (Cambridge: Cambridge University Press, 2005).

William of Tyre, *Historia rerum in partibus transmarins gestarum*, online edition at Eulogos, Intratext Library, 2007.

William of Tyre, *A History of Deeds done beyond the Sea*, trans. E.A. Babcock and A.C. Krey, 2 vols (New York: Columbia University Press, 1943).

Carey, Frances, ed., *The Apocalypse and the Shape of Things to Come* (London: British Museum, 1999).

Lewis, Suzanne, *Reading Images: narrative discourse and reception in the thirteenth-century Illuminated Apocalypse* (Cambridge: Cambridge University Press, 1995).

O'Hear, Natasha and Anthony, *Picturing the Apocalypse* (Oxford: Oxford University Press, 2015).

第三章　奇事与神迹

Roberts, Jane, *A Guide to Scripts in English Writings up to 1500*, p. 173.

Tolkien, J.R.R., trans., *Sir Gawain and the Green Knight* (Oxford: Clarendon Press, 1952).

Bryant, Nigel, *Perceforest: the prehistory of King Arthur's Britain* (Cambridge: Brewer, 2011).

Lods, Jeanne, *Le roman de Perceforest: origines, composition, caractères, valeur et influence* (Geneva: Droz, 1951).

Roussineau, Gilles, ed., *Perceforest, Premiere Partie*, 2 vols (Droz, 2007) (quotation: I, p. 49).

Gaullier-Bougassas, Catherine, 'Le Chevalier au Cygne à la fin du Moyen Âge', *Cahiers de Recherches Medievales et Humanistes* 12 (2005), 115–46.

Hippeau, C., ed., *La chanson du Chevalier au cygne et de Godefroid de Bouillon*, 2 vols (Paris: Aubry, 1877).

Jaffray, Robert, *The Two Knights of the Swan, Lohengrin and Helyas. A study of the legend of the Swan-Knight* (London: Putnam Sons, 1910).

Brunet, Charles, *Melusine par Jean d'Arras: nouvel edition conforme a celle de 1478* (Paris, 1854).

Jenkins, Jeremy, 'The Tale of Melusine' (British Library: European Studies Blog, October 2015).

Maddox, Donald and Sara Sturm-Maddox, eds, *Melusine of Lusignan, Founding Fiction in Late Medieval France* (Georgia: University of Georgia Press, 1996).

Biggs, Sarah, 'The Three Living and Three Dead' (British Library Medieval Manuscripts Blog, 16 January 2014).

Glixelli, Stefan, *Les cinq poèmes des trois*

morts et des trois vifs (Paris, 1914).
Kinch, Ashby, 'Image, Ideology, and Form: The Middle English "Three Dead Kings" in its Iconographic Context', *The Chaucer Review*, 43.1 (2008), 48–81.

第四章　恶棍、罪案与谋杀

Apollonius of Rhodes, *Argonautica: original Greek text with English translation*, ed.by R.C. Seaton (Harvard University Press, Cambridge MA, 1912).
Colavito, Jason, *Jason and the Argonauts through the ages* (Jefferson, North Carolina: McFarland, 2014).
delle Colonne, Guido, *Historia Destructionis Troiae*, ed. by Mary Elizabeth Meek (Bloomington: Indiana University Press, 1974).
Brieger, Peter, Millard Meiss and Charles Singelton, *Illuminated Manuscripts of the Divine Comedy* (London: Routledge, 1969).
Dante, *Divina Commedia*, 'Digital edition of the Divine Comedy' ed. by Giorgio Petrocchi, trans. by Allen Mandelbaum (Columbian University, 2019).
Spencer, Theodore, 'The Story of Ugolino in Dante and Chaucer', *Speculum* (1934), 295–301.
Palencia, Ángel González, *Versiones castellanas del Sendebar* (Madrid, C. S. I. C., 1946).
Redondo, Jordi, 'The Faithful Dog: the place of the Book of Syntipas in its transmission', *Revue des études Byzantines*, 71 (2013) 39–65.
Speer, Mary, ed., *Le roman des Sept Sages de Rome: a critical edition of the two verse redactions of a twelfth-century romance* (Lexington, Kentucky: French Forum, 1989).
McMunn, Meradith Tilbury, 'Le Roman de *Kanor*' (unpublished PhD dissertation, University of Connecticut, 1978).
Niedzelski, Henri, ed., *Le Roman de Helcanus* (Geneva: Droz, 1966).
Rouse, R. and M., *Manuscripts and their Makers: commercial book production in Paris 1200-1500*, 2 vols (Turnhout: Harvey Miller Publishers 2000).
Brereton, Georgine E., ed., Des grantz geanz: *An Anglo-Norman Poem*, Medium Ævum Monographs, 2 (Oxford, Blackwell, 1937).
Ruch, Lisa M., 'The British Foundation Legend of Albina and her Sisters: its sources, development and place in Medieval Literature' (unpublished PhD dissertation, Pennsylvania State University, 2006).
Ward, H.L.D., *Catalogue of Romances* (London: British Museum, 1893), I, pp. 198–202.

第五章　征途和旅程

Ross, David, *Alexander Historiatus A Guide to Medieval Illustrated Alexander Literature* (Frankfurt am Main: Athenäum, 1988), p. 11.
Stoneman, Richard, *The Greek Alexander Romance* (London: Penguin, 1991).
Stoneman, Richard, *Legends of Alexander the Great* (London: Dent, 1994).
Buchtal, Hugo, *Historia Troiana: studies in the history of mediaeval secular illustration* (London: Brill, 1971).
de Sainte-Maure, Benoît, *Le Roman de Troie*, ed. by Léopold Constans, 6 vols (Paris: Firmin Didot, 1904–1912).
Homer, *The Odyssey*, trans. by Mark Hammond (London: Bloomsbury Academic, 2014).
Bryant, Nigel, *The Legend of the Holy Grail* (Cambridge: Brewer, 2006).

de Troyes, Chrétien, *Le Conte du Graal*, ed. by Félix Lecoy, 2 vols (Paris: Librairie HonoréChampion, 1981).

The Anglo-Norman 'Voyage of St Brendan' by Benedeit, ed. by Ian Short and Brian Merrilees (Manchester: Manchester University Press, 1979).

Giraldus Cambrensis: The Topography of Ireland, trans. by Thomas Forester, revised and ed. by Thomas Wright (Bohn's Antiquarian Library, 1847).

Pollard, A. W., *The Travels of Sir John Mandeville: the version of the Cotton Manuscript in modern spelling* (London: Macmillan 1900).

Scott, Kathleen, *Later Gothic Manuscripts 1390–1490, A Survey of Manuscripts Illuminated in the British Isles*, 6, 2 vols (London: Harvey Miller, 1996), no. 70 a and b.

Warner, G., ed., *'The Buke of Jonn Maundevill'*, edited from Egerton MS 1982 (London: 1889)

Jackson, Dierdre, *Lion* (London: Reaktion Books, 2010).

Morgan, Nigel J., 'History and context of Illustrated Apocalypses', in *Apocalipsis Yates Thompson* (MS. 10) (London: British Library, 2010).

Morrison, Elizabeth, *Beasts Factual and Fantastic* (Los Angeles: Getty Museum, 2007).

Aenigmata: The Riddles of Aldhelm, ed. and trans. by James Hall Pitman (New Haven: Yale University Press, 1925).

Druce, George C., 'The Elephant in Medieval Legend and Art', *Journal of the Royal Archaeological Institute*, 76 (1919).

Hudson, Alison, 'Anglo-Saxon Elephants' (British Library: Medieval Manuscripts blog, 27 August 2018).

Zimmer, Carl, 'The Mystery of the Sea Unicorn', *National Geographic Magazine* (17 March, 2014).

第六章　动物寓言

John Flinn *Le Roman de Renart: Dans la littérature française et dans les littérature* étrangères *au moyen âge* (Toronto: University of Toronto Press, 1963).

Owen, D.D.R., *The Romance of Reynard the Fox: a new translation* (Oxford: University Press, 1994).

Ward, H.L.D., *Catalogue of Romances in the Department of Manuscripts*, 3 vols (London: British Museum, 1883–1910)

Badke, David, ed., 'Dragon' in 'The Medieval Bestiary', online at http://bestiary.ca.

O'Neill, George, ed., *The Golden Legend: lives of the Saints, or Legenda aurea*, trans. by William Caxton (Cambridge University Press, 1914).

第七章　爱情故事

Dante, *Divina Commedia*, 'Digital edition of the Divine Comedy' ed. by Giorgio Petrocchi, trans. by Allen Mandelbaum (Columbian University, 2019).

Stolte, Almut, *Frühe Miniaturen zu Dantes 'Divina commedia': der Codex Egerton 943 der British Library* (Munster: Lit, 1995).

Besnardeau, Wilfrid, and Francine Mora-Lebrun, ed. and trans., *Le Roman d'Eneas* (Paris: Champion, 2018).

Singerman, Jerome E., *Under Clouds of Poesy: Poetry and Truth in French and English reworkings of the Aeneid, 1160–1513*, (NY: Garland, 1986).

Appel, Carl, ed., *Die Singweisen Bernarts von Ventadorn* (Halle: Niemeyer, 1934).

Bedier, Joseph, trans. by Hilaire Belloc, *The Romance of Tristan and Iseult* (London: George Allen & Co., 1913).

Deister, John L., 'Bernart de Ventadour's Reference to the Tristan Story', *Modern Philology*, 19.3 (1922), 287–96.

Burgess, Glyn, *The Roman de Troie by Benoît de Sainte-Maure* (Cambridge: D.S. Brewer, 2017).

Eddy, Nicole, 'Paging Through Troilus and Criseyde', British Library Medieval Manuscripts Blog, 22 October, 2022.

Gordon, R.K., *The Story of Troilus as told by Benoit de Sainte-Maure, Giovanni Boccaccio, Geoffrey Chaucer, Robert Henryson* (Toronto: Toronto University Press, 1978).

Skeat, W.W., *The Complete Works of Geoffrey Chaucer* (Oxford: 1900) online Medieval and Classical Library no 5.

Coilly, Nathalie and Marie-Helene Tesnière, *Le Roman de la Rose: L'Art d'aimer au Moyen Age* (Paris: Bibliothèque nationale de France, 2012).

de Lorris Guillaume, *Le Roman de la Rose*, ed. by Pierre Marteau (Paris: 1878).

Lorris, Guillaume and Jean de Meun, trans. Charles Dahlberg, *The Romance of the Rose* (Princeton: Princeton University Press, 1971).

Porter, Pamela, *Courtly Love in Medieval Manuscripts* (London: British Library, 2003).

Senior, Michael, ed. and abridged, *Sir Thomas Malory's Tales of King Arthur* (London: Guild Publishing, 1980).

Sommer, Oskar, *The Vulgate Version of the Arthurian Romances*, 8 vols (Washington: Carnegie Institution, 1908–1916).